Reuven Kritz

Kleine Schwester oder Tamis vierzehnte Aufgabe

Reuven Kritz wurde in Wien geboren, wuchs in Israel in einem Kibbuz auf, studierte an der Universität Jerusalem, lehrte moderne hebräische Literatur an der Universität Tel Aviv und hatte Gastprofessuren in Los Angeles, Boston, Austin und Heidelberg. Der in Israel bekannte Autor veröffentlichte Romane, Erzählungen, Gedichte, Literaturkritik und Werke zur Literaturtheorie.

Auf Deutsch sind erschienen: 'Die Genies von Kiryat-Motzkin - israelische Minie-Essays', der realistische, phantastische Roman 'Die Krankheit der Dichter oder Hoffmanns Erzählungen', der Beichtroman 'Wie Krebse in der Nacht', der autobiografische Roman 'Morgenluft', die Erzählungen 'Meine kleine Rote' und der Roman 'Studentin in Jerusalem. Roni'.

Muni Poppendiek-Kritz studierte Sozial- und Verhaltenswissenschaften an der Universität Heidelberg. Sie ist Herausgeberin und Lektorin dieses Romans und bearbeitete die deutsche Rohübersetzung des Autors gemeinsam mit ihm.

Aus israelischen Rezensionen: "Kritz kannte diese Gesellschaft und beschreibt sie meisterhaft in all den alltäglichen Details....Dieser Roman beeinflusste mich mehr als jedes andere Buch; er machte der Erwachsenen in mir Komplimente... und Tamis Entwicklung wurde eine Herausforderung für mich..."   (Shoham Smitt, "HaAretz")

Reuven Kritz

Kleine Schwester oder Tamis vierzehnte Aufgabe

*

Im Deutschen bearbeitet
von Muni Poppendiek-Kritz und dem Autor

Besonderen Dank an Catherine Stiefel für die
aufmerksame und sorgfältige letzte Korrektur des Manuskripts

*

Originaltitel der hebräischen Ausgaben
Achot Ktana, Hamessimah ha-14 schel Tami
©
*
E-mail Adresse des Autors:
kritzreuven45@hotmail.com

Bibliografische Information der Deutschen Nationalbibliothek:
Die Deutsche Nationalbibliothek verzeichnet diese Publikation in der Deutschen Nationalbibliografie; detaillierte bibliografische Daten sind im Internet
über http://dnh.dnh.de abrufbar

Printed in Germany
Herstellung und Verlag: BoD, Books on Demand, Norderstedt
Umschlag: Gestaltung und Illustration: buerofreistil, mannheim

ISBN 9 783734 768361

allen kleinen Schwestern…

"Wir haben eine kleine Schwester. Sie hat keine Brüste. Was werden wir mit unserer Schwester tun, am Tag, da man um sie wirbt?"

Das Hohelied, 8.8.1

"Ein unbequemes Alter!" Romain Rolland, Colas Breugnon

Ein enttäuschender Junge

"Ist der Platz da frei?"

"Klar. Setz dich!"

Tami rückte ans Fenster, strich ihren Rock glatt und nahm die Tasche auf den Schoß. Sie fühlt, wie ihr die Röte ins Gesicht steigt. Er hat es sicher bemerkt, obwohl er sie nicht anschaut. Immer dann, wenn sie es absolut nicht gebrauchen kann, wird sie rot! Sie ist kein Kind mehr: Nächsten Monat wirst du dreizehn, dann hast du 'Bat-Mizwa'. Es ist höchste Zeit, dass du aufhörst, so schüchtern zu sein. Nimm dir Gilat zum Vorbild. Sie verliert nie den Kopf. Vor ein paar Wochen saß sie im Bus neben einem super Jungen und begann ein Gespräch mit ihm. Seitdem korrespondieren sie, zum Spaß. Gilat hat versprochen, seine Briefe ihren Freundinnen zu zeigen.

Tami holte tief Atem und erklärte kichernd:

"Ich hab die Tasche da hingelegt, weil ich nicht wollte, dass sich irgendein alter Trottel neben mich setzt."

Der Junge antwortete nicht, und Tami bereute ihre Worte. Sie waren nicht besonders beeindruckend. Er muss sie für eine dumme Gans halten. Wie schön, wenn ein Gespräch entstanden wäre und er vorgeschlagen hätte, einander zu schreiben. Dann könnte sie die Briefe ihren Freundinnen zeigen. Was für ein Spaß könnte es sein, wenn er einen richtigen Liebesbrief schickt!

Es war ein heißer Sommertag, ein kühler Wind wehte durchs offene Fenster. Schade! Wenn das Fenster geschlossen wäre, hätte ich ihn bitten können, es zu öffnen. Ärgerlicherweise war alles in bester Ordnung. Immer ist alles in Ordnung, wenn man es nicht will!

Der Junge ist vielleicht sechzehn und schaut wie ein Kibbuznik aus: Khakihosen, hellblaues Hemd, breiter Ledergürtel mit Sportabzeichen, Sandalen. Sein Gesicht ist lang und schmal, die Nase gerade, er hat feine Härchen auf der Oberlippe, ist sonnengebräunt... Ein cooler guy, das sag' ich euch, direkt attraktiv... Den Ausdruck 'attraktiv' hat sie von Alisa gehört, als sie über einen Jungen ihrer Klasse sprach. Man hat über dich gelacht, als du gefragt hast, woher man weiß, ob ein Bursche 'attraktiv' ist. Alisa, die Fiese, hat Aja zugezwinkert und herablassend gelacht: "Warte, bis du ins richtige Alter kommst, dann fühlst du es!" Jetzt hat sie das richtige Alter erreicht, sie bemerkt, ob jemand attraktiv ist.

Wie könnte sie das Gespräch weiterführen? Je länger das Schweigen dauert, desto schwerer wird es. Schade, der Anfang war dumm. 'Irgendein alter Trottel' – er hält dich für leer und oberflächlich. Es wäre besser gewesen, wenn du gefragt hättest: "Wohin fährst du?" Dann hätte er antworten können "Nach Chanita" oder "Nach Mazuba", und du hättest sagen können: "Kennst du vielleicht Esterke, so eine Rothaarige?" Es gibt in Westgaliläa kein Dorf, in dem du nicht ein oder zwei Freundinnen hast. Jishar macht gerne Ausflüge, und seitdem er unterrichtet, haben wir ganz Galiläa kreuz und quer durchkämmt und in allen Dörfern übernachtet. Jishar hält es für unhöflich, einen Fremden zu fragen, wohin er fährt. Er hat es 'provinziell' genannt. Natürlich hätte ich warten können, bis der Kontrolleur kommt, und sehen, wohin er fährt und ihn fragen: "Du fährst nach Mazuba? Könntest du einen Gruß an Erella aus der Achten mitnehmen?" Jemandem einen Gruß schicken kann nicht provinziell sein, aber wer weiß, wann der Kontrolleur kommt. Wenn man ihn nicht brauchen kann, dann kommt er.

Plötzlich hatte sie eine Idee: Sie nahm aus ihrer Tasche die letzte Nummer der "Filmwelt". Er wird der Versuchung nicht widerstehen können und fragen: "Wenn du fertig gelesen hast, kannst du es mir ausleihen?" – "Wir können auch zusammen hineinschauen. Hast du die Audrey Hepburn in 'Sabrina' gesehen? Sie ist ganz super, nicht wahr?" Und wenn er gar nichts sagt und nur einen Blick hineinwirft, kannst du ihm höflich vorschlagen, dass... Eine ganze Weile studierte Tami die Fotos, schaute sich die männlichen und weiblichen Filmstars an und las, wer wen heiratet, wer sich von wem scheiden lässt und wer mit wem zusammen gesehen wurde... Umsonst! Er nahm keine Notiz von ihr, obwohl sie am Fenster saß und er zu ihr schauen könnte, so als ob er sich die Landschaft anschauen würde! Schade!

Tami faltete die "Filmwelt" zusammen, steckte sie in die Tasche und schaute aus dem Fenster. Dann versuchte sie zu verstehen, worüber sich das Paar vor ihr unterhielt. Er hatte die Hand auf ihrer Schulter, während sie unaufhörlich auf ihn einsprach... Sind die verheiratet? Tami glaubte, dass ihr Gespräch irgendwie interessanter sein müsste, wenn sie nicht verheiratet wären. Sie konnte die Hände der Frau nicht sehen, der Mann trug keinen Ring. An welcher trägt man gewöhnlich den Ring? Tami verstand nur Fetzen: "Da hab ich ihr gesagt: Sei nicht dumm, wieso musst du für solchen Unsinn Geld auszugeben, was ist dabei, wenn sie etwas hat, was du nicht hast?"

Tami kehrt von ihrer ersten selbstständigen Fahrt zurück. Der Autobus überfuhr niemanden und hatte keinen Zusammenstoß. In keinem Geschäft hatte man versucht, ihr zu wenig Wechselgeld herauszugeben, niemand ging ihr auf der Straße nach, niemand versuchte, mit ihr anzubandeln... Schon länger denkt sie über die Welt nach und versucht, aus Filmen und Büchern, aus Gesprächen und Illustrierten und aus Bemerkungen von Alisa zu ihren Freundinnen etwas über die Welt herauszubekommen. Aber die Welt entzieht sich ihr. Alle sagen, nun kommt ein neues Kapitel in ihrem Leben, aber sie spürt nicht das Geringste davon! Das Schlimmste ist, dass man dieses Nicht-Spüren niemandem eingestehen kann, man schämt sich. Genug, denk lieber an die Gästeliste. Wer soll zur Feier kommen?

Tami nahm aus ihrer Tasche die hektographierte Lokalzeitung ihres Dorfes.

Sie blätterte die Seiten durch, bis sie zu Jishars Artikel "Zur kommenden Bar-Mizwa Feier" kam.

Plötzlich fragte der Junge: "Bist du aus Kfar Dawidson?"

Seine Aussprache war ein wenig sonderbar.

"Ja", sagte sie, "woher weißt du das?"

Wieder nicht besonders geistreich.

"Ich hab es an dem gesehen, was du liest", sagte der Junge.

Auf dem Titelblatt der hektographierten Zeitung war eine Zeichnung des Wasserturms und der Volkshalle mit der Titelzeile: "Wochenblatt, Kfar Dawidson – Ejn Bdolach, Kollektivdorf."

"Ah", sagte Tami, "aber wir nennen unser Dorf 'Ejn Bdolach'. Nur auf offiziellen Papieren steht 'Kfar Dawidson'. Ein ganz scheußlicher Name, oder? Man hat uns gezwungen, ihn anzunehmen, einem alten, reichen amerikanischen Tro... ich meine, einem amerikanischen Millionär zu Ehren, damit er spendet, und er hat eine Volkshalle, ein Schwimmbad und einen großartigen Spielplatz gespendet, aber wir wollen trotzdem diesen hässlichen Namen nicht und haben einen Ausweg gefunden: Auf allen Schildern steht 'Dawidson', damit er es sieht, wenn er herkommt. Aber unter uns sagen wir nur 'Ejn Bdolach'."

Tami holte Luft. "Diesen Namen haben wir wegen der Quelle im Tal gewählt. Es gibt dort einen Wasserfall, eine Tropfsteinhöhle und man hat einen Damm angelegt, so dass wir einen Teich haben, in dem züchten wir Fische, und man kann rudern. Wenn man auf Briefe an uns nur 'Ejn-Bdolach' schreibt, kommen sie an, auch wenn gar nicht 'Kfar Dawidson' draufsteht. Man muss nur 'Post Naharia' hinzufügen. Die Post hat sich schon daran gewöhnt."

"Ihr habt eine Mischung aus einem gewöhnlichem Dorf und ein bisschen Kibbuz, nicht wahr?"

Seine Aussprache. Wie komisch.

"Ja, genau so. Wir haben eine gemeinsame Farm, Arbeitsplanung und wählen jedes Jahr einen Farmleiter, wie im Kibbuz, aber jede Familie hat ein Haus und... ja und so ist es."

Schade, dass die Erklärung so kurz ausfiel! Aber dann erinnerte sie sich an noch etwas:

"Aber zu den Häusern gehört keine Landwirtschaft wie in einem Dorf. Jedes Haus hat zwar ein Grundstück, aber man darf dort nur Obstbäume und Blumen haben. Aber eigentlich ist auch das wie in einem Kibbuz. Zwei Genossen haben einen Taubenschlag. Aber Hühner darf man nicht züchten. Und jeden Monat bekommt jede Familie ihr Budget. Das sind solche Zettel für das kooperative Geschäft. Das ist unser Lokalgeld. Davon kaufen wir Lebensmittel und Kleider. Und die Frauen arbeiten auf der Farm zwei oder drei Stunden täglich, das hängt davon ab, wie viele Kinder sie haben. Mit jedem Kind arbeiten sie eine Stunde weniger. Deswegen lohnt es sich bei uns, viele Kinder zu haben" – Tami kicherte – "und dann, nach der Arbeit, haben die Frauen ihren Haushalt. Bis zur achten Klasse gehen wir in unsere Schule, dann fahren wir in die Mittelschule nach Naharia oder in eine Landwirtschaftsschule. Ja, so ist das." Diesmal war sie wirklich fertig.

"Und woher kommen eure Leute?"

Diesmal bemerkte sie, dass in seiner Aussprache etwas Weiches lag, als ob er 'undj' gesagt hätte, aber das L sprach er hart aus, bei "Llleute", außerdem rrollte er das R.

"Die allerersten waren *Jekes*' und die, die später nachgekommen sind, sind auch Jekes. Aber es gibt einige *'Sabres'*, meistens solche, die aus irgendeinem Kibbuz ausgetreten sind. Und jetzt haben wir eine *Nachal*-Gruppe bekommen, alles Schwarze."

Wieder kicherte sie leichthin, aber auf einmal fiel ihr auf, dass der Junge eine dunkle Hautfarbe hatte und fügte rasch hinzu: "Ich meine, einige davon sind ganz nett, aber... sie sind eben anders." Einen Moment überlegte sie, ob sie 'ein bisschen' oder 'ziemlich' hätte sagen sollen, und auf alle Fälle lächelte sie. Wenn er jetzt etwas darüber fragt, warum sie anders sind, dann erzählt sie es ihm.

"Und aus Russland – gibt es keinen?"

"Wieso? Natürlich. Familie Rabinowitz und Familie Lahaw. Die haben früher 'Feuerstein' geheißen. Und jetzt sollen noch ein paar Familien von Neueinwanderern zu uns kommen."

"Ah!"

Wieder schwiegen sie eine Weile. Schade! Jetzt hätte das eigentliche Gespräch beginnen sollen!

"Warum interessiert dich unser Dorf so?", forschte sie.

"Vielleicht kommen wir zu euch."

"Was?! Ihr?"

Also, keine Aussicht zu korrespondieren: keinen Brief wirst du deinen Freundinnen zeigen können, um über ihn zu lachen und die Antwort zu planen. Auch über das Autobusgespräch wirst du nicht viel erzählen können: "Ich hab mich da mit einem Jungen unterhalten, einem neuen Einwanderer, einem von denen, die zu uns kommen werden..." Man muss gut über sie reden, über die neuen Einwanderer. Man muss sagen, dass man sie gut aufnehmen soll. Und man schreibt Aufsätze über neueingewanderte Jungen, die hier im Land Freunde finden. Und einmal im Jahr spendet man Spielzeug und Kleider für die Kinder. Aber niemand findet sie interessant oder sympathisch. Wenn ihr dieser Junge einen Brief, sogar einen Liebesbrief schreibt... so wird es doch nur von einem von denen sein. Und außerdem werden Schreibfehler drin sein: "Shcon bei unser erster Trefen du hast mich shcreklig gefalen da hap ich beshclosen dich zu shcreiben das ich dir libe..." Ihre Freundinnen werden zwar lachen, aber nicht in der Weise, wie über die Briefe die Gilat bekommt. Tami lächelte mitleidig, als sie an einen mit Fehlern geschriebenen Liebesbrief dachte. Wenn er wenigstens aus Amerika gewesen wäre und als Vater einen... Sie schaute sich den Jungen an: Sandalen ohne Strümpfe, kurze Khakihosen, doppelt umgekrempelt, ein breiter Ledergürtel mit silbernen Sportabzeichen – dieser Junge hat sich verkleidet, um mich zu beschwindeln!

"Wir sind zwei Familien und waren ein halbes Jahr im Kibbuz Ewron", erzählte er, "aber jetzt hat man uns vorgeschlagen, in ein kollektives Dorf zu gehen, so eines wie eures. In einer Woche kommen wahrscheinlich noch sechs Familien."

"Und wieso sprichst du hebräisch?"

"Ich habs im Kibbuz und in Russland gelernt."

"Und woher hast du das Abzeichen?"

Tami deutete auf seinen Gürtel. Sie hätte sich nicht gewundert, wenn er gesagt hätte: gefunden!

"Ich hab es erworben wie alle. Aber ich war damals gerade krank, da war ich nicht so gut. Sonst hätte ich das goldene gemacht."

Tami nickte nur. Sie hätte das auch gesagt, wenn sie das silberne Sportabzeichen gehabt hätte.

"Wie alt bist du?" forschte sie.

Ihre Schüchternheit war verschwunden.

"Vierzehneinhalb. Aber ich komme in die Achte, weil ich bis jetzt nicht genug hebräisch konnte. Aber nächstes Jahr, wenn ich gut hebräisch kann, werde ich den Stoff nachholen und dann..."

"Und dann–was? Dann willst du eine Klasse überspringen?"

"Ja, dann überspringe ich eine Klasse."

"Unsinn. Das erlaubt man dir nie. Das geht nicht einfach so, dass jeder, der ein guter Schüler ist, auf einen Schlag lernen kann, soviel er will, und dann Klassen überspringen?"

"Mich wird man lassen", sagte er. "Du wirst schon sehen."

"Wenn man euch wirklich zu uns schickt, kommst du in unsere Klasse", sagte sie.

Damit war er noch eine Stufe gefallen.

Dann fügte sie hinzu:

"Bei uns streiten die Jungen immer mit den Mädchen."

"Ja", sagte er, "das ist oft so. Aber ich mag nicht gern mit Mädchen streiten. Ich hab eine Schwester, die nur ein Jahr jünger ist als ich, und wir sind gute Freunde. Sie heißt 'Anat'."

"Anat?! Das ist doch kein Name für ein russisches Mädchen?"

Sie fühlte sich gekränkt, dass das Mädchen sich diesen Namen zugelegt hatte.

"Sie hat 'Anjuschka' geheißen, und nun heißt sie 'Anat'."

"Und du?"

"Ich heiße Jaron. Jaron Dwir."

"Und wie hat man dich auf russisch genannt?", fragte sie spöttisch.

"Das ist nicht wichtig", drückte er sich. "Die Hauptsache ist, dass ich jetzt 'Jaron Dwir' heiße."

"Sag doch, was ist schon dabei?"

"Das ist nicht wichtig. Ich sag's nicht."

Von jetzt an verlief das Gespräch schwerfällig. Der Junge fragte nach den Lehrern und was man voriges Jahr gelernt hatte, und Tami antwortete gleichgültig. Dann fuhren sie schweigend, bis der Autobus Kibbuz Ewron erreichte.

Da sagte er:

"Hier steig' ich aus."

Tami antwortete nicht.

"Du hast mir noch gar nicht gesagt, wie du heißt."

"Man nennt mich 'Tami', aber eigentlich ist mein Name 'Tamar'."

Er drückte ihre Hand:

"Schalom Tami. Vielleicht auf ein Wiedersehen in Kfar Dawidson."

Tami wurde rot und zog rasch ihre Hand zurück:

"Ich hab dir doch gesagt, wir sagen 'Ejn Bdolach'. Schalom."

Wohin heute Abend?

Familie Awiwi saß im Garten beim Nachtmahl: Tami und Alisa, Walter – Tamis Vater – und Ilse, ihre Mutter. Es war ein heißer Tag und im Haus war es noch sehr schwül, aber draußen wehte schon ein leichter Wind. Zu Beginn des Sommers hatte Walter elektrisches Licht in den Pfefferbaum vor dem Haus gelegt, dort haben Ilse und Alisa den Tisch gedeckt: Sie reichten die Speisen durchs Küchenfenster hinaus.

Walter aß und las die Zeitung.

"Hör doch auf zu lesen, Walter", sagte die Mutter. "Wenigstens während des Essens kannst du mit uns reden."

Der Vater seufzte, schob die Zeitung beiseite.

"Ich wollte sie schnell fertiglesen, um sie Ernst zu geben."

"Es wird Ernst gar nicht schaden, wenn er sie erst morgen liest", sagte die Mutter. "Vorigen Monat, als er an der Reihe war, sie zuerst zu nehmen, haben wir sie auch immer erst am nächsten Tag bekommen, und meistens war sie dann schon zerknittert und zerrissen. Es wäre gut, wenn wir ein Abonement hätten."

"Ich dachte, du willst sparen."

"Stimmt. Hör auf zu rauchen, dann können wir sparen."

"Wir geben nur dreißig Schekel im Monat für Zigaretten aus."

"Dreißig Schekel im Monat sind immerhin vierhundert im Jahr", rechnete die Mutter vor.

"Stimmt nicht, nur dreihundertsechzig!", protestierte Tami.

"Damit kann man nicht einmal einen ordentlichen Staubsauger kaufen", seufzte Walter.

"Hast du gehört, wie viel die Galilis für ihren Staubsauger bezahlt haben? Vierhundertachtzig!"

"Glaub mir, dass sie das nicht von ihrer monatlichen Zuteilung haben."

"Natürlich nicht. Aber die haben drei Kinder und sparen an den Kleidern. Zwi bekommt die von Ejal und Ofer bekommt die von Zwi. Ich würde meine Kinder nie in solchen Fetzen in die Schule schicken, auch wenn ich Söhne hätte, aber für euch", wandte sie sich an ihre Töchter, "ist ja kein Kleid gut genug."

"Man könnte glauben, Mutti, dass du nie an neue Kleider denkst", sagte Alisa.

"Und ich bekomme auch die abgetragenen Kleider von Alisa", protestierte Tami. "Vergiss nicht, dass du mir einen Sarafan versprochen hast."

"Eine Uhr, ein Fahrrad, Gäste einladen und dazu noch einen Sarafan – das ist zuviel, selbst für eine Bat Mizva."

"Aber du hast es mir versprochen!"

"Ich hab nur gesagt, wenn..."

"Alisa, sag – hat's Mutti versprochen oder nicht?"

Alisa zögerte, dann entschied sie sich:

"Sogar wenn sie es dir versprochen hat, brauchst du keinen Sarafan. Nur weil Gilat einen bekommen hat, wollt ihr plötzlich alle Sarafane haben. Die waren einmal große Mode in den zwanziger Jahren, wahrscheinlich, aber jetzt werden sie bald nur noch für den Fasching gut sein. Wenn du klug wärst, würdest du dir einen schwarzen Rock und eine bestickte Bluse wünschen."

"Aber ich will nun mal einen Sarafan", sagte Tami. Eigentlich war sie schon nicht mehr so sicher.

"Hast du gesehen, Walter, welches Kleid sich Trude gekauft hat? Vorhin, als sie herüberkam, um die Kaffeemühle auszuleihen, hast du doch mit ihr gesprochen. Hast du da nicht gesehen, was sie anhatte?"

"Nein, hab ich nicht bemerkt", sagte Walter und schaute sehnsuchtsvoll zur Zeitung. Er behauptet, Frauen und ihren Kleidern keine Aufmerksamkeit zu schenken.

"Stell dir vor, hundertachtzig Schekel hat's gekostet! Ich hätte schon für hundertfünfzig zwei gekauft. Und es ist so hell, dass sie es nicht anziehen kann, ohne gleich schmutzig zu werden, und man kann es nicht waschen. Die arme Trude! Sie spart und spart, und zum Schluss wirft sie das Geld für Dummheiten hinaus. Dann ist es natürlich kein Wunder, wenn sie nichts im Haus hat. Hast du gesehen, wie armselig ihre Möbel sind? Und der Sesselüberzug von ihrem großen gepolsterten Armstuhl ist auch schon ganz abgenutzt. Und dann vergeht sie natürlich vor Neid, wenn ein anderer was hat."

"Woher weißt du, dass sie vor Neid vergeht, Mutti?", fragte Alisa.

Die Mutter antwortete nicht. Immer wieder beschloss sie, während des Essens über Dinge zu sprechen, die auf die Mädchen erzieherischen Einfluss ausüben könnten, aber dann... immer... In diesem Augenblick hörte man Schritte auf den Betonplatten, die Walter von der Straße zur Haustür gelegt hatte. Alle schauten auf und sahen einen jungen Mann auf sie zukommen, ungefähr fünfundzwanzig Jahre alt, nicht sehr groß, aber breit, mit Bart und Brille.

"Guten Abend, Ruth, angenehmen Abend, Se'ew, guten Appetit, Mädchen", sagte er.

Das war Jishar. Er war kein Mitglied des Dorfes, sondern Lehrer mit Monatsgehalt. Man sagte von ihm, dass er ein guter Kerl sei, der alle möglichen verrückten Sachen im Kopf hat, und den man deswegen nicht allzu ernst nehmen darf. Dinge dieser Art hörte Tami öfters von ihren Eltern, und einmal hatte sie sogar während der Stunde für alle möglichen Fragen gefragt, was es bedeutet, "jemanden nicht allzu ernst nehmen". Jishar hatte es erklärt, das sei eine Ausdrucksweise von Leuten, die noch auf Deutsch denken. Die Bedeutung sei, dass man nicht viel von demjenigen hält. Soll man wirklich nicht viel von Jishar halten? Manchmal wird er plötzlich böse, ganz unerwartet, und immer sagt er das Gegenteil von dem, was man erwartet. Und meistens ist das, was er sagt, nicht logisch. Aber wenigstens ist er nicht so langweilig wie die anderen Lehrer, auch wenn er viel zuviel redet: Während der Fragestunde antwortet er manchmal eine halbe Stunde auf eine Frage, die man auch mit einem Satz beantworten könnte, und die Kinder sagen dann, dass er philosophiert.

Einer seiner Ticks ist es, alle Mitglieder des Dorfes mit ihren hebräischen Vornamen anzusprechen, und in der Schule mussten alle immer Sarale nur "Sara" und Moischele nur "Mosche" nennen, und noch dazu mit Betonung der letzten Silbe.

"Guten Abend, Jishar", antwortete Walter-Se'ew, "trinkst du ein Glas Tee mit uns?"

Jishar lehnte dankend ab. Er sei gekommen, um Tami zu sagen, dass sich alle in einer Stunde in der Klasse zu einer Unterredung versammeln sollen, und er bittet sie, die Nachricht weiter zu geben. Dann wünschte er noch einmal einen guten und angenehmen Abend und ging.

Nachdem er sich entfernt hatte, drehte sich das Gespräch um ihn – was für ein Mensch er sei, wie hoch sein Gehalt wäre, wann er heiraten würde, ob Aussicht bestünde, dass er dauernd im Dorf bliebe, und ob das überhaupt wünschenswert wäre, und wieder zu spät bereute die Mutter, dass vor den Mädchen über ihn gesprochen wurde

Tami hörte nur mit halbem Ohr zu. Sie schrieb den Zettel mit der Nachricht von der Versammlung und lief damit zu Gilat, die ihn dann weitergeben würde. Danach eilte sie zurück, um rasch das Abendessen zu beenden.

Dass Jishar sie mitten in den Sommerferien zusammenrief, war ungewöhnlich. Zwar kam es oft vor, dass sich die Mädchen im Haus der einen oder anderen zusammenfanden oder auf dem großen Platz im Zentrum des Dorfes. Dann ging man zusammen im See schwimmen oder fuhr nach Naharia, um sich dort zu amüsieren, Eis zu essen und sich in der Nachmittagsvorstellung einen Film anzuschauen. Manchmal hielten sie auch einen "lustigen Abend" im Klubhaus ab, zusammen mit den Jungen: Man sang und tanzte. Die Mädchen bemühten sich, den Jungen die Tänze beizubringen, und die Jungen bemühten sich, so auszusehen, als sei ihnen das Ganze egal. Aber bis jetzt war es noch nie passiert, dass ein Lehrer die Kinder während der Sommerferien zusammenrief: In dieser Zeit fuhren die Lehrer zu Kursen oder gingen auf Urlaub wie alle Familien oder sie arbeiteten zwei Wochen auf der Farm: Es war komisch, sie in Arbeitskleidern mit Pferden oder auf einem Traktor zu sehen.

Tami schaute auf die Uhr. Sie muss sich noch umziehen.

Sie ging in das Zimmer, das sie mit Alisa teilte, zog die kurzen Khaki-Hosen aus und einen dunkelgrünen Rock mit einer weißen Bluse an. Das war zwar ein bisschen zu feierlich für einen gewöhnlichen Wochentag, aber wer weiß – vielleicht gibt es nach diesem Treffen Gesellschaftsspiele, vielleicht wird man sogar tanzen und singen, und dann könnte es doch sein, dass einige Burschen von der Nachalgruppe herüberkämen.

Während sie sich anzog, hörte sie eine Auseinandersetzung aus der Küche:

"Spül das Geschirr, Alisa", sagte Ruth. "Ich muss zu Trude."

"Auch ich muss wohin", sagte Alisa. "Soll doch Tami mal spülen. Würde ihr nicht schaden."

"Ich hab Versammlung!", rief Tami aus dem Zimmer.

"Dann spül nach deiner so superwichtigen Versammlung."

"Eben nicht! Vielleicht wird's spät."

"Warum soll's spät werden?"

"Warum soll's nicht spät werden?"

"Dumme Gans", sagte Alisa.

"Wohin willst du denn gehen?", fragte die Mutter.

"Ist doch egal. Zu Aja."

Insgesamt gab es im Dorf fünf Kinder in Alisas Alter – drei Mädchen und zwei Jungen. Die Jungen waren im Internat auf einer landwirtschaftlichen Schule, die weit weg war und einen komischen Namen hatte, "Kaduri". Nach Hause kamen sie nur zu Feiertagen und in den Sommerferien. Die Mädchen hatten die zehnte Klasse an der Mittelschule in Naharia beendet. Und weil sie keine andere Gesellschaft hatten, trafen sie sich jeden Abend. Fehlte eine von ihnen, dann redeten die beiden anderen über sie; wenn alle drei da waren, klatschten sie über die Lehrer. In der letzten Zeit gab es einen neuen Gesprächsstoff: Die Burschen aus der Nachalgruppe.

"Kannst du nicht zuerst das Geschirr spülen und dann zu Aja gehen?"

"Genauso wie du zuerst das Geschirr spülen und dann zu Trude gehen kannst."

"Alisa! Wie sprichst du denn!"

"Wie spreche ich denn?"

Alisa kam ins Zimmer. Aus der Küche hörte man das Wasser laufen: Ruth hatte begonnen, das Geschirr zu spülen. Verbittert klapperte sie mit den Töpfen und murmelte:

"Ich, als ich in deinem Alter war..."

Alisa nahm ihren neuen schwarzen Glockenrock und die hellblaue Bluse. Tami sah ihr zu.

"Gehst du wirklich zu Aja?"

"Dumme Gans! Was geht dich das an? Natürlich zu Aja."

"Und zusammen mit Aja geht ihr dann zur Nachalgruppe, Schallplatten hören?"

"Und wenn schon – ist was dabei?"

"Nichts ist dabei. Ich hab nur gefragt. Darf man nicht mehr fragen?"

Beide verließen schweigend das Haus.

Wozu feiern?

Vor dem Klassenzimmer, im Dunkeln, drängten sich einige Mädchen um Gilat, und die Jungen hatten sich um Jigal versammelt.

Tami wandte sich den Mädchen zu.

"Warum geht ihr nicht hinein?"

"Das Klassenzimmer ist abgeschlossen."

"Kommt, gehen wir ins Klubhaus", schlug Ronit vor.

"Wir könnten auf dem Rasen sitzen", riet Michal.

"Der Rasen ist feucht. Wir könnten eine Strohmatte holen", sagte Ja'ara.

"Jishar hat sicher einen Schlüssel."

"Das ist gar nicht so sicher. In den Ferien wurde das Schloss ausgewechselt. Erinnert ihr euch nicht, die Jungen haben das alte kaputt gemacht?"

"Sicher hat man drinnen frisch gekalkt, und alles ist schmutzig."

"Wenn die Tür verschlossen ist, ist das ein Zeichen, dass man schon geputzt hat."

"Warum gehen wir nicht ins Klubhaus?", kam Tami auf Ronits Vorschlag zurück.

"Ach, da kommen alle möglichen Kinder und stören uns."

"Na und? Wir sagen ihnen, dass wir eine Versammlung haben."

"Dort wird Pingpong gespielt."

"Und die Burschen vom Nachal kommen und schauen herein."

"Die haben heute einen Schallplatten-Abend."

Unterdessen unterhielten sich die Jungen über den neuen Traktor.

"Er ist viel leichter als der 'Alice'", sagte Jigal.

"Das ist gar nicht gut, wenn ein Traktor zu leicht ist, dann hat er keine Zugkraft", behauptete Gil.

"Überkluger, das kommt darauf an, wofür man ihn braucht. Mit diesem kann man rings um die Häuser pflügen. Da muss er leicht und klein sein, damit er zwischen die Bäume passt."

"Bei uns stehen die Bäume so dicht ums Haus, dass nicht einmal der kleinste Traktor durchkommt."

"Apropos, was machen eure Birnen? Gute Ernte heuer? Lohnt es sich, sie anzuschauen?"

"Wenn du dich an unseren Birnen vergreifst, werde ich mal ganz zufällig bei euren Äpfeln vorbeikommen."

"Dummköpfe, warum streitet ihr? Macht doch zusammen einen Besuch bei Ernst!"

"Kann also jeder den 'Volvo' nehmen?"

"Du sicher nicht."

"Warum nicht? Wenn man mich auf den 'Alice' lässt?"

"Auch auf den 'Alice' lässt man dich nicht."

"Was quatschst du für'n Blödsinn? Hast du nicht gesehen, wie ich vorige Woche beim Transport gearbeitet habe?"

Jishar kam, lehnte sein Fahrrad an einen Baum und fragte: "Warum geht ihr nicht hinein?"

"Es ist abgeschlossen."

"Hast du keinen Schlüssel?"

"Sicher ist es schmutzig drin, weil man gekalkt hat."

Alle versammelten sich um Jishar.

"Dann gehen wir ins Klubhaus", entschied Jishar.

Die Besitzer von Fahrrädern nahmen ihre Räder, und die, die kein Fahrrad hatten, wurden von ihnen mitgenommen. Tami bat Gilat, aber die hatte es schon Michal versprochen.

"Bitte Gil", riet ihr Ronit.

"Ich will nicht."

Trotzdem suchte sie ihn, aber er war schon mit den übrigen Jungen losgefahren.

"Frag Jishar", flüsterte Ja'ara und kicherte.

Jishar hörte es und fragte:

"Was gibt's, Tami? Soll ich dich mitnehme?"

Tami zögerte. Erst als es ihr nochmals anbot, nahm sie an.

Am Eingang des Klubhauses hing ein Holzschild, auf dem auf Hebräisch und Englisch geschrieben stand:

JUGENDKLUB DORF DAWIDSON
ERBAUT MIT DER GROSSZÜGIGEN SPENDE
VON HERRN SALOMON DAWIDSON
U. S. A.

Von Zeit zu Zeit benutzten die Jungen dieses Schild als Zielscheibe fürs Messerwerfen. Wem es gelang, sein Messer aus einer Entfernung von fünf Schritten in das "O" von "DAWIDSON" zu werfen, so dass es stecken blieb, wurde Messerkönig. Jeden Sommer, wenn Touristen aus Amerika kamen, und besonders, wenn ein Besuch von Herrn Dawidson selbst zu erwarten war, wurde das Schild wieder hergestellt, und die Messerwerfer wurden gewarnt, dass von nun an die Ausgaben für die Renovierung auf ihre Rechnung gehen würde.

Sie betraten den großen Raum. Etan und Joaw begannen sofort, Pingpong zu spielen. Jishar beschlagnahmte den Ball und erklärte, er werde ihn erst am Ende des Treffens zurückgeben.

"Rückt den Tisch zur Seite und die Bänke in die Mitte und setzt euch", sagte er.

Die Mädchen begannen zu singen und die Jungen schrien:

"Anfangen, anfangen! Nicht singen! Das ist kein Gesellschaftsabend! Wir singen genug an Gesellschaftsabenden!"

Tami sah sich im Klubhaus mit demselben Gefühl um, das sie für ihren Vater hatte, wenn Mutter ihn kränkte und er die Kränkung schweigend hinnahm. Das Holz war gut – dünne Bretter, gut zusammengefügt und mit einer angenehm hellgrünen Farbe gestrichen, braune Fensterläden. Die Decke aus dünnen viereckigen Platten, die 'Masonit' heißen. Die Jungen wetteten gerne, wem es gelingt, die Decke mit einem Stoß zu durchstechen, wozu der Speer aus der Turnhalle benutzt wurde. Und die wackligen Bänke... Und die Schachfiguren, die Dominosteine und die übrigen Würfelspiele, alles auf einem Haufen. Sooft man spielen wollte, stellte sich heraus, dass die Hälfte fehlt... Ein großer Haufen alter zerrissener Illustrierter lag auf dem Schrank. Diejenigen, die gerade an der Reihe waren, das Klubhaus zu reinigen, entledigten sich dieser Pflicht so rasch wie möglich, und Herr Dawidson hatte sein Dorf diesen Sommer noch nicht besucht. Tami stoppte ihren Gedanken-Ausflug und hörte wieder zu.

"Na und? Auch bei einer gewöhnlichen Versammlung kann man singen", riefen die Mädchen. "Wird euch nicht schaden!"

Jishar hob seine Hand, wartete einen Moment und sagte:

"Wie sollen wir die Bar-Mizwa Feier gestalten? Der Termin ist kurz nach Schulbeginn, und wenn wir noch warten, werden wir uns nicht vorbereiten können."

Dieser Anfang kam überraschend. Alle hörten neugierig zu. Aber bald begannen die Jungen wieder, einander zu stoßen und miteinander zu flüstern: Jishar sprach über Dinge, die jedem bekannt waren:

"...und weil im Laufe des Jahres alle fünfzehn Kinder unserer Klasse Geburtstag haben... und man nicht fünfzehn Feiern abhalten kann, wurde beschlossen, zwei große Feiern zu machen, eine zu Beginn des Jahres und die zweite am Ende. Diejenigen, deren Geburtstag in die Nähe des einen der beiden Daten fällt, werden an diesem Datum, zusammen..."

"Ich hab im September. Wann hast du, Jigal?"

"Ich im Oktober. Am fünfzehnten. Da haben wir Glück."

"Wer hat im April? Hallo, sagt, wer hat im April Geburtstag?"

"Ihr Armen! Da werdet ihr am Ende des Jahres feiern!"

Ronit versuchte, die Störenfriede zur Ruhe zu bringen, und Gil stichelte, dass sie sich nur hervortun und sich bei Jishar einschmeicheln wolle. Tami und Ja'ara fielen über ihn her und schrieen, er behandle alles geringschätzig, um Eindruck zu machen. Sofort kamen ihm alle Jungen mit Schreien und Pfiffen zu Hilfe.

"Kinder", sagte Jishar, als die Ruhe wieder hergestellt war, "wir müssen besprechen, *wie* wir feiern wollen."

Bevor er zu Ende sprechen konnte, erhoben sich einige Finger.

"Man kann einen kleinen Tanz vorbereiten", sagte Tami.

"Pyramiden, Pyramiden!", schrie Jigal. "Drei Gruppen übereinander! Ich oben!"

"Und man kann ein paar Stücke zum Vorlesen aussuchen", sagte Ronit. Meistens hatte sie die Aufgabe, Gedichte aufzusagen oder Texte zu lesen.

Und Joaw schrie:

"Einverstanden! Es soll viel vorgelesen werden, und dann wirst du, Jishar, eine Rede halten, und die Eltern werden Reden halten, und Ernst und Kurt und Andreas werden Reden halten, und dann haben wir eine wunderbare Feier!"

Alle lachten. Joaw war der Kleinste und Wendigste in der Gruppe, auf seinen Armen und Beinen wuchsen dünne helle Haare, sein Gesicht war mit linsengroßen Sommersprossen übersät, und sein großer Kopf saß auf einem dünnen Hals. Sooft man ihn "Äffchen" nannte, kratzte er sich auf der Seite unter der Achselhöhle und kreischte dabei.

"Sei doch still!" – "Sei du still!" – "Du Affe!" – "Und du Gans, du!" – "So hört doch auf!" – "Warum? Wenn er recht hat?" – "Wer?" – Alle schrieen durcheinander, und inmitten des Trubels saß Jishar mit einem düsteren Gesicht und rührte sich nicht.

Ein Schreihals nach dem anderen wurde still, bis alle schwiegen.

Etan fragte: "Also?"

"Wenn das alle Vorschläge sind, dann lohnt es sich nicht zu feiern", sagte Jishar plötzlich leise.

Die Kinder schauten ihn verblüfft an. Sein von dem hellen Bart umrahmtes Gesicht war verschlossen.

"Warum?", fragte Ronit gekränkt. Immer bereitete sie brav die Hausaufgaben vor, half ihrer Mutter bei der Hausarbeit und war daran gewöhnt, dass alle sie lobten.

"Wozu wollt ihr überhaupt feiern?", fragte Jishar.

Einen Moment herrschte betroffenes Schweigen.

Eigentlich wollen das nur die Eltern, dachte Tami, traute sich aber nicht, es laut zu sagen. Von mir aus könnte man... Aber das Fahrrad, die Uhr, der Sarafan, den du erwartest...

Ärger keimte in ihnen.

"Alle feiern, also warum sollen wir es nicht tun", fragte Etan. Man schaute ihn mit Zustimmung und Dank an. Er war nicht frech, aber oft leitete er die Auseinandersetzungen mit Jishar. "Jishar verwickelt und verwirrt alles", erklärte er, wenn Jishar nicht anwesend war. Das hatte er von seinem Vater gehört.

"Eingeborene haben so eine Feier, weil bei denen der Junge dann wirklich als erwachsen gilt: Von nun an hat er die Pflicht, auf die Jagd und in den Krieg zu ziehen, muss sich selbst versorgen und hat das Recht, mit den Frauen des Stammes wie einer der Männer zu verkehren", sagte Jishar leise. Es war kein gutes Zeichen, wenn er so sprach.

Die Jungen kicherten, und Gilat sagte halblaut:

"Na und, was ist denn dabei, meine Großmutter hat mir erzählt, dass, als sie jung war, die Mädels mit dreizehn geheiratet haben."

Diese Worte erweckten allgemeine Freude. Jeder wollte witzeln und etwas zum Thema erzählen: über frühes Heiraten bei den Arabern und den Jemeniten, über Frauenkauf.

Einige Mädchen wurden rot, und Jigal flüsterte seinem Nachbarn einen zotigen Witz zu.

Weil aber die Witzbolde auf einmal still wurden, hörte man deutlich, wie Tami zu Gilat sagte: "Stell dir nur vor, wie das wäre, jetzt schon zu heiraten, das wäre schrecklich."

Tami spürte die beschämende Wärme ihrer Wangen. Schon wieder wird sie rot.

"Die Religiösen", sagte Jishar, als ob man ihn überhaupt nicht unterbrochen hätte, "feiern diesen Zeitpunkt, weil die Jungen zum ersten Mal Gebetsriemen anlegen und von da an allen religiösen Geboten gehorchen sollen. Aber ihr, die ihr doch nicht religiös und nicht ganz wild seid – was bedeutet die Feier für euch? Nur eine Gelegenheit Geschenke zu bekommen?"

"Aber mein Vater sagt, ich sei ganz wild", sagte Joaw.

"Das bist du auch!", schrie Ja'ara.

"Wie kannst du ein Wilder sein, wenn du ein Affe bist?", bemerkte Jigal folgerichtig.

"Vielleicht ziehst du auf die Jagd und verkehrst mit den Frauen des Stammes?", schlug Gil vor.

"Lasst doch das Erziehungskomitee und das Kulturkomitee beschließen, wie sie unsere Bar-Mizwa feiern wollen", sagte Etan.

"In der Stadt gibt's viele Leute, die nicht wild und nicht religiös sind und die trotzdem ihre Bar-Mizwa feiern. Sogar mein Vetter ist in die Synagoge gegangen und wurde zum Tora lesen aufgerufen, und er hat Gebetsriemen angelegt, obwohl er überhaupt nicht religiös ist", sagte Michal.

"Schön, also lass du dich auch zur Tora aufrufen und leg Gebetsriemen an!", rief Gil.

"Das ist Heuchelei, wenn man in die Synagoge geht, obwohl man nicht religiös ist", sagte Ronit.

"Warum?", verteidigte Michal ihren Vetter. "Alle Kinder in seiner Klasse machen das, also warum soll er's nicht? Und außerdem hat er einen Großvater, der religiös ist."

Wieder befassten sich alle mit dem Thema: Was für Leute die Religiösen sind, und ob man für einen alten und religiösen Großvater in die Synagoge gehen soll, und ob man sich immer wie alle anderen Kinder benehmen soll, auch wenn das nur Heuchelei ist, ich zum Beispiel glaube, dass...

Nachdem die Quelle der Zwischenrufe versiegte, fielen noch einige halblaute und geflüsterte Bemerkungen, dann warteten wieder alle, was Jishar weiter sagen würde.

"Denkt darüber nach. Sprecht mit euren Eltern, beratet euch mit euren älteren und erfahrenen Geschwistern und bringt eure Vorschläge ein: Welche Form und welchen Inhalt wollen wir dieser Feier geben? Wie gestalten wir sie, damit sie nicht nur aus Redenhalten besteht, wie es Joaw befürchtet hat?"

Niemand sagte etwas, und Jishar fuhr fort:

"Damit beende ich das Treffen. Wir versammeln uns morgen abend um halb neun wieder und hören eure Vorschläge."

Die Kinder begannen, untereinander zu flüstern:

"Wieso, auf einmal...?"

"Warum sollen wir uns den Kopf zerbrechen? Das soll das Kulturkomitee beschließen!"

"Die Eltern sollen sagen, wie sie das feiern wollen."

"Warum gerade wir? Man hat bis jetzt immer Bar-Mizwa gefeiert, und nie gab es diese Schwierigkeiten!"

"Sag, Jishar, was machst du, wenn niemand einen Vorschlag bringt?"

"Wunderbar! Dann sagen wir die Feier ab!"

"Quatsch! Das werden die Eltern nie erlauben!"

"Gut, dann werden wir ja sehen, wer bis morgen was überlegt hat!"

"Denkst du auch nach, Jishar?"

"Stimmt, warum sollen nur wir Vorschläge machen und du nicht?"

Etans Stimme übertönte die anderen:

"Morgen um halb neun geht's nicht, da gibt's die 'Arche Noah'." Und weil er Jishar in Verdacht hatte, das nicht zu verstehen, erklärte er: "Wir wollen im Radio das Programm 'Arche Noah', das die neuesten Schlager bringt, hören."

Sofort waren sich alle einig:

"Stimmt! Morgen gibt's doch die 'Arche Noah'." – "Wir wollen die 'Arche Noah' nicht verpassen." – "Das macht ja nichts, wir können uns doch ein anderes Mal treffen."

Alle waren zufrieden.

"Wenn euch die 'Arche Noah' wichtiger ist als die Vorbereitungen für eure Feier", sagte Jishar, "dann sehe ich keinen Grund, meine Zeit weiterhin dafür zu vergeuden. Morgen um halb neun wird hier unsere Besprechung stattfinden. Wenn nicht wenigstens zwei Drittel von euch erscheinen und Vorschläge haben, werdet ihr euch allein mit den Vorbereitungen der Feier befassen müssen. Guten und angenehmen Abend." Damit verließ er das Klubhaus.

Einen Moment herrschte Stille. Dann sprang Gil auf und lief hinaus. Zurückgekommen meldete er, Jishar sei nicht mehr in der Nähe. Nun begann man zu diskutieren:

"Und ich sag euch, dass das gerade gut ist, dass Jishar sich zurückzieht", sagte Jigal. "Schließlich ist es ja unsere Feier, und sie wird viel besser gelingen, wenn wir sie allein vorbereiten." Jigal war ein hochgewachsener und schöner Junge. Er führte das Wort, wenn kein Erwachsener in der Nähe war.

"Jishar wollte nur die Gelegenheit nutzen, sich zu drücken. Ich hab ihn

voriges Jahr sagen gehört, dass er Vorbereitungen für Feiern hasst",
sagte Michal.

Die einzige, die Jishar verteidigte, war Ronit: "Wir können einmal auf
die 'Arche Noah' verzichten." Ihre Eltern begeisterten sich für klassi-
sche Musik und fanden die Schlager in der "Arche Noah" vulgär.

Inzwischen hatten die Jungen begonnen, Pingpong zu spielen, und
die Mädchen sahen, dass keine Aussicht zum Tanzen bestand. Also
verließen sie das Klubhaus, standen draußen, und jede wartete, dass
die andere zuerst den Vorschlag mache, zu den Baracken der Nachalgruppe zu gehen, um dort Schallplatten zu hören. Am Ende fand Tami
den Mut:

"Was machen wir? Ich hab keine Lust schlafen zu gehen. Gehen wir
Platten hören."

Zum Nussgarten

Die Mädchen gingen zu den Baracken der Nachalgruppe hinunter.
Das Dorf Ejn Bdolach lag auf einem felsigen Hügel. Die Kuh-, Schaf-
und Hühnerställe, so wie die übrigen Wirtschaftsgebäude, lagen auf
dem östlichen Abhang. Im Westen bildeten die Häuser der Genossen
einige Halbkreise. Die Gemeinschaftsgebäude, der Konsum und das
Kulturzentrum standen in der Mitte des Hügels. Dort lag auch das
Schwimmbad und der Wasserturm erhob sich, von ihm aus wurden
die Obstgärten, die auf den südlichen Abhängen zum Tal führten,
bewässert. Die Schule und das Klubhaus befanden sich im nördlichen
Teil – von da aus konnte man die Gebirgskette, die Israel vom Libanon trennt, sehen und zu Füßen des Hügels glänzt das Mittelmeer wie
Quecksilber. Das kleine Lager der Nachalgruppe liegt auf der westli-

chen Seite und wirkt wie an das Dorf geklebt: Sechs Baracken bilden ein Rechteck, auf dessen einer Seite die Speisebaracke und Küche und auf der anderen Seite die Duschen und Toiletten liegen.

Als bekannt wurde, dass die Armee dem Ansuchen des Dorfes nachkommen und eine Nachalgruppe zuteilen würde, war die Erregung groß. Der Arbeitseinteiler sah darin eine Möglichkeit, den chronischen Arbeitskräfte-Mangel zu beheben; die fünf ältesten Kinder des Dorfes, und besonders die drei Mädchen, die nicht ins Internat der landwirtschaftlichen Schule geschickt wurden, freuten sich auf die "erfrischende Brise der Jugend", wie Ernst in seiner Rede zur Neujahrsfeier prophezeit. Aber die Mehrzahl der Nachal-Leute waren "Orientalische", und bei der Willkommensfeier, die das Dorf ihnen bereitete, knackten einige von ihnen Kürbiskerne, während Inge Beethovens Mondscheinsonate spielte. Dann erzählte man sich leise, dass sie eigentlich keine "echten Nachalisten" wären, sondern eine gewöhnliche Gruppe Burschen, die, als sie ihren Armeedienst beendet haben, nichts mit sich anzufangen wussten. Man fügte dieser Gruppe Mädchen, die ihren Armeedienst noch nicht beendet hatten, hinzu, damit sie in diesem entlegenen Fleck eine "gesellschaftliche Ergänzung" zu den Burschen bilden sollten. Die Mädchen jedoch erklärten jedem, der es hören wollte, dass sie schon ungeduldig auf die Gelegenheit warteten, in die Nähe einer Stadt versetzt zu werden. Der Arbeitseinteiler musste sich von den Genossen der verschiedenen Arbeitsplätze – besonders von denen des Obst- und Gemüsegartens – Beschwerden anhören, dass diese Mädchen keine Lust zur Arbeit hätten. Man tröstete sich mit der Bemerkung, dass es unter ihnen doch einige gute Kerle gäbe, aus denen sich vielleicht ein Kern herauskristallisiert, der einmal dem Dorf Ejn Bdolach beitreten oder ein ähnliches kooperatives Dorf in der Nachbarschaft gründen würde.

Einer der Nachalburschen hatte ein Grammophon mit einer Plattensammlung englischer und französischer Schlager. Fast jeden Abend trafen sie sich in einem der Zimmer und tanzten zu den Schlagern – zwei, drei Paare – auf dem knarrenden Bretterboden des kleinen Zimmers. Die anderen saßen herum, unterhielten sich und knabberten miteinander gesalzene Sonnenblumen- und Kürbiskerne, die jemand aus Naharia mitgebracht hatte.

Die Mädchen aus Tamis Klasse fühlten sich magisch angezogen. Die Tänze und die Schlager, die anzüglichen Witze, die Anekdoten vom Militär und den Millieus, aus denen die Burschen stammten... Andererseits machten sie sich über die Nachalburschen lustig, hielten, sie für dumm und ordinär, aber – so betonten sie – es gäbe unter ihnen auch einige gute Kerle, die ziemlich nett wären, nur wurde nie genau gesagt, wer das eigentlich sei.

Als sich die Mädchen den Baracken näherten, hörten sie das Grammophon "Küsse sind süßer als Wein" spielen. Sie standen im Korridor der Baracke, vor der Tür, durch die die Musik drang, stießen einander an, bis Gilat Mut fasste und laut kichernd an die Tür klopfte, bis man von drinnen den die Musik übertönenden Ruf hörte:

"Jawohl? Herein! So kommt doch schon! Kommt herein!"

Da klopften sie weiter an, rannten davon und versteckten sich im Dunkeln am Ende des Korridors, hinter den Kisten mit den Arbeitsschuhen. Zwei Burschen kamen heraus, und der eine, Jakob, der Besitzer des Grammophons, sang laut:

"Wer klopft denn an das Türchen mein / Wer pocht denn an mein Fensterlein?"

Dann hörte er auf zu singen und sagte die Worte des Schlagers nach: "Vielleicht ist's der Milchmann? Oder der Gemüsemann? Oder sind's die schüchternen Mädchen der siebenten Klasse?"

Da sprangen die Mädchen aus ihrem Versteck, lachten wie besessen und schrien: "Wir sind nicht mehr in der siebenten Klasse, wir sind in der achten!" Und traten ins Zimmer. Jakob legte eine neue Schallplatte auf den Plattenspieler. Die Burschen boten den Mädchen Kürbiskerne an, und einer schlug vor, sie Tango zu lehren. Tami rief: "Wunderbar! Tango!"

Da sah sie Alisa in einer Ecke mit Aja sitzen und schwieg.

Ronit wandte ein, dass man nicht immer nur "Salontänze" tanzen wolle. Wenn die Burschen einverstanden seien, ein paar Volkstänze zu lernen, wären die Mädchen bereit, bei ihnen Gesellschaftstänze zu lernen. Die Nachalburschen waren einverstanden, und man verhandelte, mit welchem Tanz man beginnen soll. Das Grammophon wurde abgestellt, weil Jakobs musikalischer Schatz keine Volkstanz-Musik enthielt. Die Mädchen sangen mit dünnen und unsicheren Stimmen und lachten viel. Einige Burschen waren bereit, die Tanzschritte zu versuchen. Michal und Gilat sprangen in die Mitte des Zimmers, um die Jungen zu unterrichten. Jakob lud Tami zum Tanzen ein. Tami wurde rot, und während sie ihm die Schritte erklärte, blickte sie verstohlen zu ihrer Schwester hin: Alisa blieb in ihrer Ecke sitzen, forderte niemanden zum Tanz auf, wurde von niemandem zum Tanz gebeten. Tami überkam ein ungutes Gefühl, als würde man etwas bereuen, das einem gelingt.

Nach ein paar Minuten waren die Mädchen des Singens und Unterrichtens müde. Die Burschen stellten sich dumm, machten die Schritte falsch, bewegten sich wie Holzklötze, nur bei den Drehungen, drehten sie die Mädchen schwindelerregend schnell, stießen einander an und lachten. Gilats Partner kitzelte sie und sie schrie: "Hör auf, sag ich dir!" Schlug ihm ins Gesicht und beide krümmten sich vor Lachen.

Michal rief:

"Genug! Ihr lernt es nie! Ihr seid absolute Tollpatsche!"

"Dann versuchen wir es eben allein zu lernen!", sagte Jakob, lud eines der Nachalmädchen zum Tanzen ein und sang: "Zum Nussgarten stieg ich hinab, das feuchte Bachgewächs zu schauen..." und weitere Paare kamen dazu.

Jetzt, so forderten die Burschen, sei der Tango an der Reihe. Tami behauptete, das Abkommen sei gebrochen, weil die Burschen geschwindelt hätten, und erwartete, dass sie nochmals bitten würden. Aber die baten nicht viel. Jakob legte eine neue Platte aufs Grammophon, und wieder tanzten die Nachaljungen mit ihren Nachalmädchen, welche, nach Tamis Meinung, zwar nicht die schönsten waren, aber das musste man ihnen lassen: Alle waren gute Tänzerinnen. Michal und Gilat versuchten, miteinander zu tanzen, und Tami war sicher, ihr wäre es besser als Michal gelungen, wenn Gilat ihr den Vorschlag gemacht hätte... Aber Gilat tanzte weiterhin mit Michal, und Tami saß allein und blickte von Zeit zu Zeit verstohlen zu Alisa hin.

Gegen zehn erklärte Ronit, dass sie nach Hause müsse. Natürlich. Muttis braves Mädi. Die anderen Mädchen seufzten und schickten sich auch an zu gehen.

"Komm, Alisa", sagte Tami.

"Geh nur, ich komme mit Aja nach", drückte sich Alisa.

Tami ärgerte sich und ging mit ihren Freundinnen. Jetzt fehlt nur noch, dass Mutter mit ihren Fragen anfängt und behauptet, dass du schlecht gelaunt bist. Warum enden diese Abende im Nachal-Lager immer mit diesem miesen Gefühl, und trotzdem gehst du immer wieder hin, Alisa und Aja und Gilat nach, und ärgerst dich dann über dich und die Welt?

Die Schwestern

Tami lag auf dem Rücken, ohne Kissen, um nicht einzuschlafen: Sie muss sehen, ob Alisa wirklich bald kommt, wie sie gesagt hat.

Ihre Hoheit, die ältere Schwester! Sie ist wirklich ein bisschen älter –
na und? Wenn man jung ist, sind drei Jahre viel, aber wenn man älter
wird, verkleinert sich das. Früher, das heißt: bis jetzt, war Alisa fast
einen ganzen Kopf größer als du, aber im letzten Jahr bist du auf einmal hochgeschossen und hast sie schon fast eingeholt. Und dabei
hast du noch drei Jahre, um ihr Alter zu erreichen, in denen wirst du
sicher noch wachsen. Daraus folgt, obwohl es sich komisch anhört,
dass du eigentlich größer bist als sie, obwohl du noch ein wenig kleiner bist. Oder nehmen wir zum Beispiel die Haare: Alisas reichen ihr
bis zu den Schultern, schwarz und glatt, leicht und elastisch, wie sie
schöner nicht sein könnten. Und zugegeben, sie hat kleine, anliegen-
de Ohren, so dass sie sich erlauben kann, ihre Mähne hinter die Ohren zu tun, so dass sie in den Nacken fällt und dort wie eine Sham-
pooreklame flattert, wenn sie läuft,. Und nebenbei, nicht zu vergessen,
dass sie diesen Ausdruck "Mähne" von dir gelernt hat – du kennst ihn
von der Erzählung über dieses Mädchen, Marinka, dort heißt es: "Ihre
Mähne wurde voller und ihre Brüste waren wie Herbstäpfel..."
So ist eben Alisas Mähne etwas schöner – na und, was ist das schon?
In zwei Jahren, wenn sie zum Militärdienst muss, wird sie sich von ihr
trennen müssen! Man duldet beim Militär so ein flatterndes Haar nicht,
das ist klar! Und das hast du ihr erklärt, nicht weil du sie beneidest
oder ärgern wolltest, nur, damit sie Bescheid weiß und keinen Schock
bekommt. Aber von nun an wirst du ihr nichts mehr sagen! Alisa ist
schöner als du, hat eine tiefere Stimme – so behauptet sie wenigstens, obwohl sie nur ein wenig rauer ist, – was vielleicht anziehender
sein mag, vielleicht, betone ich, weil das nicht sicher ist und in vielen
Erzählungen hat das Mädchen eine "helle" und "klare" Stimme.
Zugegeben, ihre Brüste sind wie Herbstorangen und sie hat bessere
Noten als du, und die Eltern bevorzugen sie – was sie natürlich bestreiten; sei es wie es sei, von nun an wirst du sie nicht mehr benei-

den, du denkst einfach nicht mehr an alle diese Sachen! Und du zeigst Alisa, dass du sie gern hast. Dann wird sie sehen, dass ihr gute Freundinnen sein könnt, wirkliche Herz- und Seelenfreundinnen, die einander alles erzählen, sich bei den Hausaufgaben helfen und sich gegenseitig beraten. Dann wird Alisa endlich entdecken, dass du viel besser und verlässlicher bist als diese Aja, die... aber... Möge sie gesund sein!

Tami seufzte. Wie oft hatte sie sich das alles schon gewünscht, aber nie wurde etwas daraus! Vielleicht wegen dieser Gedanken, die du nicht haben willst: Warum sollst du zugeben, dass Alisa anziehender ist als du? Auch bei dir haben sich die Brüste zu entwickeln begonnen und tun sogar ein wenig weh, und Alisa hat erzählt, bei ihr hat das erst ein halbes Jahr nach der Bat-Mizwa Feier begonnen. Und was dein kurzes und nicht ganz glattes Haar und die paar Sommersprossen im Gesicht betrifft, manche sagen, das sei vorteilhafter. Bleibt nur das Problem der Schulnoten. Wer sagt denn, dass gute Noten Talent und Intelligenz bedeuten? Die zeigen höchstens Fleiß, das ist alles. Wenn du einmal – aber wirklich! – beschließt, die beste Schülerin der Klasse zu sein... Tami fühlte, dass es ihr gelingen könnte, sogar ziemlich leicht. Erinnerst du dich nicht, wie du das voriges Jahr fast beschlossen hast, diesmal endgültig zu beschließen, diesen Beschluss dann aber aufs nächste Jahr verschoben hast? Es ist langweilig und mühselig, sich ein ganzes Jahr anzustrengen – und für was? Papa und Mama freuen sich dann, als ob sie in der Lotterie gewonnen hätten und über jede schlechte Note ärgern sie sich, als ob man ihnen etwas gestohlen hätte. Ihrer Meinung nach ist es schrecklich wichtig. Und du findest, dass es ganz unwichtig ist. Papa und Mama wissen das Meiste, was wir jetzt in der Schule lernen, nicht. Sie rechtfertigen sich, dass sie alles einmal gelernt und dann vergessen hätten. Wie kann das sein, wenn es so wichtig ist? Papa weiß wenigstens schrecklich viele Dinge, die man nie in der Schule lernt. Aber Mama... Manchmal kommt es Tami so vor, als sei ihre Mutter kleinlich und provinziell, genau wie es Jishar erklärte, und dann tut sie dir leid und du bemühst dich, ihr im Haushalt zu helfen und machst ihr zum Geburtstag ein Geschenk, eine Tasse aus Keramik, mit einem Zettel drin, von Deiner Dich liebenden Tochter. Es gibt ja alle möglichen Sorten von Liebe. Mit Papa ist das anders. Auch er tut dir manchmal leid: Wenn er müde nach Hause kommt, setzt er sich gleich zu der zerrissenen und zerknitterten gestrigen Zeitung, die Ernst gebracht hat, und liest und liest, all das langweilige Zeug. Und dann isst er schnell etwas und geht zur Sitzung des Farmkomitees. Und nur einmal in einer Ewigkeit, als du mit ihm für einige Tage die Onkel in Tel Aviv besucht hast, geht ihr in den Tiergarten und zum Zirkus und rudert auf dem Yarkon und fahrt den Schalom-Turm hinauf und esst ein Eis... Dann, wenn er keine Gelegenheit hat, müde oder beschäftigt zu sein, zeigt sich, dass er lustig und sogar ein bisschen lausbübisch sein kann... Und dieser Lausbub zeigt dir, dass er dich lieb hat, obwohl er es dir nicht auf einen Zettel schreibt, der in einem Geburtstagsgeschenk steckt, er behandelt dich wie eine Erwachsene, die groß, gescheit und lausbübisch wie er ist.

Und gerade das ist es ja, was jede gute Freundschaft zwischen dir und Alisa verdirbt – sie nimmt dich nicht ernst, sie hält nicht viel von dir. Zum Beispiel, wenn sie jedes Mal sagt: "Aber das verstehst du noch nicht" oder "warte, bis du ins richtige Alter kommst". Dabei stellt sich heraus, dass du alles verstanden hast und deine Gefühle stimmen, was man aber erst weiß, wenn man mit einer Freundin darüber spricht. Und was ist eine gute Freundschaft? Aufrichtigkeit. Und Tami war bereit, Alisa alles zu erzählen was ihr passiert, sogar die meisten Gedanken, die so auftauchen, aber es ist doch von vornherein klar, Alisa wird sich nicht so verhalten wie du möchtest, sie wird dich nicht in ihre Angelegenheiten einweihen, sie wird dich nicht ernst nehmen. Seit Beginn der großen Ferien hat Alisa drei Briefe bekommen, mit der gleichen Handschrift und ohne Absender auf der Rückseite. Das sind doch sichere Zeichen. Und man sieht auch, dass Alisa an solche Sachen denkt nach allen diesen Liebes-Broschüren, die sie immer so liest, dass du es siehst, die sie dir aber nicht zeigen will und zwischen den Grammatikheften, wo Mama nicht herumstöbert, versteckt. Und eigentlich möchtest du sie fragen, was sie über diese Sachen denkt, über die Fotos und Ratschläge, und ob sie schon einmal einen Jungen geküsst hat und ob man da nicht ein komisches Gefühl hat, auf einmal einen Fremden zu küssen, und ob das nicht auch ein bisschen obszön ist... Und jetzt kommt noch dieser Jakob dazu, Alisa glaubt, dass er mit ihr anbandeln will. Kann man mit ihr über all das sprechen wie mit einer guten Freundin, ohne dass sie gleich in Gelächter ausbricht und sagt, dass die kleine Schwester wieder Wunschträume hegt?

"Was, bist du eingeschlafen?"

Alisa kam auf Zehenspitzen ins Zimmer, machte kein Licht an und begann, sich auszuziehen. Wenn du schon die neue Uhr hättest, mit den Ziffern, die im Dunkeln leuchten... Wie spät wird es wohl sein? Klar, dass es spät ist. Wenn ihr jetzt schon Herzensfreundinnen wärt, könntest du...

Der Vollmond leuchtete zum Fenster herein. Der Garten sah wie mit Milch übergossen aus, im Zimmer war es hell zwischen dem Fenster und Alisas Bettvorleger, Tami nannte den hellen Streifen Lichtland, aber dein Bett steht im Dunkelland. Ob Alisa auch an Licht und Dunkel denkt?

Alisa steht am Kopfende ihres Bettes, im Dunkelland, faltet ihre Kleider zusammen und legt sie auf den Stuhl. Dann nimmt sie ihren Pyjama – Jishar nennt es "Nachtgewand" – und Alisa tritt ins Lichtland, steht dort eine Weile, weiß und strahlend, der Mond wirft ihr schwarze Schatten vor die Füße. Tami versucht, sich an diesen Schatten fest zu halten, aber schon gleitet ihr Blick die Beine hinauf, von den Fußgelenken zu den Knien... Du hast sie schon einige Male nackt gesehen, aber immer im Tageslicht, wenn man sich schämt hinzuschauen. Ihr schwarzes Dreieck zwischen den Beinen ist gewachsen, und viel größer und dunkler als du dachtest – bei dir ist es der erste Flaum. Aber was macht das aus – auch ich werde so eines bekommen. Unterdessen hatte Alisa die Pyjamahose angezogen und nahm den Büstenhalter ab. Ihre Brüste waren voll und straff, keine Äpfel oder Orangen, sondern Herbst-Grapefruits, und sie hängen gar nicht herunter, wie bei Trude als ihr nach Caesarea baden gefahren seid, und sie mit den Frauen in jene Hütte ging, um dort die Badeanzüge anzuziehen.

Was Alisa wohl gedacht hätte, wenn sie wüsste... Der Nackte schämt sich, wenn er weiß, dass man ihn anschaut. Aber eigentlich schämt sich doch, wer heimlich hinschaut, das ist sonderbar. Alisa glaubt, du schläfst und hat keinen Verdacht. Aber wenn Gott zufällig schaut und sieht, wie du sie anschaust? Im Dorf spricht man nicht darüber, die Eltern erwähnen das nie, und auch in der Schule lernt man es nicht, obwohl das doch eine wichtige Frage ist: Gibt es Gott oder nicht. Alle benehmen sich, als ob es Ihn nicht gebe, und wenn man sie fragt, drücken sie sich oder antworten, dass sie nicht an ihn glauben. Aber auf der Welt sind so viele Menschen religiös, da existiert Gott vielleicht doch? Wenn das möglich wäre: zu denken, dass es Ihn ein bisschen gibt. Vielleicht gibt es jemanden, der alles sieht? Alles! Welche Schande! Wenn man annimmt, dass es Ihn nicht gibt, ist es beschämend, weil, wenn es Ihn gegeben hätte, er es doch gesehen hätte. Andererseits könnte man behaupten, dass Er dann alles wissen würde, auch, welche Gewissensbisse du hast und wie viel du an Ihn denkst, ob Er existiert und ob Er dir vergeben würde. Und wenn Er

gesehen hätte, wie sehr du bereust und wie du dich sogar selbst be-
strafst... Tami zwickte sich mit aller Kraft in den Schenkel und drehte
dabei ihre Hand, um den Schmerz zu verstärken. Ordentlich wehtun
soll es, mein Fräulein! Von nun an, als Strafe wirst du Alisa wirklich
lieb haben, ja, meine Dame, Amen, fertig, abgeschlossen. Und als
zusätzliche Strafe wirst du ihr von nun an alles erzählen. Und wirst
dich überhaupt ganz verändern. Wirst nicht ans Schönsein denken
und ob jemand anziehend ist, wirst nicht mehr "Die Filmwelt" lesen,
nie mehr nackt vor dem Spiegel stehen... Keine Vergleiche mehr von
Herbstäpfeln mit Orangen und Grapefruits, keine Gedanken an
schwarze Dreiecke, keine Beachtung überhaupt für Jakob.
Auf einmal hatte Tami ein friedliches Gefühl. Auch sich selbst wird sie
nicht beachten. Nur einmal am Tag, in der Frühe, wird sie sich käm-
men und auch dann – ohne in den Spiegel zu schauen. Und wird sich
nicht mehr vor jeder Versammlung umziehen. Und beim Friseur wird
sie die kürzeste und einfachste Frisur verlangen, ja wenn es möglich
wäre, hättest du dir deine Mähne ganz abgeschnitten, als Strafe, mein
Fräulein! Und von nun an wird sie nicht mehr schreien und laut lachen, sondern wird immer ernst und ruhig sein, immer hilfsbereit und
alle gern haben...
Von wann an? Von morgen früh? Oder warten wir lieber bis zur ihrer
Bat-Mizwa Feier, die ein besserer Anfang fürs neue Leben ist als so
ein gewöhnlicher Morgen. Natürlich könntest du versuchen, dich bis
dahin ein bisschen zu verändern, nur so, zum Üben, dann aber, nach
dem großen Abend... Und warum nur "nach" und nicht "während"? Du
kannst doch schon mitten in der Feier damit beginnen. Zum Beispiel,
wenn Jakob dich zum Tanzen auffordert, sagst du ihm: "Ich tanze
keine Salontänze mehr..." Ach, was für ein verblüfftes Gesicht würde
er machen! Und wenn er dann sieht, dass du ihn gar nicht beachtest...
Man sagt, dass sie das wütend macht und sie am meisten anzieht...

Schon wieder dieses Unwort, "anzieht", das musst du ganz verbannen! Und den Mund mit Salzwasser spülen, jedes Mal, wenn du es in den Mund nimmst. Wenn man die Gedanken, wenn man die spülen könnte. Und so wirst du dich üben, nicht an ihn zu denken. Und auch nicht, was er denken wird, wenn er sieht, dass du gar nicht an ihn denkst. Von jetzt an muss das natürlich und wie von selbst kommen. Also, mein Fräulein, noch einen Monat hast du Zeit, dich im Gutsein und Anderssein zu üben und dann beginnst du wirklich und absolut...

"Tami?" fragte Alisa im Dunkeln.

"Ja?" erschrak Tami.

"Schläfst du?"

Tami war überrascht, sagte "Nein", hüstelte, um sich zu räuspern, und wiederholte: "Gar nicht. Warum?"

"Was murmelst du denn?"

"Ich murmle?"

"Ja, die ganze Zeit flüsterst und murmelst du etwas. Ich dachte schon, dass du träumst und im Schlaf sprichst."

"Ich hab so gedacht und gar nicht gespürt, dass ich was murmle."

"Und an was hast du so intensiv gedacht?"

"An gar nichts."

"Aber du hast eben gesagt, dass du an etwas gedacht hast."

"Ja... an alle möglichen Sachen."

"Zum Beispiel?"

Welch ein Glück, dass du dich erst nach der Bar-Mizwa Feier ändern willst und alles erzählen musst! Was machst du, wenn du auch dann solche Sachen denkst und Alisa dich fragt? Da wirst du gut aufpassen müssen, nur über Dinge nachzudenken, die man erzählen kann! Und was mache ich jetzt? Jetzt gilt es noch nicht. Eigentlich hast du ja nur übers Nachdenken nachgedacht, das muss man doch nicht erzählen.

"Alles mögliche... zum Beispiel... Ob es Gott gibt."

"Wieso?" lachte Alisa ungläubig. "Hast du denn nichts anderes zum Denken?"

"Hast du nie darüber nachgedacht?"

"Wieso?", lachte Alisa ungläubig. "Hast du denn nichts anderes zum Denken?"

"Hast du nie darüber nachgedacht?"

"Nein. Warum sollte ich?"

"Und glaubst du nicht, dass es Ihn gibt?"

"Was weiß ich? Sicher nicht."

"Und hast du nie gedacht, dass es Ihn vielleicht doch ein bisschen gibt? Sagen wir, wenn dir etwas wichtig war? Erinnerst du dich, wie vor einem halben Jahr der elektrische Wassertopf kaputtging? Ich wollte Tee kochen und steckte den Stecker in das Netz und da hat mich gerade Gilat hinaus gerufen, und ich hab mit ihr geredet, und dann gingen wir zu Michal, und plötzlich, nach einer Stunde, bin ich aufgesprungen und wie verrückt nach Hause gerannt, weil vielleicht schon ein Feuer ausgebrochen war und das ganze Haus gebrannt hat, und ich wäre schuld an allem..."

Tami machte eine Atempause.

"Na und? Was hat das damit zu tun?", fragte Alisa kühl.

"Während ich rannte, hab ich gebetet und hab in Gedanken gefleht, dass Gott, wenn es Ihn gibt, mir helfen soll", sagte Tami verschämt. "Ich hab ihm sogar gelobt, dass, wenn er dafür sorgt, dass kein Brand ausbricht, ich immer an ihn glauben werde. Und als ich zu Hause sah, dass nur der Topf verbrannt war..."

"Nur!", bemerkte Alisa spöttisch. "Weißt du, wie viel so ein neuer Topf kostet? Mutti war damals den ganzen Tag wütend und fragte die ganze Zeit, wer den Topf kaputt gemacht hat, und hatte Papa und mich in Verdacht, und du hast die Unschuldige gespielt und gesagt, dass du nichts weißt."

Tami verteidigte sich: "Nun ja", gab sie zu, "wenn Mutti nicht gefragt hätte, hätte ich ihr alles erzählt. Aber nachdem sie so wütend war und mich gleich angefahren hat, ob ich das angestellt habe, war ich verwirrt und hab gesagt, nein. Und dann konnte ich nicht mehr ja sagen, nicht wahr?"

"Was weiß ich? Auf alle Fälle hat dir dein Gott nicht geholfen, und der Topf war kaputt!"

"Ja, das ist es eben, dass ich nicht wusste, was ich tun sollte: An Ihn glauben, weil ich's Ihm doch versprochen habe, dass, wenn kein Brand ausbricht? Aber eigentlich gab's einen kleinen Brand, nicht? Ich meine, der Topf ist ja verbrannt."

Nach den Regeln der "wirklich guten Freundschaft" ist jetzt Alisa an der Reihe, etwas zu erzählen, etwas, das mit "Ja, auch ich habe einmal..." beginnt. Sonst besteht die Möglichkeit, dass sie morgen Abend, aus purer Langeweile Aja und Niwa erzählt: "Meine kleine Schwester ist so komisch... Gestern hat sie mir auf einmal gebeichtet, dass sie an Gott glaubt, seit sie den elektrischen Wassertopf kaputtgemacht hat..." Man kann alles, was aus dem Herzen kommt, lächerlich machen! Tami schluckte und biss die Zähne zusammen: wie dumm, ihre Gedanken zu enthüllen und sich so hilflos dieser Herzlosen auszuliefern!

"Was weiß ich?", sagte Alisa.

"Und warum glaubst du nicht?"

"Ich weiß...? Niemand glaubt. Und das ist auch so dumm, weißt du, alles, was man tun soll oder nicht tun darf, dass die religiösen Frauen das ganze Jahr lange Strümpfe und Ärmel tragen müssen und nie Hosen oder einen Badeanzug anziehen dürfen und nicht mit Männern zusammen schwimmen können und immer denken müssen, was koscher ist und was nicht, und zu Pessach immer Angst haben, dass sie nicht Gott behüte einen Krümmel Sauerteig irgendwo vergessen haben, und gerade zur Hochzeit müssen sie sich ihre Haare abschneiden lassen und eine Perücke tragen und in eine Mikwe gehen, statt sich zu Hause zu waschen..."

"Warum?", fragt Tami. "Was hat das mit Gott zu tun?" Dass ein großes und gescheites Geschöpf wie Er solche kleinlichen und erniedrigenden Sachen fordert... Wenn ein Mensch so etwas fordern würde, hätte Jishar gesagt, dass er provinziell sei.

"So ist das eben."

Tami schwieg. Solche Antworten verschließen einem den Mund und sogar die Gedanken. "So ist das eben"! Aber warum, warum?

Nach einer Weile sagte sie:

"Das ist sehr unbequem. Aber wenn es die Wahrheit ist, soll man doch nicht auf die Bequemlichkeit achten, nicht wahr?"

"Wenn was die Wahrheit ist?"

"Dass es Gott doch ein bisschen gibt."

"Oi, du Dumme! Wie kann es Ihn 'ein bisschen' geben?"

"Ich meine, dass es Ihn vielleicht gibt, aber nicht so, wie man immer sagt, ich meine, mit den langen Strümpfen und der Mikwe und dem nicht am Sabbat fahren dürfen..."

"Oi, Tami, du bist so komisch!"

"Was ist daran komisch? Du antwortest mir nicht!"

"Gut, dann frag einen, der mit dir herumphilosophieren will."

"Ich werde Jishar fragen. Ich lege einen Zettel in den Fragekasten."

Einem Moment später fügte sie hinzu: "Aber wehe dir, wenn du's jemandem erzählst! Versprich es!"

"Schon gut", lachte Alisa. "Warum sollte ich's denn erzählen?"

"Nicht einmal Aja!"

"Gut", auch darauf verzichtete Alisa, "nicht einmal Aja."

Beide schwiegen.

"Sollen wir schlafen?" fragte Tami. "Ich habe noch gar keine Lust."

44

"Was weiß ich...?" sagte Alisa.

Sie unterhielten sich noch lange im Dunkeln. Tami erzählte von der Versammlung, die sie am Abend mit Jishar hatten, dann tratschten sie über die Lehrer im Dorf und in Naharia und über Lehrer allgemein und über die Mädchen der Nachalgruppe und alle Nachalburschen außer Jakob, dann bemerkten sie, dass es schon sehr spät sei und man schlafen müsse, und lagen noch lange wach.

Vorschläge und Argumente

Innerhalb einer Woche verbreitete sich in Kfar Davidson das Gerücht, "russische Familien sollen kommen". Niemand erhob Einspruch dagegen, dass Familien von Neueinwanderern aufgenommen werden sollen, aber trotzdem... dieses "Aufnehmen" ist nicht so einfach, es ist doch klar... wird uns noch viel zu schaffen machen, da bin ich sicher...

"Was mich am meisten ärgert, die Diskriminierung", behauptete Ruth beim gemeinsamen Nachtmahl. "Als voriges Jahr die zwei Familien aus Nordafrika kamen, hat man sie in Holzbaracken untergebracht. Und die Russen bekommen auch Baracken, aber man baut ihnen schon Wohnungen: Für sie gibt es keine Wartezeit; und ich habe gehört, dass man uns vorgeschlagen hat, auch zwei amerikanische Familien aufzunehmen – die bekommen dann komplette Häuser mit allem drin: Solarboiler, Gasherd, Kühlschrank, alles schon fertig, bevor sie überhaupt ankommen. Man erzählt sich, dass es überall so ist: Für die Angelsachsen baut man sofort Luxuswohnungen, die Russen bekommen gewöhnliche Behausungen, und die Nordafrikaner müssen ein paar Jahre in armseligen Blechhütten wohnen."

Dabei nahm sie ein Brot mit Topfenaufstrich. Se'ew macht kaum den Mund auf, man muss ihn zum Sprechen auffordern, sonst verlaufen die Mahlzeiten in Schweigen, oder man unterhält sich über den Preis der Sardinen und über das Kleid, das sich Trude gekauft hat. Aber das Problem der Aufnahme von Neueinwanderern könnte den intellektuellen Horizont der Mädchen erweitern. Sie lesen keine Zeitungen, wie sollen sie dann über die Probleme Israels informiert sein?

"Was willst du?", antwortete ihr Se'ew. "Wenn man den Angelsachsen schlechte Bedingungen bereitstellt, kommen sie einfach nicht, aber man ist daran interessiert, dass gerade sie als Einwanderer kommen sollen." Er kaute schweigend, und als alle schon an etwas anderes dachten, fuhr er gemächlich fort: "Erstens, weil von dort die meisten Spenden und Anleihen stammen und weil dadurch deren frühere jüdische Gemeinde stärker an uns gebunden wird..." Wieder biss er ein Stück Brot ab und kaute. "Und zweitens aus politischen Gründen..."

Ruth zog ihre Mundwinkel herunter: Entweder er redet überhaupt nicht oder zu viel. Entweder er schweigt oder trägt vor, aber sich einfach unterhalten, das kann er nicht. Und oft an Freitagabenden, wenn sie zwei Kuchen gebacken und Eis und guten Kaffee für ihre Gäste vorbereitet hatte, hat er alles mit seinem Schweigen oder mit einem endlosen Vortrag verdorben.

Man hörte Schritte auf den Betonplatten. Trude kam, eine kleine und geschäftige Frau, die dieses Jahr Vorstand des Frauenkomitees war und für alle Probleme, die die Arbeit der Genossinnen betreffen, verantwortlich ist.

"Guten Abend, guten Appetit, oh, wie idyllisch!"

Rasch überblickte sie die Speisen auf dem Tisch, und Ruth, die diesen Blick bemerkte, war stolz: Unlängst hatte sie einen in acht Mulden eingeteilten Teller gekauft, alle nannten ihn "Platte", nur Tami, die darin Jishar folgte, sagte "Muldenschüssel". Man kann darauf Topfenaufstrich, Käse, Wurst, Sardinen, gemischten Salat, Oliven, Auberginen- und Avocadoaufstrich servieren, dazu macht man Brot und Kaffee, und jeder nimmt sich, was ihm schmeckt. Jetzt war die Platte reichlich gefüllt.

"Hör mal, Ilse...", begann Trude.

"Setz dich, da ist noch ein Stuhl. Eine Schale Kaffee?"

"Ich habe eben erst Kaffee getrunken. Aber was Kaltes..."

"Sicher! Tami, hol' bitte die Sodaflasche und den Fruchtsaft vom Frigidaire!"

Tami schwankte einen Moment, ob sie ihnen erklären sollte, dass man "Kühlschrank" oder "Eiskasten" sagen soll, fand aber dann, dass sie es nicht wert wären.

"Alisa", sagte sie, die Stimme ihrer Mutter nachahmend, "hol bitte den Aschenbecher und Zigaretten!"

Man lachte. Alisa rührte sich nicht.

"Danke", sagte Trude, "nur den Aschenbecher. Zigaretten habe ich."

Sie schenkte sich Soda mit Fruchtsaft ein, leerte das Glas und zündete sich eine Zigarette an.

"Es war heute so heiß."

"Ja, es war schrecklich heiß", stimmte Ruth zu.

"Also hör mal, Ilse", begann Trude wieder, "morgen kommen doch diese russischen Familien. Ich möchte, dass du dich einer von ihnen annimmst."

"Eine große?"

"Ich kann dir eine Vierköpfige geben."

Sie nahm einen Zettel aus der Tasche.

"Da habe ich die Wollinskis", sagte sie, "die haben zwei Töchter im Alter von sieben und zehn, und da gibt's die Dworkins, die haben eine Tochter und einen Sohn im Alter von zwölf und vierzehn, und da ist die Familie Abramowitz..."

"Oi, den Sohn kenn ich!", erinnerte sich Tami, "Wir fuhren im gleichen Bus, er erzählte mir, dass sie vielleicht herkommen würden."

Alle schauten sie an und Ruth bemerkte: "Schau schau! Also hast du schon mit jemandem Bekanntschaft im Autobus gemacht? Warum hast du's uns nicht erzählt?"

Im selben Moment sagte Trude: "Das ist sicher ein Irrtum: Die Familie Abramowitz hat keinen Sohn."

"Nein, ich meine die Familie... wie heißen sie? Dworski? Das sind sie sicher, er hat mir nämlich gesagt, dass sie auf Hebräisch 'Dwir' heißen und dass sie aus dem Kibbuz Ewron kommen und dass er eine etwas jüngere Schwester hat. Das sind sicher die."

"Wie heißt er?", fragte Alisa.

"Er heißt... Ich hab's vergessen... Ich meine, er hat's mir nicht gesagt, glaub ich", sagte Tami und wurde rot.

Die beiden Frauen lächelten und Alisa, diese gemeine Kreatur, lächelte mit ihnen.

"Nun gut", sagte Ruth nach kurzem Schweigen, "gib mir eine vierköpfige Familie. Wir werden es schon schaffen."

"Also die Dworkins?"

"Egal. Wenn Tami meint, dass sie den Sohn vielleicht schon kennt, so lass es die Dworkins sein, damit Tami zufrieden ist."

Tami wollte schon sagen, dass sie durchaus nicht ausgerechnet diese Familie will, damit man nicht glaube, dass sie etwas mit diesem Jungen zu tun haben will. Aber das wäre lächerlich, wenn sie das so betonen würde.

Sie ging in ihr Zimmer, machte die Wandlampe an, stellte den Lautsprecher an, der mit dem Radio im Schlafzimmer der Eltern verbunden war, und hörte – noch immer verärgert – der Musik zu. Im Nachbarhaus, bei Gilat, war es dunkel. Sicher ist sie zu Michal oder Ja'ara gegangen, um sich mit ihnen "Die Arche Noah" anzuhören. Und dich hat sie nicht eingeladen. Du könntest so zufällig bei Ja'ara vorbeikommen, und wenn sie nicht dort sind, dann vielleicht bei Michal oder

im Klubhaus... Diese Versammlung mit Jishar wurde ja verschoben...
Tami legte sich aufs Bett. Es war natürlich noch viel zu früh zum
Schlafen, aber sie hatte keine Lust, etwas zu tun. Sogar wenn Gilat zu
Hause wäre. Du wärst nicht hingegangen. Sogar wenn sie dich zur
"Arche Noah" eingeladen hätte oder ins Klubhaus oder zum Nachal.
Wie wäre es, wenn du Vorschläge für die Versammlung vorbereiten
würdest? Obwohl man sie verschoben hat, wird man sie einmal abhalten. Und klar ist, niemand wird etwas vorbereiten. Und wenn Jishar
fragt, wo sind eure Vorschläge? Dann werden alle die Köpfe senken
und verstummen. Und dann sagt Jishar: "Also, ich sehe, dass ihr keinen logischen Grund habt, diese Gelegenheit zu feiern, außer eurer
Lust, Geschenke einzuheimsen..." Und da nimmst du ganz langsam
diesen Zettel aus der Tasche und liest und weidest dich an den ver-
blüfften Gesichtern!
Tami stand auf, riss eine Seite aus einem Heft, nahm eine Feder und
ein Buch und legte sich wieder hin. Was hat er damals gesagt, wie
man jeden ernsten Vorschlag vorbereiten muss? Eine Einleitung, Paragraphen, konkrete Details und eine Zusammenfassung. Obwohl
eigentlich die konkreten Details die beste Zusammenfassung sind.
Natürlich müssen auch – aber noch vorher, in der Mitte - logische
Gründe dafür und dagegen stehen. Also.
Tami zog einen Strich, um darüber die Überschrift zu setzen: "Vorschläge und Gründe". Alles andere, "Für die Versammlung zur Frage,
wie wir die Bar-Mizwas feiern sollen" und so weiter, braucht man nicht
aufzuschreiben, das versteht sich von selbst. Und jetzt – Tami
schmückte die Buchstaben und fügte jedem einen Schatten dazu, der
ihnen zu Füßen lag, als ob der Mond sie durch das Fenster beleuch-
ten würde – und jetzt... Aber der Gedanke, der noch vor einem Moment so klar und einleuchtend war, war ihr entfallen, wahrscheinlich
wegen dieser Schatten, die du zu den Buchstaben gegeben hast.

Tami zerknüllte das Blatt und warf es unter's Bett, dann nahm sie rasch das Heft und entwarf mit einem Schwung ohne Überschrift und Schatten:

Jishar sagt, dass das früher ein Fest war, das zeigte, dass man erwachsen sei, heiraten konnte und auf die Jagd ging und sich selbst ernährte. Wir können noch nicht heiraten und uns selbst ernähren, weil wir noch alle möglichen Sachen lernen müssen, aber wo es möglich ist, soll man uns erwachsen sein lassen!
Gründe...

Hier blieb sie stecken. Welche Gründe kann man für etwas angeben, das klar und selbstverständlich ist?
Schließlich strich sie das letzte Wort aus, und schrieb stattdessen:

Vorschläge:

1. Man soll uns die Filme anschauen lassen, die wir wollen!

2. Man soll uns ins Bett gehen lassen, wann wir wollen!

3. Was wir nicht essen wollen, dazu soll man uns nicht zwingen!

4. Man soll uns selbst unsere Kleider einkaufen lassen!

5. Man soll uns unsere Geldzuteilung geben, und wir zahlen davon den Eltern was sie für unser Essen ausgeben, der Rest soll uns zur Verfügung stehen, damit wir es sparen oder nach unserer freien Entscheidung ausgeben können!

6. Wenn jemand nicht bei seinen Eltern wohnen will, soll er in eine Baracke übersiedeln können, wenn es dort ein freies Zimmer gibt!

Dann schrieb sie:
Zusammenfassung!, unterstrich es und fügte hinzu: Und man soll uns

wirklich erwachsen sein lassen und nicht nur so herumreden, dass eine neue Epoche in unserem Leben beginnt, und dann ändert sich doch nichts. Man soll uns nicht zwingen, von den Eltern in allen möglichen kleinen Sachen wie Essen, Kleider, Geld, Schlafengehen und Ähnlichem, abhängig zu sein, das ist manchmal erniedrigend und beleidigend. Da soll man entscheiden, aber aufhören herumzureden. Was für Vorschläge! Tami sprang auf und lief im Zimmer hin und her und fand es sogar etwas schwer zu atmen – so stark war ihr Herzklopfen. Sie fühlte es im Hals. So wie wenn man Angst hat. Hat sie Angst? Wovor? Dass man sagen wird, dass das eine Frechheit ist? Sollen sie sagen! Nein, sie sollen nicht etwas allgemein Abwertendes sagen, sondern einen Standpunkt einnehmen und diskutieren! Und auch was sie gefühlt hat, wird sie Gilat erzählen, dieses Gefühl von Herzklopfen im Hals – alles, alles wird sie erzählen!

Grüne Bohnen

"Die Russen" sollten am nächsten Tag bis Mittag kommen. Es gelang ihnen nämlich, ihre Möbel aus Russland mitzubringen, da wird es ein großer Transport.

Ungefähr eine Stunde nach dem Frühstück sah man im Dorf den Lastwagen des Kooperativs, der von Zeit zu Zeit eine neue Familie, die "Kandidatin" sein will, brachte und manchmal auch eine Familie, die sich nicht heimisch gefühlt hatte, wieder wegbrachte. Und während er langsam auf der Straße seinen Weg nahm, der um die Häuser der Genossen einen Halbkreis bildet, am Konsum und am Kulturzentrum vorbeifuhr, den Farmhof durchquerte, um endlich zur Barackenreihe an der Nordseite des Dorfes zu gelangen, hatten sich schon viele Kinder versammelt und verfolgten ihn. Im Lastwagen waren nur zwei Männer, die aufgeregt mit dem Fahrer diskutierten, Tami vermutete, dass sie einander zuriefen, auf welcher Seite man jedes Möbelstück heben soll, dass sie nicht wirklich stritten, wie es den Anschein hatte. Unterdessen kamen der Hausmeister, der für den Farmhof verantwortlich ist, und einige Dorfgenossen, um beim Abladen zu helfen. Die Möbel sahen komisch aus, sie waren dunkel und schwer. Nachdem ein Teil an der einen Baracke abgeladen war, fuhr der Lastwagen zur nächsten und kam so zu allen vieren, bis er dann leer wieder zurückfuhr, durch den Farmhof, beim Kulturzentrum und dem Konsum vorbei, auf dem Weg, auf dem er gekommen war. Die neuen Männer trugen unterdessen die Möbel in die Baracken. Es wurde heiß. Die Neugierde der Kinder war verflogen und alle gingen – zum Schwimmbad, zum Klubhaus, und diejenigen, die noch nicht ihren Arbeitsanteil für die Ferien beendet hatten, gingen zur Arbeit.

Tami und ihre Freundinnen standen nicht mit den Neugierigen zusammen. Als der Lastwagen kam, näherten sie sich einen Moment, um zu fragen, ob unter den Neulingen Mädchen ihres Alters wären, und als sich herausstellte, dass das nicht der Fall war, gingen sie.

Tami eilte nach Hause, um ihrer Mutter zu helfen. Während der ganzen Sommerferien half sie ein bisschen bei der Hauswirtschaft, hauptsächlich wenn ihre Mutter draußen bei der Arbeit war, auch wenn Ruth sie nicht dazu aufforderte. An diesem Tag waren Ruth und die anderen Frauen, die eine Familie von Neueinwanderern "bekommen" hatten, von der Arbeit auf der Farm befreit, und Tami fühlte die Aufregung in der Luft, wie immer, bevor Gäste kamen.

"Hör mal, heute musst du mir helfen", hatte Ruth zu ihr gesagt. Und auch das war aufregend. Gut, dass Alisa im Obstgarten arbeitete und man dort, wegen der Apfelernte, nicht auf sie verzichten wollte.

Nachdem Tami von ihrem Erkundungsgang bei den Baracken zurückgekommen war und erzählt hatte, dass es nichts zu helfen gab, und kurz die beiden Männer und die Möbel beschrieben hatte, nahm sie den Einkaufskorb, die Milchkanne und den Einkaufszettel, schwang sich auf Alisas Fahrrad, dachte, wie schön es in ein, zwei Monaten sein wird, wenn auch sie, Tami, so eines... nein, ein viel neueres, besitzen wird... und fuhr zum Konsum. Dienstag ist Konsumtag. Und was fehlt noch? Mutter vergisst immer etwas aufzuschreiben.

Der Konsum war im Zentrum, neben dem Wasserturm, auf der Kuppe des Hügels. Das Treten auf dem Rad ging schwer, aber wenigstens war der Korb leer. Auf dem Rückweg, wenn er voll ist, profitiert man am vom Abhang.

Der Bau des Konsums wurde erst vor einem halben Jahr beendet. Bis dahin war er in einer langen und hässlichen Baracke untergebracht und wäre sicher noch ein paar Jahre dort geblieben, wenn nicht glücklicherweise ein kleiner, schnell gelöschter Brand ausgebrochen wäre, in dem man ein Warnsignal sah: Er wurde durch einen Kurzschluss hervorgerufen, und wer könnte dafür bürgen, dass es nicht noch einen geben wird, alles morsch ist? Die Waren sind zwar versichert, aber...

Zur selben Zeit traf eine großzügige Spende von Herrn Davidson ein, man nahm noch eine günstige Anleihe und beschloss, endlich einen neuen Konsum zu bauen. Ob das "neu" bedeutet, dass es Selbstbedienung geben wird wie in den Supermärkten oder ob wir beim altem System bleiben, wo jeder seinen Korb mit dem Bestellzettel dort stehen lässt und ihn nach zwei Stunden, wenn er gefüllt ist, wieder abholt? Die Konservativen trugen den Sieg davon mit der Begründung, dass, wenn man mit einem Zettel bestellt, man weniger in Versuchung kommt, zu verschwenden. Die Erneuerer trösteten sich mit dem Versprechen, dass der Neubau so geräumig sein würde, dass er später der neuen Methode angepasst werden kann.

Tami betrat den Konsum und überflog den Zettel, dann fügte sie Sauerkraut und Himbeersaft dazu und nach kurzen Zögern auch ein halbes Kilo Schokoladen-Kekse. Wenn Mutti diesen Luxus nicht genehmigt, kann man es immer zurückgeben.

Von dort fuhr sie zur Wäscherei, um zu sehen, ob die Säcke, die ihre Mutter gestern hineingeworfen hatte, schon herausgekommen sind. Ja, zwei von dreien lagen schon im Holzwagen, der vor dem Waschgebäude stand, und tropften noch. Tami legte sie vorsichtig auf den Lastträger des Fahrrads und fuhr nach Hause, direkt zu den Wäscheleinen, die hinter dem Haus aufgespannt waren, und begann, dort die Wäsche aufzuhängen, um ihre Mutter zu überraschen. Dann setzte sie sich auf die Schwelle des Korridors am Eingang und putzte ihre und Se'ews Schuhe und Sandalen. Noch eine Überraschung. Und wenn du später ins Haus hineingehst, wirst du nichts verraten, vielleicht erzählst du, dass der Lastwagen erst gegen Mittag zurückkommt. Und dann wird Mutter fragen: Gehst du unterdessen noch in die Wäscherei? Wenn unsere Säcke schon herausgekommen sind, dann häng die Wäsche auf, ja? Und du wirst ein gewisses Lächeln zeigen, bis Mutti es errät und sagt: Wunderbar! Dann putz wenigstens die Schuhe und die Sandalen... Das ist nett, wenn es im Leben kleine Überraschungen und ein gewisses Lächeln gibt... Und es wäre noch netter gewesen, wenn jemand hier wäre, wie Gilat zum Beispiel, der man das erzählen könnte. Tami trat ins Haus. Ihre Mutter stand am Spülbecken.

"Was machst du, Mama? Hast du schon zu kochen begonnen?"

"Ich habe den Kühlschrank abgetaut, er war schon ganz vereist. Und dann habe ich ein bisschen Ordnung im Küchenschrank gemacht."

Ruths Stimme war ruhig und ausgesöhnt.

"Kann ich dir was helfen, Mama?"

"Ja, komm und putz mir die grünen Bohnen."

Sie nahm aus dem "Luftschrank" einen geflochtenen Korb mit grünen

Bohnen und gab Tami ein Messer und einen Topf. Tami setzte sich an den Tisch im Speisezimmer und schnitt die Stängel und Spitzen der Hülsenfrüchte ab. Das "Speisezimmer" war eigentlich die Fortsetzung der Küche, aber die meisten Familien bauten eine Trennwand, um diesen Teil von Spülbecken, Herd und Kühlschrank zu trennen. Ruth stellte dort nur den Geschirrschrank hin, um die Grenze der beiden Bereiche, Kochbereich und Essbereich, zu trennen. Dieser Schrank war genauso hoch wie Tami, als sie fünf Jahre alt war. Und sie wollte schon ihre Mutter daran erinnern, dass sie damals, wenn sie am Tisch saß, nicht sehen konnte, ob ihre Mutter in der Küche war, und jetzt sieht sie sie und kann mit ihr während der Arbeit plaudern.

"Wie hast du diesen Knaben kennen gelernt?", fragte Ruth.

Es gab Mütter im Dorf, die sich immer beklagten, dass ihre Töchter ihnen nichts, aber schier gar nichts erzählen, und sie müssen selbst alles heraus finden, und andere waren stolz darauf, dass sie und ihre Töchter wie gute Freundinnen seien, und dass die Mädchen ihnen alles, wirklich alles erzählten. Ruth gehörte zur zweiten Gruppe, und "alles" bedeutete bei ihr hauptsächlich, was in der Schule los war und wer jetzt ihre Freundinnen seien. Ruth arbeitete jeden Tag drei Stunden in den Gewächshäusern, aber die Sorgen über die Bewässerung, den Verkauf und die Anweisungen an die anderen Frauen, die dort arbeiteten, verfolgten sie lange. Und da sie nicht Rad fahren konnte, vergeudete sie viel Zeit für den Weg zu und von der Arbeit, die Gewächshäuser befanden sich außerhalb der Sicdlung, in der entgegengesetzten Richtung von Konsum und Wäscherei. Außerdem war Ruth stolz darauf, dass bei ihr alles gebügelt war, sogar die Hand- und Leintücher, und dass es bei ihr Freitagabend immer zwei Arten von Creme-Kuchen gab. Stets war sie beschäftigt und angespannt und fand nie Zeit, sich mit den Mädchen zu unterhalten, außer um sie zu erinnern, dass sie die Betten in Ordnung bringen, aufräumen und die

Zähne sorgfältig putzen sollten. Deshalb hatte sie Gewissensbisse.

"Ganz zufällig", sagte Tami. "Als ich damals von Haifa zurückkam im Autobus, blätterte ich in unserem Bulletin und da fragte er mich, ob ich von Kfar Davidson wäre."

"Ja? Und?"

"Und das ist alles. Ich sagte ihm, dass es bei uns nicht 'Kfar Davidson', sondern 'Ejn Bdolach' heißt und fragte ihn, warum er fragt. Und da erzählte er, sie würden vielleicht herkommen."

"Und warum hast du's uns nicht gleich erzählt?"

"Warum ich nicht gleich was erzählt habe?"

"Dass du mit ihm im Autobus gesprochen hast."

"Was gab's da zu erzählen? Sagen wir, dass du auf der Straße gehst und jemand fragt dich, wie spät es ist, wirst du es dann gleich erzählen?"

Ruth schwieg. "Stimmt", dachte sie, "aber trotzdem..." sagte es aber nicht, sondern suchte nach einer weiteren Frage:

"Nun, und welchen Eindruck macht er? Ist er nett?"

"Was weiß ich? Ein Neueinwanderer."

"Spricht er hebräisch?"

"Ja, wahrscheinlich ein bisschen."

"Und was hat er noch erzählt?"

"Gar nichts."

Das Thema war erschöpft. Ruth hätte zwar noch hinzufügen können: "Weißt du, man soll bei solchen Gesprächen mit fremdem Leuten im Autobus immer sehr vorsichtig sein." Aber dann hätte Tami sicher gefragt: "Vorsichtig sein – warum?" Und daher schwieg Ruth.

Da begann Tami:

"Was kochst du, Mama? Grüne Bohnen mit Tomatenpüree?"

"Ja, oder wir schmoren sie mit Brotbröseln, was meinst du?"

"Ich bin für Brotbrösel."

"Gut, also machen wir geschmorte Bohnen, Erdäpfelpüree mit gebratenen Zwiebeln, und... vielleicht Fischfilet? Wir haben noch Filet im Kühlschrank."

Dann besprachen sie noch, ob es als ersten Gang Gemüsesuppe oder Auberginensalat geben soll, und das brachte sie einander näher, mehr als das vorige Thema.

Die Russen kommen!

Um halb eins ging Tami nachschauen, ob sie schon angekommen wären. Nein, noch nicht. Das Warten wurde bedrückend. Wenn man gestern gesagt hätte, dass man die Dworkins einer anderen Familie zugewiesen hat, hätten sie es nicht bedauert. Aber jetzt, nachdem das ganze Haus aufgeräumt, der Fußboden geputzt und ein Mittagessen gekocht war – eine Gemüsesuppe, einen Auberginensalat, Fischfilet mit geschmorten Bohnen, Tomatenpüree und Bratkartoffeln, und zum Nachtisch sollte es kalte Melone und Eis geben und auf Wunsch schwarzen Kaffee und Kuchen, – jetzt erwarteten sie "diese Russen" ungeduldig.

Sooft man einen Motor brummen hörte, lief Tami zum Fenster: Zuerst kam das rote Postauto, dann traf der grüne Lastwagen der Regionalbäckerei ein, nach ihm erschien der Jeep der Grenzwache, der schon einige Monate nicht im Dorf gesehen worden war und dem gerade heute einfiel, eine Routinestreife abzuhalten, dann brachte man eine Ladung Schotter zum Bau der neuen Molkerei und zum Schluss fuhren ein paar Strohtransporte auf dem Weg zur Scheune vorbei. Um dreiviertel eins nahm Ruth die Zeitung, setzte sich in den Sessel, schaltete das Radio ein und erklärte, wir warten noch eine Viertelstunde dann kommt Se'ew von der Arbeit und wir essen – und fertig! Und wenn später diese Russen ankommen, werden sie sich mit kalten Speisen zufrieden geben müssen oder warten, bis wir ihnen etwas aufwärmen.

Um zehn vor eins hörte man noch einen schweren Motor brummen. Diesmal lief Tami nicht mehr zum Fenster, es war ihr egal. Als aber das Brummen am Fenster vorbeikam, kam es ihr so vor, als ob sie auch Stimmen gehört hätte, die weder deutsch noch arabisch sprachen.

Da sprang sie hinaus und kam mit der Botschaft zurück – ja, es sei soweit!

Tami überquerte den Rasen, sie kam zusammen mit dem Lastwagen bei den Baracken an. Man stand mit den Neuankömmlingen beisammen. Zwei Männern, die mit dem ersten Transport gekommen waren, fuchtelten mit den Händen und wiesen einmal auf diese und einmal auf jene Baracke, und neben ihnen – ein bisschen abseits – standen einige Kinder und unter ihnen auch dieser – wie nannte er sich doch? – Jaron. Und gerade als sie hinschaute, sah er sie und bemerkte, dass sie ihn bemerkt hatte – es war zu spät, rasch zur Seite zu schauen. Also nickte sie ihm mit dem Kopf zu und lächelte leichthin, bevor sie sich abwandte. Aber er kam auf sie zu und streckte ihr seine Hand hin:

"Schalom Tami, siehst du, wir sind doch gekommen."

Tami errötete und schaute sich um. Keine ihrer Freundinnen war in der Nähe.

"Schalom", sagte sie leichthin und gleichgültig, "wie geht's."

Und Jaron antwortete: "Gut. Wir haben noch viel Arbeit."

Und er ging zum Lastwagen zurück. Ein Mann reichte ihm von oben einen kleinen Tisch und Jaron trug ihn zur ersten Baracke, dann brachte er einen Koffer hinein. Klar, dass das sein Vater ist, der ihm da Sachen herunterreicht. Ist ihm ziemlich ähnlich mit dem länglichen sonnengebräunten Gesicht und der dünnen und geraden Nase. Sogar die gleichen Haare und die gleiche Frisur hat er, allerdings noch einen schmalen Schnurrbart dazu, der ihn einem Araber ähnlich macht. Und die Frau, die jetzt aus der Baracke kommt, ist sicher Frau Mama, eine dicke Naturblonde mit kleiner Stupsnase, ah, da ist auch das Schwesterlein, Anjuschka-Anat, von der er sagt, dass sie beide gute Freunde sind – die ist der Mutter ähnlich wie der Sohn dem Vater. Sicher fällt auch auf Russisch der Apfel nicht weit vom Stamm.

Ruth kam und fragte Tami, wo "unsere" Familie sei, und Tami brachte sie zusammen. Alle trugen Stühle und Schemel, Kisten und Kartonschachteln vom Lastwagen in die Baracke. Ruth näherte sich der Frau, die gerade ein paar Töpfe, einen im anderen, verstaute, umarmte sie, stellte sich vor: Sie sei es, die ihnen zur Seite stehen wird, erklärte sie, und heute, das heißt, jetzt, zu Mittag, seien sie eingeladen, bei ihr zu essen. Das Mittagsessen stünde buchstäblich auf dem Tisch, und ihr seid, wie gesagt, eingeladen. Wenn aber der Lastwagen bald wegfahren müsse, dann sollen sie nur rasch alles abladen, und dann zuerst zu ihr zum Essen kommen, weil man schon so lange gewartet habe. Später, nach dem Essen, würden sie Zeit haben, alles mit Ruhe einzuräumen.

Die Frau machte eine verneinende Kopfbewegung.

Was, ihr wollt nicht essen?, erschrak Ruth. Nein, das komme gar nicht in Frage!

Unterdessen näherte sich ihnen der Vater und erklärte in gebrochenem Hebräisch, dass seine Frau nicht gut Deutsch versteht. Ruth wiederholte ihre Rede jiddisch, aber der Mann unterbrach sie sofort mit Gesten und Lächeln: Es tue ihm sehr leid, aber sie versteht auch kein Jiddisch. Er wird übersetzen. Und Jaron auch. Und Jaron kam aus der Baracke gestürmt, er sprach mit seiner Mutter russisch, sie lachte lauthals und nickte zustimmend. Endlich konnte man Essen. Anat war ein dünnes, blondes, blasses Mädchen. Ziemlich schön, aber noch gar nicht entwickelt. Ihre Mutter dagegen hat unberufen Hüften, Po und Brüste für zwei. Und wie sie fließend und selbstsicher russisch spricht, als ob die ganze Welt verpflichtet wäre, sie zu verstehen. Wenn sie, Tami, Gott behüte, eine Russin gewesen wäre und unter Leute gekommen wäre, die nicht ihre Sprache sprechen, hätte sie nie so viel, so laut und so selbstsicher geredet.

Aber der Papa vom Jaron sprach wirklich alles: ein bisschen hebräisch, jiddisch, deutsch, und nicht einmal so schlecht. Er behauptete, auch englisch zu sprechen, und erzählte über die Möbel, die sie mitgebracht hatten und über die, die sie nicht mitbrachten, warum oder warum nicht, und wo er im Kibbuz Ewron gearbeitet hat und was für Berufe er in Russland hatte, weil er einen Beruf erlernt hatte, aber in einem anderen arbeitete wegen des Krieges, und apropos Krieg, während des Krieges...

Als Tami hörte, dass man über den Krieg zu sprechen begann, nahm sie sich gelangweilt noch von den grünen Bohnen mit Tomatenpüree. Sollen Se'ew und Ruth doch höflich zuhören. Es sind ja ihre Gäste, die das Dorf ihnen zugeteilt hat. Und Alisa soll sich nicht unterstehen, Grimassen zu schneiden. Die ganze Zeit schweigt sie, um damit zu sagen: "Ah, das also ist Tamis Bekannter!", damit sie später über etwas mit ihrer Aja zu tratschen hat. Jaron hielt den Blick gesenkt und kaute. Als Se'ew ihn fragte, ob er Hebräisch könne und in welcher Klasse er im Kibbuz war, antwortete er kurz und fehlerlos. Tami war es egal: Im Gegenteil, soll er Fehler machen! Anat fragte ihre Mutter etwas auf Russisch. Ihre Mutter antwortete. Wunderbar, sollen sie in ihrer unverständlichen Sprache sprechen! Und hoffentlich ist alles bald vorüber.

Jarons Mutter sagte wieder etwas, und Jarons Vater übersetzte: Wie zu erwarten war, lobte sie das Essen, besonders das Eis. Und bedankte sich für die wunderbare Mahlzeit, deren Zubereitung sicher schrecklich viel Mühe gemacht hat. Und Ruth lächelte: Aber nein, ganz im Gegenteil, es war pures Vergnügen. Und der Mann übersetzte wieder. Und am Ende bedankten sie sich nochmals und gingen. Ruth begleitete sie und gab ihnen noch Ratschläge und wollte ihnen den alten Petroleumkocher ausleihen, bis sie einen Gasherd bekommen würden, aber sie hatten eine elektrische Platte. Die weiteren Ratschläge hörte man nicht mehr, aber Tami wusste, wie sie lauten würden: Wie man die Wäsche in bezeichneten Säcken zur Wäscherei bringt, wie man die Bestellungen im Konsum macht...

Tami und Alisa räumten das Geschirr ab. Und Alisa hatte noch immer nichts gesagt. Sehr gut. Schweig dich nur aus. Ich kann das nämlich auch.

Se'ew kam zum Tisch zurück und bat um eine Tasse schwarzen Kaffee. Tami, wie ein Kellner in einem Restaurant, rief zu Alisa, die hinter dem Geschirrschrank stand: "Eine Schale schwarzen Kaffee, ohne Milch und ohne Zucker!" Aber Alisa erklärte, wie zu erwarten war, dass sie noch irgendwohin gehen müsste. Soll sie!

"Ich mach dir gleich den Kaffee, Papa."

Unterdessen kam Ruth zurück und begann, das Geschirr abzuspülen. Se'ew zündete sich eine Zigarette an. Tami ging in ihr Zimmer, ließ aber die Tür etwas offen.

"Denen fehlt gar nichts", erzählte Ruth. "Die haben alles mitgebracht, was nur möglich ist: Kühlschrank, Backofen und Waschmaschine – russische Produktion. Und nagelneu. Und auch was Möbel anbelangt, haben sie alles. Zwei neue Fahrräder. Ein Akkordeon. Plattenspieler, Radio, Salami, zwei große Säcke mit Nüssen. Und ich bin sicher, dass sie irgendwo auch Goldschmuck haben. Als ich sie fragte, ob sie etwas verkaufen wollen,sagten sie, dass sie vorläufig nichts verkaufen ."

"Man sagt, dass viele Neueinwanderer jetzt auch Fotoapparate mitbringen."

"Richtig, auch einen Fotoapparat haben sie. Und viel Küchengerät. Und einen ganzen Satz Kristallteller."

Wie zu erwarten war, alles, wie es zu erwarten war: Was sie haben und was man mitbringt und wie viel es dort kostet und wie viel hier, was verzollt wird und was zollfrei bleibt, was sich lohnt und was nicht.

"Er spricht viele Sprachen", sagte Se'ew am Ende, "und schaut ziemlich gebildet aus. Aber komisch, dass sie nicht jiddisch spricht."

"Warum soll eine Goja jiddisch sprechen?"

"Glaubst du, dass sie eine Goja ist?"

"Klar. Sieht man ja gleich."

"Hast du gefragt?"

"Was gibt's da zu fragen? Ist doch klar. Es gibt ja viele davon unter diesen Einwanderern."

"Dann werden die Kinder Schwierigkeiten haben."

"Bei uns? Welche Schwierigkeiten?"

Das war aufregend. Und vielleicht wurde dieser Jaron dadurch ein bisschen interessanter und attraktiver? Schade, dass es niemanden gibt, mit dem man darüber sprechen könnte, und dass es so schwierig ist, darüber zu sprechen, auch wenn es jemanden gegeben hätte, und dass du eigentlich immer noch nicht genau weißt, was es mit diesem "attraktiv" eigentlich auf sich hat.

Weste anziehen und Spinat essen

Die Versammlung, die am Arche-Noah-Abend stattfinden sollte, wurde um zwei Wochen verschoben, weil Jishar plötzlich zum Reserve-

Militärdienst gerufen wurde. Wären alle zur Versammlung gekommen, wenn sie stattgefunden hätte? Die Mädchen schlugen vor, hinzugehen, die Jungen wollten nicht nachgeben und Jishar ignorieren. Jedenfalls, alle waren erfreut, als Jishar weg fuhr.

Aber die Eltern nicht, deren Kinder in der ersten Gruppe feiern sollten. Sie versammelten sich, um die Feier zu besprechen, diskutierten, ob man die Zahl der Gäste begrenzen soll und ob die Familien an den Ausgaben beteiligt werden sollen. Als ihnen klar wurde, dass außer den Festreden und der Aufwartung noch kein Programm vorbereitet war, waren alle verärgert, und am Ende wurde beschlossen, die Feier zu verschieben und von Jishar zu fordern, dass er nach seiner Rückkehr sofort mit den Vorbereitungen beginnen müsse.

Jishar kehrte zwei Tage vor dem Beginn des Schuljahres zurück und versammelte die Gruppe im Klassenzimmer. Während der Ferien hatte man es frisch gekalkt, die

Tafel dunkelgrün und die Tür- und Fensterrahmen mit heller Farbe gestrichen, und die beiden zerbrochenen Fensterscheiben waren ersetzt worden.

Die Mädchen saßen auf den vorderen Plätzen und flüsterten miteinander, Jishar sei abgemagert und sonnengebräunt, er hätte seinen Bart gekürzt und eine neue Brille, die dunkler sei, was ihm gut stünde.

Die Jungen auf den hinteren Plätzen diskutierten, ob die Makab Fußballmannschaft in die Nationalliga kommt.

"Jishar, sag doch den Jungen. Wir lassen das nicht zu! Sie nehmen sich immer die guten Plätze, und jetzt wollen sie, dass man das ganze Jahr so sitzen soll!"

"Na und? Wir haben sie eben besetzt!"

"Aber das ist nicht in Ordnung!"

"Warum? Wenn einer etwas besetzt, dann ist es sein Recht!"

"Was meinst du, Jishar?"

Jishar untersuchte die Tafel, ob die neue Farbe rau genug wäre, und fragte zerstreut:

"Und wie war's im letzten Jahr?"

"Da hat man sich während der Sommerferien Plätze aussuchen können, aber dann hat man beschlossen, das ist nicht fair und hat die Besetzerei unterbunden."

"Ja, aber am Ende hat man doch besetzt. Ich erinnere mich genau: Am ersten Schultag, gleich morgens, hat jeder seinen Platz fürs ganze Jahr besetzt."

"Ja, genau so war's: Wer besetzt hat – dem hat er gehört!"

Jishar schaute sie geistesabwesend an und fragte:

"Und wo ist unser neuer Genosse? Ich hörte, dass von den neuen Einwandern ein Junge in unsere Klasse kommt."

"Richtig, warum ist er nicht da?"

"Wer hat's ihm gesagt?"

"Ich glaube, niemand."

"Sein Name stand nicht auf dem Umlaufzettel."

"Jemand muss losfahren und ihn rufen."

"Wer hat ein Fahrrad?"

"Tami soll fahren. Sie betreuen sie."

"Wieso?", schrie Tami. "Einer der Jungen soll fahren!"

"Was ist, Tami?", schrie Gil. "Man spricht ja immer über die Eingliederung der Neueinwanderer – also gliedere ihn ein!"

"Geh und gliedere selbst ein!", schrie Ja'ara. "Wenn ein Junge kommt, sollen ihn die Jungen aufnehmen, und wenn ein Mädchen kommt, nehmen wir sie auf!"

"Im Gegenteil, die Mädchen sollen die Jungen aufnehmen!"

"Idiot!"

"Idiotin!"

Am Ende meldete sich Etan freiwillig und fuhr los, ihn zu holen.

"Wie heißt er?", fragte Jishar.

"Jaron."

"Ja, Jaron heißt er."

"Aber er will nicht sagen, wie er im Ausland hieß."

"Ein komischer Name für einen Neueinwanderer, Jaron!"

"Und noch dazu – Jaron Dwir!"

"Und seine Schwester heißt Anat – ist das nicht seltsam für eine Neu-einwanderin?"

"Ich habe die Kinder der Familie Abramovitz gefragt, und die haben erzählt, wie sie früher hießen."

"Nun, wie?"

"Dworkin hießen sie."

"Dworkin – ist das Dwir?"

"Nein, ich meine die Vornamen."

"Die hab ich vergessen. Auf alle Fälle – einen polnischen oder russi-schen Namen."

"Vielleicht 'Ronek'? Diese ganzen alten ausländischen Namen enden mit 'ek'."

"Ja, vielleicht war es 'Ronek'."

"Also nennen wir ihn alle 'Ronek'!"

"Weißt du, Jishar, er wollte unter keinen Umständen erzählen, wel-chen Namen er im Ausland hatte, nicht den Vor- und nicht den Fami-liennamen."

"Dann nennen wir ihn zum Trotz 'Ronek'!"

Plötzlich und völlig unerwartet, wie so oft, schlug Jishar auf den Tisch und schrie:

"Nein! Nie und nimmer, nicht solange ich im Klassenzimmer bin!"

Stille breitete sich aus. Man ahnte, dass Ja'ara gleich losplatzen wird. Immer begann sie zu kichern und zu glucksen, versuchte sich mit Hilfe komischer Grimassen zurückzuhalten, die immer verzerrter wurden, dann hörte man eine Art Schnarchen, manchmal versuchte sie noch, sich mit der Hand Mund und Nase zuzuhalten, aber schon platzte aus ihr ein schnarrendes Kreischen heraus, sie zitterte am ganzen Körper und schüttelte sich vor Lachen. Die Mädchen wurden angesteckt und kreischten und schüttelten sich und lachten irrsinnig, bemühten sich, einander nicht anzuschauen, blickten sich aber doch verstohlen an und brachen in neue Lachsalven aus.

Jishar wartete ruhig, aber nach der Röte, die unter der Sonnenbräune in sein Gesicht stieg, folgerte die Klasse, dass er wütend war, und zwar sehr. Unterdessen schluckte Ja'ara das letzte Lachgebrüll herunter und saß ganz rot mit gesenkten Augen, als ob sie sich wunderte, wie sie noch vor einem Moment in dieses bizarre Kreischen ausbrechen konnte.

"Da kommt ein neuer Junge, versucht ein neues Leben zu beginnen, und für euch ist das ein Jux? Ich erkläre hiermit, dass, wenn jemand sich unterstehen sollte, ihn auch nur einmal mit einem Spottnamen zu rufen, er im Voraus wissen muss, dass ich eine öffentliche Entschuldigung verlange, bevor ich ihn ins Klassenzimmer hereinlasse."

Die Kinder saßen schweigend und grollend.

Etan kam zurück, und gleich nach ihm trat Jaron ein. Für einen Moment blieb er neben der Tür stehen und überschaute den Raum. In der Klasse waren acht Jungen und sieben Mädchen, und da sie alle zu zweit saßen, blieb nur ein einziger freier Platz – der neben Gilat, die als letzte gekommen war. Gilat war – aller und ihrer eigenen Ansicht nach – sehr schön. Ihre blonden Haare fielen ihr auf die Schultern, und sie wusste sie graziös zur Geltung zu bringen, während um ihre Lippen ein unbefangenes Lächeln spielte. Mit diesem Lächeln wandte sie sich zurück und flüsterte Michal etwas zu. Michal stand auf und setzte sich neben Gilat. Jetzt war der freie Platz neben Tami. Dieses verräterische Aas, die Gilat, und diese gemeine, heuchlerische

Michal! Tami wandte sich zurück zu Ja'ara und stieß sie mit stummer Bitte an. Ja'ara stand auf und setzte sich neben sie, so dass der freie Platz neben Ronit lag. Ronit war die fleißigste und gehorsamste Schülerin der Klasse, die nie den Unterricht störte, mit besten Noten. Jishar schaute sie ruhig an. Ronit wusste, dass sie ihn nicht enttäuschen durfte. So saß sie still und starr, ihre Augen gesenkt. Nach einem Moment des Zögerns, setzte Jaron sich neben sie. Das geschah schweigend. Einige Jungen flüsterten einander etwas zu, das betonte das allgemeine Schweigen noch.

"Gilat", sagte Jishar.

"Ja?", lächelte sie unbefangen.

"Steh bitte auf, und wechsle den Platz mit Ronit."

"Warum?", rief Gilat und warf ihr Haar zurück. "Jetzt ist's eine Versammlung, und kein Unterricht!"

"Stimmt. Aber daraus folgt nicht, dass man sich unflätig benehmen darf. Bitte, Gilat und Ronit, wechselt rasch Plätze, damit wir mit der Versammlung beginnen können."

Die Jungen schmunzelten: Gilat war die Klassenkönigin, und sie neckten sie gerne.

Gilat stand auf, zuckte ein wenig mit den Mundwinkeln, und mit leichtem Schritt setzte sie sich neben Jaron.

Jetzt erinnerte Jishar, dass man die Feier vorbereiten müsse, also ein Programm zusammenstellen. Was aber schwerlich ginge, ohne den Sinn und die Bedeutung des Festes zu bedenken... Man flüsterte und stieß einander an. Etan wiederholte seine Meinung, dass das Erziehungs- und Kulturkomitee alles beschließen solle. Es lag in der Luft, dass diese Versammlung, wie die frühere ausgehen würde. Tami flüsterte und teilte als ganz besonderes Geheimnis Ja'ara mit, dass sie ein paar Vorschläge vorbereitet hätte, das jedoch unter keinen Umständen vorlesen würde, weil sie sich schämt. Ja'ara hob sofort ihre Hand und meldete, dass Tami Vorschläge habe. Tami dementierte das sogleich: Nein, sie hätte keine. Aber alle Mädchen stimmten Ja'ara zu und forderten, Tami solle vorlesen. Michal erklärte, dass sie bereit sei, diese Vorschläge vorzulesen, da Tami auf einmal schüchtern geworden sei.

Jetzt erwarteten alle, dass auch Jishar Tami bitten würde, mit ihren Vorschlägen herauszurücken. Aber Jishar entschied:

"Es ist nicht nötig, dass Michal liest. Wenn Tami glaubt, dass ihre Vorschläge wert sind, gehört zu werden, wird sie sie sicher selbst vortragen. Und wenn nicht – ist es besser, dass sie sie nicht liest."

"Stimmt genau!", rief Gil.

Alle erwarteten, dass Tami gekränkt sei und ablehne, ihre Vorschläge vorzulesen. Aber sie wurde ernst und sagte:

"Gut, also dann lese ich."

Wieder fühlte sie, dass sie rot wird, nahm aus der Tasche ein zusammengefaltetes Blatt und trug ihre Vorschläge vor: den freien Besuch von Filmen, die freie Schlafstunde, über die Einteilung des Geldes... Während des Lesens improvisierte sie noch einen Paragraphen dazu und forderte, "dass man jedes Buch aus der Bibliothek lesen darf. Und wenn wir es nicht verstehen oder es langweilig ist, werden wir es sowieso nicht zu Ende lesen." Zuletzt las sie die Zusammenfassung:

"Und man soll uns wirklich erwachsen sein lassen und nicht nur darüber reden, dass eine neue Epoche in unserem Leben beginnt, und dann gar nichts ändern."

Die Vorschläge machten großen Eindruck. Die Neidischen sagten nichts. Andere flüsterten miteinander. Alle nahmen an, so berechtigt die Forderungen auch seien, würde wie gewöhnlich, nichts dabei herauskommen. Jishar und die Eltern würden es logisch widerlegen oder ignorieren. Vielleicht wird Jishar alles lächerlich machen, und dann wird jeder, der die Vorschläge unterstützt, auch lächerlich sein.

Alle schauten Jishar an.

"Ja?", fragte Jishar. "Wer will noch seine Meinung äußern?"

Das Schweigen hielt an, und das Flüstern nahm zu.

"Tamis Vorschläge berühren doch Dinge, die sicher wichtig für euch sind – was ist also euer Standpunkt dazu?"

Damit war es entschieden: Zögernd und ungläubig kamen die ersten Zustimmungen:

"Natürlich hat sie Recht, aber..."

"Das stimmt alles genau, es kommt aber nichts dabei heraus."

"Man wird uns das nie erlauben, obwohl es berechtigt ist."

"Und ich hab noch was hinzuzufügen", rief Joaw, "meine Mutter soll mir nicht sagen, dass ich einen Pullover anziehen soll, wenn ihr kalt ist und man soll mich nicht zwingen, Spinat zu essen."

Alle lachten.

"Stimmt! Äffchen essen keinen Spinat!"

"Warum nur keinen Spinat? Auch keinen gekochten Kürbis!"

"Und warum dürfen wir nicht rauchen?"

"Wer will jagen und mit Weibern des Stammes verkehren?"

"Und Autos lenken!"

"Stimmt. Ist gar nicht schwer. In Mississippi bekommt man schon mit dreizehn einen Führerschein, weil das dort nötig ist."

"Kinder", sagte Jishar, "lasst uns doch die Diskussion eingrenzen: Es gibt bei uns Gesetze, die für alle verpflichtend sind und die zum Teil vom Alter abhängig sind: Zum Beispiel: Heiraten kann nur, wer siebzehn ist, und um zu wählen und für einen Führerschein, muss man achtzehn sein. Es steht jetzt nicht zur Diskussion, ob diese Gesetze berechtigt sind, wir konzentrieren uns auf den Bereich, der vom Gesetz nicht begrenzt ist: Glaubt ihr wirklich, dass man euch von jetzt an jedes Buch der Bibliothek, das ihr wollt, geben soll? Sollt wirklich nur ihr beschließen, wann ihr schlafen geht? Ist es berechtigt zu fordern, dass ein Teil der Geldzuteilung direkt euch ausgehändigt wird, damit nur ihr bestimmt, wie es auszugeben sei? Dasselbe gilt für alle anderen Vorschläge: Wollt ihr im Ernst diese Rechte für euch fordern und verteidigen?"

Die Frage blieb in der Stille, die nun eintrat, hängen und schwebte wie eine dunkle Wolke über ihnen.

Zuerst meldete sich Ronit.

"Meiner Meinung nach", sagte sie, "sind wir noch sehr jung und müssen uns auf unsere Eltern verlassen, die uns lieb haben und nur unser Bestes wollen. Wir können noch nicht beurteilen, was sich lohnt zu lesen und was nicht. Und wozu brauchen wir Geld? Wenn wir in den Ferien irgendwohin fahren, bitten wir die Eltern – wenn sie Geld haben, werden sie es uns geben, und sie sollen auch wissen, wofür wir es ausgeben, damit wir es nicht nur so verschwenden. Und was das Schlafengehen betrifft: Die Eltern wollen, dass wir früh zu Bett gehen, damit wir gesund sind, und deswegen lohnt es sich, ihnen zu gehorchen."

Diese Rede löste Unmut aus. Alle wussten, dass Ronit aufrichtig und nicht heuchlerisch gesprochen hatte, aber trotzdem sagte Jigal halblaut: "Will sich ins beste Licht rücken."

Ja'ara dachte auch so, aber rief sogleich: "Idiot! Du willst das!"

"Ja?", fragte Jishar. "Wer will sich noch äußern?"

Gilat meldete sich: Einerseits, sagte sie, hat Ronit recht, es gibt Sachen, die wir noch nicht selbst bestimmen können, aber andererseits hat Tami recht, dass man uns endlich erlauben soll, erwachsen zu sein, und uns nicht mehr einengt. Und was Joaw gesagt hat, das ist gar nicht zum Lachen, Eltern, die uns sagen, was wir anziehen sollen und was nicht, das ist lächerlich.

Nach ihr sprachen noch einige in diesem Sinn. Man schaute auf die

Uhr – die Versammlung dauerte schon zu lange. Es war klar, dass Jishar die Meinung der Mehrheit der Erwachsenen unterstützen würde, und bei all dem Gerede wird nichts herauskommen.

Jishar stand auf und sagte:

"Ich bin nicht eurer Meinung und kann dem Kompromiss-Geist, der aus euren Worten weht, nicht zustimmen, weil er euch auf einen Weg führt, auf dem alles beim Alten bleibt. Meiner Meinung nach habt ihr das volle Recht, selbst zu bestimmen, was ihr essen und anziehen wollt, wann ihr schlafen geht, was ihr lesen und für was ihr euer Geld ausgeben wollt – solange ihr dieses Recht nicht missbraucht. Meiner Meinung nach, die ich auch euren Eltern mitteilen werde, sollte man euch nicht zwingen, etwas zu essen. Dasselbe gilt für Kleidung und für Schlafenszeit: Solange ihr morgens frisch aufsteht und in der Schule nicht einschlaft, dürft ihr, meiner Meinung nach, selbst bestimmen, wann ihr schlafen geht. Auf alle Fälle wäre es gut, diese Rechte von eurer Bar-Mizwa an zu fordern. Eure Grundforderung – lasst uns bei der Gestaltung unseres Lebens mitreden, weil wir schon das passende Alter – den Beginn der Pubertät – erreicht haben, ist meiner Meinung nach berechtigt. Was wollt ihr tun, um sie durchzusetzen und eure Eltern und das Erziehungskomitee und die Genossen unserer Siedlung zu überzeugen, dass ihr wirklich eine neue Phase eures Lebens erreicht habt, in der euch mehr Rechte gebühren?"

Diese Worte erweckten allgemeinen Groll und Unruhe. Man hatte keine Lust weiter zu denken. Noch vor einer Minute glaubten alle, dass Jishar zusammenfassen, und dass dann alles beruhigend beim Alten bleiben würde.

"Wir versprechen feierlich, von jetzt an brave Kinder zu sein, werden die Lehrer und die Eltern nicht ärgern, werden nichts klauen und nichts zerbrechen und nicht lärmen, und nicht tun, was wir noch nicht dürfen", sagte Joaw.

"Und wir versprechen sogar, Westen anzuziehen und Spinat zu essen", rief Gil.

Jishar wartete, bis der Zustimmungsjubel verstummte.

"Ist das alles, was ihr dazu zu sagen habt? Wenn es so ist, haben wir die Diskussion über dieses Thema ein für alle Mal beendet."

Die Klasse hatte ein mit Erleichterung gemischtes Schuldgefühl, und Jigal sagte halblaut:

"Wer will mit mir Pingpong spielen? Ich bekomm als Erster den Spieltisch!"

Die Aufgaben

Da sagte Jaron: "Ich will etwas sagen."

Sofort trat ein überraschtes Schweigen ein. Die Mädchen schauten ihn neugierig an, und Jigal flüsterte seinem Nachbar zu: "Oho, gleich mischt er sich ein!"

"Ich habe einmal in einem Buch gelesen, dass die Indianer auch so etwas wie eine Bar-Mizwa Feier haben. Da muss jeder Bursche alle möglichen Aufgaben erfüllen, allein im Wald wohnen, ein Zelt aufschlagen, Feuer anzünden, ein Tier mit Pfeil und Bogen erlegen, zeigen, dass er Schmerzen aushalten kann... und wenn ihm das alles gelingt, wird er Mitglied des Stammes."

Jaron bemühte sich, vorsichtig die Worte zu wählen.

"Also schlage ich vor", fuhr er fort, "dass wir dreizehn Aufgaben wählen, weil ein Bar-Mizwa dreizehn Jahre alt ist, und jeder muss sie erfüllen. Wenn es ihm gelingt, zeigt er damit, dass er sich wie ein Erwachsener verhalten kann, und dann bekommt er Rechte."

War sein Vorschlag gut oder lächerlich? Die Mädchen warteten ab.

Auch die Jungen hatten sich nicht entschieden.

"Sicher", rief Gil, "das können wir auch: ein Zelt aufschlagen, im Wald wohnen, mit einem Gewehr schießen..."

Er wollte spotten, aber seine Worte entfesselten Begeisterung.

"Sicher, jeder soll Prüfungen bestehen!"

"Mit einem Gewehr schießen! Klar! Ist ja gar nicht schwer!"

"Und ganz allein in einem Zelt wohnen, das jeder selbst aufstellt!"

"Aber geh, das ist doch langweilig!"

"Und ich schlag' vor – mit einem Traktor pflügen!"

"Dann fallen alle Mädchen durch!"

"Warum – sie können es doch lernen!"

"Und die Prüfung für das Sportabzeichen bestehen!"

"Richtig, und jeder muss schwimmen können!"

"Dann fordern wir, dass ihr kochen lernt, und Strümpfe stopfen und tanzen", rief Gilat.

Endlich fasste Jishar die Diskussion zusammen.

Jarons Vorschlag, sagte er, sei konstruktiv, und man solle ihn prinzipiell annehmen. Was aber der genaue Inhalt der Aufgaben – denn er ziehe den Terminus "Aufgabe" dem Terminus "Prüfung" vor – sein solle, das könne man nicht so im Handumdrehen beschließen, da muss man eine Kommission wählen, die die Vorschläge prüft und eine endgültige Fassung erarbeitet. Natürlich müssten diese Aufgaben verschiedene Lebensbereiche umfassen. Was bis jetzt vorgeschlagen wurde, war einseitlg: ein Zelt aufschlagen, schießen, sich allein in der Natur zurechtfinden – das alles gehöre zum Bereich des Pfadfinderwesens und der Verteidigung. Aber auch der Bereich der Arbeit müsse vertreten sein: Die Mädchen sollten zeigen, dass sie auf einer Nähmaschine nähen und den Haushalt für einen Tag führen könnten, die Jungen sollten zeigen, dass sie es verstünden, ein Pferd einzuspannen, zu pflügen und mit einer Sense zu mähen, zum Beispiel.

Diesen Aufgaben sollte man weitere hinzufügen, die ein Orientierungsvermögen in praktischen Lebenssituationen beweisen: Jeder sollte allein in die Stadt fahren, von dort nach Hause telefonieren, ein Telegramm abschicken, einen Scheck bei der Bank einlösen, eine Mahlzeit in einem Restaurant bestellen... Jedoch der Ausgewogenheit halber sollten die Aufgaben auch etwas aus dem Bereich des Lernens enthalten: Der Kandidat soll einen kurzen Vortrag halten über ein Problem, das er selbst bearbeitet hat, und außerdem muss er sich in seinen Bürgerrechten und Staatsinstitutionen auskennen: wissen, was in der Unabhängigkeitserklärung steht, wie die Knesset arbeitet, welche die wichtigsten politischen Parteien und die Institutionen der Gewerkschaft und der Kollektiven Siedlungen seien, dann aber...

"Es gibt schon viel mehr als dreizehn!", bemerkte Gil.

Das löste viele Zwischenrufe und Gegenrufe aus.

Die Mädchen forderten kategorisch, dass jeder Junge mindestens zwei Tänze können müsse, wovon mindestens einer ein Paartanz sei. Wenn wir das jetzt nicht fordern, werden die Jungen nie tanzen und immer stören, um zu zeigen, dass ihnen das nicht wichtig ist. Wir verzichten aber nicht aufs Reiten, schrien die Jungen, und besonders ohne Sattel! Aber was diesen Vortrag betrifft, in dem man sich in – wie heißt es doch? – Bürgerrechten zurechtfinden soll, das gehört doch zum Schulprogramm. Da soll die Gelegenheit ausgenützt werden, um uns noch Lernstoff aufzubürden! Jishar dagegen betonte, dass er auch das Reiten und das Tanzen unterstütze, aber auf den Vortrag werde er nicht verzichten. Im Gegenteil: Der Kandidat werde schriftlich und mündlich, das heißt, während der Feier, vortragen müssen.

Als es schon spät war, wurde die Kommission gewählt – Gilat und Tami, Jigal und Etan.

Und alle gingen aufgeregt und voller Pläne nach Hause.

Tami war glücklich. Sie wurde gewählt! Und sogar mit der gleichen

Stimmenzahl, die Gilat bekommen hat. Wie hat Michal das wütend gemacht, dass sie nur drei Zettel bekommen hat! Das hat man ihr gleich am Gesicht angesehen, dass das nicht das war, was sie erwartet hatte. Und Jigal und Etan sind eine gute Wahl: Wenn man zum Beispiel Joaw gewählt hätte, der immer den Spaßmacher spielt, oder Gil, der immer stichelt und spottet...

Als Tami nach Hause kam, lag Alisa im Bett und las.

Tami erzählte ihr über die Wahlen und dass sie mit der gleichen Stimmenzahl wie Gilat gewählt wurde. Für was? Für diese Kommission natürlich, die die Aufgaben bestimmt. Welche Aufgaben? Die für die Bar-Mizwa Feier natürlich. Wir haben doch beschlossen, dass es Aufgaben geben wird. Warum? Klar, damit jeder zeigt, dass er schon wie ein Erwachsener handeln kann und alle möglichen Sachen machen kann.

Alisa fragte, wer eigentlich diesen Einfall gehabt hätte.

Einen Moment war Tami ganz verblüfft über die Frage. Dann antwortete sie, dass man zwar sagen könne, dass Jaron es war, aber eigentlich hätten alle alles vorgeschlagen.

Alisa fragte, wer noch in diese Kommission gewählt wurde. Und warum Jaron nicht darunter war.

Da erinnerte sich Tami, dass Jaron keinen einzigen Zettel erhalten hatte, das heißt, dass auch er selbst nicht für sich gestimmt hatte.

"Niemand hat ihn vorgeschlagen, da hat man nicht an ihn gedacht."

"Wieso eigentlich nicht?" fragte Alisa. "Findest du das in Ordnung?"

Tami zuckte die Achseln.

Ob das in Ordnung ist?

Sie wusste selbst keine die Antwort auf diese Frage.

Wirst du Tanzlehrerin?

Die Kommission formulierte die Vorschläge im Geiste von Jishars Rede. In allen Familien erzählten die Kinder begeistert von den "Aufgaben", die Eltern teilten ihre Begeisterung nicht.
Zur ersten Feier gehörten sieben Kinder. Es wurde beschlossen, dass man mit dem Anzünden der ersten Chanukka-Kerze, die Bar-Mizwa feiern würde. Die Familien bereiteten Gästelisten vor und verschickten die Einladungen – damit war klar, es durfte keine weiteren Verzögerungen geben. In der Versammlung der Klaase beschloss man feierlich: Die Aufgaben sind nicht nur Schau und Zeremonie. Wer durchfällt, versucht es noch einmal. Wer zum zweiten Mal durchfällt, muss an der zweiten Feier, am Jahresende, teilnehmen. Aber man hatte die Einladungen schon verschickt – wenn man durchfällt, werden alle darüber reden, welche Schande!

Abend. Tami sitzt in ihrem Zimmer. Überlegt zum wer-weißwie-vielten Mal, welches Thema sie für ihren Vortrag wählen soll. Jishars Bedingung war, dass man das Material "direkt aus dem Leben" nimmt. Tami schaute die Liste mit den Vorschlägen durch. Man kann die Planung der Wasserversorgung im westlichen Obergaliläa beschreiben. Dazu müsste man mit dem Wirtschaftssekretär der Farm, mit dem Wasseringenieur der Stadtverwaltung von Naharia und mit Verwaltern der Wasserwerke sprechen. Man kann einen Überblick über den Verlauf des Befreiungskrieges in unserer Region geben – dazu müsste man einige Teilnehmer und den damaligen Befehlshaber der Nachbarsiedlungen befragen. Dann könnte man ihre Erzählungen mit der offiziellen Version vergleichen... Ebenso könnte man die Probleme der Assimilation neuer Einwanderer untersuchen: Dazu müsste man in ein Durchgangslager fahren und dort mit ein paar Neueinwanderern über ihre Probleme sprechen und den Bürgermeister von Naharia interviewen: Wie viele Neueinwanderer gibt es in unserer Region, wie lange sind sie schon da, wie viele werden noch erwartet und aus welchen Ländern, welche Schwierigkeiten gibt es mit den verschiedenen Gruppen...

Es war im Haus so still, dass es Tami vorkam, als ob sie das Ticken der Wanduhr aus der Küche hören könnte. Einen Moment lang wollte sie ins Schlafzimmer der Eltern gehen, dort das Radio und dann den Lautsprecher in ihrem Zimmer einschalten um Musik zu hören, aber sie hatte keine Lust aufzustehen. Manchmal ist es so angenehm, allein zu sein und Ruhe zu haben. Se'ew ging zu einer Sitzung der Genossen, die in den Treibhäusern arbeiten, Ruth hat einen "Flickabend" bei Lotte, es hatte sich ein großer Haufen zerrissener Kleidungsstücke angesammelt. Daher beschloss sie diesmal, anstatt die Nachbarinnen einzuladen, Lotte diese Initiative vorzuschlagen, mit Kaffee und Kuchen natürlich. Und Alisa hat sich, wie gewöhnlich, allzu festlich angezogen, ein wichtiges Gesicht geschnitten und ist ausgegangen, ohne zu sagen wohin. Und wohin kann sie schon gehen – sicher zu Aja, und mit Aja – zur Nachal-Gruppe, Schallplatten hören. Diese Nachalburschen... Jakob, zum Beispiel. Eigentlich könnte doch er dir zeigen, wie man ein Pferd einspannt. Soll sie ihn darum bitten? Natürlich wird das bekannt werden, wie hier alles bekannt wird. Und man wird darüber reden. Sollen sie reden! Und was werden sie sagen – Gilat? Und die Mädchen? Und Alisa? Die wird vor Eifersucht platzen, das wird am schönsten sein. Weil sie so wichtigtuerisch ist. Und Jakob? Dass er nur nicht glaubt, dass du ihm womöglich nachläufst oder dich überhaupt für ihn interessierst. Andererseits, soll er glauben, was er will.

Es klopfte.

"Ja, herein!" rief Tami. Sicher Trude oder Inge, die Mutti etwas fragen wollen. Es klopfte wieder.

"Ja, ja, herein!" – Sie stand auf, um nachzuschauen, und als sie die

Hand auf die Klinke legen wollte, ging die Tür von außen auf, und auf der Schwelle stand Jaron.

"Schalom, Tami", sagte er.

"Schalom", sagte sie, tonlos.

"Tami, ich will dich etwas fragen."

Sie schwieg. Aber als sie begriff, dass er auf ihre Antwort wartete, sagte sie ungeduldig und ärgerlich:

"Nun, dann frag schon!"

"Können wir vielleicht hineingehen?"

"Ja, komm herein."

Was will er fragen? Sicher, ob ich seine Freundin sein will. So was fragt man immer am Abend, nach allen möglichen Einleitungen. Wenn nun Gilat gerade jetzt kommt? Oder Alisa? Sie setzte sich auf ihr Bett, Jaron saß auf dem Sessel, neben Alisas Bett.

"Ich will fragen, ob du mir helfen kannst."

Sie antwortete nicht und senkte ihre Augen.

"Vielleicht kannst du mir Tanzunterricht geben?"

"Ich? Wieso ich?"

"Ich muss es nämlich lernen. Und dich kenn' ich ein bisschen besser als die anderen Mädchen, weil wir uns damals im Autobus kennen gelernt haben, als..."

"Ja, ja, ich erinnere mich schon", unterbrach sie ihn.

Sie schwiegen. Dann fragte sie:

"Wozu musst du tanzen können?"

"Für die Aufgaben. Und auch so."

"Du? Wozu brauchst du die Aufgaben? Du hast doch gesagt, dass du schon vierzehneinhalb bist!"

"Ja, aber in Russland hat man meine Bar-Mizwa nicht gefeiert, und jetzt hat Jishar mit meinem Vater gesprochen, und wir haben beschlossen, dass ich auch.meine Bar Mizwa mit euch feiern kann."

"Und deine Schwester?", unterbrach sie ihn wieder. "Die kann's dir doch zeigen!"

"Sie kann es auch nicht."

Wieder schwiegen sie.

"Und ich kann dir zeigen, wie man ein Zelt aufschlägt und ein Pferd einspannt", schlug er vor.

"Das kann ich selbst", sagte sie und bereute es gleich: Sie hat sich doch vorgenommen, nur die Wahrheit zu sagen!

"Schade."

"Was ist schade?"

"Dass ich dir nicht mit etwas helfen kann."

Darauf antwortete sie nicht.

"Also bist du einverstanden?"

"Einverstanden – mit was?"

"Mir das Tanzen beizubringen."

Tami war verlegen.

"Gilat kann das viel besser als ich."

"Ich hab noch nie mit Gilat gesprochen."

"Ich kann mit ihr reden. Sie wird sicher einverstanden sein."

"Nein, mit Gilat will ich nicht."

"Warum?"

"Sie gefällt mir nicht."

"Und Ja'ara oder Michal oder Ronit?"

"Die gefallen mir auch nicht."

Tami freute sich über das Kompliment, trotzdem sagte sie zögernd:

"Ich weiß nicht."

"Was weißt du nicht?"

"Das wird komisch sein – wie sollen wir zu tanzen beginnen? Hier mitten im Zimmer? Und wenn jemand kommt – eine meiner Freundinnen, oder meine Schwester? Was würden die sagen?"

Jaron hörte aufmerksam zu.

"Ist das so wichtig für dich, was die anderen sagen?"

"Überhaupt nicht."

Als sie das sagte, glaubte sie es.

"Also willst du nicht?"

"Ich weiß nicht. Es erscheint mir so komisch und unpassend."

Lange dauerte die Stille.

"Ich muss noch darüber nachdenken", sagte Tami, gewichtig, und freute sich, einen Ausweg gefunden zu haben. "In einigen Tagen sag' ich dir, was ich beschlossen habe."

"Soll ich noch mal fragen kommen?"

"Nein... das heißt... Wir werden schon sehen."

Wieder schwiegen sie. Dann stand Tami auf und sagte:

"Und jetzt musst du mich entschuldigen, ich muss gehen."

Er stand auf und wandte sich zum Gehen. An der Tür schaute er sich noch einmal um und sagte, wie damals im Autobus:

"Schalom Tami."

"Schalom, Schalom", antwortete sie ungeduldig.

Sie dachte, vielleicht wartet er irgendwo draußen, um zu sehen, ob sie tatsächlich fortgeht. Sie verließ das Haus und lief zwischen den Häusern und Gärten herum, ohne zu wissen, wohin.

Soll sie es Gilat erzählen? Und was wird die sagen? Vielleicht deute ich ihr an, dass einer der Jungen... sage ihr aber nicht wer...?

Im Laufschritt erreichte sie Gilats Haus. Alle Fenster waren dunkel. Sie lief ins Klubhaus, aber auch dort fand sie ihre Freundin nicht. So kehrte sie nach Hause zurück, zog die Vorhänge dicht zu, öffnete den Kleiderschrank und schaute lange in den großen Spiegel, auf der Innenseite der Schranktür. Welchen Eindruck werden Sie, mein Fräulein, machen, wenn Sie auf einmal im Zimmer herumtanzen?

Die Eltern ärgern sich

In Ejn Bdolach herrschte die Tradition eines regen Gesellschafts-
lebens, das Zentrum bildete der Platz vor dem "Speisesaal", wo das
"Schwarze Brett" hing.

Es gibt in Ejn Bdolach keinen Speisesaal. Aber es gibt einen Platz,
der so genannt wird:

Die ersten Jahre nach der Gründung der Siedlung waren schwer: In
Westgaliläa gab es damals zwei Kibbuzim, Elon und Chanita, und Ejn
Bdolach war abgelegen und abgeschnitten. Die arabischen Nachbarn
waren misstrauisch. Einige Jahre lang musste man das Wasser in
Fässern auf einem von zwei Maultieren gezogenen Wagen holen, bis
man das Wasserwerk unten im Wadi baute.

Die Felder der Siedlung waren voller Steine und Felsen, die mussten
mühevoll weggeschafft werden und Terrassen mussten gebaut werden... Es war schwierig, die nötigen Anleihen zu bekommen: Die Ver-
treter der Kibbuzim und Moschawim in der zentralen Landwirtschafts-
kommission – so behauptete der Schatzmeister der Siedlung – bevorzugen die Moschawim und die Kibbuzim, und wenn man sich an sie
mit einer Bitte wendet, zitieren sie dir das Sprichwort unserer alten
Rabbiner: "Hilf zuerst den Bettlern deiner eigenen Stadt". Und es gibt
keine Partei, die uns – damit meinte er die wenigen halb-kollektiven
Dörfer wie Ejn-Bdolach – zur Seite steht. Unter solchen schweren
Bedingungen konnte die Siedlung natürlich nur durch strenge kollekti-
ve Lebensweise standhalten: Man brauchte alle Frauen für die Arbeit
auf der Farm. Deswegen aß man zusammen, wie in einem Kibbuz,
und verschob vorläufig die Verwirklichung des Ideals der individuellen
Hauswirtschaft. In der Mitte der jungen Siedlung stand damals eine
lange und hässliche Baracke, in der gekocht wurde und die nannte
man "Speisesaal".

Nach einigen Jahren, als die ökonomische Lage der Farm sich stabilisiert hatte, war die Zeit gekommen, zum Lebensstil des kollektiven Moschaw überzugehen: Jede Familie bekam eine Baracke für sich, und für je zwei Familien wurde eine Hütte als Küche bestimmt. Von jetzt an arbeiteten die Genossinnen nur einige Stunden auf der Farm, dann versorgten sie ihren Haushalt und kochten für ihre Familie. Die lange hässliche Baracke blieb stehen und beherbergte jetzt den Konsum, aber die Gewohnheit blieb: Obwohl es kein Saal mehr war und man dort schon lange nicht mehr aß, behielt der Platz seinen Namen. Nachmittags um fünf kam gewöhnlich das grüne Lastauto der Regionalbäckerei von Naharia, und man verteilte das warme Brot. Alle Frauen hatten sich versammelt, und während sie auf das Brot warteten, unterhielten sie sich und diskutierten die Liste für den nächsten Tag. Die Männer, die ihre Arbeit beendet hatten, kamen hier auf dem Weg zum Duschen vorbei und schauten, ob es etwas Neues am Schwarzen Brett gäbe. Der Arbeitseinteiler hört sich hier die Forderungen der Vorsteher der Arbeitsplätze an, die Kinder tummeln sich: die großen auf Fahrrädern, die kleinen auf Dreirädern, und ihre Hunde laufen ihnen nach. Die, die Drachen steigen lassen, tun das hier, und die ganz Kleinen hängen an den Schürzen ihrer Mütter, weinen und lachen oder leinen und wachen, wie man sagt, um zu zeigen, dass alles verdreht ist, und alle reden und rufen, bellen und heulen, schreien und hupen und lachen. Auch wer kein Brot und keine Arbeit braucht, kommt natürlich her, denn wo sonst könnte er hören, was es Neues in Ejn Bdolachs kleiner Welt gibt, wenn nicht hier?

Dann brach jener kleine Brand aus, der den Konsum zerstörte. Da beantragte man eine Anleihe, bekam dazu noch eine Spende und baute den neuen Konsum. Jetzt bekam der Arbeitseinteiler schon einen eigenen, wenn auch kleinen, Raum, und dort wurde das neue Schwarze Brett aufgehängt. Es gab es kein Überbleibsel mehr von jener alten Baracke, aber ihr Geist schwebte über diesem Platz, der nach wie vor "Speisesaal" genannt wurde.

❖

Am letzten Tag vor Beginn des neuen Schuljahres befestigte jemand am Schwarzen Brett eine Anzeige, dass eine Elternversammlung für die achte Klasse stattfinden würde, und natürlich war das sofort allgemeiner Gesprächsstoff: Eine Elternversammlung? Warum? Gewöhnlich versammelten sich die Eltern zweimal im Jahr: Einmal zwischen Chanukka und Pessach, um die Lage der Gruppe zu besprechen, und einmal am Ende des Schuljahres, um vom Lehrer den pädagogischen Rechenschaftsbericht zu hören. Außer an diesen Terminen gab es Elternversammlungen nur, wenn etwas Außergewöhnliches geschehen war.

Beim Nachtmahl fragten die Kinder neugierig, was besprochen würde, die Eltern behaupteten, dass sie es nicht wüssten, vielleicht sei es etwas, das mit der Bar-Mizwa-Feier zu tun hätte. Und einige sagten sogar: "Das geht euch nichts an. Ihr erzählt uns auch nichts von euren Gesprächen." Daraus folgerten die Kinder, dass etwas Wichtiges vor sich gehe.

Tami fragte nicht, weil es an diesem Tag Streit zwischen ihren Eltern gegeben hatte. Gewöhnlich lebten sie friedlich miteinander, und Tami hatte den Eindruck, dass sie einander gern hatten, obwohl Ruth manchmal Se'ew auszuschelten pflegte und er für gewöhnlich die Zurechtweisungen schweigend hinnahm. Aber diesmal kam er mit schmutzigen Händen von der Arbeit, weil er im Obstgarten Hundszahngras mit gebranntem Öl bespritzt hatte, und ging duschen. Ruth schalt ihn aus, dass sie ihm schon tausendmal gesagt habe, er solle seine schmutzigen Hände draußen waschen und nicht das Spülbecken im Haus beschmutzen. Se'ew antwortete, es wäre genug gewesen, es ihm einmal zu sagen, dann hätte er es gereinigt, da brauche sie deswegen nicht zu schreien. Sie antwortete, sie habe es nicht tausendmal, sondern zweitausend Mal gesagt, man müsse mit ihm schreien, sonst höre er nicht, und das Spülbecken solle er nicht reinigen, er wisse nur, wie man schmutzig mache, aber nicht, wie man es reinige. Wenn er etwas reinigen wolle, er nur noch mehr Schmutz mache. Er antwortete, sie solle sich schämen, vor ihren Töchtern so mit ihm zu streiten. Woraufhin sie auf Deutsch weiter stritten, und man hörte noch eine Weile ihre aufgeregten Stimmen.

Alisa zog sich in das Zimmer zurück und hörte von ihrem Bett aus zu. Tami stand in der Küche, aber dann schämte sie sich und ging auch ins Zimmer, legte sich auf ihr Bett, nahm ein Buch und lauschte. Alisa sagte nichts und zog nur die Mundwinkel herunter. Tami war verunsichert und ärgerte sich. Auch wenn Vater das Spülbecken beschmutzt hat, sollte Mutter ihn nicht anschreien. Soll ich ihnen sagen, dass sie sofort aufhören sollen und ich sie nicht in Ruhe lasse, bis sie sich die Hand geben und sich küssen? Später wird sich die Gelegenheit finden, um der Mutter zu sagen, wie du über die ganze Angelegenheit denkst. "Vergiss nicht, dass Papa müde von der Arbeit kommt..." – "Ich bin auch müde", wird Mutti dann sagen, "und auch er muss darauf Rücksicht nehmen." – "Nein, Mutti", antwortest du dann, "Wenn du in einem Kibbuz leben würdest, müsstest du neun Stunden am Tag arbeiten wie jeder. Und hier stehst du um sieben auf, weil wir alleine aufstehen und unser Zimmer in Ordnung bringen, uns Frühstück nehmen, und ich radle mit dem Bestellzettel zum Konsum. Du gehst deine drei Stunden im Treibhaus arbeiten, sitzt dort zwischen den Blumen, kochst dann und kannst noch Zeitung lesen. Nach dem Nachtmahl hast du noch Geschirr abzuwaschen und vielleicht etwas zu bügeln, was überflüssig ist, wenn du mich fragst. Also, wie viele Stunden sind das, alles in allem?"

"Aliska", sagte Tami, "sag ihnen, dass sie aufhören sollen!"

"Sag's ihnen selbst."

"Ich schäm mich. Du bist die Ältere."

"Und du – die Frechere. Außerdem lass sie zanken. Das gibt's in jeder guten Familie."

Tami schaute sie nachdenklich an.

"Glaubst du, dass auch du so mit deinem Mann streiten wirst?"

"Dummes Ding!", lachte Alisa.

"Ich stell' mir das anders vor", sagte Tami, legte sich auf den Rücken und die Hände unter den Nacken. Sie fühlte sich erwachsen.

"Ja? Und wie, zum Beispiel, stellst du dir das vor?" In Alisas Mundwinkeln lauerte ein Lächeln.

"Erzählst du's niemanden?", fragte Tami vorsichtig.

Man muss immer befürchten, dass sie nach ein, zwei Tagen Aja erzählen wird: "Meine kleine Schwester ist so komisch... Gestern hat sie mir gebeichtet, wie sie sich vorstellt, dass sie einmal mit ihrem Mann..."

"Natürlich nicht."

"Nicht einmal Aja?"

"Ach, du Nervensäge! Dann erzähl eben nichts!"

"Man sagt 'Quälgeist'", verbesserte Tami. "Also, hörst du? Ich glaube, dass ich immer..." Aber schon stockte sie, wurde rot und verbesserte sich: "Dass ein Mädchen... dass eine Frau immer alles vorbereiten soll, und wenn ihr Mann von der Arbeit kommt, soll sie ihn empfangen. Im Haus soll alles schön und sauber sein und sie soll geduscht und schön angezogen sein, sie soll ihm sogar ein bisschen entgegengehen. Dann soll sie mit ihm eine Jause essen und ihm alles, was am Tag im Haus geschehen ist, erzählen, was sie gemacht und was sie gedacht hat, auch wenn es nichts Wichtiges ist, ist es doch wichtig, dann spielen sie zusammen mit den Kindern und gehen mit ihnen spazieren. Er geht sich duschen, sie bereitet das Nachtmahl vor und bringt die Kinder zu Bett. Wenn die Kinder schlafen, hören sie zusammen Radio oder schauen sich das Fernsehprogramm an, wenn wir... ich meine, wenn sie schon einen Fernsehapparat haben."

"Ach, Tami, Tami", lachte Alisa, "du bist kindisch."

"Warum?", fragte Tami beleidigt.

Bevor Alisa antworten konnte, hörte man draußen Gilats Pfiff. Tami lief hinaus.

"Hast du schon von heute Abend gehört, Tami?"

"Ja, es gibt eine Elternversammlung."

"Weißt du warum?"

"Nein. Warum denn?"

"Sie ärgern sich über Jishar."

"Was?"

"Sie sind ganz wütend auf ihn. Einige wollen ihn sogar loswerden."

"Aber warum denn?"

"Was weiß ich? Sicher haben sie schon lange einen Groll gegen ihn. Jetzt, weil er unsere Forderungen unterstützt, dass man uns alles lesen und jeden Film anschauen lässt und uns nicht zwingen soll zu essen was wir nicht wollen und uns anziehen dürfen, wie wir wollen. Am meisten hat sie wütend gemacht, dass wir einen Teil unserer Geldzuteilung bekommen sollen."

"Sie sollen sich nicht einmischen. Meine stecken da sicher nicht dahinter."

"Aber meine – und wie! Mutti ist schon 'geladen'. Stehlen wir uns hin?"

"Klar. Sag's aber keinem. Wenn alle kommen, gibt's zu viel Lärm, man entdeckt uns gleich."

"In Ordnung. Komm um halb neun zu mir, ja?"

Gilat ging.

Tami war froh und voller Kampfgeist. Jishar soll das Opfer – der Sündenbock – sein. Man beschließt, ihn zu entlassen. Der Arme ist verzweifelt und fühlt sich von allen verlassen. Aber da bricht der Streik aus, den sie, Tami, organisiert hat, nachdem sie sich mit allen Mädchen verabredet hat. Alle hören auf zu essen und mit ihren Müttern zu sprechen. Stummes Fasten! Die Mütter müssen nachgeben, weil sie verstehen, dass er doch ein guter Lehrer ist, wenn ihre Töchter sich so für ihn einsetzen. Dann geleitet man Jishar im Siegesmarsch zum Klassenzimmer zurück und an der Spitze schreiten die beiden Freundinnen, sie und Gilat. Vielleicht sogar Arm in Arm, vor lauter Begeisterung. Gilat hat sie, Tami, von allen Mädchen erwählt, sich mit ihr zur Elternversammlung zu stehlen, um zu lauschen. Das ist das beste Zeichen, dass sie nicht neidisch ist, dass du dieselbe Stimmenzahl bekommen hast, wie sie. Nur drei Kinder haben nicht für dich gestimmt, und du hast befürchtet, dass das drei Mädchen waren, und dass vielleicht Gilat... Nun seid ihr wieder zusammen!

Beim Nachtmahl wurde fast nichts gesprochen. Ruth und Se'ew fragten zwar Tami und Alisa etwas, aber sprachen nicht miteinander. Als Se'ew seinen Salat aufgegessen hatte, fragte Ruth: "Vielleicht will jemand noch Salat? Es ist noch mehr im Kühlschrank", obwohl sie und die Mädchen den ihren noch nicht aufgegessen hatten. Und Se'ew sagte nichts, obwohl er sonst immer ein zweites Mal nimmt und diesmal eine besonders kleine Portion gehabt hat. Tami schaute ihn verstohlen an.

"Vielleicht soll ich dir die Zigaretten bringen, Papa?", fragte sie.

Se'ew schaute überrascht.

"Ja, bitte, sie liegen auf dem Schrank." Alisa grinste.

Tami brachte die Zigaretten und beschloss unterwegs, sie wird nicht mit Gilat gehen: Wenn sie sich hinstiehlt, belügt sie Papa! Jede Woche beschließt sie von neuem, dass sie von jetzt an beginnt, ganz anders zu sein. Und was kommt dabei heraus? Nichts. Aber da hast du wieder eine Gelegenheit, zu beginnen, obwohl es nicht Anfang der Woche ist. Du brauchst nur zu beschließen.

Um acht Uhr nahm Se'ew sein Hemd und schickte sich an, wegzugehen. Zum ersten Mal seit dem Streit, fragte ihn Ruth:

"Kommst du später zur Versammlung, Walter?"

Ihre Stimme war heiser, und sie räusperte sich.

"Ah, hat Gewissensbisse, will sich versöhnen", dachte Tami.

"Ja, ich geh nur zur Arbeitseinteilung. Dann komm ich hin."

Ruth spülte das Geschirr. Tami ging ins Zimmer und fragte:

"Sag, Aliska, bei euch in der Schule – war da schon einmal ein Streit zwischen Eltern und Lehrern?"

"Klar. Oft."

"Und auf wessen Seite wart ihr?"

"Auf der Seite der Eltern natürlich."

"Warum?"

"Schau, wann gab es Streit? Wenn die Lehrer zuviele Aufgaben austeilten oder wenn sie ohne Grund über ein Kind herfielen und ungerecht waren – dann haben sich die Eltern eingemischt."

Tami antwortete nicht.

Sie lag auf ihrem Bett, stellte den Lautsprecher an und hörte der Musik zu.

Um halb neun stand sie auf und ging: Sie kann doch Gilat nicht so umsonst warten lassen. Und wenn sie ihr erklären würde, warum sie nicht gehen will, hätte Gilat sie natürlich ausgelacht, hätte Michal gerufen und es ihr und den anderen Mädchen erzählt...

Tami seufzte: Immer wenn sie das neue Leben voller Wahrheit und Reinheit beginnen will, kommt etwas Dummes dazwischen und verdirbt alles!

Jüdisches Bewusstsein

Die beiden Freundinnen näherten sich dem Schulgebäude verstohlen von der Rückseite, wo es einen weiten, mit Bäumen und Sträuchern umgrenzten Rasen gab. Dort duckten schon viele ihrer Klasse zwischen den Bäumen, und man sah sich heranstehlende Gestalten von Strauch zu Strauch huschen. Gilat fragte flüsternd, wie sich das herumgesprochen hat? Es stellte sich heraus, je zwei oder drei hatten den Beschluss gefasst. Das beruhigte Tami und Gilat: Wenn es alle unter sich besprochen hätten, wäre es eine Beleidigung gewesen, sie nicht einzuweihen.

Leise besprach man, dass die Versammlung vor einer halben Stunde begonnen hatte, und Eltern, die früher gekommen waren, hatten heftig diskutiert. Aber alles in allem, das gab man zu, war es auch langweilig. Worüber wurde diskutiert? Darauf hatte jeder eine andere Antwort, obwohl vorhin alle zusammen zwischen den Sträuchern direkt unter dem Fenster hockten und vorzüglich hören konnten.

"Jishar hat erklärt, in der Pubertät strebt die Jugend nach Selbständigkeit, und man sollte ihr ermöglichen, das auszuleben. Auch das hat sie wütend gemacht."

"Sie wollen zwei Eltern in unsere Kommission aufnehmen und die Aufgaben anders formulieren."

"Ja, sie haben furchtbar mit ihm gehadert, dass er nicht von Anfang an darauf bestanden hat, Eltern mit in die Kommission aufzunehmen."

"Ich lass meine Eltern nicht."

"Ich meine auch nicht!"

"Und ich hab meinen gesagt, 'Wehe Euch, wenn ihr in dieser Versammlung den Mund aufmacht!' Und nun haben sie ihn erst recht aufgetan und sogar herumgeschrien, also was soll ich mit ihnen machen, soll ich sie durchwichsen?", fragte Joaw.

Er erreichte, dass alle lachten. Und zwar zu laut.

Der Kopf von Ernst erschien im Fenster des Klassenzimmers. Er schaute nach beiden Seiten und rief:

"Kinder, weg mit euch! Wir kommen auch nicht, um eure Versammlungen zu stören!"

Die Jugendlichen versteckten sich hinter den Büschen, flohen bis zum Ende des Rasens und erstickten fast vor Lachen.

"Dein Vater ist so komisch, Gilat!"

"Er spricht jekisch: 'Pitte keht weck...'"

"Gilat, ist's wahr, dass er eigentlich 'Arnon' heißt?"

"Nennen wir von nun den Ernst 'Arnon'!"

"Wie wird das komisch sein, wenn 'Arnon' sagt: 'Pitte keht weck'!"

Gilat lachte und sagte:

"Was kümmert mich das? Nennt ihn, wie ihr wollt!"

Man verspottet ihren Vater und Gilat lacht dazu! Entweder sie ist wirklich so verräterisch... oder... Und was hättest du gemacht, mein Fräulein, wenn man deinen Vater ausgelacht hätte? Aber du bist ja nicht eine Gilat, die so schön ist, das muss man zugeben, aber ganz oberflächlich und leer. Nein, du schwörst, dass..."

Im selben Moment rief Joaw:

"Und wie nennen wir Tamis Vater? Kommt, nennen wir ihn 'Ter trauricke Sse'eff', feil er sso traurick ist. Kestern hat er keßehen, fie ich vom Fahrratt kefallen pin, ta hat er mich kefrackt: 'tutt's tir feh?' unt far tapei sso traurick, als op er sselpst kefallen färe."

Und alle lachten. Alle.

Tami wurde rot und suchte fieberhaft nach einer Antwort, dann aber spürte sie, dass auch sie lachen musste:

Überhaupt, die meisten Väter und Mütter sind komisch."

Verräterin, du gemeine du! Bist tausendmal schlimmer als Gilat! Und Joaw, dieser ordinäre Hund, hat doch eigentlich recht: Er schaut oft traurig aus, der arme Papa!

"Bis man uns weggejagt hat, alles wegen Joaw..." – "Nein, das ist nicht wahr, wegen dir..." – "Überhaupt nicht wegen mir..." – "Auf alle Fälle, hat man das Fenster geschlossen, und jetzt kann man noch etwas hören, aber nichts mehr verstehen." – "Man könnte meinen, du hast vorher etwas verstanden." – "Und ob!" – "Dann kläre uns auf!"

"Sie wollen die Zeremonie viel jüdisch-traditioneller", erzählte Michal. "Sie brachten gegen ihn vor, gegen Jishar meine ich, dass er nichts tut, um unser jüdisches Bewusstsein zu fördern."

"Richtig", fügte Ja'ara hinzu, "sie forderten sogar, dass jedes Kind lernen soll, Gebetsriemen anzulegen."

"Ja, aber nicht alle", mischte sich Michal wieder ein, "das waren nur Etans Eltern."

"Ja, mein Papachen ist ganz auf Gebetsriemen versessen", gab Etan zu. "Und mir macht's nichts aus, ihm den Gefallen zu tun und Gebetsriemen anzulegen, warum auch nicht? Er behauptet, dass jeder Jude das können muss."

"Und warum kannst du es nicht von ihm lernen?", fragte Jigal.

"Er hat vergessen, wie es geht. Außerdem hat er keine."

"Und was hat Jishar dazu gesagt?"

"Er hat gefragt, was mit den Mädchen sein wird."

"Warum? Dürfen Mädchen keine Gebetsriemen anlegen?"

"Natürlich nicht, hast du das nicht gewusst?"

"Jishar hat gesagt, dass seiner Meinung nach das ganze Gerede über jüdisches Bewusstsein veraltet ist."

"Wieso veraltet?"

"Das eben hab ich nicht genau verstanden."

"Ah, siehst du?!"

"Ich hab alles genau verstanden. Er hat gesagt, es gibt Leute, die vom Zionismus, vom Sozialismus und von der Demokratie enttäuscht sind, nur sind sie nicht bereit, das zuzugeben..."

"Auch Humanismus war dabei. Er hat auch etwas über Humanismus gesagt, ich erinnere mich genau!"

"Und was hat das mit Gebetsriemen zu tun?"

"Natürlich nichts – aber mit dem jüdischen Bewusstsein, auf das sie so erpicht sind."

"Stimmt. Das war's, was sie so wütend gemacht hat, dass er ihnen gesagt hat, dass sie gar nicht mehr wissen, woran sie glauben, und deswegen klammern sie sich daran."

"Er hat nicht 'anklammern' gesagt."

"Doch: 'Klammern sich an das jüdische Bewusstsein an', genau so hat er's gesagt."

Jigal und Etan diskutierten hitzig.

Tami rümpfte die Nase:

"Sagt doch: Was ist das eigentlich, 'jüdische Bewusstsein'?"

Da schwiegen die beiden Widersacher.

"Man hat darüber schrecklich viel in den Zeitungen geschrieben, und auch im Radio wurde davon eine Menge geredet."

"Tamis Vater hat etwas dazu gesagt, jeder soll seinen Kindern erzählen, wie er als Kind bemerkt hat, dass er ein Jude ist. Er spricht so petacht unt traurick.“

Alle lachten. Alle.

„Kommt, nennen wir Tamis Vater 'Ter trauricke Sse'eff', feil er sso traurick ist.“

Tami wurde rot und suchte fieberhaft nach einer Antwort.

Auf einmal fühlte sie, dass auch sie lacht und sagt:

"Überhaupt, die meisten Eltern sind komisch."

Verräterin, du gemeine! Bist tausendmal schlimmer als Gilat! Joaw,
dieser Hund, hat recht: Er schaut oft traurig aus, der arme Papa!

Nächtliches Rudern

Die Kinder standen in einer Gruppe zusammen. Es war noch zu früh,
um nach Hause zu gehen – jeder wusste, seine Eltern würden spät
heimkommen, und die Nacht war hell, mit einem riesigen Mond am
Himmel, und es war warm.

"Gehen wir zum See, rudern", schlug Jigal vor. Es war nicht klar, ob
der Vorschlag auch an die Mädchen gerichtet war. Die Jungen waren
sofort einverstanden.

"Sicher, kommt rudern!"

"Fein! Ich rudere zuerst!"

"Sagen wir's dem Nachtwächter, damit er nicht glaubt, dass wir
Angreifere sind."

Die Jungen brachen auf, demonstrativ lässig und in lautem Gespräch,
etwa zwanzig Schritte hinter ihnen gingen die Mädchen. Einige von
ihnen fassten sich um die Hüften und summten ein Lied. Als sie an
der Reihe der neuen Baracken, die man für die Neueinwanderer aus
Russland gebaut hatte, vorbei kamen, stand Jaron vor seiner Baracke. Auch Tami sah ihn. Ah richtig! Es gibt ihn noch!

"Geht ihr spazieren?", fragte er.

"Wir gehen zum See, rudern", antwortete Jigal.

Und Jaron gesellte sich zu den Jungen. Der See war eine Viertelstunde vom Dorf entfernt und schaute wie ein großer Fischteich aus, ein
"halb natürlicher", wie einige Genossen sagen. Vor vielen Jahren –
die Kinder waren damals klein und erinnern sich nur unklar daran –
kamen schwere Bulldozer und dämmten das Tal mit einem hohen und

breiten Erddamm ein, Lastautos brachten flache Steinplatten, und fremde Leute, die man "Arbeiter" nannte, bedeckten den Damm mit einer Stein- und Beton-Schicht. Und man begoss die Erde mit grauem Wasser, das mit Kalk und Zement gemischt war, um sie wasserdicht zu machen, und schon im ersten Winter, so erzählte man, gab es so viel Regen, dass sich der Teich füllte und das Wasser über den Damm lief, wie ein Wasserfall, der später "institutionalisiert" wurde, indem er ein Beton-Bett bekam und sich in ihm nach Regen dünn schäumend ergießt. Kurt, der naturbesessen ist, hat dort Pappeln, Weiden und sogar einen Eukalyptusbaum gepflanzt, er brachte Himbeerstauden und verstreute Schilfrohrsamen, er versprach sogar, Bambus zu züchten, und jeder erklärte ihm, dass alles eingehen wird, wegen des Kalk- und Zementwassers, aber die Bäume wuchsen so rasch, dass sie heute schon zwei bis dreimal so hoch sind wie die Kinder, und die Himbeeren und das Schilf sind so dicht verwachsen, dass man an manchen Stellen nicht zum Wasser gelangen kann. Viele Genossen forderten von Kurt, seine Wildnis ein bisschen auszureißen oder abzuschneiden. An der seichten, vom Damm entfernten Seite des Teiches reicht eine hölzerne Mole ins Wasser hinein. Zwei kleine, flache Boote sind da angebunden. Kurt und sein Gehilfe von der Nachalgruppe benützen sie, um von dort aus das Fischfutter zu verstreuen, das man in der "Budke" aufbewahrt – eine kleine Hütte, die im Schatten des Eukalyptusbaumes steht. Aber Kurt erlaubt auch, mit den Booten zu Rudern.

Als die Kinder sich dem See näherten, schlug ihnen ein feuchter, etwas fauler Wassergeruch entgegen. Frösche quakten von allen Seiten, wurden plötzlich still und begannen dann wieder mit doppeltem Eifer. Fledermäuse erschienen, wie schwarze, stumm flatternde Flecken, veränderten abrupt ihre Flugrichtung und verschwanden, manchmal konnte man ihrem Vorbeihuschen vor dem hell silbrigen

Himmel einen Moment mit dem Blick folgen. Die Jungen schrien und lachten, die Mädchen, umschlungen, sangen leise, und Gilat sagte: "Das ist doch wunderschön, so eine Nacht."

Und Ja'ara sagte:

"Das ist keine Nacht, sondern ein Abend."

"Nein, das ist schon die Nacht", beharrte Gilat, "Abend ist's nur am Anfang, bis acht Uhr oder, sagen wir, bis halb neun."

Ja'ara antwortete nicht. Gilat war die Klassenkönigin.

Als die Mädchen zum See kamen, hatten die Jungen schon die Boote losgebunden und ruderten, je vier in einem Boot.

"Mir gebührt es als Erster zu rudern", schrie Joaw, "ihr alle habt es gehört: Gleich nachdem Jigal vorgeschlagen hat, dass wir zum See gehen, hab ich's als erster gesagt!"

"Hört mal – machen wir ein Wettrudern!"

"Fein! Ein Wettrudern! Äffchen, verschwinde, bei einem Wettrudern sind alle Vormerkungen aufgehoben. Ich sitz am Ruder, sonst verlieren wir noch deinetwegen!" Jigal ergriff die Ruder des einen Bootes, Etan die des anderen. Die Boote waren an einem Ende spitz zulaufend, am anderen abgerundet. Jigal stand breitbeinig, schwankend, und versuchte, sich zu setzen, um zu rudern – zuerst mit dem Gesicht zum abgerundeten, dann aber zum spitzen Ende. Etan hatte ähnliche Sorgen. Beide schlugen mit den quietschenden Rudern auf das Wasser und bespritzten alle Bootsinsassen.

"Lass mich, du hast ja keine Ahnung, wie man das macht!"

"Hör doch auf zu spritzen!"

"Mit dem Gesicht nach vorne, du Dummer, so gelingt es dir nie!"

"Im Gegenteil, man sitzt immer mit dem Gesicht nach hinten!"

"Tauch das Ruder tiefer ins Wasser, dann spritzt es nicht so!"

"Am wichtigsten ist, dass du auf beiden Seiten gleich tief ruderst. Siehst du nicht, dass wir uns die ganze Zeit drehen?!"

"Ich hab mich angemeldet, nach Jigal zu rudern!"

"Sei nicht lächerlich. Das war ich, der sich angemeldet hat. Sogar Etan hat's gehört, nicht wahr, Etan?"

Vom Ufer schrien die Mädchen durcheinander:

"He, Jungs, gebt uns ein Boot, eines wenigstens, sonst ist's ungerecht, dass ihr zwei habt, und wir – keines!"

Die Jungen schenkten ihnen keine Beachtung. Aber die Mädchen schrien immer wieder, bis Gil zurückrief:

"Wer es hat, der hat's, das ist gerecht!"

Und Joaw schrie:

"Gut, kommt und holt euch eines!"

Da setzten sich die Mädchen auf die Mole und sangen die Serie der gefühlvollen Lieder, die man langsam, leise und immer in derselben Reihenfolge singt, bis es schrecklich an der Seele zieht, traurig-süß. Sie begannen mit "Das Fischerboot zieht in die Ferne..." Dann kam "Wer bin ich? Ein einsames Segel..." und dann, "Sie liebten einander und waren so traurig..."

Die Boote entfernten sich, aber man hörte weiterhin das Geschrei und den Trubel. Es wurde Wasserkrieg geführt: Man ließ die Boote zusammenstoßen, bespritzte die Gegner und versuchte, sie mit Hilfe der Ruderblätter ins Wasser zu drängen.

"Schaut, ich bin schon ganz nass", rief Joaw, "kommt, ziehen wir uns aus und spritzen wir nackt!"

"Ja, ziehen wir uns aus!"

"Die Kleider hängen wir am Ufer auf, vielleicht trocknen sie ein bisschen."

"Und dann – unbarmherziger Krieg!"

"Klar, mit Untertauchen!"

"Nein, ohne Untertauchen, man darf nur ins Wasser werfen!"

Alle zogen sich aus und ruderten zum Ufer. Wer nass war, hängte seine Kleidungsstücke auf Zweige, wer noch halbwegs trocken war, machte aus ihnen ein kleines Bündel und legte es unter einen Strauch. Dann sprangen sie siegesheulend in die Boote.

"Vernichtungskrieg! Bis zum Sieg!"

"Die Mohikaner gegen die Navahos!", schlug Jaron vor.

Aber Jigal schrie:

"Die Aramäer gegen die Philister!"

Unterdessen hatten die Mädchen das Singen satt, und Michal fragte:

"Sagt mal, wie ist er eigentlich, dieser Neue, Jaron?"

Da setzte ein kurzes Schweigen ein.

"Ihr nehmt euch doch seiner Familie an, nicht wahr, Tami?", fragte Michal.

"Wieso? Meine Mutter hat ihnen nur am Anfang ein bisschen geholfen, aber jetzt kommen sie schon ganz gut allein zurecht", sagte Tami und wurde rot.

"Er ist seltsam", meldete sich Ja'ara.

Das war eine entschiedene Meinung. Tami wollte schon beisteuern und schwankte zwischen "Stimmt!" und "Ja, er ist manchmal ein bisschen..."

Aber da sagte Gilat:

"Warum? Ich finde ihn in Ordnung."

Und Michal fügte hinzu:

"Und ich hab gehört, dass er sehr talentiert ist."

Da fasste Tami Mut und erzählte:

"Wisst ihr, ich hab ihn schon vorher gekannt, er saß neben mir im Autobus."

"Wirklich? Wieso?"

"Wann? Als du nach Haifa gefahren bist?"

"Na und? Hast du dich mit ihm unterhalten?"

"Der hat er sich einfach neben dich gesetzt?"

Tami erzählte, wie sie im Autobus saß und das Farmbulletin las und wie er sich neben sie setzte und sie fragte, ob sie von Ejn Bdolach sei. Das heißt, eigentlich war es nicht genau so, er hatte nicht "Ejn Bdolach" gesagt, sondern "Kfar Davidson", so dass sie ihm erklären musste, warum auf der Landkarte "Kfar Davidson" steht, obwohl der wirkliche und schönere Name eigentlich "Ejn Bdolach" sei, und auch von der Quelle und dem See, und der Tropfsteinhöhle hatte sie ihm erzählt, um den Namen zu erklären, und da sagte er, dass...

Aber während Tami noch schwatzte und sich wichtig fühlte, schrie Ja'ara auf einmal:

"Schaut, was die Jungen machen! Sie sind ganz nackt!"

Die Mädchen sprangen auf. Im Mondlicht sah man deutlich, wie sich die Boote auf der anderen Seite des Teiches bekämpften. Der Jubel und Trubel wurde immer lauter, das Wasser glitzerte und die nackten Körper glänzten, als habe man sie mit Öl eingerieben. Von Zeit zu Zeit hörte man, wie jemand ins Wasser fiel oder wie die Boote einander rammten, gefolgt von einen doppelt lauten Jubel.

"Kommt, ziehen wir uns aus und schwimmen", sagte Gilat.

Die Mädchen kicherten, und Ja'ara schrie:

"Bist du übergeschnappt?"

"Warum nicht schwimmen, wenn wir Lust haben? Die trauen sich nie herzukommen. Die schämen sich mehr als wir."

"Stell dir vor, wie man im Dorf darüber quatschen wird."

"Na und? In schwedischen Filmen sieht man Burschen und Mädchen zusammen nackt baden und sie schämen sich nicht."

Die Mädchen kicherten. Sogar Gilat hatte nicht den Mut, die erste zu sein. "Klauen wir ihnen die Kleider", schlug sie vor.

Alle Mädchen stimmten begeistert zu. Mit viel Gelächter und Geschrei liefen sie zum Damm, sammelten die Kleider und versteckten sie hinter den Oleanderbäumen am Ufer.

Dann kehrten sie zur Mole zurück und schrien:

"Zieht euch an, wenn ihr könnt!"

Die Mohikaner und die Philister stellten den Krieg ein, ruderten zurück und schrien:

"Wo habt ihr sie versteckt?"

"Gebt uns sofort unsere Kleider zurück, oder..."

"Sonst überfallen wir euch und nehmen uns eure."

"Kommt, spritzen wir Wasser auf sie!"

"Nehmen wir eine von ihnen als Geisel!"

Die Vorschläge entzündeten die Phantasien. Die Jungen sprangen ans Ufer und liefen auf die Mädchen zu. Die flüchteten mit viel Geschrei zum anderen Ende des Sees. Aber als die Jungen sich näherten und es klar wurde, dass sie sie bald einholen würden, hielten beide Gruppen an. Die Mädchen schauten zur Seite, um nicht direkt die nackten Gestalten anzuschauen.

"Mädels, sagt rasch, wo ihr die Kleider versteckt habt, sonst fangen wir eine von euch und werfen sie zur Strafe ins Wasser!"

"Das traut ihr euch nie!"

Die Jungen schauten einander abwartend an und fühlten schon ein angenehmes Kitzeln in der Wirbelsäule: Gleich werden sie den Mädchen nachjagen, diese werden kreischend zu allen Seiten auseinanderstieben, sie werden ihnen nachjagen, bis sie eine fangen, sie zum Wasser schleppen, während sie fast vor Lachen erstickt und sie werden sie noch dazu kitzeln, bis sie schreit: "Oh, Mammi, ich kann nicht mehr, ich sterbe" und sie ihr drohen: "Also? Sagst du's uns, wo ihr sie versteckt habt?" Und vielleicht wird jemand den Mut haben vorzuschlagen, sie auszuziehen.

Unterdessen fand Jaron die Kleider hinter den Oleanderbüschen, sammelte sie und rief: "Genug! Kein Grund mehr zum Streiten! Kommt her, ich hab schon alles gefunden."

Man wandte sich ihm zu. Und Etan schnauzte ihn an:

"Hast alles verhunzt und verhudelt!"

Die anderen pflichteten ihm bei:

"Da, schaut ihn an, er hat alle Sachen durcheinander gebracht!"

"Und sicher alles schmutzig gemacht!"

Sie entrissen ihm die Kleider, zerrten und zogen und knurrten:

"Wem gehört das?"

"Ich hab ein kariertes Hemd, wer eines sieht, soll's mir geben!"

Unterdessen setzten sich die Mädchen in die Boote, ruderten, lachten und schrieen einander Ratschläge zu, um zu steuern und um beim Rudern nicht zu viel Wasser zu verspritzen.

Als die Jungen im Kleiderhaufen herumstöberten und über das Wirrwarr schimpften, zeigte auf einmal Joaw auf Jaron:

"Seht mal, wie das bei ihm komisch ausschaut!"

Alle standen um Jaron herum und blickten auf seine Nacktheit.

"Wirklich, was ist das?"

"Schaut, wie komisch!"

Jaron wandte ihnen den Rücken zu, bückte sich und stöberte im Haufen, um sich so rasch wie möglich anzuziehen, konnte aber seine Kleider nicht so schnell finden.

"Ich weiß", sagte Etan, "das ist ganz einfach: Er ist ein Goj. Alle Gojim haben so einen. Sieht man auf den Bildern der griechischen Statuen, wenn sie kein Feigenblatt anhaben."

"Stimmt das, Jaron, ist's wahr? Bist du ein Goj?"

"Klar, dass er einer ist! Das hat man ihm ganz einfach nicht abgeschnitten. Er ist unbeschnitten."

"Zeig es uns, Jaron, nur für ein Momentchen, damit wir mal sehen, wie's bei einem Goj ausschaut!"

"Rasch, rasch, schaut es euch an", riet Joaw, "er hat schon seine Unterhose gefunden!"

100

Jigal lief auf die Seite, der Jaron sich zugewandt hatte, und schrie:
"Kommt her, da gibt's eine wunderbare Aussicht!"
Jaron fiel über ihn her und stieß ihn, so dass er in einen Strauch fiel.
Sofort stand er auf und versetzte Jaron einen Faustschlag.
"Sch... Sch... still! Werd nur nicht wütend, das ist ungesund", sagte
Etan, griff ihn von der Seite an und zog ihn an den Haaren.
"Jetzt, Jungs, schaut jetzt rasch, solange ich ihn am Schopf halte."
Jaron wandte sich um, schlug Etan ins Gesicht, und schon kugelten
sich alle drei auf der Erde.
Joaw wollte mithelfen und schrie:
"Ich kitzle ihn, da lässt er euch los, und ihr haut ihm unterdessen eine
in die Fresse!"
Gesagt – getan. Jaron packte ihn am Bein und biss zu. Joaw kreisch-
hte auf: "Beißen? Gleich zeig' ich dir, wie man beißt!"
Alle fielen über ihn her. Jaron stieß, schlug, kratzte und biss, und sie
schlugen ihn und einander, weil alle in einem Haufen waren. Die gan-
ze Rauferei dauerte nur Sekunden. Dann ließen die Gegner von ei-
nander ab, stießen sich gegenseitig weg, atmeten schwer und riefen
Jaron zu:
"Jetzt wirst du wissen, dass es sich nicht lohnt anzufangen."
"Habt ihr gesehen, wie ich ihm eingeheizt hab?"
"Recht geschieht ihm. Er hat ja angefangen!"
"Klar. Schade, dass wir ihn nicht noch mehr verdroschen haben, damit
er lernt, dass man nicht beginnt."
"Aber wie gemein er ist, wie er mich gebissen hat. Hund, bissiger
Hund, du!"
Jaron antwortete nicht. Er nahm einige Kleider vom Haufen und mach-
te sich rasch davon.
"Schaut, wie er hinkt!"
"Und er blutet aus der Nase."

"Und aus dem Mund. So hab ich ihm in die Fresse gehauen."

"Ihr hättet euch gar nicht einmischen sollen. Ich hätte ihn allein vernichten können", sagte Jigal, noch schwer atmend.

"Und ich sag' dir, dass er der Erste war. Ich hab ihm gesagt, dass er nicht wütend werden soll, da hat er mich angegriffen."

"Und die Kleider, die er da geschnappt hat, bevor er sich davon gemacht hat, sind gar nicht die seinen."

"Mir fehlt mein Unterhemd und das da, das übrig geblieben ist, ist nicht meins."

Als die Mädchen vom Rudern kamen, hatten sich die Jungen schon angezogen und besprachen den Vorfall.

"Was ist los?", fragte Tami.

"Sie haben sich mit Jaron geprügelt", erklärte Michal, "weil... sie behaupten, dass..." und sie flüsterte Ja'ara etwas ins Ohr.

"Was, wirklich?", rief Ja'ara. Und nach einem Moment erinnerte sie sich und fragte: "Aber was ist das eigentlich, Beschneidung?"

"Weißt du's nicht?", lachte Gilat, beugte sich zu ihr und flüsterte ihr etwas ins Ohr.

"Was?", schrie Ja'ara, "bist du verrückt? Und so was macht man bei allen Jungen?"

Und schon begann sie zu kichern und alle verfolgten ihre Grimassen und riefen:

"Gleich wird sie losplatzen! Ja'ara, schau uns an! Ja'ara, Finger! Ja'ara, nu-nu-nu!"

Aber alle erprobten Methoden halfen diesmal nicht: Ja'ara lachte zwar, gluckste aber nicht, die Grimassen waren nicht verzerrt, und sie platzte nicht mit dem bekannten schnarrenden Kreischen und den hustenden Salven von Lachgebrüll los: All das geschah nur in der Schule oder in der Kultur-Halle, in der Stille irgendeiner feierlichen Zeremonie.

Auch Tami hatte nicht genau gehört, wovon die Rede war, und war neugierig, was denn Michal und Gilat Ja'ara zugeflüstert hatten, aber sie schämte sich, direkt zu fragen. Diese gemeinen Kreaturen konnten doch erraten, dass du auch... und da du dich nicht herablassen kannst, danach ausdrücklich...

Auf dem Weg nach Hause machte Ronit den Vorschlag, dass die ganze Gruppe Jaron einen Brief schreiben solle, mit der Forderung, dass er, weil er nach Israel gekommen ist, wie alle Juden sein müsse. Die Jungen unterstützten den Vorschlag, lachten und flüsterten einander etwas zu, und die Mädchen, neugierig geworden, schrien, dass das sicher Obszönitäten seien. Michal erzählte, sie hätte einen Cousin, der von Russland gekommen sei und Malik heiße, und jemand erinnerte sich, dass der wirkliche Name Jarons "Ronek" sei.

Sofort fühlte Joaw sich von der Muse geküsst, er improvisierte und sang: "Ronek, der Goj, / Hat den Kopf voll Heu..."

Dann fand er keine Reime mehr und gab es auf.

Als sie die Farm erreichten, eilten sie ins Klassenzimmer. Jigal nahm Papier und Feder, und alle drängten sich um ihn. Jeder gab Ratschläge und machte Zwischenrufe, mit viel Gelächter und Begeisterung, um bei der Formulierung zu helfen. Diesmal gab es keine Meinungsverschiedenheiten zwischen Jungen und Mädchen.

"An den Russen Ronek Dworkin", schrieben sie. "Du musst wissen, dass wir dich nur Ronek Dworkin nennen werden und dich als Russe betrachten und dich nicht in unsere Gemeinschaft aufnehmen und dich an keinem Spiel teilnehmen lassen, solange du ein Goj bleibst, bei uns, im Land des jüdischen Volkes."

Jigal und Gil unterschrieben als erste, nach ihnen Gilat und Tami, dann alle anderen.

Tami schmückte ihre Unterschrift mit einem Schnörkel und unterstrich sie.

Aber schon bereute sie es: Vielleicht werden die anderen denken, dass sich darin ein besonderes Verhältnis kund tut?

Ja'ara schlug vor, die Warnung hinzuzufügen, dass, wenn er sich sträuben sollte, sie alle mit ihren Eltern sprechen würden, und wenn dann die Periode der Kandidatur seiner Eltern zu Ende ginge, in der allgemeinen Farmversammlung alle gegen seine Eltern stimmen würden, so dass man sie nicht als Genossen aufnähme. Aber man war dagegen. Es schien ihnen zu scharf und extrem und überhaupt sollte man die Eltern in die Angelegenheiten der Gruppe nicht einbeziehen.

Den Brief legten sie auf den Schrank im Klassenzimmer. Wenn morgen der Unterricht beginnt und man sehen wird, wo er sitzt, übergeben wir ihm den Brief oder legen ihn in das Fach seines Pultes, beschlossen sie. Dann gingen alle nach Hause, bereit, ein Kreuzverhör und eine scharfe Rüge über sich ergehen zu lassen – warum und wo sie so lange geblieben seien. Nun gut, sollen sie verhören und rügen. Das verdarb niemandem die gehobene Stimmung.

Wem gehorche ich?

Am nächsten Morgen wachte Tami erst auf, als ihre Mutter sie weckte. "Steh endlich auf", sagte sie, "es ist schon nach sieben, die Schule fängt an."

Tami sprang aus dem Bett. Sieben! In einer halben Stunde beginnt der Unterricht, und sie muss noch zur Kinderfarm laufen, die Hühner füttern, und die Hauptsache – sie muss rechtzeitig kommen, wegen des Platzes. Dabei hast du noch Glück, dass Gilat dir einen Platz belegt, aber es ist nicht angenehm, gleich am ersten Tag, und noch dazu zum Plätzebelegen, zu spät zu kommen.

Alisa war schon nicht mehr im Zimmer. Hat sich also ganz leise weggeschlichen, diese gemeine Kanaille. Tami packte rasch ihre Kleider, zog sich an, lief in das Badezimmer, um sich schnell das Gesicht zu waschen, fuhr mit dem Kamm durchs Haar, schnitt sich eine Grimasse im Spiegel. In der großen Pause wird sie ja Zeit haben, rasch nach Hause zu laufen, um etwas zum Essen zu schnappen.

"Ciao, Mutti, ich fliege!"

"Tami", rief Ruth, "du hast dein Bett nicht gemacht!"

"Später, Mutti, in der großen Pause. Jetzt muss ich laufen, um einen Platz zu belegen."

"Das Bett machst du jetzt, sonst gehst du nicht."

Ruth drehte den Schlüssel in der Tür um und steckte ihn in die Tasche ihres Morgenrocks.

"Ach, du bist schrecklich, Mutti! Ich sag dir doch, dass ich laufen muss, weil niemand für mich einen Platz belegen wird, ich meine, dass alle ihre Plätze einnehmen und ich dann das ganze Jahr allein sitzen muss", schrie Tami wütend. "Was ist dabei, wenn ich einmal im Jahr das Bett ein bisschen später mache?"

Ruth antwortete nicht, und Tami lief ins Zimmer, richtete das Leintuch und die Decke und warf rasch die Tagesdecke darüber.

"Setz dich zum Frühstück."

"Ich hab jetzt keinen Hunger."

"Dann isst du eben ohne Hunger. Du kommst mir nicht aus dem Haus, ehe du gegessen hast."

"Wenn du einmal etwas von mir willst, dann wirst du's sehen", sagte Tami leise durch die Zähne, und Tränen sammelten sich in ihren Augen. Sie eilte zum Tisch, nahm eine Scheibe Brot, schenkte sich eine Tasse Tee ein, und als Ruth ihr den Rücken zuwandte, goss sie kaltes Wasser dazu, trank mit einem großen Schluck, biss von dem Brot ab und rief mit vollem Mund:

"Nun, bist du zufrieden? Hab schon gegessen."

"Deine Schultasche, Tami."

"Heute brauchen wir keine."

Die Mutter gab die Tür frei, und Tami flog hinaus.

Es war ein Unglückstag: Alisas Fahrrad hatte eine Reifenpanne. Tami rannte zur Kinderfarm, füllte den Wassertrog der Hühner, streute Mischfutter in die Krippen und rannte zur Schule. Ob es schon halb ach ist? Bald, wenn du die Armbanduhr bekommst, wirst du nicht mehr raten müssen. In diesem Augenblick glaubte sie, dass alles klappen würde, wenn sie die Uhrzeit wüsste. Auf die gestickte Bluse und den Sarafan kann sie verzichten, um nur die Uhr zu bekommen. Aber natürlich nicht auf das Fahrrad. Und wenn sie dieses Fahrrad erst hat, ach, wie sie dann jeden Morgen zur Kinderfarm und zur Schule saust... Dann ist's mit der Rennerei zu Ende!

Von weitem sah sie, dass sich alle vor der Tür drängten.

"Was ist los?", rief sie, als sie etwas näher kam. "Warum geht ihr nicht hinein?"

"Das Klassenzimmer ist zu", rief Ja'ara. "Wenn es läutet, wird geöffnet."

Tami atmete erleichtert auf. Also hast du noch nichts verpasst. Alles ist in Ordnung. Tami drängte sich zu den anderen – natürlich, die Jungen haben die ganze Tür besetzt, damit sie sofort als erste hineinstürmen können, wenn man öffnet.

Die Mädchen drängten hinter ihnen her und riefen erbittert:

"Macht Platz! Wir lassen euch nicht alle hinteren Pulte nehmen. Wir wollen nicht immer vorne sitzen! Das ist nicht gerecht!"

"Wer etwas hat, der hat es zu Recht", wiederholte Gil sein Credo.

In diesem Augenblick läutete es und Michal kam gelaufen und schrie: "Ich hab ihn! Ich hab den Schlüssel bekommen! Macht Platz und lasst mich durch!"

Alle drängten sich zur Tür. Michal konnte nicht an das Schloss gelangen. Die Jungen forderten, sie solle ihnen den Schlüssel geben, sie würden schon öffnen. Michal dagegen blieb hartnäckig: man solle sie an die Tür lassen, nur sie wird aufsperren.

Dann ließ man sie bis zur Tür durch, so knapp, dass sie sich kaum bewegen konnte.

"Gilat, nimm uns ein Pult am Fenster!", schrie Tami.

"Ich sitz' mit Michal, sie hat mich als erste gebeten."

Das war wie ein Schlag ins Gesicht.

"Du fiese blöde Kuh, du!", schrie Tami. "Warum hast du mir nichts gesagt?"

"Was hätte ich denn sagen sollen – du hast mich doch gar nicht darum gebeten, wir haben überhaupt nicht darüber gesprochen."

Diese gemeine, verräterische Kanaille! Sogar wenn sie etwas Wahres sagt, lügt sie!

"Wir haben wirklich nicht darüber gesprochen, aber ich hab gedacht..."

"Na siehst du! Und nun bin ich schuld daran, dass du denkst?"

Es blieb keine Zeit zum Streiten.

"Ja'ara, ich sitz mit dir, ja? Besetz uns rasch ein Pult am Fenster!"

"Ich sitze mit Ronit", sagte Ja'ara.

Die Tür ging auf, und alle stürmten hinein. Die Jungen besetzten alle Pulte, die hinten oder am Fenster standen. Nach ihnen rannten die Mädchen hinein, obwohl eigentlich schon kein Grund mehr bestand, sich zu beeilen. Tami saß allein, am ersten Pult.

Sie fühlte Zornestränen in ihren Augen. Dass sie nur nicht die Wangen herunter laufen, lieber Gott, mach das bitte für mich, dass mir die Tränen nicht die Wangen herunter laufen, dann verspreche ich dir... Du hast mich doch schon genug gequält heute früh, und es macht mir nichts aus, dass du mich immer gerade dann rot werden lässt, wenn es mich am meisten beschämt, aber nur jetzt nicht, damit sie später nicht sagen können... Und diese gemeine... Gestern Abend ist sie noch gekommen um dich zu holen, damit ihr euch zusammen zur Elternversammlung schleicht, und den ganzen Weg zum See ist sie mit dir gegangen, umarmt, mit der Hand auf der Hüfte, diese Kanaille, und auf einmal, ganz grundlos, hörst du, grundlos, sitzt sie mit Michal. Warum? Was findet sie an Michal? Oder war das aus Neid, weil du zwölf Stimmen bekommen hast? Oder vielleicht wegen dem, was du gestern über Jaron erzählt hast, vielleicht gefällt er ihr, und sie ist eifersüchtig? Oder hat ihr Michal, dieses gemeine Aas, mit etwas geschmeichelt, ihr versprochen, dass sie in den großen Ferien mit ihr nach Tel Aviv fährt zu einem ihrer fragwürdigen Cousins, die sie immer nach Bedarf ausspielt, und wer weiß, ob sie überhaupt...

Jishar trat mit einem energischen guten Morgen Gruß ins Klassenzimmer, und sofort sah man ihm an, dass er einen seiner Gute-Laune-Anfälle hatte.

Er schritt zu seinem Tisch, stellte sich mit gespreizten Beinen hinter ihn und überschaute mit leichtem Lächeln die Sitzordnung.

In diesem Moment kam Jaron, hinkend, eine Schultasche in der Hand, und blieb in der Tür stehen. Ein Auge war geschwollen und blauschwarz unterlaufen, in einem Mundwinkel sah man einen langen Kratzer.

"Guten Morgen, Jaron", strahlte ihm Jishar entgegen, "was ist passiert? An welchem Elementarkampf hast du teilgenommen?"

"Ich bin gefallen", sagte Jaron, so leise, dass man ihn kaum hörte, blieb stehen und schaute die Klasse an. Der einzige freie Platz war neben Tami.

"Ach so, du bist gefallen! Sehr schön! In deinem Alter, war ich auch immer gefallen, wenn ich so verziert wie du in die Schule kam. Auf was wartest du? Setz dich. Die Ferien sind zu Ende. Es ist Zeit, etwas zu lernen!"

"Wo soll ich sitzen?"

"Hast keine große Auswahl. Neben Tami ist ein freier Platz."

Und schon wandten sich alle Augen ihr zu. Tami fühlte ihr Herz im Hals pochen. Sie wusste, was die öffentliche Meinung von ihr erwartet und auch, was Jishar sagen wird, wenn sie der öffentlichen Meinung gehorcht.

Jaron schritt auf Tamis Pult zu und setzte sich.

Tami stand auf, nahm ihren Stuhl und stellte ihn neben Ronit. Wenn diese gemeine Ja'ara sich nur ein bisschen mehr zur Wand gedrückt hätte und wenn Ronit, dieses Schwein, ein bisschen nachgerückt wäre, wäre genug Platz frei gewesen, um zu dritt zu sitzen. Nicht gerade bequem, aber möglich. Und vielleicht hätte Jishar sogar ein Auge zugedrückt, an einem Tag, an dem er eine so strahlend gute Laune hat. Aber sie rührten sich nicht.

In der Klasse wurde es mäuschenstill, als hätten alle ihren Atem angehalten, und so gespannt war die Stille, dass sie jeden Moment zu zerreißen drohte.

"Was soll das bedeuten, Tami?", fragte Jishar Unheil verkündend leise. Sein Lächeln war verschwunden.

Tami schluckte. "Ich will nicht neben ihm sitzen", stotterte sie.

"Bitte, geh auf deinen Platz zurück, Tami."

"Ich will nicht dort sitzen."

"Ich habe nicht gefragt, was du willst oder nicht willst. Kehr zu deinem Platz zurück."

Wieder setzte eine lange und schwere Stille ein. Die Erwartung aller hing in der Luft. Eigentlich hast du doch schon getan, was die öffentliche Meinung von dir erwartet hat. Gilat war aufgestanden und hatte gehorcht. Tami rührte sich nicht.

"Also?"

"Ich sitz' nicht neben ihm."

"Warum?"

"Warum gerade ich?"

Jishar schwieg. Alle warteten neugierig. Vor zwei Jahren kam ein neuer Junge in die Klasse, der von allen ausgelacht wurde, weil – so wurde behauptet – von ihm ein gewisser Geruch ausging. Jishar befahl damals Jigal, neben ihm zu sitzen, und Jigal weigerte sich. Da packte ihn Jishar am Nacken, gab ihm eine schallende Ohrfeige, so dass man für einige Sekunden alle Finger auf seiner Wange sah, setzte ihn kräftig auf den freien Platz und brüllte:

"Wenn ihr eine Einteilung schaffen wollt, zwischen Kindern erster Wahl, denen alle schmeicheln, und Kindern zweiter Wahl, die ausgestoßen werden, werde ich euch gleich eine Kostprobe geben und euch so verdreschen, dass euch niemand als dritte Wahl will!"

Als geflügeltes Wort ging das in die Geschichte der Klasse ein und wurde oft zitiert, und nur der nicht gebräuchliche Ausdruck "dritte Wahl" wurde durch das populäre "Abfall" ersetzt. Jigal beschwerte sich damals bei seinem Vater, und der versprach, er werde Jishar gelegentlich zur ersten, zweiten und dritten Wahl machen, und beschwerte sich bei der Erziehungskommission. Die Kommission lud Jishar zu einem Klärungsgespräch vor, in dem ihm ein Verweis verabreicht wurden, aber Ernst und Trude fanden damals, dass Jishar richtig gehandelt hätte.

"Etan, geh du, und setz dich neben ihn!"

Etan antwortete: "Man kann noch ein Pult holen, dann kann Tami allein sitzen und Jaron allein sitzen und das Problem ist gelöst. Ein freies Pult steht im Korridor und hier ist genug Platz."

"Ich hab dich nicht um Rat gebeten, Etan. Geh und setz dich neben ihn!"

"Warum gerade ich?"

Etan erklärte nach dem Vorfall mit Jigal, dass, wenn Jishar es versuchen sollte, ihn zu schlagen, er zurückschlagen würde, komme, was da wolle.

Jishar nahm einen Bleistift, der auf dem Tisch lag, hielt ihn vorsichtig zwischen zwei Fingern, drehte ihn langsam, und schaute ihn aufmerksam an.

"Ihr habt doch ein Komitee, das sich mit dem Programm der Feier befasst. Diese Schüler wurden von euch gewählt, und ich schlage vor, dass wir sie vorläufig auch als Klassenausschuss betrachten. Die sollen einen Sitzplan vorbereiten. Wenn ihr einen zufriedenstellenden Vorschlag habt, verständigt mich, bitte. Ich warte in meinem Zimmer. Und wünsche euch allen und einigen unter euch besonders, dass ihr einmal das erleben werdet, was ihr vorhin mit Jaron gemacht habt."

Und er verließ das Klassenzimmer. Einen Moment blieb alles still. Jishars Schritte verhallten draußen, zuerst auf dem Korridor, dann, sich entfernend, auf dem betonierten Gehsteig.

Jaron stand auf, nahm seine Schultasche und wandte sich zur Tür. Da sprang ihm Jigal entgegen, lief zum Schrank, nahm den Brief und streckte ihn Jaron entgegen:

"Da, lies! Wir haben dir da geschrieben, warum keiner neben dir sitzen will."

Jaron faltete den Brief auseinander.

Alle schauten ihn an, während er las. Kein Muskel bewegte sich in seinem Gesicht.

Nachdem er gelesen hatte, zerknüllte er das Blatt und warf es in den Papierkorb in der Ecke und ging zur Tür.

"Nun, was ist deine Antwort?", fragte Jigal.

"Ihr seid schlimmer als die ärgsten russischen Antisemiten", sagte Jaron leise und blieb stehen.

"Du hast nichts zu sagen, deswegen schimpfst du so herum", rief Ja'ara.

"Was für Juden seid ihr?", fragte Jaron. "Esst ihr am Versöhnungstag? Jawohl. Backt ihr Brot zu Pessach? Jawohl. Arbeitet ihr am Sabbat? Jawohl."

"Wir sind nicht religiös, aber wir sind Juden. Es gibt auch nicht-religiöse Engländer", rief Jigal.

"Wenn ein Engländer in England lebt und England liebt und den jüdischen Glauben annimmt, aber in England bleibt – ist er ein Jude wie ihr? Und wenn ein Sabre, dessen Eltern auch Sabres waren, der im Kibbuz lebt und nur hebräisch spricht und im Befreiungskrieg verwundet wurde... wenn ein Rabbi behauptet, er ist kein Jude, weil seine *Mutter nicht als Jüdin registriert* war, obwohl sie vielleicht Jüdin im Herzen war – ist er kein Jude? Was ist er?"

"Ach, du philosophierst herum und verdrehst alles", sagte Etan.

"Du hast Angst, dass es weh tut, wenn man es dir abschneidet", schrie Joaw.

Alle lachten.

Jaron steckte die Hand in die Tasche, zog eine Zündholzschachtel heraus und sagte:

"Gut, jetzt schauen wir, wer Angst hat, dass es weh tut. Ich zünde jetzt ein Streichholz an und leg es auf meine Hand, bis es ganz zu Ende brennt. Und dann soll jemand von euch dasselbe tun."

Er zündete das Streichholz an, legte die Schachtel auf den Tisch und wartete, bis die Flamme wuchs und schon fast das ganze Zündholz umfasste. Dann streckte er seinen Arm aus, legte das brennende Streichholz auf seine Handfläche und hielt sie mit der anderen Hand am Gelenk.

Alle drängten sich um ihn und schauten wie hypnotisiert zu.

"Mach Platz", stieß Ja'ara Joaw beiseite, "du verstellst mir die Sicht!"

Ohne dass sie es beabsichtigte, kam es aus Tamis Mund:

"Oh, gib Acht!", und sofort bereute sie es.

Gut, dass es niemand beachtete.

Das Zündholz brannte nun ganz, wurde schwarz in der gelben Flamme, krümmte sich, wurde dünn und noch dünner und verlosch. Die Haut um das gekrümmte Überbleibsel, das noch ein wenig glimmte, war ganz rot. Jaron rührte sich nicht.

Tami riss ihren Blick vom Zündholz und schaute ihm verstohlen ins Gesicht. Er steht ruhig, als ob er gleichgültig durchs Fenster schaut, aber er presst die Zähne zusammen. Der Arme! Sie hatte die Lippen bewegt und es fast geflüstert. Schnell schaute sie um sich. Alle Blicke sind noch auf die Hand geheftet. Keiner sah sein Gesicht. Keiner sah dein Gesicht. Keiner hat bemerkt, wie du ihn angeschaut hast.

Jaron schüttelte die Asche ab, ballte die Hand zur Faust und steckte sie in die Tasche. Wieder wandte er sich zum Gehen. Keiner versuchte, ihn aufzuhalten.

"Das ist keine Kunst", erklärte Etan, "das geht ganz einfach: Die Hitze steigt hinauf, von unten ist's nicht so heiß. Gleich zeig ich euch, dass auch ich das kann. Wer hat ein Streichholz?"

"Da hast du eins", sagte Joaw und zeigte auf die auf dem Tisch liegen gebliebene Schachtel. "Gut, dass er sie vergessen hat und wir weiter Handbrennereien veranstalten können."

Etan strich ein Zündholz an, legte es auf seine Handfläche und sagte: "Seht ihr? Tut überhaupt kein bisschen weh und nur..." Aber da sprang er auf und blies auf die Brandwunde.

"Zum Teufel, Dreck, shit!", schrie er, ballte die Hand, schwenkte sie und hüpfte von Bein zu Bein. Den Ausruf "shit!" hatte er von Herrn Davidsons jungen Landsleuten gelernt.

"Am Anfang brennt's überhaupt nicht", erklärte er dann, "das Problem ist nur, dann noch ein wenig standzuhalten."

Auch Jigal und Gil versuchten es, warfen aber sofort das Streichholz weg, fluchten, rieben die Handfläche und leckten die kleinen Blasen, die an der Brandstelle entstanden waren. Joaw versuchte, vorher die Handfläche mit Speichel zu befeuchten, aber da verlosch das Zündholz sofort.

"Er hat sicher irgendeinen Trick, dass es ihm nicht weh tut, oder er hat es trainiert", sagte Etan. Alle teilten diese Ansicht.

"Jungs, wir müssen was tun", sagte Ronit, "das geht doch nicht, dass wir schon am ersten Tag nicht lernen!"

"Beschweren wir uns bei den Eltern, damit sie's der Erziehungskommission erzählen, so dass sie Jishar wieder zurechtweisen und warnen", riet Joaw.

"Lassen wir das Los entscheiden, wer neben ihm sitzen muss, und fertig", schlug Etan vor. "Losen ist immer das einfachste."

Die Jungen forderten, nur unter den Mädchen zu verlosen, da sie eine ungerade Zahl seien, und deswegen sowieso eine von ihnen mit Jaron sitzen müsste. Die Mädchen weigerten sich. Wieso nur wir? Im Gegenteil. Nur unter den Jungen soll man verlosen. Weil jetzt, Jaron mitgerechnet, auch die Jungen eine ungerade Zahl sind, da werde wirklich an einem Pult ein Junge mit einem Mädchen sitzen müssen, aber wer sagt, dass dieser Junge gerade Jaron sein muss?

Man versuchte es, und das Los fiel auf Ronit.

Nun erwarteten alle, dass sie das Los widerrufen würde, weil es nur versuchsweise war und man noch einmal und wirklich verlosen sollte, aber sie schwieg.

So loste man, wer Jishar rufen soll, und wer – Jaron. Und auch da wurde viel diskutiert, ob nur unter den Fahrradbesitzern verlost werden sollte, oder unter allen.

Am Ende fuhr Joaw Jaron holen und Tami fuhr zu Jishar auf Ja'aras Fahrrad, und eine halbe Stunde später konnte endlich der Unterricht beginnen.

Romantische Paare

Nie, nie wieder wird sie mit Gilat sprechen! Weder heute noch morgen – niemals! Von jetzt an wird sie immer mit gesenkten Augen im Klassenzimmer sitzen, und nie – hörst du? – nie und nimmer wirst du verstohlen zur Verräterin hinschauen, also gibt es keine Chance, das heißt, es besteht keine Gefahr, dass eure Blicke sich treffen. Dann wird sie es sehen, diese Gemeine – weil sie nämlich doch heimlich zu dir hinschaut, aber du wirst natürlich nichts davon wissen – ja, dann wird sie sehen, wie du schweigend, stumm und unversöhnlich, nichts vergessend, für keine Sühne zugänglich... Ach, wie sie es dann bereuen wird, wie! Auch wenn sie sich sagt, es sich einschärft, dass sie doch überhaupt keine böse Absicht hatte, sie hat ganz einfach nicht gedacht, hörst du, Tami, es wäre ihr nie eingefallen, dass dich das so treffen und betrüben könnte. Wirklich, Tami, das musst du mir glauben: Wenn ich es nur ein Momentchen für möglich gehalten hätte, dass... Nein, umsonst und vergebens alle Bitten! Tami hat unterdessen schon eine neue Freundin gefunden, nämlich... gut, lassen wir uns jetzt nicht auf Details ein... Aber sie findet eine. Oder wird sie finden. Auch wenn es Ja'ara sein sollte, diese provinzielle Kanaille, die Hauptsache, dass du, gemeines, verräterisches Fräulein, entdeckst, dass der Zug durch ist, wie es dir gebührt, meine Liebe.

In der großen Pause ging sie doch zu Gilat:

"Sag, warum warst du heute früh so fies und hast mir keinen Platz besetzt?" Sie bemühte sich, leichthin und ganz natürlich zu sprechen, und sie rang sich sogar, ein Lächeln ab..

"Ist doch nicht meine Schuld, wenn du nicht kommst", sagte Gilat. "Du hättest krank sein können, und dann wäre ich allein geblieben, und am Ende hätte ich mit ihm sitzen müssen."

Wie sie sich scheinheilig drückt!

Tami warf ihr einen kurzen, traurig-enttäuschten Blick zu und wandte sich ab.

❖

Obwohl sie gehandelt hatte, wie es die öffentliche Meinung von ihr erwartete, hatte sich ihre gesellschaftliche Stellung dadurch nicht verbessert. Jishar sprach einmal über jemanden, dessen "Prestige" nicht zu-, sondern abnahm, und die Jungen begannen gleich, einander etwas zuzuflüstern. Also, nach jenem Vorfall im Klassenzimmer fühlte Tami deutlich, dass ihr Prestige verblasste und zusammenschrumpfte. Und nach einigen Tagen geschah etwas, das ihr diesen Zerfall verdeutlichte:

Am Abend war ihr langweilig. Sie hatte schon ihre Hausarbeiten beendet und ging zu Ja'ara, um sich mit ihr über einige der Bar-Mizwa Aufgaben zu beraten. Aber Ja'ara war nicht zu Hause. Wo kann sie sein? Ihre Mutter sagte, sie sei wahrscheinlich bei Michal. Aber auch Michal war nicht zu Hause! Wohin sie gegangen sei? Michals Mutter zuckte die Schultern:

"Was weiß ich?", sagte sie. "Sie erzählt mir doch nichts. Ja'ara und Gil haben gepfiffen, Ja'ara kam herein, hat ein wenig mit ihr getuschelt, und weg waren sie, sie wollten nicht sagen, wohin sie gehen."

Tami fühlte ihr Herz pochen. Sie nahm rasch Alisas Fahrrad: Wenn auch Gilat nicht zu Hause ist, musst du sie im Klubhaus, bei der Nachalgruppe und wer weiß wo suchen. Was soll sie aber zu Gilats sagen? Ich bin gekommen, weil... Nein, unmöglich. Ah, aber, Mutti hat mich geschickt, um dich, Trude, zu fragen... wann wieder Öl verteilt wird. Und dabei schauen, ob Gilat...

Ernst öffnete. Nein, es täte ihm leid, er hätte nicht die leiseste Ahnung, wann Öl verteilt wird. So was muss man die Damen fragen. Und wo die Damen wären? Die sind wie die Vöglein geflogen.

Und lachte. Also musste auch Tami höflich lächeln.

Und dann, leichthin und ganz natürlich, fragte sie:

"Und Gilat?", sie fühlte, dass sie fast erstickte.

"Gilat ist auch so ein Spatz, der gerne ausfliegt, haha, da kamen ein paar andere Spatzen und pfiffen, und unser Vögelchen flog davon, haha."

"Ah, ich meine, haha", versuchte Tami zu kichern, was wie ein Husten herauskam. Ob er vielleicht zufällig gesehen hätte, wer diese pfiffigen... ich meine pfeifenden Vögelchen waren?

Die Vöglein warteten draußen. Nur Jigal kam herein, zwitscherte ein bisschen mit ihr, und dann gingen... das heißt, flogen sie. Ob er etwas ausrichten soll?

Nein, danke. Durchaus nicht. Das heißt, ohne das "durchaus". Das war nämlich nur zufällig, dass sie gefragt hat, ohne besondere Absicht. Und deswegen brauche er gar nichts auszurichten. Auch nicht, dass er nichts auszurichten brauche, haha. Und Tami hustete wieder.

Sie ging zum Fahrrad zurück. Wohin jetzt? Zur Nachalgruppe, natürlich, das ist doch klar!

Sie blieb stehen. Nein, das nicht. Wenn sie zum Nachal gegangen sind, warum sind die Jungen mitgegangen? Und warum haben sie getuschelt? Und warum hatten sie sie, Tami, nicht gefragt? Und wenn du jetzt zum Nachal kommst und an die Tür klopfst, dann musst du schon hineingehen und dort ein wenig sitzen... Du kannst doch nicht hineingucken und sagen, dass du nur die Mädchen suchst. Dann musst du mit in den Taschen geballten Fäusten sitzen, die dumme Musik anhören, die idiotischen Kürbiskerne aufknacken... Und trotzdem werden alle darüber reden, warum du allein gekommen bist. Also, was tun?

Sie eilte nach Hause. Lehnte das Fahrrad vorsichtig an die Wand. Wartete ein bisschen. Beruhige dich, mein Fräulein, und geh nicht so schwer atmend hinein. Sicher gibt's eine Versammlung. Und man hat einfach den Aufruf herumgehen lassen. Und zu dir kamen sie gerade, als du... Und haben einen Zettel für dich hinterlassen, dass sie dort und dort sind, sagen wir im Klassenzimmer, auf dem Rasen, im Klubhaus. Wirst ja gleich sehen, dass alles in Ordnung ist. Und dass du dich dummerweise umsonst gesorgt hast. Aber dein Herz sagt, da stimmt etwas nicht.

Tami trat ins Zimmer, warf einen natürlich-gleichgültigen Blick auf Alisa, die beim Tisch saß, Gott sei Dank, dass sie zu Hause ist. Tami setzte sich aufs Bett, streckte sich in scheinbar natürlicher Langeweile aus – Jishar nennt das "Trägheit" –, gähnte sogar ein bisschen und fragte so nebenbei: "Sag mal, Aliska, ist vielleicht zufällig jemand gekommen um mich zu rufen, während ich nicht da war?"

Alisa zog ihre Brauen hoch:

"Ah, jemand? Es soll schon jemand kommen, dich abholen?"

Versucht die Übergescheite zu spielen, diese Gemeine!

"Ich meine, ob eines der Mädchen nicht zufällig da war, ob niemand draußen gepfiffen hat?"

"Nein, tut mir leid."

Und Alisa wandte sich zu ihrem Buch und Heft.

"Machst du Hausarbeiten?"

"Ja."

Tami saß ganz ratlos. Dann fragte sie schüchtern:

"Aliska?"

"Was?"

"Sag, du warst doch bei Aja?"

"Und wenn...?"

"Hast du da zufällig gesehen, ob Gilat zu Hause war?"

"Ja, sie ging gerade weg."

"Wurde sie abgeholt?"

Alisa schaute sie an und lächelte.

"Ja."

Dieses Aas, das gemeine. Tami presste die Zähne zusammen und schluckte:

"Hast du vielleicht eine Ahnung, wo sie hingegangen sind?"

"Ich glaube, ins Klassenzimmer, zum Tanzen."

Tami sprang auf.

"Tanzen?! Wieso? Woher weißt du das?"

"Ich glaube, dass Aja so was gesagt hat. Sie sind ja so komisch."

"Wer?"

"Diese Paare."

"Welche Paare?"

"Diese Paare da in deiner Klasse. Spielen 'Gernegroß'."

"Welche Paare in meiner Klasse?"

"Was? Weißt du's denn nicht?"

Tami bemühte sich zu lächeln.

"Sagen wir, dass ich's weiß. Ich wollte nur sehen, was Aja schon davon gehört hat."

"Ich glaube – alles, und von allem Anfang an. Weil Gilat ihr alles erzählt hat, sie ist so aufgeblasen, obwohl das alles so ganz und gar dumm ist. Wirst ja sehen, dass es nicht lange hält."

Dann schaute sie Tami an und sagte: "Tami, du hast das ja gar nicht gewusst. Du hörst es von mir zum ersten Mal."

"Wa... warum?", stotterte Tami und wurde ganz rot.

"Du hast gesagt: 'Sagen wir, dass ich's weiß'. Wenn du's wirklich gewusst hättest, hättest du doch gesagt: 'Sagen wir, dass ich's nicht weiß'. Und als ich dir eben gesagt hab, dass du's erst jetzt von mir gehört hast, hast du nur gestottert und nicht versucht, es zu leugnen. Ach, Tami, du bist so lächerlich..."

Tami fühlte, dass etwas zu rollen begann, das man schon nicht mehr aufhalten konnte.

"Und du dumme Kuh, du", sagte sie, "versuchst immer erwachsen zu sein. Und weißt du warum? Vor lauter Neid. Weil du schon in der zehnten Klasse bist und den Nachal-Burschen nachläufst und dir mit diesem Jakob Illusionen machst... Aber wenn du nur wüsstest, was ich gehört hab, ich meine, was ich über ihn weiß, dann... dann würdest du sehen, dass..."

Tränen stiegen ihr in die Augen, und etwas Bitteres würgte in ihrer Kehle. Aber es macht ihr nichts aus. Soll sie's doch sehen.

Alisa lachte kurz und abgehackt.

"Ja? Was hätte ich dann gesehen? Was hätte ich gesehen? Du hast nichts zu sagen, Tami, und deswegen redest du so herum."

"Gut, dann rede ich eben nur so herum", warf Tami zurück.

Verließ das Zimmer und schlug die Tür zu.

Und ging raus auf die Straße, im Dunkeln, schnell, stürmisch. Sie wird schon sehen! Und wie sie sehen wird! Wenn Jakob sich in dich verliebt, nicht einfach nur so, sondern unsterblich und rasend. Und gerade dann, wenn Alisa, Aja, Gilat und alle Mädchen sich in ihn verlieben, aber nicht gewöhnlich, sondern – wahnsinnig! Nicht ohne ihn leben können, keine Minute! Dauernd nur an ihn denken, was sage ich "denken", nur über ihn reden, ihm nachlaufen, vor Neid platzen! Weil er ihnen klarmacht, dass es ihm schrecklich leid tut, aber sie sind ihm alle zuwider und ekeln ihn an, weil er nur sie begehre, das heißt, dich. Genau so wird er's sagen, "ekeln mich an". Alisa bricht in Tränen aus. In kochende Verzweiflungstränen. Und da kommst du gerade ins Zimmer, ganz zufällig, und siehst sie auf dem Bett, diese Heulsuse, in Tränen aufgelöst, mit geschwollenen Augen, und ganz leichthin und natürlich, wirfst du ihr hin: "Gut, dann verzicht ich eben auf ihn zu deinen Gunsten, du bist doch die Große und ich womöglich nur die Kleine und Lächerliche... Also, in Ordnung. Nimm ihn dir, ich brauch ihn ja nicht." Jetzt erst beginnt Aliska richtig zu weinen, heiße Dankestränen, brennende Versöhnungstränen, glühende Liebestränen. Aber auch sie sind umsonst und vergebens, weil – na ja, das hast du dir nicht vorgestellt, meine Liebe – weil Jakob ganz einfach deinen Verzicht ignoriert und dir sogar noch mehr, noch brennender und glühender den Hof macht, gerade weil du ihn zurückgewiesen hast!

Eine Viertelstunde wanderte sie so auf der Farm herum, in der Nähe der Nachal-Baracken und beim Klubhaus, dann sah sie im Schulgebäude, dass im Klassenzimmer Licht brannte. Sie näherte sich leise und lugte durchs Fenster.

Ja, da sind sie, allerdings! Und tanzen tatsächlich. Die Pulte haben sie zur Seite geschoben, und mitten im Raum, schaut, schaut! Gilat mit Jigal, Ja'ara mit Gil, Michal und Etan! Und sie versuchen, ihnen *Krakowiak* beizubringen, diesen Tollpatsche. Und Gilat muss sich natürlich hervortun. Singt, zeigt die Tanzschritte, erklärt, singt von neuem... Buchstäblich lächerlich, wie sie versucht, Jigal zu drehen!

Immer wieder begannen sie, aber als sie zu den Drehungen kamen, verhaspelten sich die Jungen. Und dieses Gekreische, das sie da zur Schau stellt – wie ekelhaft! Außerdem hat sie keine blasse Ahnung, wie man so was unterrichtet! Weil sie sich brüsten will, zeigen, wie geschmeidig und graziös sie sein kann, bemüht sie sich nicht, es einfach und leicht zu zeigen, im Gegenteil: macht alle möglichen Verzierungen und verschnörkelten Kunststücke mit ihren krummen Füßen... Was ist das denn eigentlich? Man hüpft zweimal auf jedem Fuß, das ist alles! Und wenn man einmal den Grundschritt erfasst hat, dreht man sich dabei. Aber sie macht es absichtlich so kompliziert wie möglich. Wenn sie dir vorgeschlagen hätten, es ihnen zu erklären, hätten sie's im Nu verstanden. Na, schau mal an – während Gilat wie ein besessener Ziegenbock herumhüpft, stehen die beiden anderen Paare Hand in Hand, stehen nur so da, mitten im Zimmer, Hand in Hand, und schämen sich nicht! Wann hat das begonnen, dieses ganze romantische Getue? Noch vor einigen Tagen haben sie sich doch gegenseitig gestichelt!

Plötzlich trat sie ins Klassenzimmer. Blieb an der Tür stehen und lehnte sich sogar ein wenig an den Türpfosten. Ganz lässig.

Alle schauten sie an.

"Hast du eine Eintrittskarte?", fragte Jigal.

"Ich dachte, dass der Eintritt frei ist", sagte Tami.

"Und auch der Austritt ist frei", sagte Gil.

"Genug, kommt, machen wir weiter", sagte Gilat.

Dieses Aas! Hat natürlich nicht den Mut, dir ins Gesicht zu schauen.

Tami presste ihre Zähne zusammen und blieb auf ihrem Posten.

Gilat begann wieder zu singen. Michal und Ja'ara halfen mit, unsicher, aber niemand tanzte.

"Also, Tami, willst du da noch lange wie ein militärischer Beobachter herumstehen?", fragte Gil.

"Und warum nicht? Ist's verboten?"

"Hast schon vergessen, was Jishar über die militärischen Beobachter und Attachés erklärt hat – dass, wenn sie zu viel beobachten und sich zu viel attachieren, man sie zu unerwünschten Personen erklärt, zu... wie hat er's nur genannt?"

"*Persona non grata*", erinnerte ihn Etan.

"Und dass 'Attaché' von 'tacha', Nagel, kommt, weil man sie liebt wie einen Nagel im Schuh, auch das hat er erklärt, wenn ich mich nicht täusche", sagte Jigal.

Stolz und Beleidigung kämpften einen Moment. Weggehen und ihnen die Tür zuhauen, dass die Wände zittern, oder gerade hartnäckig sein und bleiben, und dann werden wir ja sehen, ob sie es wagen, dich mit Gewalt wegzujagen.

Sie lächelte noch einen Moment und sagte dann: "Ach, entschuldigt doch, ich hatte ja keine Ahnung, dass ich euch bei eurer Romantik so störe." Drehte sie sich um, löschte das Licht aus und ging hinaus, lief ein bisschen und schaute sich um. Aber niemand lief ihr nach.

Und wieder wanderte sie im Dunkeln, bis sie mit roten Augen nach Hause kam. Alisa war nicht zu Hause, Gott sei Dank.

Ein Pferd anschirren

Am nächsten Tag wusste die ganze Klasse vom Tanzabend und den Paaren. Tami erzählte Ronit, sie sei am Abend zufällig am Klassenzimmer vorbeigekommen, sah das Licht brennen, guckte hinein, und da man tanzte, wollte sie mitmachen... Aber man machte alle möglichen Andeutungen, sie störe... Stell dir das vor! Dann erzählte sie dieselbe Geschichte auch Hadas, und Hadas gab das Geheimnis weiter an Jael, Joaw, Barak, Haran und die anderen Jungen "zweiter Wahl".

Und die Paare zeigten sich. In den Pausen drängten sie sich in eine Ecke des Korridors und unterhielten sich lärmend, nach Schulende gingen sie gemeinsam nach Hause. Und Gilat, diese Falsche, brachte absichtlich ihr Fahrrad nicht mit, damit Jigal sie nach Hause fahren kann. Abends, wenn alle von der Arbeit heimkommen, spazieren sie Hand in Hand auf der Hauptstraße, die in einem Halbkreis durchs Dorf führt, am Abend sitzen sie miteinander auf dem Rasen, dort wo alle vorbeigehen. Schon haben sie einen gemeinsamen Pfiff und benützen besondere Code-Worte, wie zum Beispiel "militärischer Beobachter" und "Attaché", sich selber nennen sie ganz offen "erste Wahl" und die anderen "zweite (oder auch dritte) Wahl", oder sie nennen sich "Export" und die anderen – "Abfall". Und sorgen dafür, dass alle es hören und wissen sollen, dass sie sich gemeinsam auf die Bar-Mizwa Aufgaben vorbereiten: Die Jungen haben tanzen gelernt, die Mädchen werden bald Pferde anschirren, reiten und pflügen können. Nach einigen Tagen, in der Mathematik, als Jishar etwas auf die Tafel schrieb und der Klasse den Rücken zuwandte, schickte Jigal zu Gilat einen Zettel, die las ihn, nickte und gab ihn an Michal weiter, die gerade im Begriff war, ihn Gil zuzuwerfen, als Jishar die Bewegung bemerkte und den Zettel beschlagnahmte. Er legte ihn auf den Schrank und warf dem Störenfried einen rügenden Blick zu. Dann ging der Unterricht weiter wie gewöhnlich. Die "Paare" schickten sich oft mit vielsagenden Mienen Zettel, als ob schrecklich wichtige Geheimnisse auf ihnen stünden, die so dringende Angelegenheiten berührten, dass man unmöglich bis zur nächsten Pause warten konnte. Wenn Jishar so einen Zettel beschlagnahmte, legte er ihn auf den Schrank – er las ihn nie – und dann warteten alle aufs Ende der Stunde: Sofort wenn es läutete und Jishar verkündete, "Ihr habt jetzt Pause", stürmte Jigal zum Schrank und packte den Zettel, damit er, Gott behüte, nicht jemandem "zweiter Wahl" in die Hände falle.

Aber diesmal kam mitten im Unterricht die Krankenschwester und teilte mit, dass die Kinder sofort zur Klinik kommen sollten, um geimpft zu werden. Jishar unterbrach seine Erklärung und alle rannten in die Klinik, um schnell an die Reihe zu kommen und dann eine lange Pause zu haben. Der Zettel wurde vergessen. Tami erinnerte sich an ihn, als sie schon mit den anderen den Sportplatz durchquert hatte, und sagte zu Ronit und Hadas:

"Oi, ich geh noch rasch zurück, mir ein Buch holen. Haltet für mich einen Platz in der Schlange frei, ja?"

Sie lief ins Klassenzimmer zurück. Wieder hat sie gelogen! Und das noch ohne Not. Du hättest doch ganz einfach sagen können: "Oi, ich hab was vergessen!" Und wenn Ronit gefragt hätte, was, hättest du ihr sogar antworten können: "Ah, gar nichts, irgendeinen Zettel, den ich brauche." Aber andererseits, wenn du nun doch ein Buch nimmst...

Sie trat ins Klassenzimmer, schaute sich um, nahm den Zettel und lief zu ihrem Pult, öffnete ein Buch und breitete darauf den Zettel aus. "Heute um fünf im Pferdestall" stand darauf, "wir nehmen den Braunen und trainieren im Obstgarten, damit keine Attachés zweiter Wahl dazukommen." Sie legte den Zettel, zusammengefaltet wie zuvor, auf seinen alten Platz und lief hinaus.

Auf dem Weg erinnerte sie sich, dass sie ein Buch mitbringen muss, des Anscheins und um der Wahrheit willen, und daher eilte sie noch mal zurück, nahm das Geschichtsbuch "Israel zwischen den Völkern" und gesellte sich zu den in der Klinik Wartenden. Ronit und Hadas hatten natürlich keinen Platz für sie reserviert, diese Scheinheiligen, weil man, so behaupteten sie, keine Plätze reserviert. Ein neues Gesetz! Plötzlich reserviert man nicht, wenn's nicht bequem ist, aber wenn sie beide später gekommen wären, und du hättest ihnen Plätze freigehalten, wäre das sicher in bester Ordnung gewesen... Macht nichts. So ist sie also die letzte, was ist schon dabei. Wenigstens wird niemand sehen, welches Gesicht du bei der Injektion machst.

Der Vorletzte in der Schlange war Jaron. Nachdem er seine Injektion bekommen hatte, zog er sein Hemd ganz langsam an und krempelte sich schrecklich lange die Ärmel auf. Tami zog ihre Mundwinkel herunter, streckte der Krankenschwester den Arm hin, wandte ihr Gesicht zur Seite, schwor sich, mit keiner Wimper zu zucken, hörst du, im Moment... schon vorbei. Hat nur ein bisschen gebrannt.

Als sie hinausging, wollte sie an ihm vorbei, ohne ihn anzuschauen. Da sagte er leise:

"Tami?"

Sie blieb nicht stehen und schaute an ihm vorbei.

"Nun?"

Jishar und Papa haben beide gesagt, dass das nicht höflich ist. Man soll "Pardon?" oder "Ja, bitte?" sagen. Aber man kann doch nicht immer...

"Hast du vielleicht schon darüber nachgedacht, Tami?"

"Ob ich nachgedacht habe? Über was hätte ich denn nachdenken sollen?"

Sie blieb nicht stehen, und er ging hinter ihr, so dass sie seine Worte nicht ganz klar hinter ihrer Schulter hörte.

"Ob du einverstanden bist, mich tanzen zu lehren... für unsere Bar-Mizwa Aufgaben."

Tami beschleunigte ihre Schritte und schaute sich um.

"Nein. Darüber habe ich noch nicht nachgedacht."

Und weil ihr diese Antwort nicht sehr geistreich schien, fügte sie gewichtig hinzu: "Ich bin jetzt die ganze Zeit schrecklich beschäftigt. Ich hab dir doch gesagt, du sollst besser bei deiner Schwester tanzen lernen."

Jaron antwortete nicht, und sie lief ins Klassenzimmer, ohne sich umzuschauen.

In der Literaturstunde wurde Bialiks Erzählung durchgenommen, die sie selbst schon gelesen hatte, über Marinka, die eine volle Mähne und Herbstäpfel hatte, und die hinter einem hohen Zaun wohnte, über den kein Junge zu klettern wagte... Beim ersten Mal hatte ihr die Erzählung gefallen, aber jetzt, weil man so viel über alle Details sprach...

Tami schaute aus dem Fenster. Auch um den Sportplatz gab es einen Zaun, der komisch wirkte und gänzlich überflüssig war: Wozu einen Zaun mitten auf der Farm? Wahrscheinlich wegen Mister Davidson, der Zäune liebt. Und da sitzt sie nun und denkt über alle möglichen nichtigen Dinge und nicht...

Auf einmal lachten alle. Weil Jishar sie etwas gefragt, und sie es gar nicht gehört hatte.

Nach dem Unterricht lief sie zu den Nachalbaracken. Es war ein Uhr, und die Nachalburschen hatten ihr Mittagessen beendet. Tami guckte in die Speisebaracke – Jakob saß noch dort. Nun stand sie draußen und wartete. Die Burschen, die heraustraten, schauten sie alle an, und jeder hatte etwas zu sagen:

"Hallo, Tami! Was gibt es, Tami?"

"Willst du dem Nachal beitreten, Tami?"

Als Jakob endlich herauskam, wandte sie sich an ihn:

"Hör mal, Jankel, was meinst du, vielleicht zeigst du mir, wie man ein Pferd anschirrt und reitet?"

Jakob schwieg einen Moment mit offenem Mund, dann kicherte er:

"Ach, Tami, ich kann dir gern alle möglichen Sachen zeigen."

"Und bist du einverstanden, dass wir gleich heute beginnen?"

"Natürlich bin ich einverstanden, Tami."

"Wann bist du mit der Arbeit fertig?"

Jakob lächelte. Diese Kleine war zielbewusst!

"Punkt fünf."

"Nein, das geht nicht. Du musst heute um zehn vor fünf Schluss machen. Sonst kommen andere Kinder und nehmen uns den Braunen."

"Es gibt doch noch andere Pferde im Stall, und wir können auch später kommen, nachdem die anderen schon weg sind."

"Kommt nicht in Frage. Der Braune ist der älteste und ruhigste, und ich will nur den Braunen. Dann verkürz bitte deine Mittagspause und komm zehn vor fünf."

"Geht in Ordnung, Tami."

Tami drehte sich um und ging. Und da sie spürte, dass er ihr nachschaute, ging sie wichtigtuerisch.

Nachmittags pflückten die Jugendlichen Tomaten mit den Nachalmädchen und einigen Lohnarbeiterinnen. Die Mädchen sangen ein wenig, plauderten über Marlon Brando, Marilyn Monroe und Brigitte Bardot und darüber, wie sich Schula letztens benahm, wie Miris neue Bluse ausschaut und was Joske bei der letzten Versammlung gesagt hat. Aber die Zeit, die immer läuft, hinkte heute und schleppte sich, wie man mit Recht sagt, dahin.

Die Arbeit war gewöhnlich ein wenig nach halb fünf zu Ende, aber bis man nach Hause kam, war es meistens fünf Uhr. Diesmal brachte Tami Alisas Fahrrad mit und sofort nach Arbeitsende radelte sie mit aller Kraft den Weg hinauf zum Farmhof. Als sie schwer atmend ankam, fragte sie sofort, wie spät es sei. Gott sei dank, es war erst fünfundzwanzig vor fünf. Kannst dich noch duschen und umziehen.

Ein wenig später kam sie beim Pferdestall an und lehnte ihr Fahrrad an die Wand. Jakob wartete schon.

"Was gibt's, Tami? Beginnen wir mit der Lektion?"

"Hast du eine Uhr? Wie spät ist's?"

"Fünf vor fünf. Wenn du zu jedem Rendezvous so pünktlich kommst, wird dein Freund ein süßes Leben haben."

"Ach, geh, Dummkopf", sagte sie kokett, "komm, gehen wir hinein. Geht deine Uhr nicht vor?"

"Genau nach dem Radio. Aber warum interessierst du dich so sehr dafür, wie spät es ist?"

"Ich interessier mich überhaupt nicht. Ich hab nur so gefragt. Nun komm, und erklär mir alles."

Sie gingen an einigen Wagen und Kutschen vorbei, an Pflügen und Eggen, die vor dem Pferdestall aufgereiht standen, und öffneten ein großes, quietschendes Blechtor. Im Pferdestall herrschte ein warmes Halbdunkel: Die Stroh- und Heuballen, die zu beiden Seiten des Eingangs aufgetürmt lagen, nahmen das Licht. Einen Moment blieben sie stehen und atmeten den Geruch der Pferde, der mit Kraftfutterstaub und Heuduft gemischt war. Von beiden Seiten, aus dem Zwielicht, kam das Scharren vieler Hufe, das Schlagen und Peitschen von Schwänzen, das Rasseln von Ketten und Gewieher. Die Maultiere kauten bedächtig, gleichmütig, und Tami meinte, sie könnte hören, wie sie die Gerstenkörner zerknabberten und zermalmten und wie ihnen der Schleim aus dem Maul tropft. Allmählich formten sich im Dunkeln die Köpfe und Hinterteile – zuerst derjenigen, die nahe dem Eingang standen, dann die der entfernten, und zuletzt konnte Tami auch die Umrisse des alten und ruhigen Braunen erkennen, mit dem sogar kleine Kinder spielen durften, der als letzter in der Reihe stand, traurig seinen Kopf senkte und mit seiner Halskette rasselte.

"Also, beginnen wir mit der Lektion", sagte Jakob, "komm her und schau."

"Ein Momentchen", sagte sie, lief und schloss das schwere Blechtor zu. Jetzt blieb im Stall nur das schwache Dämmerlicht eines schmalen, trüben, mit Spinnweben bedeckten Fensters.

"Warum machst du zu?"

"Weil ich mich schäme", antwortete sie wichtig.

Sie stand neben ihm und schaute aufs Tor.

"Nun?"

"Das erste, was man wissen muss, wenn man zu einem Pferd geht, ist, dass man sich nicht vor ihm fürchten darf, weil es das spürt und beginnt, Faxen zu machen. Die erfahrenen Kutscher sagen dazu, dass ein Pferd so wie ein Mädel ist." Er kicherte, schaute sie an und sah, dass sie zum Eingang blickte und nicht einmal lächelte.

"Auf alle Fälle gibt's keinen Grund, sich zu fürchten", fuhr er fort, "wenn er wild wird, macht er nichts, und man kann ihn da oder da anpacken..." Und Jakob packte den armen Braunen an seinen Nüstern, an seiner kurzen Stirnmähne und am Unterkiefer. "Siehst du, da, auf der Seite, da hat er keine Zähne, da kann er nicht beißen."

Wieder schaute er sie an – sie blickte auf das Blechtor, als ob man dort anschirren würde. Er wartete einen Moment, bis sie bemerkte, dass er eine Antwort von ihr erwartet, und dann sagte sie ungeduldig: "Nun?"

"Also, wenn man ihn anschirren will – da hängt sein Geschirr, auf diesem Haken. Das muss man wissen, darf nichts durcheinander bringen und nicht die Riemen verwickeln. Wenn man zum Reiten sattelt, ist's was ganz anderes, da nimmt man jenes Zaumzeug dort, aber wenn's zur Arbeit geht, beginnt man mit diesem Lederpolster, das legt man auf den Hals, und darauf kommt dann dieses mit Eisen beschlagene Holz. Das ist das Joch. Hörst du?"

"Was sagst du?"

"Ich hab gefragt, ob du zuhörst."

"Ja, natürlich. Nun?"

"Jetzt, das Wichtigste beim Anschirren ist, dass alles an die richtige Stelle kommt, der Reihe nach, damit sich nichts verwickelt, jedes Ding da hat seinen Platz, wo es hinpasst, dort soll man es hinlegen oder hineinstecken. Ein erfahrener Kutscher kann das sogar mit geschlossenen Augen im Dunkeln. Hörst du?"

"Klar. Du hast gesagt: 'Mit geschlossenen Augen im Dunkeln', das heißt, dass ein Kutscher so anschirren kann."

"Oi, Tami, ich sehe schon, dass deine Lehrer ihr Kreuz mit dir haben. Ich hab gesagt..." – und er kicherte –, "dass ein erfahrener Kutscher immer weiß, was man wohin legen oder hineinstecken soll, sogar im Dunkeln und mit geschlossenen Augen."

Er schaute sie erwartungsvoll an, ob sie lächeln würde.

"Du kannst das sicher nicht mit geschlossenen Augen", sagte sie.

"Ich? Dass ich das nicht kann?! Und wie! Willst du wetten?"

"Gut, wetten wir."

"Um was?"

"Um was du willst."

"Um was ich will?"

"Ja. Mir ist's egal."

"Also, ich beginne. Aber merk dir, was du versprochen hast. Und gib Acht, dass ich die Augen zu hab und nichts sehe."

"Wart einen Moment. Wie spät ist's jetzt?"

"Fast fünf. Also, passt du auf? Dass du später nicht sagst, dass ich geschwindelt und geschaut hab und dass es nicht gilt."

Sie nickte nur geistesabwesend mit dem Kopf.

Da schloss er fest die Augen, wandte ihr sein Gesicht zu, tastete um sich, begann das Pferd anzuschirren und murmelte dabei:

"Das sind die Kopfriemen... die ziehen wir ihm hier an, von vorne, so. Und das ist das Mundstück, das stecken wir ihm da hinein und schnallen die Zügel dazu, und auch das Joch wird da überm Halspolster fest zugeschnallt, dieser Gürtel da kommt unter den Bauch und wird zugezogen... Passt du auf mich auf, dass ich nicht schaue?"

Tami blickte ihn zerstreut an. Sie glaubte, von draußen Stimmen zu hören. Endlich.

"Jetzt zieht man da diesen Riemen fest. Fertig sind wir. Er ist angeschirrt. Fein. Siehst du? So ist's mir also gelungen, und ich hab unsere Wette gewonnen und kann jetzt von dir alles haben, was ich will, so hast du doch gesagt, nicht wahr?"

Er schaute sie erwartungsvoll an.

"Ja. Gut."

"Also, dann will ich zuerst einen Kuss."

Tami antwortete nicht.

Die Stimmen näherten sich.

Jakob umarmte sie. Sie entwand sich seinen Armen nicht, wandte aber ihr Gesicht ab, und als er auch seines drehte, wandte sie es zur anderen Seite. So rangen sie eine lange Minute. Mit einer Hand drückte er sie an sich, mit der anderen tastete er über ihre Bluse.

Draußen hörte man Jigals Stimme: "Kommt, gehen wir unterdessen rein und führen ihn raus."

Und danach – Gilats Stimme:

"Michal kommt sicher gleich, sie hat mir gesagt, sie springt nur für einen Moment nach Hause."

Und Jakob flüsterte ihr mit heißem Atem ins Ohr:

"Jemand kommt. Aber merk dir, dass wir gewettet haben, und dass ich noch nicht bekommen hab, was mir gebührt. Das will ich ein anderes Mal, das hebst du mir auf, versprichst du's?"

"Nein, kein anderes Mal, nur jetzt", flüsterte sie, wandte ihm ihr Gesicht zu und hielt ihn fest.

Das Blechtor ging mit Krach und Quietschen auf, und Jigal, Gil und Etan traten in den Stall. Hinter ihnen erschienen Gilats und Ja'aras Köpfe. Jigal drehte das Licht an und pfiff.

Jakob versuchte, sie von sich zu stoßen und sich dem Pferd zuzuwenden, aber Tami schmiegte sich an ihn und ließ ihn nur langsam los – zuerst mit einer Hand, dann mit der anderen, und erst dann entfernte sie sich einen halben Schritt von ihm und glättete ihre Bluse.

"Da, schaut, schaut, wen man da sieht!", rief Jigal.

"Und was man da sieht", fügte Gil hinzu.

"Was macht ihr da?", fragte Etan.

"Siehst du nicht, was sie machen?", sagte Gil.

"Sie hat mich gebeten, ich soll ihr zeigen, wie man ein Pferd anschirrt", rechtfertigte sich Jakob.

"Zeig ihr, was du willst, aber jetzt nehmen wir den Braunen", sagte Jigal.

"Wir sind noch nicht fertig", sagte Tami und zwickte Jakob zornig.

"Stimmt, wir sind wirklich noch nicht fertig", unterstützte er sie,

"wenn wir fertig sind, könnt ihr ihn nehmen."

"Wir haben ihn bestellt. Ihr habt ihn nur so geschnappt."

"Bei wem denn? Bei wem habt ihr bestellt?", fragte Tami nachdrücklich.

"Wir haben bestellt. Das ist nicht deine Angelegenheit, bei wem. Ihr
habt kein Recht, ihn einfach zu nehmen."

"Wer nimmt, hat das Recht", rief Tami und stieß Jakob an.

"Stimmt. Und außerdem arbeite ich heute auf dem Farmhof an Stelle
des Hausmeisters, da bin ich auch für die Pferde verantwortlich, und
wenn ihr was bestellen wollt, müsst ihr euch überhaupt an mich wenden oder an den Hausmeister, der weggefahren ist."

Die Jungen standen da und murrten, diskutierten und stichelten Jakob.

Gilat sagte nichts, flüsterte jedoch etwas zu Ja'ara, und als Michal
kam und fragte, was denn los sei, flüsterte Gilat auch ihr etwas zu.

Alle standen um Jakob und Tami herum, und Gil sagte:

"Nun, weiter! Zeig es ihr! Wir warten hier, bis ihr fertig seid. Wollen
sehen, was für ein Lehrer du bist und was du ihr da zeigst."

Jakob wollte in seinen Erklärungen fortfahren und legte schon seine
Hand auf das Geschirr des Braunen, aber Tami packte ihn an der
Hand und rief:

"Jakob, warte bitte, bis sie sich entfernen. Ihnen wäre es auch nicht
angenehm gewesen, wenn man sie gestört hätte."

"Puh, puh, puh – was für Reden! – 'Sich entfernen', 'wäre nicht angenehm', 'gestört hätte', 'bitte'", schrie Gil.

Schließlich gingen sie. Als sie das Blechtor erreichten, löschte Gil das
Licht aus und sagte:

"So. Damit euch nichts stört."

Und er schlug das Tor zu. Und von draußen hörte man Flüstern und
Gekicher und sich entfernende Laufschritte.

Als alles wieder still war, sagte Jakob:

"Also, du weißt doch, Tami, dass vorhin..."

Und er versuchte wieder, sie zu umarmen. Tami schlug ihm ins Gesicht und stieß ihn weg von sich:

"Du gemeiner Kerl! Dass du dich nicht noch einmal traust, mit mir so was zu machen, du Schwein!"

Sie lief zum Eingang, um Licht zu machen, tastete und tastete und fand den Schalter nicht.

"Mach rasch Licht, hörst du?"

Jakob näherte sich mit zögernden Schritten.

"Was willst du auf einmal von mir? Was hab ich getan?"

"Das weißt du sehr gut. Mach Licht!"

Und während Jakob nach dem Schalter tastete, bemühte sich Tami, das Tor zu öffnen.

"Aber wir haben gewettet", wandte Jakob beleidigt ein.

"Trottel!"

Wieder versuchte sie, das Tor zu öffnen und befahl:

"Mach es rasch auf!"

"Aber wir haben doch noch gar nichts gelernt!"

"Mach rasch auf, und lass mich raus!"

"Bitte, wie du willst."

Er versuchte das Tor zu öffnen und murmelte:

"Die haben uns von draußen eingeschlossen."

"Was heißt das?"

"Wir können nicht raus. Wir sind eingesperrt."

"Du musst aufmachen! Dann schrei, dass man uns raus lässt!"

Tami und Jakob blieben noch eine Viertelstunde eingeschlossen, und während dieser ganzen Zeit sagte sie kein Wort und würdigte ihn keines Blickes und als er etwas zu ihr sagte, antwortete sie nicht.

Jakob presste sein Gesicht ans Tor und lugte durch eine Spalte, bis er draußen einen Genossen sah, der spät von der Arbeit kam. Er rief ihn, und jener befreite sie. Dann schwang sich Tami auf ihr Fahrrad und fuhr davon.

Reine Liebe

Tami lag auf ihrem Bett und las. Alisa machte ihre Hausaufgaben. Das Radio sendete Ausschnitte aus einer Oper Offenbachs. Zwischen den beiden Schwestern hing das Schweigen wie ein dünner Vorhang.
"Tami?", fragte Alisa unvermittelt.
"Ja?" Tami sprang auf, als hätte sie nur auf dieses Wort gewartet.
"Bist du noch böse auf mich?"
Tami schob Buch und Heft beiseite.
"Ich war überhaupt nicht böse auf dich", sagte sie, "aber du ärgerst mich immer."
Alisa lächelte: "Also gut, dich werde ich nicht mehr ärgern."
Sie schwiegen eine Weile. Dann begann Alisa: "Tami?"
"Nun?", fragte Tami, und fügte sofort hinzu: "Das heißt: Ja, bitte?"
Alisa verstand diese Korrektur nicht. Einen Moment schaute sie ihre Schwester verständnislos an, dann fragte sie, vorsichtig:
"Sag mal, als wir voriges mal Streit hatten, erinnerst du dich, du hast damals irgendwas über Jakob gesagt, dass, wenn ich nur wüsste..."
"Stimmt!"
"Ich hab gesagt, du redest nur so herum, und da wurdest du wütend."
"Ich war überhaupt nicht wütend."
"Gut. Aber erzählst du mir jetzt, was du über ihn gehört hast?"
"Wer hat dir gesagt, dass ich etwas gehört hab?"
"Gut, also was du gesehen hast."
"Hab nichts gesehen."

"Also – heißt das, dass du das nur so gesagt hast?"

"Hab ich nicht nur so gesagt... das heißt... nein, ich habs wirklich nicht nur so gesagt."

Alisa schaute verwirrt. Tami spielte mit ihrem Füller und lachte.

"Erzählst du es mir, oder willst du mich nur aufziehen?"

Tami überlegte.

"Ich erzähl es dir... aber unter der Bedingung..."

"Welcher Bedingung?"

"Dass du mir auch etwas erzählst."

Alisa wurde ein wenig rot.

"Ich? Dir? Was, zum Beispiel?"

"Alle möglichen Sachen. Zum Beispiel – warum du so erpicht darauf bist, das zu erfahren?"

"Nur so. Bin gar nicht erpicht darauf. Darf man schon nicht mehr ein bisschen neugierig sein?"

"Und du hast keinen besonderen Grund?", forschte Tami nach.

"Welchen besonderen Grund könnt ich haben?"

"Vielleicht gefällt er dir."

"Bist du verrückt? Vielleicht ist's umgekehrt."

Tami streckte sich auf dem Bett. Endlich unterhält sich Alisa mit ihr wie mit ihresgleichen.

"Was heißt 'umgekehrt'? Dass er in dich verliebt ist?"

"Angenommen."

Tami schwieg und wog ab, wie sie den Ball werfen soll.

"Ist das alles, was du von mir wissen wolltest?", fragte Alisa.

"Nein. Ich möchte auch, dass du mir erzählst, ob du schon Liebesbriefe bekommen hast und dass du sie mir zeigst. Und ich möchte, dass du mir erzählst, was Aja über mich denkt, und was Gilat über mich sagt. Und noch alle möglichen Sachen."

"Ich hab keine Liebesbriefe bekommen, und wenn ich welche bekommen hätte, hätte ich sie schon längst alle weggeworfen."

"Aber wenn du welche bekommst – zeigst du sie mir dann?"

"Oi, Tami, du weißt doch, dass man Briefe nicht zeigt."

"Warum nicht? Zwei gute Freundinnen können einander alles zeigen."

Alisa antwortete zunächst nicht. Nach einer Weile erinnerte sie sich: "Was Gilat und Aja über dich denken, weiß ich nicht, aber wenn dir das so wichtig ist, kann ich mich dafür interessieren."

"Ja", gab Tami zu, "es ist mir schrecklich wichtig."

"Warum?"

"Das erzähl ich dir ein anderes Mal."

Beide schauten vor sich hin. Das Radio sendete noch immer die unsterblichen Melodien Offenbachs.

"Jetzt erzähl mir, was du über Jakob gehört hast."

"Ich hab dir doch gesagt, dass ich's nicht gehört hab."

"Gut, also – was du über ihn weißt."

Tami holte tief Luft, wurde ein bisschen rot, nach einer Weile noch röter. Schließlich sagte sie:

"Er ist schrecklich ordinär."

Alisa schaute sie enttäuscht und spöttisch an.

"Was, du meinst, dass er grobe Witze erzählt?"

"Nein. Er grapscht."

"Hat er denn eine Freundin?"

"Nein. Das ist's eben was bei ihm so ordinär ist. Dass er nur so herumschmust."

"Wie meinst du das?"

Tami spürte, dass ihre Wangen zu glühen begannen.

"Er steckt seine Hände... und tastet herum... an allen möglichen Stellen..."

"An welchen Stellen? Du meinst im Hof?"

"Oi, du Dumme! An Stellen am Körper."

"Ach so."

Alisa senkte ihr Gesicht, auch sie wurde rot. Tapfer forschte sie weiter:

"Wieso weißt du das? Hat er so was schon bei jemandem gemacht?"

"Ja."

Tami wartete, dass Alisa weiter fragen würde, und Alisa wartete, auf eine Erklärung von Tami.

Zuletzt forschte sie:

"Bei wem?"

"Bei mir."

"Bei dir?!"

"Ja. Bei mir."

Tami war sehr stolz.

"Was?"

"Ich hab ihn gebeten, mir zu zeigen, wie man ein Pferd anschirrt, für unsere Aufgaben. Und als wir im Pferdestall waren... da hat er's versucht."

"So ganz plötzlich hat er begonnen, zu..."

"Wir haben gewettet", gab Tami zu, und erzählte, was sich bei dem Braunen abgespielt hatte.

Alisa dachte nach.

"Wann war das?"

"Vor zwei Stunden."

"Wa-as? Heute?"

"Nun ja, natürlich heute."

Sie überlegte einen Moment.

"Wann hätte es denn sein sollen?"

"Aber als du mir vor einigen Tagen erzählt hast hast, dass du etwas über ihn weißt – war das doch vorher?"

"Stimmt."

"Na siehst du, da hatte ich Recht, dass du damals nur so herumgeredet hast."

"Nein, das war damals nicht nur so, weil... weil ich eben schon vorher gespürt hab, dass er so einer ist."

"Und warum hast du dann gerade ihn gebeten?"

Tami überlegte.

"Ich wollte sehen, ob er sich traut", sagte sie schließlich.

"Oi, Tami, geh! Gefällt er dir denn?"

"I wo! Er ist ekelhaft."

"Also warum...?"

Tami schwieg. Dann senkte sie ihren Kopf und sagte ganz leise: "Ich wollte sehen, ob ich... attraktiv bin."

Alisa brach in Gelächter aus.

"Genug – von jetzt an erzähl ich dir nichts mehr!", sagte Tami und wandte ihr gekränkt den Rücken zu.

"Oi, du Dumme, du brauchst doch nicht wegen jeder Kleinigkeit gekränkt zu sein! Darf man nicht mal mehr ein bisschen lachen? Von jetzt an weißt du, wie die Burschen sind, und wirst vorsichtiger sein."

"Nicht alle sind so", sagte Tami.

"Weil du sie nicht kennst", zeigte Alisa ihre Überlegenheit. "Ich sag dir, alle sind gleich. Aber einige sind zu schüchtern, da machen sie's nur in ihrer Fantasie."

"Wieso weißt du das?"

"Aja hat im Bücherschrank ihrer Eltern ein Buch über die Pubertät gefunden. Und dort stand es. Sie hat's mir gezeigt."

"Und ich weiß, dass trotzdem nicht alle so sind", beharrte Tami auf ihrer Meinung.

"Woher weißt du das?"

"Ich fühl es."

"Ah, du fühlst! Wieso fühlst du das?"

"Das sag ich nicht."

"Warum? Schon wieder gekränkt? Wirklich, Tami, man kann mit dir gar nicht sprechen."

"Weil du mich so geringschätzig behandelst, als ob ich... als ob ich noch ein kleines Mädchen wäre."

"Nicht im Geringsten, Tami. Nun, jetzt erzähl!"

"Ich fühle, dass es auf der Welt auch so eine... eine reine Liebe gibt. Ja, das fühl ich. Und das ist ein Zeichen, dass es sie gibt. Weil, wenn es sie nicht geben würde, wie könnte ich sie fühlen?"

Alisa ignorierte die Logik.

"Und was nennst du 'rein'? Dass man sich nicht einmal küsst?"

"Das hab ich nicht gesagt, dass man sich nicht küssen darf."

"Also was darf man nicht? Hände hineinstecken und abtasten?"

Tami schwieg.

"Und wenn du erwachsen sein wirst", fuhr Alisa mit ihrem Angriff fort, "und heiratest – wenn du deinen Mann sogar mit der allerreinsten Liebe der Welt liebst, wirst du dann nicht mit ihm schlafen, damit du Kinder bekommst?"

"Die Hauptsache ist nicht, was man macht", sagte Tami leise und nachdenklich, "sondern wie man's macht. Alles kann rein und wunderschön oder hässlich und ekelhaft sein."

In Alisas Mundwinkeln lauerte ein heimliches Lächeln:

"Und liebst du schon einen Jungen mit so einer... reinen und wunderschönen Liebe?"

"Ich nicht. Aber mich liebt man so."

"Woher weißt du das denn?"

"Ich fühl es."

"Darf man wissen, wer es ist?"

"Nein."

"Hat er es dir schon gestanden?"

"Nein. Ich sagte dir doch, dass ich's fühle."

"Und warum liebst du ihn nicht zurück, wenn's so rein und schön ist?"

"Weil... was weiß ich? Ich weiß nicht, warum."

"Ist's jemand aus deiner Klasse?"

"Ich hab dir doch gesagt, dass ich's nicht sage."

"Fein, dann erzähl ich dir auch nichts ", antwortete Alisa. "Nichts über mich und über die Briefe, die ich schon bekommen hab, und auch nicht, was Aja und Gilat über dich reden, gar nichts."

"Fein. Brauchst ja nichts zu erzählen."

"Tami – was ist los? Weinst du?"

"Lass mich in Ruh!"

"Warum weinst du plötzlich? Wie ein kleines Baby."

Tami wandte Alisa den Rücken zu und schluckte ihre Tränen hinunter. "Ich dachte, dass wir vielleicht trotz allem ein bisschen Freundinnen sind, gerade jetzt wo ich jemanden brauche. In der Klasse sind alle gegen mich, weil Gilat sie gegen mich aufhetzt – ich bin ganz sicher, dass sie es war, die alle aufgehetzt hat. Weil sie neidisch ist, dass ich genauso viele Stimmen wie sie bekommen habe. Und diese Paare treiben sich den ganzen Tag zusammen herum, um sich zu zeigen, die Mädchen sind stolz, dass sie Freunde haben und mich nennen sie 'zweite Wahl'... und du stichelst mich auch immer und verstehst mich nicht und bist immer so eine... Kanaille..."

Tami versuchte, den bitteren Brocken, der ihr in der Kehle steckte, hinunterzuschlucken, wischte sich das Gesicht und die Nase mit dem Hemdärmel ab und eilte hinaus.

Alisa rief ihr einige Male leise zu: "Tami, Tami, warte!" eilte ihr aber nicht nach, um sie aufzuhalten und zu trösten.

Und Tami wollte jetzt allein sein.

Die Fragestunde

Freitags, in der sechsten Stunde, der "Diskussionsstunde" wurde das Fragekästchen geöffnet: "Das Kästchen für Fragen, Vorschläge und kritische Bemerkungen". Es schaute wie ein kleiner Briefkasten aus, nur war es grün gestrichen mit einem großen roten Fragezeichen, von dem man behauptete, es sei zu dick für ein Fragezeichen, und daneben, an die Seite gedrückt, stand ein mageres, mit Bleistift hinzugefügtes Ausrufungszeichen.

Das Schloss war auf der Rückseite, und der Schlüssel befand sich beim "Lageristen" der Klasse, der jeweils für ein halbes Jahr gewählt wurde und der auch den großen Schrank verwaltete, in dem sich Hefte und Bleistifte, aber auch die Klassenkasse, und, vor den Festtagen, auch der Vorrat an Süßigkeiten befanden.

Manchmal geschah es, dass einige Neugierige sich nicht bis zum ersehnten Freitag zurückhalten konnten und das Schloss aufbrachen; dann verschob Jishar die Fragestunde um drei Wochen und machte statt dessen grammatische Übungen. Er erklärte, die "Aufbrecher" hätten das Schloss "aufgrund gestörten Denkens" aufgebrochen, und dass logisch formulierte Sprache ein klares Denken fördert und dass grammatische Übungen zu logisch formulierter Sprache beitragen... Aber die Kinder behaupteten, er macht es aus Rachsucht. Wie dem auch sei, von da an bewachten alle fanatisch das Fragekästchen. Einem weiteren Beschluss entsprechend würde auch ein leeres Fragekästchen grammatische Übungen zur Folge haben, aber – es war eben nie leer.

An jenem Freitag herrschte im Klassenzimmer eine erwartungsvolle Spannung. Schon in der ersten Pause tuschelten einige Jungens miteinander und warfen zwei Fragenzettel ein. Dann, während der Physikstunde, schickten "die Paare" einander Zettel, in denen – so vermutete Tami – sie sich über die bevorstehenden Fragen informierten und Meinungen austauschten.

Die Bibelstunde und Geschichtsstunde dauerten eine Ewigkeit. Wenn sie, Tami, schon eine Uhr gehabt hätte, könnte sie sich überzeugen, dass die Zeit vergeht... Aber sie wusste auch, dass die Zeit, je öfter man schaut, langsamer vergeht, aus purer Rachsucht wahrscheinlich.

In der Pause zwischen der vierten und fünften Stunde kam Elieser, der Direktor der Schule, und fragte die Kinder, ob sie Jishar gesehen hätten. Nein, das hätten sie nicht, er sei sicher zu seinem Zimmer gefahren, sein Fahrrad stehe nicht draußen, es lehne doch sonst am Ende des Korridors an der Wand.

Elieser wollte nun das Klassenbuch sehen, fragte, ob es regelmäßig geführt würde, blätterte und prüfte einzelne Seiten. Dann schaute er zu den Bänden, die auf dem Bücherregal standen, und ordnete sie ein wenig, rückte den Staatspräsidenten und Theodor Herzl, die ein wenig schief an der Wand hingen, wieder gerade, forderte Ronit auf, einige Papiere vom Fußboden aufzuheben, und bat Joaw um ein Blatt Papier. Er schrieb darauf eilig ein paar Zeilen, faltete es einige Male und bat, es Jishar sofort am Beginn der nächsten Stunde zu übergeben.

Nachdem er gegangen war, diskutierte man, ob man das Papier lesen solle – Ronit behauptete, das sei nicht richtig, aber Gil entgegnete, dass, wenn er wirklich nicht gewollt hätte, dass wir es lesen, er es uns in einem geschlossenen Kuvert übergeben hätte. Sie öffneten es und entdeckten, es war auf Englisch geschrieben.

"Daran könnt ihr sehen, dass er sich gedacht hat, dass wir's öffnen werden", triumphierte Gil.

Schließlich wurde das Blatt wieder gefaltet und auf den Schrank gelegt, wohin Jishar immer die während der Stunde beschlagnahmten Zettel legte, und alle eilten hinaus.

Zur nächsten Stunde verspäteten sie sich. Und wegen des Ärgers, den es deshalb gab, vergaßen alle das zusammengefaltete Blatt auf dem Schrank.

Zwischen der fünften und sechsten Stunde machte man schon keine Pause mehr. Also, endlich, die Fragestunde! Jishar diktierte noch die Hausaufgaben der vorigen Stunde, bat Hadas, die heute an der Reihe war, die Tafel zu wischen. Joaw, der Lagerist, nahm den Schlüssel aus der Tasche, und aller Augen verfolgten, wie Jishar den Inhalt der Schachtel auf seinem Tisch ausschüttete: sechs kleine Zettel, mehrfach zusammengefaltet, wie um mehr Neugierde zu erwecken. Jishar ordnete sie in einer Reihe – die Tradition forderte das Ordnen vor dem Öffnen –, nahm den ersten Zettel, faltete ihn auf und...

Und wie im Thriller, wo etwas Unerwartetes eintritt, gerade wenn alle auf etwas anderes konzentriert sind, klopfte in diesem Moment jemand autoritär und energisch an die Tür. In das Klassenzimmer trat ein fremder Herr. Jishar schaute ihn einen Moment an – der Herr stand neben der Tür und sagte nichts – und widmete seine Aufmerksamkeit wieder dem ersten Fragezettel. Der Brauch forderte zwar, die Zettel sofort laut vorzulesen, aber die Schüler schauten alle auf den fremden Herrn und tuschelten miteinander. Er war klein und mager, trug eine Brille, und hatte viele Falten zwischen seinen Brauen und auf der Stirn. In der Hand hielt er eine schwarze Ledertasche. Tami, die schon lange jemandem einen Zettel schicken wollte, um damit "den Paaren" zu zeigen, dass nicht nur sie Zettel schicken können, erwog einen Moment, ob sie nicht Ja'ara schreiben sollte, dass er in dieser Tasche Säckchen mit Strenge-Extrakt hat, und er so mager sei, weil er jedes Mal, wenn er Sodbrennen hat und kein solches Säckchen bei sich hat, sich ein bisschen selbst verzehrt... Aber das Ganze wäre zu lang und schwerfällig ausgefallen, und Ja'ara wäre noch imstande gewesen, wieso und warum zu fragen.

"Also", las Jishar laut vor, "der erste Zettel lautet wie folgt: 'Soll man einen Schüler zwingen, neben jemandem zu sitzen, neben dem er nicht sitzen will?'"

Durch die Klasse ging ein Raunen und Summen. Einige, die nicht wussten, wer der Verfasser war, schauten einander an und flüsterten miteinander.

"Ich bitte, ein für alle Mal, das Raten, wer den Zettel geschrieben hat, einzustellen. Wir haben doch beschlossen, dass die Fragen anonym abgegeben werden, damit jeder vorbehaltlos fragen kann, und wir verlassen uns auf jedermanns Gewissen und Ehrgefühl, dass er nur in gutem Glauben fragen wird und nie versuchen wird, diese Einrichtung zu benützen, um zu sticheln oder jemanden zu kränken. Also, was ist eure Meinung – soll man oder nicht?"

Einige Kinder sprangen auf und meldeten sich. Andere konnten sich nicht zurückhalten und riefen:

"Natürlich nicht!"

"Jishar, ich will etwas dazu sagen!"

"Was gibt's da viel zu sagen – das ist doch klar: auf keinen Fall!"

Jishar wartete, bis der Lärm verging, dann sagte er:

"Jigal, du bist doch im Klassenkomitee, nimm bitte ein Blatt Papier und schreibe auf, wer sich zur Diskussion meldet und erteile jedem das Wort."

Auf diese Weise äußerten alle ihre Meinung, die sie vorher durch Schreien kundgetan hatten:

"Wir sitzen immer in der Klasse, wie wir wollen."

"Solange es nicht stört, sollen sich die Lehrer nicht einmischen."

"Stimmt! Man soll nie zwingen, wenn man nicht muss!"

Als letzter ergriff Jishar das Wort.

"Kinder", sagte er, "ich kann euch leider nicht beistimmen. Weil diese Frage kein abstraktes und unter idealen Umständen bestehendes Problem berührt, sondern einen aktuellen Vorfall, der sich unlängst hier, vor allen, abgespielt hat, eine beleidigende Diskriminierung. Deswegen will ich zuerst etwas über Diskriminierung sagen: Viele Generationen lang wurde unser Volk, wo immer es sich befand, diskriminiert, und wo es möglich war, protestierte es dagegen. Und jetzt, nachdem wir nach Erez Jisrael gekommen sind, haben wir nichts daraus gelernt und befolgen nicht die Worte Hillels 'Was dir verhasst ist, das tue deinem Nächsten nicht an', und wir diskriminieren die Araber und die 'Orientalen', wir klassifizieren Leute nach ihrem Parteibuch und benachteiligen unsere politischen Gegner an Arbeitsplätzen, bei Bankanleihen und bei anderen Vorteilen, die die Regierung ihren 'Untertanen' gewährt, und als ob das nicht genug wäre, bringt ihr die Diskriminierung auch hierher, ins Klassenzimmer. Einige unter euch fühlen sich wahrscheinlich als Erwählte, talentierter und wertvoller als andere, und handeln, als ob ihnen dieses Gefühl irgendwelche Rechte einräumen würde..."

"Sag aber auch etwas übers Zusammensitzen", rief Gil.

Alle lachten.

"Ihr sitzt hier nicht zu eurem Vergnügen, sondern weil es eure Pflicht ist. Eure Eltern gehen jeden Morgen zur Arbeit auf die Farm, und ihr geht zur Schule: Das ist eure Aufgabe, und sie kostet eure Eltern und den Staat viel Geld. Daher müssen wir hier – wie in der Arbeit auf der Farm – die Prinzipien der Nützlichkeit befolgen: Wer besser und leichter lernt, soll neben jemandem, der es schwerer hat, sitzen, der Erfahrene – neben dem Neuen, und von allen fordern wir die Bereitschaft zur gegenseitigen Hilfe. Bei einer negativen Kundgebung der ganzen Klasse gegen ein Kind allerdings..."

Der fremde Herr an der Tür wechselte seine Stellung, schritt zu Jishars Tisch, nahm dort den Stuhl – der einzige, der frei war – und setzte sich in die Schrankecke. Die Ledertasche legte er auf die Knie.

"... und wenn es sich zeigen sollte, dass unsere Worte auf taube Oh-

ren fallen, werden wir gezwungen sein, diesem Verhalten entge-
genzutreten. Ihr kommt nicht hierher, um mit euren Kumpanen zu
sitzen, sondern um Bildung und Benehmen zu erwerben. Und das
Benehmen beginnt bei dem Verhältnis von Mensch zu Mensch: auf
der Welt, im Staat, in der Klasse; indem man 'Guten Tag' sagt, wenn
man hereinkommt, indem man um Erlaubnis bittet, wenn man sich
etwas nimmt, das vielleicht für jemand anderen bestimmt ist und das
vielleicht ein anderer braucht. Ich glaube, dass wir mit diesem Zettel
durch sind. Will noch jemand etwas dazu bemerken?"
Einige Kinder schauten zum fremden Herrn hin und kicherten. Und Gil
rief:
"Nein, keine Bemerkungen mehr. Wir haben schon gesagt, was wir
wollten. Weiter!"
Jishar nahm den zweiten Zettel in der Reihe und las ihn vor:
"Ist es gut, dass kleine Mädchen Freunde in der Nachalgruppe haben,
nur um damit anzugeben?"
Gelächter brach aus. Tami wurde rot bis über die Ohren. Alle schau-
ten sie an.
"Also? Wer will seine Meinung dazu äußern?"
Keiner wollte es. Die Frage hatte ihren Zweck erreicht.
"Schade, dass ihr nicht den Mut oder Willen aufbringt, eure Meinung,
die ihr zweifellos habt, zu sagen", sagte Jishar. "Meine Meinung ist fol-
gende: In den demokratischen Kulturländern hat die Gesellschaft kein
Recht, sich in das Privatleben des Einzelnen einzumischen, solange
dieser Einzelne ihr nicht schadet. Ob jemand einen Freund oder eine
Freundin hat, ist seine Privatangelegenheit, und urteilen wir lieber
nicht, ob diese oder jene Freundschaft zum Angeben dient oder nicht.
Diese Frage gefällt mir nicht, weil der Fragesteller jemanden treffen
wollte. Aber nun zum Kern der Frage, ob ein Altersunterschied bei
einer Freundschaft gut ist: Diese Sache hat zwei Seiten, und es hängt

auch davon ab, um welches Alter es sich handelt. Meiner Meinung nach ist in eurem Alter ein zu großer Altersunterschied nicht gut. Bei 'zu groß' meine ich drei Jahre oder mehr. Wenn jemand sich für die Gründe interessiert, rate ich ihm, mich privat danach zu fragen. Ich möchte diese Frage hier nicht ausführlich behandeln, weil sie den unangenehmen Beigeschmack von Kränkung hat. Will noch jemand etwas dazu sagen?"

Für einen Moment wurde es still, weil der fremde Herr in der Ecke seine Tasche geöffnet hatte, Notizblock und Feder herausnahm und schrieb. Die Schüler tuschelten miteinander. Jishar öffnete unterdessen den nächsten Zettel.

"Ist es erwünscht, dass es in unserem Alter schon feste Paare gibt?"

Wieder ging eine Welle von Flüstern durch die Klasse. Einige kicherten. Auch um Jishars Mundwinkel erschien ein kurzes Lächeln, das aber sofort wieder in seinem Bart verschwand. Die Schüler schauten die Gesichter ihrer Nachbarn prüfend an, um zu erraten, wessen Frage es war: Die erste und zweite waren von Gil und Jigal verfasst, und man hatte sie erwartet, aber diesmal war es wohl jemand aus der "zweiten Wahl", der sich aufspielen wollte.

"Was ist eure Meinung?"

"Ich glaube, dass das in unserem Alter nicht sehr erwünscht ist", sagte Ronit, "weil es beim Lernen stört."

"Im Gegenteil", rief Michal, "überhaupt nicht!"

"Was meinst du mit 'im Gegenteil'?", fragte Jishar.

"Zum Beispiel... sagen wir, dass man zusammen die Hausaufgaben vorbereitet."

"Ach so."

Noch einige beteiligten sich an der Diskussion, um die Sache zu befürworten, mit der Begründung "Warum nicht? Wer nicht will – muss ja nicht!". Andere äußerten ihre Bedenken, mit dem schon von Ronit vorgebrachten Argument. Zuletzt ergriff Jishar das Wort.

"Eine Freundschaft, ganz gleich, ob zwischen zwei Jungen, zwei Mädchen oder einem Jungen und einem Mädchen, ist in jedem Alter zu bejahen: Jede Verbindung, die den Menschen seinem Nächsten und der Welt näher bringt, ist positiv zu bewerten. Es kommt natürlich vor, dass eine Freundschaft hauptsächlich entsteht, damit beide Seiten sich und anderen beweisen, dass ihnen gelang, was anderen misslungen ist. Aber das ist menschlich und verringert nicht das prinzipiell Positive der Freundschaft."

Die Schüler waren etwas überrascht von Jishars eindeutigem Standpunkt. Jigal flüsterte Gilat zu:

"Immer muss er philosophieren!"

Gil hörte es und flüsterte zurück:

"Sei still, sonst sagt man noch, dass es beim Lernen stört. Entwickle stattdessen eine prinzipiell positive Verbindung zur Welt!"

Der Unbekannte machte weitere Notizen, sooft jemand an der Diskussion teilnahm. Jishar würdigte ihn keines Blickes, sondern öffnete den nächsten Zettel und las:

"Darf ein Goj 'Bar-Mizwa' zusammen mit Juden feiern?"

Plötzlich war es still im Klassenzimmer. Der Unbekannte hatte eben seine Brille abgenommen, um sie abzuwischen, bei der Frage, setzte er sie aber eilig wieder auf und fuhr fort sich Notizen zu machen.

"Also, Kinder, was habt ihr zu dieser Frage zu sagen?"

Niemand wollte das Wort ergreifen.

Schließlich sagte Etan wegwerfend: "Was gibt's da zu fragen? Klar, dass er's nicht darf."

Tami schaute Jaron an – die ganze Klasse schaute ihn an – und sah, dass er sich zur Diskussion meldete. Er hat also Mut.

"Ja bitte, Jaron?", sagte Jishar.

"Und ich will dazu noch fragen: Darf ein Jude am Sabbat Rad fahren und Schweinewurst essen, wie man sie hier im Konsum verkauft?"

"Natürlich darf er", schrie Etan, "wenn er nicht religiös ist."

Der Unbekannte schrieb eilig, zog aus der Tasche ein metallenes Zigarettenetui, holte ein Feuerzeug heraus – und schon hatte er eine Zigarette angezündet.

In diesem Moment wandte sich Jishar ihm scharf zu:

"Mein Herr, hören Sie bitte sofort auf, hier zu rauchen. Das ist im Klassenzimmer nicht üblich."

Die Klasse lachte. Der Unbekannte nahm die Zigarette aus dem Mund und sagte:

"Sie haben recht."

Er zerdrückte das glimmernde Ende mit zwei Fingern, öffnete das Etui, schloss es wieder, warf den langen Stummel in den Papierkorb und machte sich noch eine Notiz.

Erwartungsvolle Stille herrschte im Raum.

"Ich verstehe den Standpunkt des Fragestellers nicht", sagte Jishar.

"Darf er eurer Meinung nach nicht teilnehmen? Warum?"

Niemand antwortete.

"Ich schlage vor, dass wir diesen Zettel für die nächste Fragestunde lassen", sagte Jishar, "vielleicht gelingt es mir bis dahin das genauere Anliegen des Fragestellers herauszufinden. Will sich noch jemand dazu äußern?"

Alle schwiegen, und Jishar steckte den Zettel ins Fragekästchen zurück.

Der fremde Herr hob seinen Arm und versuchte Jishar anzudeuten, dass er etwas sagen wolle. Aber Jishar schaute nicht zu ihm hin und öffnete den nächsten Zettel.

"Wie weiß man, ob es Gott gibt oder nicht?"

Die Spur eines Lächelns erschien um Jishars Mundwinkel. Der Unbekannte wiegte den Kopf. Die Kinder tuschelten, Gilat sagte halblaut:

"Das hat sicher Tami geschrieben. Das sieht ihr ähnlich."

"Gar nicht wahr", brach Tami los, "überhaupt nicht, dumme Gans!" Diese verräterische, gemeine Aaskuh, Alisa! Sie hat es also doch Aja erzählt, und noch dazu in Gilats Gegenwart! Aber du selbst bist ja auch eine – warum hast du wieder gelogen, du elendes... Es geschah nur alles so rasch und von selbst...

"Gilat, bitte, verlass das Klassenzimmer", sagte Jishar. "Du hast unsere Regel gebrochen, dass man nicht versucht zu erraten, wer eine Frage gestellt hat."

"Gut, ich kann ja gehen, es schert mich nicht im geringsten", sagte Gilat. "Aber du sollst wissen, dass es sowieso alle erraten, ganz egal was du machst."

Jigal hatte Gil angestoßen und flüsterte ihm etwas zu, aber Gil machte eine verneinende Kopfbewegung. Da hob Jigal seine Hand und rief: "Gut, dann sag ich es. Ich glaube, dass es nicht in Ordnung ist, dass Jishar die Gilat hinausgeschickt hat. Er hat kein Recht dazu gehabt. Du selbst, Jishar, hast uns einmal gesagt, dass diese Diskussionsstunde unsere Stunde ist, die wir leiten. Außerdem hast du auch gesagt, dass ich das Wort erteilen soll, du aber meldest dich nie, wartest nie bis du an der Reihe bist und redest, wann immer du Lust hast!"

Der Unbekannte wandte eine Seite seines Notizblocks um und schrieb, als befürchte er, ein Wort auszulassen.

Die Schüler flüsterten:

"Schweig, Jigal!"

"Warum? Recht hat er!"

"Jetzt werdet ihr gleich sehen, dass Jishar ihn rauswirft und die Fragestunde ganz abschafft. Und das alles wegen dir!"

"Gut", sagte Jishar.

Er legte den Zettel auf den Tisch und wollte seinen Stuhl nehmen. Aber der stand nicht an seinem Platz, und Jishars Hand griff in die

Luft. Die Klasse kicherte und schaute zu dem Unbekannten hin, um zu sehen, ob er den Zwischenfall bemerkt hätte. Jishar wandte sich unterdessen zum Fenster und stand dort, an die Wand gelehnt.

"Bitte Jigal, leite du weiterhin die Diskussion."

Jigal stand auf, lächelte breit, nahm seinen Stuhl und setzte sich an den Tisch des Lehrers. Nun räusperte er sich und rief, Jishars Stimme nachahmend:

"Gilat, bitte, komm ins Klassenzimmer zurück!"

Alle lachten. Gilat kam triumphierend zurück. Nur Jishar und der Unbekannte blieben ernst.

Gibt es Gott?

"Also, wie weiß man, ob es Gott gibt oder nicht?", wiederholte Jigal die Frage. Er ahmte noch immer Jishars Stimme nach.

"Das ist nicht in Ordnung, dass du den Fragezettel siehst", sagte Ronit, "weil du dann anhand der Schrift weißt, wer ihn geschrieben hat."

"Schweig, du hast nicht das Wort", rief Jigal, "und außerdem weiß ich's sowieso. Also, äußert euch, wer will sich äußern?"

"Ich glaube, dass es Ihn ganz einfach nicht gibt und fertig", sagte Etan. "Erstens, weil man Ihn nie sieht. Zweitens, weil die meisten Leute schon nicht mehr glauben. Und drittens ist's ein Unsinn."

"Es ist auch lächerlich, wie die Religiösen Gott belügen", sagte Ja'ara. "Vor Pessach verkaufen sie den ganzen Sauerteig im Land an einen Araber, und im Sabbatjahr tun sie, als ob sie alle Felder und Anpflanzungen im Land verkauften, auch an einen Araber. Stellt euch das vor. Und am Sabbat darf man nicht das elektrische Licht anzünden, weil das, womöglich, eine Arbeit ist."

"Und sie drücken sich vor dem Militär", sagte Gil, "besonders ihre Frauen."

Auch die anderen Schüler redeten in diesem Sinn. Bis sich schließlich Tami meldete.

"Ich glaube nicht, dass alle Religiösen so dumm sind", sagte sie, "und würde gerne wissen, was sie dazu sagen. Außerdem möchte ich hören, was Jishar darüber denkt."

Alle schauten Jishar an, und Michal flüsterte Ja'ara zu:

"Er wird sicher gar nicht antworten, weil er noch wegen dem, was vorhin war, beleidigt ist."

Jishar glättete seinen Bart.

"Darf ich sprechen, Jigal?"

"Bitte sehr, gib deiner Meinung Ausdruck!"

Alle kicherten.

"Also, da diese Fragen kompliziert und langwierig zu beantworten sind, werde ich nur in Hauptlinien oder Schlagzeilen reden. Meistens bringen die Anhänger der verschiedenen Religionen ähnliche Argumente vor: Erstens soll man glauben, ohne irgendwelche Beweise von Gottes Existenz zu fordern, weil jeder Zweifel an Ihm schon eine Sünde ist. Hat doch Gott absichtlich, ihrer Meinung nach, keinen eindeutigen Beweis für seine Existenz geliefert, um unsere Glaubensbereitschaft zu prüfen. Zweitens, so behaupten sie, gibt es glaubwürdige Traditionen aus dem Altertum, mit zweifelsfreien Bezeugungen von Wundern, durch die sich Gott einzelnen Erwählten wie Moses, Jesus und Mohammed offenbarte, aber auch vor Zehntausenden und Hunderttausenden erschien. Drittens aber kann man nach ihrer Meinung Gottes Existenz logisch beweisen und viertens offenbart er sich auch heute in Wundern und sicheren Zeichen, und jeder der Ihn wirklich sucht, kann sich leicht von Seiner Existenz überzeugen."

"Aber so kann man nicht argumentieren, das sind Dinge, die einfach nicht zusammengehen", rief Jaron, "das widerspricht sich doch!"

"Wie meinst du das?", fragte Tami.

"Sie sagen etwas, und dann – das Gegenteil", rief Jaron aufgeregt.

"Sie sagen, dass man nicht zweifeln darf und dass man beweisen kann. Das geht nicht zusammen! Und dass es Beweise aus dem Altertum und von heute gibt. Wenn es heute Beweise gibt, braucht man nicht die aus dem Altertum. Und es gibt so viele Religionen, und jede behauptet, dass nur ihr Gott der wahre sei. Und die Wunder, die die verschiedenen Götter bewirken sind manchmal dieselben."

Die Schüler lachten ein wenig.

"Meine Cousine hat mir erzählt, dass es in ihrer Klasse ein Mädchen gibt, das alle Jungen küssen, und deswegen nennt man sie 'Mesusa' und sagt, man solle sie am Türpfosten aufhängen", flüsterte Michal Gilat zu.

"Wirklich, warum soll man eine Mesusa aufhängen?", forschte Ja'ara.

"Man muss doch nicht. Wer keine aufhängt – den hängt man nicht", sagte Joaw.

"Im Ausland hängt man ein Hufeisen an den Türpfosten, damit es Glück bringt", sagte Jaron.

"Kommt, hängen auch wir ein Hufeisen auf!"

"Warum? Hängen wir lieber einen Totenschädel auf, wie bei den Kopfjägern!"

"Jaron hat Recht", sagte Jishar. "Auch mir scheint es, dass die Anhänger der verschiedenen Religionen Behauptungen voller Widersprüche vorbringen. Ich kann nicht glauben, ohne zu zweifeln und ohne Beweise zu fordern. Und alle logischen Beweise, die ich bis jetzt hörte, kann man meiner Meinung nach mit derselben Logik widerlegen. Wunder habe ich noch keine gesehen, aber Zeugen, die behaupteten, welche gesehen zu haben, fanden in ihnen Beweise für die verschiedensten Religionen und allerlei Privatglauben für ein unabänderliches oder gerade rechtzeitig noch beeinflussbares Schicksal und für eine mit Hilfe der Sterne oder des Kaffees vorhersehbare Zukunft."

Tami fühlte starkes Herzklopfen. Soll sie danach fragen? Komme was da wolle. Sie hob ihre Hand. Jishar schaute sie fragend an.

"Jishar, ich frage das nicht aus Jux oder um zu sticheln, sondern wirklich: Du erklärst die ganze Zeit, warum du kein Religiöser bist, aber du sagst nicht, warum du ein Nichtreligiöser bist."

Die Kinder kicherten ein wenig und Gil sagte halblaut, dass alle es hören konnten:

"Ist das kein Witz, der nicht komisch ist, oder ein Nichtwitz der komisch ist?"

Und da brüllten alle vor Lachen, diese idiotischen Affen.

"Tamis Frage berührt ein ernstes Problem", sagte Jishar. "Und es tut mir leid, dass ich nicht ausführlich sein kann. Die mir überlieferten Traditionen kann ich nicht annehmen, denn die Geschichte und die vergleichende Religionswissenschaft zeigen die Entstehung und Entwicklung der verschiedenen Religionen aus den seelischen, gesellschaftlichen und kulturellen Bedürfnissen des Einzelnen und der Gesellschaft und ihre Veränderungen während der Geschichte. Nehmen wir zum Beispiel die Mesusa. Jaron hatte da Recht: Der Brauch, magische Symbole an den Türpfosten zu hängen..."

"Magi-was?", fragte Joaw und alle lachten.

"Magische Symbole, die bei der Zauberkunst behilflich sind, weil..."

"Warum 'Zauberkunst'?"

"Wenn jemand ein Hufeisen an den Türpfosten hängt und glaubt, dass es sein Heim beschützen wird, betätigt er sich dabei in einer Art Zauberkunst, und ich sehe da keinen prinzipiellen Unterschied zwischen einem Hufeisen und einer Mesusa, weil..."

"Sie vergessen, dass die Mesusa einen unvergleichlich höheren moralischen Wert besitzt", rief plötzlich der fremde Herr aus seiner Ecke und stand auf. "Wie können Sie so über einen heiligen Brauch sprechen, für den unsere Vorväter bereit waren, ihr Leben zu opfern, und welcher..."

"Es ist mir nicht in Erinnerung, mein Herr, dass sie ums Wort gebeten oder es erhalten haben", unterbrach ihn Jishar. "Sie kamen da auf einmal herein, ohne um Erlaubnis zu bitten, grüßten uns nicht, stellten sich nicht vor, und wir haben keine Ahnung, wer Sie sind, noch was Sie hier suchen."

"Er sucht Jishars Sessel", sagte Gil halblaut, Jigal rief: "Stimmt!" und hinter ihm wurde gezischelt: "Schweig doch!"

"Ich bin Abraham Bar-Samcha, Schulinspektor des Norddistrikts", sagte der Herr. "Es tut mir leid, wenn man Ihnen meinen Besuch nicht angekündigt hat. Das rechtfertigt vielleicht zum Teil ihr sonderbares Benehmen. Aber da nun dieses Missverständnis geklärt ist, erlauben Sie mir, die Diskussion an dem Punkt, an dem sie unterbrochen wurde, weiterzuführen und den Schülern die richtige Einstellung zu unserer nationalen Tradition und zum kulturellen Erbe unserer Väter zu erklären. In der Tat, ich wunderte mich sehr..."

"Leider kann ich Ihnen das nicht erlauben, Herr Bar-Samcha. Wahrscheinlich haben Sie schon bemerkt und notiert, dass in dieser Stunde auch ich den Regeln der Demokratie gehorchen muss. Ich kann Ihnen also nur raten, sich an Jigal, unseren Vorsitzenden im Namen des Klassenkomitees, zu wenden und ihn um das Wort zu bitten."

Während er auf Jigal zeigte, drehte er dem Inspektor einen Moment den Rücken zu und zwinkerte Jigal zu.

Die Schüler lachten. Einige machten Jigal Zeichen, und er nickte bejahend. Von hinten zischelte Gil:

"Erlaub es ihm nicht, Jigal!"

Jigal senkte den Blick, errötete ein wenig, und sagte:

"Momentan kann ich Ihnen leider nicht das Wort erteilen. Die Stunde geht gleich zu Ende, und wir wollen noch einen wichtigen Zettel behandeln. Aber nächstes Mal, wenn Sie sich ein bisschen früher zu Wort melden, werden Sie sicher drankommen."

Jishar wandte sich zum Fenster, als ob er plötzlich hinausschauen wolle. Die Schüler lachten laut auf. Der Distriktinspektor setzte sich wieder, presste die Lippen zusammen, öffnete seinen Notizblock, schloss ihn wieder und steckte ihn in die Tasche. Dann nahm er eine Zigarette heraus und steckte sie wieder ins Etui.

Jigal nahm den letzten Zettel und las:

"Was soll man mit einem jungen Neueinwanderer tun, der behauptet, ein Jude zu sein, sich jedoch nicht beschneiden lassen will?"

Im Klassenzimmer war es mit einem Mal ganz still.

"Also", äffte Jigal Jishars Stimme nach, "wie wollt ihr euch zu diesem Problem äußern?"

Alle lachten und die Atmosphäre entspannte sich.

"Ich schlage vor, ihn einzufangen, ihm Hände und Füße zu fesseln", schrie Joaw, "dann ein scharfes Messer zu holen..."

"Schweig, schweig!" schrien einige Mädchen und erstickten fast vor Lachen. Andere riefen:

"Genug! Wir wollen Jishar hören! Gleich läutet es!"

"Also, Jishar? Willst du dazu etwas anmerken?", fragte Jigal.

"Entschieden. Was man tun soll? Natürlich gar nichts. Wenn dieser Junge ins Land kam, Hebräisch lernte, hier lebt und im Militär dienen wird, zeigt er in der Tat, dass er sein Schicksal mit unserem verbunden hat, und für mich ist er selbstverständlich einer von uns, ein Bruder, auch, wenn alle Rabbiner beschließen, dass er nach den religiösen Regeln kein Jude ist. Für mich ist es gänzlich belanglos, ob er beschnitten ist oder nicht. Er ist ein Hebräer, weil er sein Schicksal an das Schicksal der Hebräischsprechenden, also der hebräischen Nation, die jetzt hier im Lande entsteht, gebunden hat."

Tami wandte sich flüsternd an Ronit:

Dieses 'beschnitten' – was bedeutet das eigentlich?"

Aber in diesem Moment hörte Jishar zu sprechen auf, und Tamis Frage war klar im ganzen Klassenzimmer hörbar. Die neben ihr saßen, brachen in lautes Gelächter aus.

"Eigentlich!", schrie Gil. "Tami will es 'eigentlich' wissen! Wozu aber brauchst du es 'eigentlich'?"

"Was? Weißt du das nicht?", rief Michal.

Tami wurde rot.

"Natürlich weiß ich's", sagte sie. "Ich meine... warum man das eigentlich... ich meine, überhaupt, macht?"

"Klar – weil's gesund ist!"

"Weil man's eben so macht!"

"So seid doch still! Wir wollen pünktlich nach Hause! Lasst Jishar antworten, damit wir fertig werden!"

"Der religiösen Tradition nach ist die Beschneidung das Bündnis, das Gott mit Abraham geschlossen hat, und wir, die nicht religiös sind, glauben in dieser alten Erzählung eine Projektion zu erkennen, eine Forderung, die unsere Väter an sich selbst stellten, sie aber Gott zuschrieben. Die Behauptung, die den gesundheitsfördernden Wert dieses Brauches betrifft, scheint mir eine spätere logische Begründung zu sein, wie die Behauptung, dass unkoschere Speisen ungesund seien, die auf keinerlei Tatsachen beruht."

"Warum sagen es dann alle?", fragte Michal gekränkt. Einmal, als sie fragte, warum man ihren kleinen Bruder beschnitten hatte, erklärte ihr Vater es mit Gesundheitsgründen.

"Diejenigen, die religiöse Pflichten beachten, sehen darin die wichtigste religiöse Pflicht. Aber auch die Nichtreligiösen halten an diesem Brauch fest und ziehen es vor, sich nicht gründlich mit ihm auseinanderzusetzen. Für sie sind die Gesundheitsgründe die bequemste Erklärung. Die Gelehrten – und ich meine die nichtreligiösen – glauben, dass das ein alter ägyptischer Brauch war: ein magisches Ritual, in dem man den Teil opfert, um das Ganze nicht zu verlieren. Andere erklären, aus Gründen, die ich jetzt nicht behandeln kann, dass man früher jeden Erstgeborenen opferte, ihn später als Ersatz kastrierte und noch später als Ersatz des Ersatzes beschnitt: Die Opferung des Teiles zur Bewahrung des Ganzen."

Der Distriktinspektor notierte eifrig und murmelte:

"Dieser unduldbare Skandal wird Folgen haben!"

Die Schüler hörten es. Eine bedrückende Stille senkte sich.

"Keine politische Partei oder Bewegung tritt gegen diesen Brauch ein, weil wir im großen Prozess der 'Sammlung der Zerstreuten' – der Einwanderung aus allen Ecken der Diaspora – begriffen sind, tätig für den Aufbau des Landes und daher abhängig von den Spenden der amerikanischen Juden und deren Einfluss auf ihre Regierung. Für all das brauchen wir Zusammenarbeit von Religiösen und Nichtreligiösen und können uns keinen Kulturkampf zur absoluten Gewissensfreiheit leisten. Daher halten wir an alten Bräuchen und Gesetzen fest, die nach der Meinung vieler ganz überholt sind, nicht nur, was das Beschneiden betrifft, sondern auch Eheschließungen, Scheidungen und anderes. Aber in unserer kleinen Welt von Ejn Bdolach, die frisch und klar sein will, wäre es eine Schande, wenn wir einen Jungen wegen der Frage der Beschneidung diskriminieren würden."

Die Schulglocke läutete.

"Unsere Fragestunde ist beendet. Wenn ihr wollt, können wir diese Fragen in der nächsten Fragestunde weiter besprechen. Schalom."

Die Schüler sprangen auf und drängten sich, stiller als gewöhnlich, hinaus. Im Korridor begannen sie halblaut zu sprechen:

"Jetzt wird er's ordentlich bekommen!"

"Vielleicht entlassen sie ihn?"

"Ach wo! Man kann doch einen Lehrer nicht einfach so entlassen."

"Kommt, horchen wir, was weiter passiert!"

"Oh wie er ihn hereingelegt hat, den Inspektor!"

"Dafür wird der sich rächen."

"Wie kann er sich 'rächen'?"

"Er ist ein wichtiger Inspektor und sitzt in allen möglichen Kommissionen, da kann er ihm leicht ein Bein stellen, wenn er mal eine Versetzung beantragt oder eine Bestätigung braucht."

Jigal ergriff die Initiative und befahl flüsternd:

"Gil, stell dich dort an die Ecke, als ob du dir die Hände wäschst, und wenn sie herauskommen, hör zu, so gut du kannst. Gilat und ich gehen ins Klassenzimmer und beginnen aufzuräumen, als ob es unsere Aufgabe wäre."

Im Klassenzimmer legte Jishar einige Bücher in seine Aktenmappe und wandte sich zum Inspektor:

"Ja, Herr Bar-Samcha, jetzt bin ich bereit, alle ihre Bemerkungen anzuhören."

Der Inspektor stand auf, zündete sich eine Zigarette an und sagte, ohne Jishar anzuschauen:

"Momentan habe ich Ihnen nichts zu sagen. Ich werde dem Zentralamt Bericht erstatten und vermute, dass Sie eine Vorladung mit Forderung einer Erklärung ihrer Haltung bekommen werden."

Damit verließ er den Raum.

Jigal hörte sofort auf, die Stühle auf die Pulte zu heben und lief zu Etan und Gil hinaus, die draußen auf dem Korridor standen.

"Wohin ist er gegangen?"

"Ins Lehrerzimmer. Was war? Haben sie sich gestritten?"

"Nichts Besonderes. Mal sehen, was er dem Elieser sagen wird. Etan, nimm eine Hacke, jäte zwischen den Blumen unterm Fenster und hör, so gut du kannst, zu. Und du, Gil, nimm den Besen, und kehr den

Korridor vor der Tür. Wenn sie die Tür schließen, wart ein bisschen, und platz dann herein und frag Elieser, wann genau die Chanukkaferien beginnen."

"Wieso Chanukka?"

"Gut, dann bitte ihn um eine Schachtel Reißnägel, sag, dass du sie zum Schmücken des Klubraumes brauchst."

Unterdessen lief Gilat zur Gruppe der Mädchen, die vor der Schule mit ihren Fahrrädern warteten.

"Er hat gesagt, dass er nicht mit ihm sprechen will," rief sie ihnen zu.

"Wer? Jishar?"

"Ach nein! Der Inspektor. Sie werden Jishar nach Haifa vorladen."

"Ja? Wirklich? So hat er's ihm gesagt?"

Jigal gesellte sich zu der Gruppe.

"Er hat nicht gesagt nach Haifa."

"Sondern wohin? Es muss doch eine Stadt geben, in der so eine ehrbare Kommission sitzt, also Haifa, Tel Aviv oder Jerusalem."

"Und was hat Jishar gesagt?"

"Dass er jetzt bereit ist, sich die Bemerkungen des Inspektors anzuhören. Und da hat ihm der Inspektor geantwortet, dass er ihm jetzt nichts mehr zu sagen hat."

"Weil Jishar sich so dumm benommen hat. Ich hab mir gleich gedacht, dass das ein Inspektor ist."

"Und ich dachte, das ist ein Journalist."

"Wieso ein Journalist?"

"Wegen des Notizblocks."

"Schade, dass es keiner war – da hätten sie über uns in der Zeitung geschrieben."

Vor Erregung über den Vorfall gerieten die Fragen in Vergessenheit.

Der große Sabbat

Es wurde beschlossen, alle Bar Mitzva Aufgaben, die mit Arbeit, Verteidigung und Pfadfinderwesen zusammenhingen, auf einem Sabbat zu legen: Der Termin der Feier – der Tag der ersten *Chanukkakerze* – näherte sich beklemmend schnell, und es gab viel... Tami mochte gar nicht daran denken, was sie noch alles vorbereiten muss. Als sie sich beim Abendessen beklagte –, erzählte Ruth einen Witz, in dem eine jüdische Mutter ihrem Sohn, der in den Türkenkrieg ziehen musste, den Rat gab, er solle sich nicht zu sehr anstrengen: Immer nur einen Türken erschießen und sich dann ausruhen...

Die ganze Woche vor dem "Aufgaben-Sabbat" war voller Vorbereitungen, besonders für die Schießübung. Auf den felsigen Abhängen zum See gab es eine Senke, "Das große Loch" genannt; mit einem Bulldozer hatte man dort Basalt für den Straßenbau geholt. Dorthin brachte man die Säcke, die die Mädchen genäht hatten, und Jishar und die Jungen füllten sie mit Sand, damit man sich beim Zielen auf sie stützen konnte. Dann schnitten sie Papp-Zielscheiben, die sie an Pfosten befestigten. Sie hatten lange debattiert, wie groß die Kreise sein sollten: Die Jungen, fies wie immer, wollten natürlich die Kreise so klein wie möglich. Die Nachalburschen waren bereit, ihnen die Kartonfiguren ihrer Schießübung zu leihen, aber Jishar war dagegen, sie schauten von weitem wie Menschen aus. Außerdem forderte er, dass man alles selbst machen sollte, erklärte Tami ihren Eltern. Und wie zu erwarten war, verstand ihre Mutter nicht, warum Zielscheiben nicht wie die Umrisse von Menschen ausschauen sollten.

Die Nachalburschen waren erpicht darauf, den Mädchen zu zeigen, wie man "das Dingsda" (so nannten sie das Gewehr) lädt und gut sichert, wie man reinigt und wie man zielt; Tami erklärte, ihr Vater würde ihr das schon alles beibringen. Aber dann stellte sich heraus,

Se'ew hatte die ganze Woche Sitzungen und fand erst am letzten Abend Zeit für Tami.

Natürlich fragte sie ihn, wie das mit diesem Rückstoß ist, den einem das Gewehr auf die Schulter versetzt, der doch schrecklich stark sein muss, sollte sie nicht einen Pullover unter dem Hemd anziehen, um die Schulter zu schonen? Oder soll sie dort ein kleines Kissen ins Hemd nähen? Erschrickt man sehr vom Knall? Kann man sich nicht beim Schießen die Ohren zustopfen?

Se'ew lächelte. Natürlich. Immer lächeln sie, statt zu antworten, wenn man etwas wirklich Wichtiges fragt.

Tami nähte kein Kissen an, aber ein wenig Watte nahm sie doch heimlich mit – für Schulter oder Ohren, je nach Bedarf.

Die Schießübung dauerte nur eine halbe Stunde, aber Tami kam es wie eine Ewigkeit vor. Als sie an die Reihe kam, konnte sie fast nicht atmen. Mit zitternden Händen lud sie das Gewehr und legte sich auf die Erde, alle Jungen schrien im Chor: falsch! Zuerst hinlegen dann laden! Tami war so aufgeregt, dass sie nichts hörte. Sie schmiegte ihre Wange an den Kolben, brachte ein Auge in eine Linie mit dem Korn. Ihre Wange fühlte das glatte kühle Holz und sie nahm den Ölgeruch wahr. Einen Moment lang klang ihr das Lied vom Soldaten, der von einem Mädchen träumt und dabei sein Gewehr umarmt, im Ohr. Wo ist das Korn? Das gemeine Ding! Es tanzt vor dem Visier, und gerade wenn es dir gelingt, es in die kleine Mulde des oberen Visiers zu führen, wie Vater erklärt hatte, springt es zur Seite. Tami hielt den Atem an, drückte fest die Augen zu und zog mit aller Kraft am Hahn. Als sie die Augen öffnete, schien die Sonne, die Jungen lärmten, und Michal gab ihr einen Schubs:

"Na, rühr dich schon! Was träumst du da?"

Verwirrt stand Tami auf. Ja, sie hatte tatsächlich einen Schuss gehört, und etwas hatte sie auch an die Schulter gestoßen, aber... Vielleicht war das überhaupt das "Dingsda" von Ja'ara, die neben ihr lag, das losgegangen ist, und deines hat gar nicht geschossen? Wie kann man das genau wissen? War dieser Schubs an der Schulter der Rückstoß? Hat's wehgetan? Bedeutet es, sie hat schon geschossen, wirklich und richtig geschossen? Sie kann doch nicht fragen, oder doch?

Beim zweiten und beim dritten Schuss war sie schon nicht mehr so aufgeregt, Schloss aber doch die Augen. Am Ende stellte sich heraus, einmal hatte sie ziemlich nahe ins Zentrum getroffen und einmal daneben, aber nicht weit weg. Gar nicht so schlecht. Michal hat zweimal den Rand getroffen, aber den schwarzen Kreis hat sie nicht einmal berührt. Und die Hauptsache: Niemand hat bemerkt, dass du mit geschlossenen Augen abgedrückt hast.

Nachdem jeder seine Quote von drei Schüssen hinter sich hatte, bat Jishar, alle sollten sich setzen. Er wolle etwas sagen. Natürlich, er muss ja immer herumphilosophieren, flüsterte Jigal zu Gilat, und Tami hörte es. Er bedaure, sagte Jishar, dass sie gerade mit dieser Aufgabe, der am wenigsten sympathischen, beginnen mussten. Es wäre besser gewesen, wenn sie mit dem Pflügen, das ihm persönlich am liebsten sei, angefangen hätten. Aber der Sicherheitsbeauftragte der Siedlung war nur bereit, ihnen die Gewehre früh am Morgen zu geben. Etan wollte schon aufstehen, aber Jishar fuhr mit seiner Rede fort. Also hätten sie zum ersten Mal in ihrem Leben ein Instrument bedient, dessen Zweck das Morden ist. Er hoffe, dass sie es nie zu diesem Zweck benützen werden. Wenn aber ein schlimmes Los sie einmal zwingen sollte, es gegen einen Menschen zu richten, dann sollen sie daran denken, dass das ein Mensch wie sie ist, der wie sie das Leben liebt. Er sagte all das absichtlich nicht vor der Schießübung, weil er wollte, sie sollten ihm in Ruhe zuhören. Umsonst. Die Jugendlichen hörten nicht zu.

Danach nahm jeder sein sorgsam vorbereitetes "Bündel" – zwei Decken, zwei Stangen, acht Zeltpflöcke, kurze dünne Schnüre und einen langen fingerdicken Strick, und ging in das Föhrenwäldchen, das von Kurt am Weg zum See gepflanzt worden war.

Es ist einfach, ein Zelt aufzustellen, man hat es dir erklärt, du weißt genau was zu tun ist, und brauchst dich daher nicht aufzuregen. Du willst unbedingt die erste sein, wenigstens unter den Mädchen, oder, im schlimmsten Fall, wenigstens nicht die letzte. Aber ich sag dir doch, du Dummes, dass das gänzlich unwichtig ist. Stimmt. Aber was macht man, wenn gerade die unwichtigen Dinge wichtig erscheinen?

Die ersten zehn Minuten arbeitete Tami fieberhaft, hörte und sah nichts von allem was sich um sie herum abspielte. Sie hatte schon vor einigen Tagen erbsengroße Steine gesammelt, band sie in die Ecken der Decken mit einer Schnur als "Knöpfe", mit den daran angebundenen Schnüren konnte sie die Decken zuerst aneinander und dann an die Zeltpflöcke binden. Vorher muss man noch die Stangen in die Erde rammen und die Pflöcke fest einschlagen, um zwischen ihnen den Strick zu spannen, das wichtigste, die Wirbelsäule des Zeltes...

Tami richtete sich auf und schaute sich um: Auch Jigal, Gil und Jaron hatten schon ihre Decken zusammengeheftet und den Strick gespannt. Jaron schaute zu ihr und lächelte. Tami wandte sich rasch zu Gilats Seite: Die war noch immer nicht mit ihren "Knöpfen" fertig, natürlich, weil sie so viel mit Michal spricht, oder vielleicht weil sie weiß, wie schön und beliebt sie ist, beeilt sie sich nicht und kümmert sich nicht, ob sie die erste oder die letzte ist, weil sie weiß, dass das Wichtige gänzlich unwichtig ist?

Gilat fragte Michal, ob es ihr nicht wehtue.

Schrecklich weh, antwortete Michal und streifte ihre Bluse von der Schulter, lief zu Gilat und zeigte ihr die Stelle, Gilat streifte auch ihre Bluse zurück. Tami hörte "roten Fleck". Sie tastete ihre Schulter ab, – es tat weh! Tatsächlich, da gab es einen Fleck! Einen Moment warst du stolz, du dumme Gans, ja, das bist du, was freust du dich so dämlich, dass du genau wie alle bist?

Tami bückte sich und zog zornig am Strick, um ihn von Pflock zu Pflock zu spannen und die Stangen zu befestigen. Aber ein gemeiner Pflock, der nur darauf gewartet zu haben schien, lockerte sich. Dafür wird sie ihn jetzt so tief einrammen, dass... Andererseits war's ein Glück, dass es jetzt passiert ist und nicht, wenn alles fertig ist. Wolltest mich wütend machen, du Gemeiner, hast mir aber geholfen, danke, du Aas. Jetzt find ich einen neuen Platz für dich und stoße dich so tief hinein, dass du nicht mehr raus kommst.

Was gut für den Pflock war, passte nicht zum Zelt: Die Pflöcke und die Stangen standen jetzt in einer gebrochenen Linie, der Strick verlief in einem Zickzack – man konnte ihn nicht spannen. Und ein Zelt, das von einem ungespannten Strick getragen wird, schaut traurig aus. Und wenn ich die Decken in der Breite statt in der Länge spanne? Tami zog an den Schnüren, die die "Knöpfe" an den Pflöcken befestigten. Aber jetzt stellte sich heraus, dass die Pflöcke zu dicht standen und ihre Winkel falsch waren. Da ist's natürlich kein Wunder, dass die Decken solche Falten schlagen. Sie muss alle herausreißen, da hilft nichts. Tami war voller Wut und Schweiß und rüttelte an den Pflöcken. Jaron, dieser gemeine Kerl, schaut ihr die ganze Zeit zu, sie fühlt es. Jetzt kam er zu ihr herüber und fragte: "Kann ich dir ein bisschen helfen, Tami?"

Tami wurde rot. Ja'ara und Michal schauen, das ist klar, und Gilat, obwohl bei ihr das schrecklich Wichtige unwichtig ist, hat trotzdem schon einige Pflöcke eingerammt, diese Falsche – verstellt sich, als ob sie langsam arbeiten würde, und dann, auf einmal, überholt sie dich!

"Nein, ich brauch keine Hilfe, hau ab!", sagte sie laut. Sollen sie es hören, die Gänse! Jaron wandte sich seinem Zelt zu, das beinahe

fertig war. Wenn aber dieser verfluchte Pflock überhaupt nicht herausgeht? Ohne sich aufzurichten, rief Tami halblaut:
"Also dann zieh mir diese beiden Pflöcke heraus und dann geh, weil ich nicht will, dass man mir hilft."
Einen Moment fürchtete sie, nicht laut genug gerufen zu haben, dann würde sie das Ganze wiederholen müssen und seinen Namen hinzufügen oder ein paar Schritte in seine Richtung machen müssen.
Jaron hörte es sofort, kam zurück und zog die Pflöcke heraus. Er bemühte sich, es ganz leicht aussehen zu lassen, dieser Angeber, aber man sah ihm an, dass er sich anstrengen musste.
"Der Platz ist falsch", sagte er. "Du musst diesen da viel mehr dorthin... sonst wirst du den Strick nie spannen können."
"Ist schon gut! Genug!"
Tami bückte sich, sammelte die herausgerissenen Pflöcke und rammte sie an den von ihm gezeigten Plätzen ein. So. Nun endlich. Da haben wir's. Na also. Gut so.
Die drei Jungen waren zur selben Zeit fertig. Und Gilat war die erste unter den Mädchen. Aber gleich nach ihr, nicht als letzte und nicht einmal als vorletzte, kam Tami. Ihr Zelt war am schönsten gespannt. Der Strick, der die Stangen verbindet, verlief in einer schnurgeraden Linie, und alle Pflöcke saßen an den richtigen Stellen und hatten die richtigen Winkel. Jishar hob das hervor, als er die Zelte inspizierte.
"Das Zeltaufschlagen", sagte er, "zeigt, dass euch das Lagerleben nicht fremd ist. Die Aufgabe ist nun zwar erfüllt, aber noch nicht abgeschlossen…"
"Immer muss er herumphilosophieren", flüsterte Jigal.
"Jetzt kommt das Pflügen dran", sagte Jishar, "und zum Kochen und zur Nachtwache kommen wir am Abend zurück."
Sie kehrten zur Farm zurück, in den Pferdestall: Es hieß, das Pferd anschirren, es zur Tränke führen, vor einen leichten Pflug spannen

und auf ihm zum Obstgarten reiten, um dort zwischen den Apfelbäumen zwei Furchen zu pflügen. Die Aufgabe dauerte lange. Als endlich Tami an die Reihe kam, zusammen mit Michal, die den jüngeren Fuchs hatte, war der arme Braune schon ganz nervös, wieherte, wollte nicht mehr trinken, obwohl Tami ihm pfiff, wie sie es bei erfahrenen Kutschern gelernt hatte, er hielt keinen Moment still. Weil er es ganz und gar satt hatte, das war klar, da darfst du dich nicht wundern, dass er den Kopf so hin und her wirft, als ob er beißen wollte. Wenn er wirklich plötzlich beißt? Papa hat dir zwar versprochen, dass der Braune nie beißt oder ausschlägt, dafür übernimmt er die Verantwortung. Gut. Aber auch wenn's wahr ist, so besagt es doch nur, dass es bis jetzt so war. Weil man ihn sicher noch nie immer wieder angeschirrt hatte, und immer, wenn man ihn zurück zur Krippe führte, und der Arme dachte, dass er nun Feierabend machen kann, kommt auf einmal noch ein Rotzbengel, und alles beginnt von Neuem.

Tami schüttete ein wenig Mischfutter in den Futtertrog, und während der Braune schnupperte und kaute, schirrte sie an, und die Jungen schrien im Chor, dass das nicht gilt, so es keine Kunst. Und auch Michal piepste etwas, aber als Jishar bemerkte, warum eigentlich nicht? Wer lief sofort Mischfutter für den Fuchs holen?

Nachdem sie ihn schon herausgeführt und die dicken Lederriemen des Geschirrs an den Pflug gespannt hatte, kam der schwierige Moment, sich auf seinem Rücken zu schwingen. Tami hatte sich dafür einen Plan zurechtgelegt: Sie wird ihn neben einen Wagen stellen, auf den Wagen klettern... Aber im entscheidenden Augenblick zögerte sie, eine Sekunde höchstens, da hatte sich der Braune schon wegbewegt. Tami sprang sofort vom Wagen und versuchte ihn zurückzuschieben, was ihr natürlich nicht gelang, wer kann schon ein Pferd schieben? Doch können wir ihn um den Wagen führen, ihn wieder an die Wagenseite stellen und diesmal viel rascher klettern... Aber die

Jungen, diese Gemeinen, schrien alle: "Salz! Hörst du? Streu ihm Salz untern Schwanz, dann steht er ruhig wie ein Püppchen!" Da musste sie sich zusammennehmen – das war der richtige Ausdruck, den sie von Jishar gelernt hatte –, während sie sich also zusammennahm, ihnen ein Gesicht schnitt und die Zunge herausstreckte, hatte sich der Braune schon wieder wegbewegt... Und einige Genossen machten gerade dort mit ihren Sprösslingen den Sabbatspaziergang, diese Trottel, finden keinen anderen Platz zum Spazierengehen als beim Pferdestall, und gerade jetzt bleiben sie stehen und reißen blöde die Augen auf, und dieser Jishar, der ist ja auch sein Geld wert, der steht da und lächelt sie an, statt sie höflich zum Teufel zu schicken. Tami biss die Zähne zusammen, zählte leise bis drei... Und warf ihre Seele ihrem Schicksal entgegen, und sich selbst – vom Wagen auf den Rücken des Braunen. Der setzte sich langsam in Gang, weil er glaubte, dieser Idiot, dass man auf ihm sitzt, aber Tami lag quer über seinem Rücken wie ein Sack Mehl, der Kopf zur einen und die Füße zur anderen Seite baumelnd, und schrie:
"Bleib stehen, du Trottel, hoissa, sag ich, hoissa, hörst du nicht?"
Alle erstickten fast vor Lachen, aber der Braune ging langsam und gleichgültig weiter und zog den Pflug hinter sich her. Nach einer Weile gelang es Tami, ein Knie auf seinen Rücken zu heben, und gleich danach saß sie richtig auf. Es war Sabbat vormittags, schönes Wetter, viele Genossen spazierten mit ihren Kindern im Hof. Gut so, sollen sie nur schauen, die guten Leute. Ja, ich bin's, Tami, die zu den Apfelbäumen reitet! Und sie klopfte dem Pferd auf die Schulter: "Na also, du Dummkopf! Aber nächstes Mal wart ein Momentchen!"
Wenn sie vorhin ein bisschen geschrien hat, obwohl es ihr vorkommt, als hätte sie nicht geschrien, und wenn, dann nur ganz wenig, nicht aus Furcht, sondern aus Wut.
Ihre Furchen waren zu flach und zu kurvig, behaupteten die Jungen,

aber erstens haben wir nie beschlossen, dass eine Furche nicht ein wenig flach oder krumm sein darf, und zweitens, und das ist die Hauptsache, es gelang den anderen Mädchen nicht besser.

Als der Braune am Ende der Furche umdrehen sollte, gab es einen kritischen Moment: Ihr Vater hatte ihr versprochen, dass jedes Veteranenpferd von selbst weiß, wie man das macht. Aber der arme Braune verwickelte sich und kam mit einem Fuß aus den Einspannriemen heraus. Da rief sie ihm zu: "Brauner, Fuß! Zur Furche, Brauner!" Wie es die Jungen taten, als sie an der Reihe waren. Aber diesmal, bei ihr, rührte er sich nicht. Tami versuchte, ihn von der Seite zu stoßen, um ihn zwischen die Einspannriemen zurückzuschieben. Als er spürte, wie der Riemen sich an seinem Bein rieb, hob er es rasch, nicht um richtig auszuschlagen, aber trotzdem sprang Tami zur Seite, und, einige Schritte entfernt, jedoch die Zügel nicht aus der Hand lassend, schrie sie ihm zu:

"Sei ruhig, Brauner, was hast du?"

Und wirklich – nach einem Moment stieg das Pferd wieder zwischen die Riemen zurück.

Nachdem die zweite Furche beendet war, führte sie ihn zu einem Fass, neben dem eine Kiste stand. Diesmal war sie geschickter und gelangte mit Leichtigkeit auf seinen Rücken und ritt zum Pferdestall wie eine Siegerin. Später erzählte man ihr, dass Michal das Reiten überhaupt nicht gelungen sei, und dass Ja'ara das Aufsteigen erst gelang, nachdem man ihr geholfen hatte. Das heißt also, dass du, meine Liebe, eigentlich die Beste warst!

Beim Mittagessen erzählte sie ausführlich und begeistert alle Erlebnisse des Vormittags.

"Schon jetzt meine ich, dass das der längste Tag meines Lebens ist", sagte sie, "obwohl es erst Mittag ist, und wir noch einige Aufgaben am Nachmittag, am Abend und in der Nacht haben. Und dabei ist es komisch, dass dieser Tag so rasch vergangen ist, wie eine halbe Stunde, in der ein ganzer Monat steckt."

Sie schaute ihre Mutter an, um zu sehen, ob sie diesen tiefen Gedanken verstanden hätte.

Dann sagte sie:

"Ach, ich bin todmüde, ich leg mich ein bisschen hin. Wehe euch, wenn ihr mich nicht Punkt vier aufweckt!"

Mähen, Mahl, Mut

Um vier fuhren sie mit einem kleinen, von einem Traktor gezogenen, Wagen zu den Grünfutterfeldern. Michael, der Verantwortliche für Klee, Luzerne und Futterrüben, von den Kindern "Futternik" und von Jishar "Grünfuttermann" genannt, begleitete sie, um ihr Mähen zu begutachten. Jeder sollte sich im Kleefeld ein einige Quadratmeter großes Rechteck vorstellen, um es zu mähen – mit bedachtem, energischem, kontrolliertem Schwingen der Sense, die, wenn sie nicht stark genug geschwungen wird, einfach zwischen den Stängeln stecken bleibt, wenn sie aber zu energisch betätigt wird, mit einem verborgenen Stein oder einer Erdscholle unheilvoll zusammenstoßen kann. Was so leicht und einfach ausschaute, als Michael es zeigte, erwies sich als schier unmöglich, als Tami an die Reihe kam, weil man an viel zu viele Dinge auf einmal denken muss, und die Hauptsache dabei ist ja nicht das Denken, sondern das Tun: Die Sense fest, aber leicht halten, weit genug ausholen, damit dieses leichte und feste Schwingen nicht zu hoch ausfällt, weil dann die Hälfte ungemäht bleibt, und nicht zu tief, weil dann... Und das war's, was Jaron gleich am Anfang passierte: Die Sense traf einen kleinen Hügel, und vor lauter Schwung brach die Spitze. Und Michael war wütend, das sah man gleich, obwohl er Jaron nur ganz leise anschnauzte. Jetzt musste der Arme am Rand sitzen und warten, bis jemand fertig war und ihm seine Sense geben konnte.

Tamis Quadrat war ganz schief: zu breit am Anfang, zu schmal am Ende, und in der Mitte... Da standen viele Büschel heraus, wie bei einem Kind, das sich selber die Haare geschnitten hat. Aber es war nicht ihre Schuld, das war klar: Sie konnte nicht genau sehen, was gemäht und was ungemäht war, solange sie nicht mit der Heugabel aufzuladen begann, und überhaupt war das ganze nicht fair: Die Jungen hatten alle schon einige Male gemäht, zum Beispiel die Disteln, damals, als wir unsere Kinderfarm hinter der Schule anlegten, erinnert ihr euch nicht, wie ihr damals gemäht habt? Da seht ihr! Und da ist's ja keine Kunst! Und die Jungen schrien im Chor: "Wer hat denn gesagt, es soll Kunst sein? Gemäht sein soll's!"

Als der Wagen voll beladen war, und die Jungen schon hinaufgeklettert waren, bat Jishar sie, nochmals herunterzukommen und sich zu setzen, er wolle ihnen etwas sagen. Warum man dazu herunterkommen muss, wollte Jigal wissen, man kann doch ruhig philosophieren, wenn alle oben sind. Jishar war einverstanden, alle saßen oder lagen, hoch oben im gemähten Klee, wie in einem Lied... Tami spürte ihre Lust zu singen und summte das bekannte Lied der Dichterin Rachel, "Auf hohem, mit Garben beladenem Wagen..."

"Diese Arbeiten, die ihr verrichtet habt", sagte Jishar, "das Anschirren des Pferdes, Pflügen, Reiten und Mähen, sollen euch das arbeitsreiche Leben, das euch bevorsteht, andeuten. Viele Leute träumen, mit einem Streich reich zu werden: In der Lotterie zu gewinnen oder bei einer guten Gelegenheit etwas so billig wie möglich zu kaufen und so teuer wie möglich zu verkaufen, um mit dem Gewinn an der Börse zu spekulieren und durch Geld immer mehr Geld zu verdienen, bis man ohne zu arbeiten leben kann. Das sei nie euer Ziel. Ihr seid die Kinder von Arbeitern, die Arbeiter sein wollten, nicht weil sie es mussten, sondern weil sie in der Arbeit ein großes Gut, eine Berufung, eine Quelle des Glücklichseins sahen."

Tami hörte nur halb zu: Wenn sie zur Bar-Mizwa Feier Geld bekommt... Man sagt ja, dass die Gäste heutzutage Schecks schenken... Dann wird sie einen Teil heimlich auf ein Bankkonto in Naharia legen, man hat schon darüber gesprochen, ob nicht einige Genossen heimlich Bankkonten haben und Zinsen bekommen. Oder – und das wäre noch besser – sie könnte doch an der Börse spekulieren, wenn das Jugendlichen erlaubt ist, warum eigentlich nicht? Man muss fragen, ab welchem Alter man das darf. Aber außerdem wird sie auch ein paar Lotterielose kaufen. Und wenn sie dann den großen Preis von Dreißigtausend gewinnt... Nächste Fragestunde muss sie unbedingt fragen, was Jishar gegen die Lotterie hat, warum stört es ihn, wenn jemand reich und glücklich wird? Was hätte er denn gemacht, wenn er plötzlich eine reiche Erbschaft bekommen oder in der Lotterie mit einem Los, das ihm jemand heimlich gekauft hat, einen Haupttreffer gelandet hätte? Hätte er das Geld weggeworfen?

Sie lief nach Hause und holte den für den Abend vorbereiteten Rucksack: Lange Hose, Sweater, zwei Decken... Soll sie das kleine Kissen mitnehmen? Sie legt so gern den Kopf drauf, aber wenn dann jemand ausruft: "Schaut mal, was Tami da mitgebracht hat!" Da müsste sie doch vergehen vor Scham!

Die Kochutensilien kamen in ein Ränzel: Kartoffeln, ein Fläschchen Öl, Wurst, Kaffee, Salz, zwei gut verpackte Eier, Zucker, Bratpfanne, eine große leere Konservenbüchse mit einem Drahthenkel als Kochtopf. Was hab ich vergessen? Ah, das Taschenmesser. Darf man zu einem Essen am Lagerfeuer gemahlenen Kümmel mitnehmen, um das Omelette zu würzen? Mayonnaise ist verpönt. Jishar hat zwar nicht "verpönt" gesagt, sondern nur bemerkt, er fürchte, es passe nicht zum Stil. Zum Ausgleich verdoppelte Tami, als Ruth einen Moment die Küche verließ, die Zuckerportion.

Nach Sonnenuntergang gingen alle zurück zum Nachtlager, eine Viertelstunde von der Farm entfernt. Jeder lief zu seinem Zelt. Es wird gleich dunkel. Tami reinigte rasch den Zeltboden von Föhrennadeln, breitete die Decken aus, ordnete ihre Kleider in einer Ecke, so dass sie das Kissen verdeckten, alles muss schön ordentlich sein für den Fall, dass es eine Inspektion gibt, und um alles im Dunkeln leicht finden zu können. Dann lief sie Brennholz sammeln. Die Jungen hatten schon alle dicken Zweige weggeschnappt, aber die dünnen, von denen es genug gab, kann man viel leichter brechen und anzünden. Da bemerkte sie, wie Jigal und Gil Steine schleppten, um kleine Feuerstellen zu bauen. Richtig, du Dummes, und du dachtest nur ans Feuer! Rasch sammelte sie einige Steine, aber als sie zu bauen begann, wackelten sie und fielen um. Jaron hatte Erde mit Wasser vermischt und befestigte die Steine mit Matsch. Er hätte ihr das vorschlagen können, als es noch nicht so spät und noch hell war. Jishar kam vorbei und riet ihr, zwei oder drei große Steine... Gut, schon gut, ich meine: danke. Jetzt stand die Kochdose stabil. Zuerst die Kartoffeln, wenn die weich sind, zerquetschen, sie mit verquirlten Eiern vermischen und braten, kleine Pfannkuchen mit gemahlenem Kümmel. Zu dumm, dass du keine Zwiebel mitgebracht hast! Stell dir vor, was ihnen der Geruch von gebratenen Zwiebeln angetan hätte, ah? Man sagt, dass sie das ganz meschugge macht, wenn sie hungrig sind. Besonders, wenn im Pfannkuchen winzige Wurststückchen stecken. Aus dem Kartorffelwasser machst du dann Gemüsesuppe: Es bleibt dir doch das ganze Öl in der Bratpfanne, mit einem Stück Wurst, und Kümmel. Wurst-und-Kümmelsuppe, warum nicht? Zur Nachspeise servierst du Kaffee mit Kardamom und als Abendüberraschung selbstgekochte Karamellzuckerln aus geschmolzenem Zucker mit ein bisschen Wasser. Wenn du nur ein paar Teelöffelchen Kakao oder eine Zitrone... Und wie das zum Stil gepasst hätte! Es gelang ihr, das Feuer mit dem zweiten der drei erlaubten Zündhölzer anzuzünden, was ihr einiges Herzklopfen verursachte. Aber das Wasser erwärmte sich viel zu langsam, und nach einer halben Stunde wollte es immer noch nicht kochen, kein Wunder, dass die Kartoffeln hart blieben. Tami schüttete die Hälfte aus – zum Teufel mit den Kartoffeln und dem Wasser – und setzte sich ans Feuer, um es fortwährend mit kleinen Zweigen zu füttern. Haben sie sich zufällig auf das ausgegossene Wasser gesetzt, mein Fräulein? Das hätte nämlich gut zu dir gepasst. Aber zum Glück hast du dich daneben gesetzt. Jetzt muss man warten, warten. Schade, dass man nicht schneller warten kann!

Es war schon dunkel geworden. Rundum, in einem Halbkreis, brannten noch sieben Feuer, und neben ihnen bewegten sich Gestalten. Nur sie sitzt. Hat nichts zu tun, als zu warten. Das ist eine müde Ruhe. Da kümmert einen nichts mehr, da kann man sogar langsamer warten. Eigentlich hättest du deinen Nachbarn einen Besuch abstatten können. Nicht der Gilat, natürlich, die hat dich nicht ein einziges Mal angeschaut, seit ihr heute Morgen zur Schießübung... Heute Morgen? Was, erst heute Morgen?

In einer halben Stunde müssen die Vorbereitungen zu Ende gehen, kündete Jishar an. Und das Wasser beginnt erst jetzt zu kochen, aber die Kartoffeln... Tami stach sie mit der Gabel: Vielleicht werden diese gemeinen Dinger trotzdem ein bisschen weich? Dabei berührte sie unvorsichtigerweise die Kochbüchse, die umfiel, und das Wasser löschte sofort das Feuer aus. Tami stampfte mit dem Fuß auf und biss sich auf die Lippe, damit sie nicht schrie. Rasch hob sie die Dose auf und verbrannte sich dabei die Finger. Ist Wasser übrig geblieben?

Nein, gar nichts, natürlich! Tami warf das Gefäß wütend um, und es stellte sich heraus, dass es halb voll war, aber jetzt endgültig leer. Schalom, Pfannkuchen, lebe wohl, Wurst-und-Kümmelsuppe, und du, da hast du, was dir gebührt, weil du so ungeduldig bist!

"Was, Tami, bist du etwa schon fertig, weil du das Feuer ausgelöscht hast?", fragte Michal.

Tami antwortete, ja, fast.

Sie setzte sich und versuchte zu weinen, aber nicht einmal das gelang ihr. Da sprang sie auf, schob die Steine woanders hin, verbrannte sich noch ein bisschen die Hände, beschmutzte sich mit Ruß, versuchte, ein neues Feuer anzuzünden und zerbrach dabei das dritte und letzte Streichholz. Aber dort, wo sich das Wasser aufs Feuer ergossen hatte, lag noch eine kleine glimmende Kohle, Tami blies sie an, und es gelang ihr, mit Föhrennadeln und dürren Zweigen aus ihr ein Feuer anzufachen. Rasch machte sie ein Eieromelett mit Wurst und Kümmel. Wenn Zeit bleibt, kann sie noch zwei Tässchen Kaffee kochen, man wird sowieso nur kosten, und vielleicht gelingt es ihr sogar, die Karamellzuckerln zu machen.

Schließlich versammelte man sich an Gils Zelt und ging von Feuer zu Feuer, um bei jedem etwas zu kosten. Überall gab's Rührei oder Omelett mit Wurst, manchmal mit Kartoffeln. Gilat und Ja'ara spielten die Übergescheiten und hatten saure Gurken und Fleischkonserven mitgebracht, und Tami fragte sich, ob das zum Stil passe.

Man sah sofort, dass der erste Preis, was kochen anbelangt, Jaron gebührte: Seine Feuerstelle war länglich, aus zwei Steinwänden, mit Matsch ausgefüllt. Die Heizöffnung war gegen Westen gerichtet, so dass der Wind hinein wehte und das Feuer anfachte. Und darauf standen in einer Reihe Kochbüchsen und Bratpfannen: Omelett, wie bei allen, und natürlich auch Kartoffeln, und Kaffee, wie zu erwarten war, und Gemüsesuppe, die ja an sich keine große Kunst ist, wenn man nicht vergisst, Zwiebeln, Karotten und Sellerie mitzubringen. Wahrscheinlich hat ihm seine Mutter... und dann ist's keine Kunst.

Alle setzten sich in einem engen Kreis – er hatte große flache Steine herbeigeschleppt, damit alle sitzen können, nur für sich hatte er keinen Platz vorbereitet, er hatte keinen Stein mehr gefunden und würde sowieso bedienen und keine Zeit zum Sitzen haben, erklärte er Tami.

"Nun, also, kosten wir von Jarons Essen und sehen wir, ob's den ganzen Aufwand wert war!", rief Gil.

Jishar bekam den ersten Löffel Suppe, verzog ein bisschen das Gesicht, sagte aber nichts. Jedoch Gilat, die nach ihm kostete, spuckte sofort aus und rief:

"Pfui, was ist das?"

Alle probierten und spuckten: Das Omelett, der Kaffee – alles war versalzen.

Auch Jaron probierte und sagte ruhig:

"Das hat jemand erst jetzt hineingetan. Vorhin war alles in Ordnung."

Alle brachen in Gelächter aus. Nur Jishar schwieg.

Nun ging man zu Tamis Zelt, und auch hier war alles verdorben. Tami stampfte mit dem Fuß und schrie:

"Ich weiß, das waren Jigal und Gil, diese Schweine! Sie waren die letzten, als wir uns versammelt haben. Auch ich habs gekostet, bevor ich ging, und da war gar kein Salz drin."

"Wieso ich?", sagte Gil unschuldig.

"Wer denn sonst? Ich, etwa?", schrie Tami.

"Klar, du. Manchmal versalzt man das Essen. Das passiert besonders, wenn... du verstehst mich doch... besonders, wenn..."

"Nein, ich versteh es nicht!"

"Wenn man verliebt ist. Dann versalzt man alles, weil es so geschmacklos scheint, verglichen mit der Liebe, das ist ja bekannt."

"Trottel!"

"Trottelin!"

Jigal mischte sich ein: "Schaut Jaron an, der ist gar nicht wütend, weil er weiß, dass so was passiert."

Nachdem das Kosten beendet war, nahm Jishar aus seinem Rucksack die Schachtel mit den Zetteln zur Verlosung der Ziele für die Mutprobe: Jeder muss im Dunkeln irgendwohin gehen. Auf Tamis Zettel stand mit zitternder Hand geschrieben:

Geh zur ersten kleinen Brücke auf der Landstraße, dort findest du eine Blechdose, in ihr – eine Zündholzschachtel, und darin einen Zettel, den musst du bringen.

Tami atmete erleichtert auf. Bloß auf der Landstraße! Das blinde Schicksal – ist es wirklich blind? – es hätte sie doch zum See schicken können, in den Obstgarten, oder sogar auf den Friedhof! Stell dir vor, dass die Schakale zu heulen beginnen, gerade wenn du dich erinnerst, was man über nächtliche Angreifere erzählt...

Einen Moment schwankte sie, ob sie den langen und sicheren Weg nehmen sollte, zuerst zurück zur Siedlung, und dann, der Landstraße entlang, bis zur Brücke? Nein, meine Liebste, das wäre zu leicht, wo bleibt da der Mut? Du wirst den kürzeren und schwereren Weg nehmen, mein Fräulein, und gehst am Wadi entlang, übers Feld... dieses Wadi führt doch zur Brücke!

In den ersten Minuten, solange sie in Seh- und Hörweite vom Lagerfeuer war, wo Jishar saß und wartete, war alles in Ordnung. Wenn plötzlich ein Angreifer erscheint, kannst du schreien, und Jishar wird dich hören. Allerdings, wenn der Angreifer dich mit seinem gekrümmten, verrosteten Dolch rasch erdolcht – Tami fühlte die Stelle genau: am Rücken, unter dem linken Schulterblatt – kommst du gar nicht zum Schreien. Diese Angreifere sitzen besonders gern in nächtlichen Wadis. Und wenn du dich dann, Dolch im Rücken, mit letzten Kräften weiterschleppst, langsam verblutend, spürst du auf einmal, dass etwas Geschmeidig-Glattes sich dir um den Fuß windet, und wenn du dann mit letzter Kraft ohrenbetäubend brüllst und versuchst, die Kreuzotter abzuschütteln, antwortet dir kicherndes Lachen, ganz nah neben dir, das gleich zum höhnischen Freudengeheul des ganzen Hyänenrudels wird, das dich umkreist.

Tami begann zu laufen, rannte mit aller Kraft, während der Weg, der ihr so kurz vorgekommen war, sich immer länger hinzog.

Schließlich erreichte sie keuchend die Brücke und blieb ratlos stehen: Das sieht ihm ähnlich, diesem Jishar, dass er seine verdammte Dose irgendwo versteckt hat, und natürlich unter der Brücke, wo's am dunkelsten ist und wo sie alle sitzen und lauern...

Ach, bitte, nicht-blindes Schicksal, lieber Gott, oder wie du willst, dass man dich nennen soll, mach etwas, dass diese verfluchte Dose oben steht!

Tami packte sie rasch – die Dose stand auf dem Brückengeländer, deutlich sichtbar. Zur Strafe, feige Memme, kehrst du jetzt genau auf demselben kurzlangen Weg zurück und nimmst nicht den langkurzen, auf der Landstraße.

Als sie zum Lagerfeuer kam und Jishar den Zettel überreichte, stellte sich heraus, dass sie die erste war. Also wirst du jetzt allein mit Jishar am Feuer sitzen müssen und dir den Kopf zerbrechen, über was man sich mit ihm unterhalten kann, damit nicht so ein unangenehmes Schweigen entsteht.

"Hat jemand versucht, dich zu überfallen, Tami?"

Ah, er macht sich lustig über dich, will andeuten, dass du...

"Und wer hätte mich denn angreifen... ich meine überfallen sollen? Eine Schlange oder eine Hyäne?"

Sie sagte das ganz leicht dahin und mit betont natürlicher Stimme, damit er sieht, was für ein dummer Einfall das ist, auch wenn es von ihm nur als ein Witz gemeint war. Es ist eben kein Witz.

"Und ist dir nichts aufgefallen, jemand der dir vielleicht nachgegangen ist und dich überfallen wollte?"

Tami schaute ihn erschrocken an. "Vielleicht" bedeutet bei ihm "sicher", und er macht gewöhnlich keine solchen Witze.

"Glaubst du, es ist möglich, dass sich hier ein Angreifer herumtreibt?"

Nein, lachte Jishar, wieso, aber er habe die anderen gebeten, dass jeder einem der Kandidaten auflauern soll, und zu diesem Zweck habe er ihnen verraten, wo er die Dosen und Zettel verstecken wird.

Gemein! Wie sie das erschreckt hätte, wenn...

"Und wer hätte mich...?" – Sie schämte sich, das Wort "überfallen" auszusprechen.

Es stellte sich heraus, Joaw und Haran.

"Und warum hast du so etwas... Das ist doch... Ich meine, was hat das mit Mut zu tun, wenn sie mich... Was wolltest du da prüfen, ob ich geschrien hätte?"

Diese ganze "Mut-Probe" sei, seiner Meinung nach, gar nicht so wichtig, wie man vielleicht glauben könnte. Er wollte, dass ihnen eine Erinnerung bliebe, ein Erlebnis, so als Lebensvorrat, wenn sie versteht, was er meint?

Tami nickte und hoffte, die anderen "Kandidaten", oder wie er sie nannte, würden rasch zurück kommen.

Nach einer weiteren Viertelstunde trafen alle ein, die Kandidaten und ihre "Überfaller". Alle waren sehr erregt und sprachen durcheinander. Jeder erzählte genau, was ihm widerfahren war und niemand hörte zu. Jishars Plan, was den Lebensvorrat anbelangt, war augenscheinlich erfolgreich gewesen.

Schließlich konnte sich Tami nicht mehr zurückhalten und fragte Joaw und Haran, warum sie ihr nicht aufgelauert hätten? Aber sie hätten doch, sagten sie, fast eine Stunde auf der Landstraße gehockt, zwischen der Farm und der Brücke, und hätten gewartet und gewartet, und hörten von weither das Geschrei von Michal und Ja'ara...

Jetzt saßen alle ums Lagerfeuer in der Mitte des Nachtlagers, die Gäste bekamen die Reste des Nachtmahls, und man erzählte Geschichten, die Jishar "Jägerlatein" nannte: was in allen möglichen Kriegen und Kämpfen und Aktionen geschehen sei, bei den Unruhen des 36er-Jahres, im *Palmach* oder in der "Jüdischen Brigade", im Militär, aber auch Friedlicheres, von Ausflügen und Pfadfinderlagern. Tami erzählte etwas, was ihr Vater ihr erzählt hatte, und Michal – etwas, das angeblich einem ihrer Cousins in Tel Aviv passiert sei, und sogar Jishar erzählte etwas aus jener Epoche seines Lebens, als er als halber Landstreicher, ohne einen Pfennig, per Autostop durch Europa reiste.

Nach einer Stunde kehrten die Gäste mit Jishar zur Farm zurück. Und die acht "Kandidaten" blieben allein für die Aufgabe der Nachtwache.

Nachtgedanken

Man verloste die Wachen. Und das blinde Schicksal teilte Tami so ein, dass sie nach Michal und vor Ja'ara Wache hat, mitten in der Nacht, während die besten Wachen – die erste und die letzte, die man eigentlich nicht wirklich Wache nennen kann – Gilat und Jigal bekamen. Deswegen eilte Tami gleich in ihr Zelt zurück und beschloss, sofort einzuschlafen, damit sie nicht zu müde ist, wenn man sie aufweckt.

Mit dem Kopf auf dem Kissen sah sie das Lagerfeuer flackern und Gilat, die dort saß, war halb erhellt und halb im Dunkeln.

So schön ist sie!

Aber sie ist schuld, dass du auf einmal so allein bist. Weil sie immer der Mittelpunkt sein muss. Ist nur an sich interessiert, denkt an andere nur, wenn sie sich fragt, was sie über sie denken, was sie aber nie tut, weil es sie eigentlich gar nicht kümmert, was man denkt, sondern höchstens, was man sagt.

Sie ist keine Spur eigenständig. Und dabei wie falsch – die ganze Zeit hat sie sich als Herzensfreundin verstellt und ist eigentlich vor Neid darüber, dass sie nur zwölf Stimmen erhalten hat, geplatzt. Seitdem begann sie zu hetzen.

Als ihr zum Teich gegangen seid, hat sie zwar noch ihren Arm um deine Hüfte gelegt, aber nur, um zu täuschen.

Wenn du damals schon gewusst hättest, was sie im Schilde führt!

"Lass mich in Ruh, und geh mit deiner Michal, du falsche Schlange!"

Genau so hättest du ihrs gesagt, ein für alle Mal, damit sie's weiß

"Warum bin ich eine falsche Schlange?", fragt sie, und wird rot wie eine Tomate.

"Warum? Du weißt sehr gut warum, verstell dich nicht so!"

Deswegen hat sie sich mit Jigal angefreundet, weil er der König unter den Jungen ist. Und dabei ist klar, dass sie ihn gar nicht liebt, weil sie überhaupt nicht imstande ist, jemanden zu lieben.

Da korrespondiert sie zuerst mit irgendeinem fremden Burschen, der mit ihr im Autobus angebandelt hat, gibt mit seinen Briefen an und prahlt mit ihnen vor allen Freundinnen, verspricht, sie zu zeigen, und keine sagt ihr, dass es gemein ist, Briefe zu zeigen. Außerdem verschiebt sie es immer und zeigt sie gar nicht, um interessanter zu sein. Und zum Schluss befreundet sie sich mit Jigal, und vielleicht küssen sie sich sogar, pfui, wie ekelhaft! Dabei ist sie ihn gar nicht wert. Das wissen doch alle, dass er sie tausendmal übertrifft, dass er sie in seine kleinste Tasche stecken kann. Wie er damals die Fragestunde leitete und sich über diesen Trottel, den Inspektor, lustig machte, als der reden wollte! "Momentan kann ich Ihnen leider nicht das Wort geben", hat er gesagt. "Aber nächstes Mal, wenn Sie sich ein bisschen früher zu Wort melden, werden Sie sicher drankommen." Das ist doch direkt glänzend, nicht wahr? Vielleicht wird er einmal ein hohes Tier. Obwohl auch er eigentlich nur ein Ekelhafter ist. Sonst wäre er doch nicht Gilats Freund geworden. Auf jeden Fall ist er netter als Gil, der nur ein Großmaul ist, wenn niemand anderer sich hervortut. Wie er einmal alle angestiftet hat, Pflaumen zu stibitzen, als Jigal krank war... Aber als Franz-Perez zwischen den Pflaumenbäumen erschien und schrie: "Was ist da los?", wer, glaubt ihr, war damals der erste, der davonlief? Ratet drei Mal! Joaw? Nein! Etan? Natürlich nicht. Richtig, jetzt habt Ihr's: Das Großmaul! Und dabei stichelt und intrigiert und spöttelt er die ganze Zeit. Es wäre interessant zu wissen, worüber er sich mit Ja'ara unterhält. Ist er überhaupt imstande, sie einmal mit einem Kosenamen anzureden und ihr das Haar zu streicheln, auf der Schläfe oder am Nacken? Du Dumme, was du denkst! Wieso auf einmal einen Kosenamen? Und welchen? Ja'arale? Ja'aronet? Ja'ariti? Und wie hat es begonnen, wie beginnen überhaupt solche Freundschaften? Macht man einen Antrag? Vielleicht haben die Jungen einmal zusammen gespielt, und haben beschlossen, wer verliert, muss erzählen, in wen er verliebt ist. Und wer hat dann verloren? Sagen wir, Etan. "Nun, also, sag's uns!", so betteln und drängen sie. "Du musst, du hast es versprochen!" – "Gut", sagt er, "einverstanden, aber nur unter der Bedingung, dass auch ihr..." – "Wieso?", rufen sie und stellen sich empört, "wir haben doch nicht verloren und haben nichts versprochen!" Aber eigentlich warten sie ja nur, dass er ein bisschen mit ihnen streitet und sagt: "Wenn Ihr nicht mittut, dann spring ich ab." – "Schon gut, wir alle erzählen, aber du beginnst." Bis sie sich einigen, und dann, der Reihe nach: "Ich – in die Gilat!" – "Und ich – in die Michal!" – Ekelhaft! Und dabei war's ein Glück, dass nicht zwei aufs gleiche Mädel erpicht sind, sagen wir, auf die Gilat. Weil, was Ja'ara und Michal anbelangt, versteh ich überhaupt nicht, wie sie einem gefallen können. Aber sagen wir, wenn doch so was passiert wäre? Was hätten sie getan? Und woher weißt du, dass es nicht so war? Früher einmal hat man sich duelliert, aber damals gab's Ritter und nicht Rotznasen! Aber was haben sie gemacht, unsere Rotznasenritter? Sicher haben sie uns verlost, und da hat Etan die Michal gezogen, vielleicht wollte auch Etan die Gilat haben, aber Jigal hat gleich geschrien: "Ich hab sie zuerst genannt, darum gehört sie mir!" Und irgendein Held hat vorgeschlagen: "Kommt, fangen wir mit ihnen allen an!" Und tatsächlich setzten sie sich gleich, und jeder schrieb einen Liebeszettel an seine verloste Herzenskönigin. Und jetzt können sie alle sechs zusammen spazieren gehen und angeben... Aber nie sieht man ein Paar allein im Dunkeln, wie wirklich verliebte Paare. Die gehen nur zusammen, um zu tratschen. Und wenn wir ihnen in den Kopf oder ins Herz gucken könnten, dann würden wir sehen, dass sie einen Tratschkopf und ein Tratschherz haben. Gar keine Eigenständigkeit! Wie bei den städtischen jungen Leuten, diesen Cousins der Michal, die ist doch lächerlich mit ihren Cousins, wie viele hat sie denn eigentlich? Und dabei hat sie selbst zugegeben, dass sie tanzen gehen, um zu flirten und zu knutschen. Ekelhaft. Und sicher küssen sie sich sogar manchmal, Cousin und Cousine. Und Etan und Michal? Sicher nicht! Es ist urkomisch, sich vorzustellen, wie sie dastehen und Gesicht an Gesicht schmiegen, so dass seine Nase mit ihrer zusammenstößt. Und Jakob ist ein gemeines Schwein, wie er damals versucht hat, deine Lippen zu schnappen und dich dabei zu knutschen und abzutatschen. Aber gut, dass er's versucht hat, weil du ihm gleich geben konntest, was ihm gebührt. Sicher hat er vorher gedacht, dass du dich nur dazu mit ihm verabredet hast. Jetzt wird er eine ganz andere Meinung von dir haben. Er – und alle anderen. Wie sie auf den Fragezettel geschrieben haben, ob kleine Mädchen mit erwachsenen Burschen spazieren gehen sollen. Nein, nicht "spazieren", und auch nicht "erwachsen" sondern "vom Nachal". Das muss die Gilat geschrieben haben, weil die ja platzt, schade, dass sie nicht weiß, dass er sich mit dir richtig einlassen wollte, nicht nur so küssen, sondern – knutschen, aber wirklich und richtig! Ach, dann wäre sie endgültig geplatzt! Die brennt ja darauf, dass sie einmal jemand abknutscht, natürlich unter der Bedingung, dass eine von uns es sieht und es allen erzählt, sonst hätte sich's für sie nicht gelohnt, das ist's doch, was sie will, der Aja und allen anderen zu zeigen, dass sie schon groß ist. Und Alisa vergeht sicher auch vor Neid. Und mit Recht. Mit so einem hässlichen Namen! "Alisa"! Wo sie immer so schlecht gelaunt ist! "Tamar" – das ist doch etwas ganz anderes. Nach der Bar-Mizwa Feier musst du allen sagen, dass du nicht mehr erlaubst, "Tami" genannt zu werden und auch "Tamar" nur mit Betonung der zweiten Silbe. "TAmar, wo steckst du?" – Du aber rührst dich nicht. "TAmar, warum antwortest du nicht?" – Weil du nicht mich gerufen hast. Du hast die TAmar gerufen." – "Schon gut, schon gut, also TaMAR, bist du jetzt zufrieden?" Und so werde ich das am Abend der Feier allen bekannt geben: "Heute Abend ist Tami gestorben und geboren wurde TaMAR." Nach der Feier musst du dich ganz verändern. Erstens wirst du ein Tagebuch führen und jeden Abend planen, was du am nächsten Tag zu tun hast. Dann wirst du doch schon eine Armbanduhr und ein Fahrrad haben, wirst immer wissen, wie spät es ist, wirst immer pünktlich kommen und viel leisten können. Nicht wie die, die Uhr und Fahrrad schon voriges Jahr bekommen haben und sie jetzt ganz geringschätzig betrachten, als ob's ganz natürlich wäre, dass man ein Fahrrad und eine Uhr hat. Die Armen, die haben keine echte Freude daran. Das kommt davon, dass ihre Eltern Wiedergutmachung erhalten haben, oder dass sie von Verwandten in Amerika Pakete mit getragenen Kleidern erhalten. Ekelhaft. Da ist's kein Wunder, wenn sie etwas vom Budget absparen und ein Fahrrad kaufen können. Trude hat einmal

Mutti erzählt, wie gescheit sie's angestellt hat, den Verwandten diese Pakete zu entlocken. "Da hab ich ihr geschrieben", hat sie erzählt und dabei ihre Tante gemeint, "dass man bei Euch sowieso viel mehr neue Kleider kauft als bei uns und die alten, die schon aus der Mode gekommen sind, wirft man einfach weg und gerade dann, wenn diese Mode zu uns gelangt ist. Warum also schickst du uns nicht hie und da ein kleines Päckchen von dem, was ihr sowieso nicht mehr braucht?" Sehr gescheit angestellt nennt sie das! Und wo ist die große List? Dass sie um ein "kleines Päckchen" gebettelt hat, und die Tante schickt natürlich ein großes Paket, und außer den abgetragenen Kleidern sind auch neue drin und guter Kaffee obendrein. Mutti hat damals gesagt, dass vielleicht auch sie einmal so einen Brief schreiben wird, sie hat doch auch Verwandte in Amerika, denen es an nichts fehlt. Und es wäre eigentlich gar nicht so schlimm, wenn sie ihr mal ein paar amerikanische Hosen für mich schicken würden, Dreiviertel-jeans mit weißer oder roter Naht, ganz eng anliegend. Alles andere schert mich nicht. Am wenigsten der Kaffee. Warum ist Trude so auf den Kaffee erpicht? Mutti behauptet, dass der Kaffee allein ihnen schon ein paar gute Lirot im Monat spart, weil Trude kaffeesüchtig sei, den ganzen Tag gibt's bei der nur Kaffee und Kaffee, obwohl das sehr ungesund ist. Wie das Rauchen. Du musst Papa bitten, dass er aufhört. Wenn du Geburtstag hast und er dich fragt: "Nun, Tami, was wünscht du dir?" – "Etwas schrecklich Großes, Papa!" – "Das geht leider nicht, Tamilein. Du weißt doch, wie viel uns jeden Monat von der Zuteilung übrig bleibt." – "Aber nein, Papa, ich will doch kein Geschenk, für das man Geld ausgeben muss, ganz im Gegenteil." – Jetzt wird er schrecklich neugierig. – "Wie geht denn das?" – "Wie, das wirst du gleich sehen. Aber zuerst versprich mir, dass du wirklich..." – "Wie kann ich dir etwas versprechen, was ich vielleicht nicht kaufen kann?" – "Oi, Papa, ich hab dir doch gesagt, dass das etwas ist, das man nicht kaufen kann, sondern etwas, das man tut. Und das kannst du, wenn du willst. Du musst es nur versprechen." – Schließlich verspricht er's. Und da umarmst du ihn und flüsterst ihm ins Ohr: "Ich möchte, dass du das Rauchen aufgibst!" Und gleich beginnst du um ihn zu tanzen und zu singen: "Schon getan! Nun hast du's versprochen, und was man versprochen hat, das muss man halten!" Papa nimmt sich das sehr zu Herzen, dass sie sich so um seine Gesundheit sorgt und an ihn denkt, viel mehr als Mutti, die höchstens an seinen Nerven sägt und sagt, er solle aufhören zu rauchen, damit ihr mehr von der Zuteilung für ihre Kleider bleibt. Da umarmt dich Papa und murmelt nur: "Gut, Tami, für dich mach' ich's!" Und am Ende des Monats gibt er dir drei Lirot: "Da, nimm, Tami, das hab ich dank dir gespart, das ist dein Geschenk, kauf dir etwas dafür! Und was kaufst du dir? Drei Lotterielose. Und niemand hat eine blasse Ahnung davon. Aber wenn man den Haupttreffer verkündet, sitzt du wie zufällig mit Bleistift und Papier in der Hand und hörst: "Den Haupttreffer von dreißigtausend Lirot gewann Los Nummer 130169..." Und du schreibst es auf, damit kein Zweifel besteht, du könntest dich doch geirrt haben. Den zweiten Preis – von zwanzigtausend – gewann Nummer 111128 und zehntausend – Nummer 230333..." Natürlich hat niemand bemerkt, dass das genau deine drei Glückszahlen sind. Dreizehn und dazu dreizehnmal dreizehn. Und was hat das Schicksal dagegen zu stellen? Null! Mutti und Alisa hören auch zu, aber natürlich entgeht ihnen ganz, dass die zweite Zahl das Datum von Papas Geburtstag ist, und die dritte – Muttis! Auch sämtliche Mädchen der Klasse hören die Sendung, weil sie zufällig alle da sind – ganz zufällig, wie gesagt, haben sie hereingeschaut, um etwas zu fragen, alle zusammen, und sind geblieben, um sich die Sendung anzuhören. "Ach, was für ein Glückspilz ist, wer diese Nummer hat!", seufzt Mutti. "Wenn ich nur diese Nummer gezogen hätte..." – "Ja, Mutti, was dann?" – "Dann hätte ich mir erstens einen Mixer für die Küche gekauft, wie sich die Heimans einen von ihrer Wiedergutmachung gekauft haben..." – "Ich hätte mir eine handgestickte Bezalel-Bluse gekauft", sagt Gilat, "eine grüne, mit goldener Stickerei." – "Ich hätte mir einen Fotoapparat gekauft!", ruft Ja'ara. – "Und warum schweigst du, Tami? Was hättest du dir gekauft?" – "Ich? Eigentlich hab ich's mir noch nicht überlegt. Aber ich glaub, gar nichts." – Und alle lachen: "Wie einfältig!" Aber nach ein paar Tagen kommt Mutti nach Hause, und da steht in der Küche ein Mixer auf der Marmorplatte und daneben liegt ein Zettel: "Der teuren Ruth ein Geschenk von jemandem, der den Haupttreffer machte." Mutti ist natürlich ganz verwirrt, und sofort forscht sie: "Sag, Tami, hast du nicht zufällig gesehen, wer diesen Mixer gebracht hat?" – "Nein, Mutti, zufällig hab ich nichts gesehen. Mixer? Was für einen Mixer?" – So spielst du die Ahnungslose. "Wie, du hast einen Mixer gekauft, Mutti? Warum hast du uns nichts erzählt?" Die Mutter läuft hinaus, um es Trude zu erzählen. Aber dort steht alles Kopf: Man hat im Schrank eine Bezalel-Bluse entdeckt, grün mit Gold bestickt, und dazu einen Zettel: "Der teuren Gilat, von jemandem der den Haupttreffer machte!" – Ernst ist rasend, Trude hat Kummer: Gilat muss sofort gestehen, welcher Bursche ihr das geschickt hat! Und Gilat schwört, weinend, gar kein Bursche, es hat niemand gewusst, wie sehr sie sich so eine Bluse gewünscht hat. Und da kommt Mutti mit ihrer Mixergeschichte. Aber bevor sie ausgeredet hat, kommt Stefa, ganz aufgeregt: "Stellt euch vor, sie macht heute zufällig Ordnung in Ja'aras Schrank, und was findet sie dort? Einen nagelneuen Fotoapparat, einen der teuersten, mit einem Zettel: 'Der teuren Ja'ara...'" – "Von jemandem, der den Haupttreffer gemacht hat!" – schreien Gilat, Trude und Mutti im Chor. Und Stefa ist ganz baff. "Woher wisst ihr das?" Jetzt gehen sie von Haus zu Haus. Die ganze Farm ist in Aufruhr. Kein Haus ohne Geschenk! "Was hast du bekommen, Tami? Das

Fahrrad, das du dir so sehr gewünscht hast, oder die Uhr?" – "Nein, ich hab anscheinend nichts bekommen." – "Wie kann denn das sein? Alle anderen haben doch Geschenke bekommen!" – "Da hat mich der Schenker anscheinend vergessen." – Die Mädchen tuscheln miteinander: "Hört mal, wie geziert sie spricht!" Man beginnt Nachforschungen anzustellen: Wer fuhr gestern nach Naharia und kam mit vielen Paketen zurück? Nur Tami. Was? Tami? Unmöglich! Aber der Busfahrer bestätigt es: Er erinnert sich genau. Der Bus war nämlich gestern ganz leer. Nur ein Mädchen fuhr mit, ein sehr attraktives, so um die fünfzehn, mit ganz vielen Tüten und Paketen. Nur mit äußerster Mühe konnte sie das ganze bewältigen. Auf einem Paket stand "Mixer", daran erinnert er sich ganz deutlich, weil seine Frau ihm so oft zusetzt, er solle... Fünfzehn Jahre alt? Hm. Was sie an hatte? Blauen Rock, weiße Bluse, rote Sandalen? Sicher, das muss die Tami gewesen sein! Und wie bescheiden sie ist! Hat niemandem verraten, dass sie so eine Riesensumme gewonnen hat, und hat dabei an alle gedacht und jedem das geschenkt, was er am meisten wollte!

Am nächsten Tag kommt Gilat, um sie um Entschuldigung zu bitten. "Ich weiß, Tami, dass ich mich ganz gemein benommen habe", sagt sie, ganz zerknirscht, "aber du musst mir verzeihen, ich möchte schrecklich gern, dass wir wieder Freundinnen sind..."

Schau, wie sie dort sitzt, am Lagerfeuer, so schön! Und dabei weiß sie nicht, dass du noch wach bist, dich von einer Seite auf die andere drehst, nicht einschlafen kannst und an sie denkst. Wenn sie es wüsste? Hätte sie gedacht, dass du elendiglich lächerlich bist, oder vielleicht, dass du eigentlich ziemlich... ziemlich – was? Gescheit bist und erwachsene Gedanken denkst?

Nach der Bar-Mizwa Feier, wenn du dein neues Leben beginnst, wirst du dich schrecklich zusammennehmen müssen, um nur an solche Sachen zu denken, auf die man stolz sein kann, und keine Gedanken, über die man sich schämen muss! Und welche Gedanken denkst du jetzt? Diese Gedanken über deine Gedanken? Jishar hätte gesagt, du seist ganz provinziell. Und du vergeudest die ganze Nacht und schläfst nicht. Oder vergeudet man die Nacht gerade wenn man schläft? Wenn du schon eine Uhr hättest, brauchtest du nur zu gucken und schon... Andererseits, das könnte ein wunderbarer Vorwand sein, zu ihr zu gehen und sie zu fragen: "Sag, Gilat, wie spät ist's eigentlich?" – Statt zu antworten, fragt sie: "Tami? Wieso schläfst du nicht?" – "Ich kann nicht einschlafen, lieg so da und denke..." – "Ja? Und an was denkst du da?" – "An alles mögliche. Du verstehst doch, dass man nicht alles jedem x-beliebigen erzählen kann. Wenn ich eine wahre Herzensfreundin hätte, dann hätte ich ihr's erzählt." – "Weißt du, Tami, manchmal hab auch ich eine ganze Menge solcher Gedanken, die ich gern mit jemandem geteilt hätte, hab aber niemanden. Wenn ich eine wirklich gute Freundin hätte, dann hätte ich's ihr sicher erzählt." Dann sitzt ihr beide und wartet. Bis Gilat schließlich sagt: "Weißt du, Tami, es sieht aus, als hättest du gern eine gute Freundin, hast aber keine. Und ich hätte gern eine, hab aber keine. Also vielleicht... Ich meine... Wenn du einverstanden wärst... das heißt... da könnten wir doch beide..." Und du senkst nur den Kopf, sagst nichts, nein, kein Wort! "Ich weiß, dass ich mich dir gegenüber gemein benommen hab'", sagt Gilat, "aber du musst mir verzeihen, Tami, ja?" – "Aber natürlich, Gilat, ist doch klar. Das passiert zwischen den besten Freundinnen, dass man manchmal Streit bekommt." – "Sag, Tami, das musst du mir sagen, liebst du ihn wirklich, diesen Jakob?" – "Ich? Ihn lieben? Dieses Ekel? Bist du verrückt?" – Und ihr brecht beide in schallendes Gelächter aus, es schüttelt euch nur so, und sie fällt fast um, und packt dich an der Schulter...

Tami fühlt, dass jemand sie an der Schulter berührt.

Wache

"Tami, steh auf, hörst du? Du hast jetzt Wache. Tami, werd endlich wach!"

Tami richtete sich erschrocken auf und stieß mit dem Kopf an die Zeltdecke. Wer ist das? Ah, Michal. Aber ich dachte doch, dass...

"Was ist los? Was gibt's?"

"Du hast jetzt Wache!"

"Wieso? Schon? Wie spät ist's?"

"Zwölf. Du bist dran bis eins. Dann weckst du Ja'ara. In Ordnung?"

"Ist's schon zwölf?"

"Klar. Was wunderst du dich so?"

"Weil ich vor einem Moment noch wach war und gerade dran dachte, wie spät es sein kann... Und gar nicht bemerkt hab, dass ich eingeschlafen bin."

"Als ich geweckt wurde, hab ich auch gedacht, ich hätte gar nicht geschlafen. Da, nimm diese Uhr, und wenn deine Wache beendet ist, gib sie Ja'ara weiter. Gute Nacht. Ach, wie gut ich jetzt schlafen werde!"

Michal kroch in ihr Zelt, und Tami hörte, wie sie sich drinnen in die Decken wickelte und dabei vor Genuss brummte.

Tami ging zum Lagerfeuer. Gähnte. Spürte einen leichten Schauder. Wandte dem Feuer den Rücken zu und schaute in den schwarzen Nachthimmel. Die Sterne sind jetzt viel größer als vorhin, als du im Zelt lagst und nachgedacht hast. Es kann nicht sein, dass sie gewachsen sind. Was war eigentlich das letzte, das du gedacht hast, außer diesem Gefühl, dass dich jemand an der Schulter berührt, das ja nur ein Traum war, weil Michal dich wahrscheinlich an der Schulter... Ah, richtig: Du wolltest Gilat fragen, wie spät es ist, um ihr zu erzählen, dass du nicht einschlafen kannst, um ihr dadurch anzudeuten, dass... welches Glück, dass du eingeschlafen bist und nicht zu ihr gegangen bist! Du hättest dich nur kompromittiert, mein Fräulein!

Tami räkelte sich und setzte sich so nah wie möglich ans Feuer. So-o. Gu-ut. Das flackernde Licht der Flammen beleuchtete nur den kleinen Kreis, bis zu den Zelten und bis zu den Baumstämmen. Lichtland. Und von dort an – das große Finsterland. Wenn dort jemand steht, kann er alles sehen, ohne dass man ihn sieht. Tami bemühte sich, mit ihren Blicken die Dunkelheit zu durchdringen. Wenn dort wirklich jemand steht? Solange er sich nicht bewegt, kann man ihn nicht wahrnehmen. Und wenn er sich nähert, was dann? Soll sie dann zu den Zelten laufen und alle aufwecken? Und wenn sich dann herausstellt, dass sich niemand genähert hat? Wie peinlich!

Da! Eben hat's geraschelt! Von dort, aus dem Dunkel. Und nicht irgendein unklares, nein, das war ein trockenes, scharfes, knisterndes Zischen, jemand knarrt dort im Schwarzen, tuschelt hinter den Stämmen. Laufen und jemand wecken? Da! Jetzt ist er auf einen Zweig getrrreten, der zerbrrrochen ist, und sofort hat jemand gezischelt: "Schsch... schsch..."

Tami saß wie gelähmt. Lauf und weck jemanden! Sofort! Gleich! Aber sie rührte sich nicht vom Fleck. Wenn Jishar nur geblieben wäre. Er hätte sich auch ein Zelt aufschlagen können. Stattdessen geht er ruhig nach Hause, dieser Provinzielle.

Und was geschieht, wenn ein tollwütiger Schakal kommt? Oder sogar ein Wolf? Oder eine Hyäne? Das ist eine gemeine pädagogische Verantwortungslosigkeit, die Kinder so allein zu lassen, wird man später auf der Farm sagen und ihn nach dem Begräbnis entlassen. Wegen dir wurde sie zerrissen, wird man sagen. Und er wird sich seine wenigen Haare raufen und zerknirscht wird er durch die Zähne in seinen Bart murmeln:

"Ach, wie konnte ich sie den wilden Tieren preisgeben?"

Geh, du dummes Ding, wenn das wirklich Angreifer oder Wölfe wären, hätten sie dich schon längst überfallen und hätten nicht in einem fort gezögert und getuschelt. Da! Schon wieder? Und dieses Schwarze dort bewegt sich langsam!

Tami heftete den Blick angestrengt auf einen großen dunklen Fleck, der wie ein kauernder Mann aussah. Kein Zweifel, er schob sich langsam nach vorne, der Schuft! Tami wandte sich um, packte die Arme voll Reisig und warf es ins Feuer. Sofort loderte die Flamme auf, und sie musste vor der Glut zurückspringen. Anstelle des dunklen Flecks lag dort jetzt ein wuchtiger Stein, aus dem man wirklich leicht einen lauernden Mann herausmeißeln könnte. Ein gewöhnlicher grauer Basaltstein, du Dumme! Aber das Geflüster und Getuschel geht weiter, in der Finsternis, die gleich hinter dem Stein liegt. Und was geschieht an der anderen Seite? Tami neigte ein wenig den Kopf und lauschte. Natürlich! Jetzt hat jemand nicht aufgepasst und ist auf einen trockenen Ast getreten.

Während sie Ausschau hält und angestrengt lauscht, erlischt das Feuer, gerade als Tami sich von raschelndem Tuscheln ganz umzingelt fühlte. Als sie um sich herum nach Brennmaterial suchte, stellte sie fest, dass es aufgebraucht war. Unlängst hatte man alle niedrigen Äste abgesägt und sie zu einigen Haufen zusammengetragen, irgendwo, am Rand des Wäldchens, gestern, als sie Brennholz für ihre Feuerstelle sammelte, sah sie, dass das ganze Wäldchen voller trockener Zweige war, zum Teil verstreut, zum Teil in Haufen gesammelt. Du brauchst bloß hingehen, du Dumme, und es holen soviel du willst, und wirfst es wieder ins Feuer, und dann siehst du, dass... Aber während du zögerst, wird das Feuer erlöschen, und die raschelnden Tuschler kuscheln gerade dort, wo das Dunkel am dunkelsten ist und wo die Zweige auf dich warten. Die Tuschler haben sicher beschlossen, noch nicht zu überfallen, sondern zu lauern, bis das Brennholz aufgebraucht ist, und dann, wenn du herumtastest, um neues zu holen, dann auf einmal, aus dem Dunkeln, packen sie dich. Was natürlich Unsinn ist. Wie du sehr gut weißt. Wenn nur noch jemand wach gewesen wäre, hättest du keine Angst gehabt und wärst tapfer hingegangen. Warum hat man nicht beschlossen, zu zweit zu wachen? Haben sie nicht gewusst, dass man jedes Mal neue Zweige holen muss? Und ein einzelner Nachtwächter kann sich doch nicht entfernen und das Nachtlager unbewacht lassen!

Sie muss unbedingt jemanden wecken! Vorhin, als sie wegen des Geraschels und des Flecks wecken wollte, war es gut, dass sie niemanden geweckt hat. Aber jetzt, wo der Brennholzvorrat zu Ende geht? Man kann nicht ohne Lagerfeuer Wache halten! Aber wen soll sie wecken? Am besten wär's, wenn jemand von selbst aufwachen würde, aus seinem Zelt kriechen, sich strecken, dehnen, gähnen, zum Feuer kommen, um zu fragen, wie spät es ist. Hör mal, da du doch schon sowieso wach bist, komm, hilf mir ein Momentchen, ein bisschen Vorrat von Zweigen zu sammeln. Bei dieser Gelegenheit guckst du dir alle tuschelnden Flecken aus der Nähe an und überzeugst dich, wie dumm du bist.

Aber sie werden nicht von selbst wach, diese ekelhaften Kerle. Außer, du stolperst zufällig über die Zeltschnur von jemandem... Aber dann werden sie fluchen, und wenn jemand gerade flucht, ist es nicht die beste Zeit ihn um einen Gefallen zu bitten. Über wessen Schnur lohnt es sich zu stolpern? Über die von Gil, diesem aufgeblasenen Angeber? Oder von Jigal? Für seine Gilat wäre er aufgestanden, um ihr zu helfen, aber du hast bei ihm keine Chance. Den Etan können wir gleich aus dem Spiel lassen, und Ja'ara und Michal werden nicht einmal die Nasen unter den Decken hervorstrecken. Nein, da ist niemand, den du bitten könntest!

Tami stierte vor sich hin. Du Dumme du, spielst Theater. Hast doch von Anfang an gewusst, über welches Zelt du stolpern wirst!

Die Flammen waren schon ganz verloschen, nur die Kohlen glimmten und man sah kaum die Baumstämme und die Umrisse der Zelte.

Tami ging auf Jarons Zelt zu, trat auf eine der Zeltschnüre und rief leise:

"Oi, was ist denn das da?"

Und wartete. Aber nichts rührte sich.

Sie entfernte sich einige Schritte, heftete starr den Blick auf einen hellen Stern zwischen den Baumkronen und schritt energisch los, ohne die Augen von ihm zu wenden. Jede Sekunde erwartete sie, am Zelt hängen zu bleiben, und dann würde sie... aber auf einmal wand sich etwas Weiches Glattes Biegsam-Schmiegsames um ihren Fuß.

Sie schrie auf – nein, nur im Herzen, dieser Schrei gelangte nicht einmal zur Kehle, die Füße sprangen von selbst, verwickelten, trampelten und zappelten, rissen sich aus dem Wirrwarr heraus – und Tami fiel kopfüber auf das Zelt.

"Oi, was ist das denn da?", schrie sie.

Auch in diesem Moment des panischen Schreckens, hast du genug Geistesgegenwart gehabt, nicht zu laut zu schreien!

Jaron zappelte unter den Decken, bemühte sich, die Last die auf ihm lag beiseite zu schieben und schließlich gelang es ihm, den Kopf frei zu bekommen:

"Was ist los?"

"Das bin ich... bin über dein Zelt gestolpert... Du hast die Stricke so dumm gespannt, dass man direkt fallen muss", sagte sie ärgerlich.

"Und da, auf der Seite hast du ein Stückchen Schnur nur so herunterbaumeln lassen, und das hat plötzlich meinen Fuß berührt, dass ich schon geglaubt hab, dass es eine Schlange ist."

Sie stand rasch auf, strich sich über ihre Hose und den Sweater und wandte sich zurück zu den glimmenden Kohlen des ehemaligen Feuers. Jaron kroch aus den Trümmern seines zusammengefallenen Zeltes hervor, tastete um sich und untersuchte die Decken.

"Ach, schade..."

"Was gibt's?"

"Die Decke da ist ganz zerrissen."

"Was, wirklich?"

"Ja... Da bin ich schuld, weil ich die Schnüre zu stark angezogen hab, deswegen ist das passiert."

"Das tut mir wirklich leid. Aber das kann man sicher nähen."

"Hoffentlich."

"Und wie wirst du jetzt weiterschlafen, ohne Zelt?"

"Irgendwie wird's schon gehen. Ich deck mich damit zu", sagte er und begann unter die zerrissenen Decken zu kriechen.

"Hör mal, Jaron...", begann sie vorsichtig.

"Ja?"

"Vielleicht, weil du sowieso schon wach bist, kannst du mir einen Moment helfen?"

Er antwortete nicht und befreite sich wieder von den Decken und Stricken. Dann stand er auf, rieb sich die Hände und klopfte sich auf die Schultern. Es war kalt.

"Ich möchte, dass wir zusammen Zweige holen, das Feuer ist schon ganz ausgegangen. Ich hätte sie natürlich leicht allein holen können, aber ich wollte das Lager nicht ohne Wache lassen."

Da er nicht antwortete, fügte sie hinzu: "Da, dort sind welche."

Sie gingen beide und brachten jeder einen Arm voll Zweige. Als sie zurück waren, erinnerte sich Tami, dass sie vergessen hatte nachzuschauen, was vorhin das ganze Getuschel und Geraschel war. Daher sagte sie:

"Komm, holen wir noch ein Bündel."

Sie suchten einen Haufen und Tami inspizierte das ganze Wäldchen, um zu schauen, wo es die meisten und besten Äste gab. Am Ende brachten sie noch eine große Ladung, darunter auch einige kleine

Baumstümpfe, die Jaron mit Fußtritten entwurzelte. Er erklärte, dass diese lange brennen. Nachdem sie zurückkamen, sagte Tami:

"Na also, das wär's. Jetzt haben wir genug."

Sie legte dünne Zweige auf die glimmenden Kohlen, kniete nieder und blies, um das Feuer von neuem zu entfachen. Schließlich lugte eine kleine Feuerzunge hervor, leckte einen kleinen Zweig, wuchs, und nach einer Weile war schon ein ganzer Haufen neuer Zweige in lustigem hungrigem Feuer entbrannt.

"Nun, gehst du nicht wieder schlafen?", fragte sie, als sie sah, dass er noch neben ihr stand.

"Bald. Ich will mich nur noch ein bisschen wärmen, ja?"

"Von mir aus wärm dich, so viel du willst."

Und nach kurzem Schweigen fügte sie hinzu:

"Aber bevor ich Ja'ara aufwecke, möchte ich, dass du dich wieder hinlegst."

Sie schaute auf die Uhr: Nur noch eine Viertelstunde, und wenn er einen Teil davon beim Feuer bleibt oder sogar wenn er sich ins Zelt legte, wenn du weißt, dass er noch wach ist, wird diese Zeit rasch vergehen, und dann wird dieses ganze Wachen, von dem man so viel Aufhebens gemacht hat, eigentlich nicht so was besonders Schweres gewesen sein.

"Warum?"

"Warum – was?"

"Warum möchtest du, dass ich mich wieder hinlege, bevor du Ja'ara aufweckst?"

"So." Und nach einer Weile erklärte sie: "Wenn man sieht, du warst wach, während ich Wache hielt, wird man wer weiß was herumreden."

Beide saßen und schauten ins Feuer.

"Tami...?", sagte er nach einer Weile.

"Nun?"

"Ich will dich etwas fragen."

"Wieder das mit diesem Tanzen, das du lernen willst?"

"Nein."

"Sondern was?"

"Ist's wahr, dass du einen Freund in der Nachalgruppe hast?"

"Nein, hab ich nicht."

Sie dachte einen Moment nach und fragte:

"Oder sagen wir, ich hab einen. Was macht das aus?"

"Ich hab nicht gesagt, dass das etwas ausmacht."

"Also warum hast du dann gefragt?"

"Weil Freitag ein Zettel da war, in der Fragestunde."

"Wieso hast du gewusst, dass ich gemeint war?"

"Ich hab gehört, was man geredet hat."

"Und was hat man geredet?"

'Man hat gesagt, dass du einen Freund im Nachal hast."

"Wer hat das gesagt?"

"Einige aus unserer Gruppe."

"Gilat?"

"Ja, Gilat und Gil und Jigal und... alle."

"Erzähl mir genau, was sie gesagt haben. Haben sie gesagt: 'Tami hat einen Freund im Nachal'?"

"Nein, anders."

"Also wie? Wiederhol es genau. Wort für Wort!"

Jaron lächelte, schaute seine Hände an und schwieg.

"Also?"

"Vorhin hast du mich gebeten, dass wir zusammen Brennholz holen gehen, nicht wahr?"

"Nun ja, sicher. Na und?"

"Du hast dafür überhaupt nicht 'Danke' gesagt."

Tami schaute ihn mit offenem Mund an. Dann sagte sie:

"Bei so was bedankt man sich nicht. Das ist selbstverständlich. Nächstes Mal werde ich dich um nichts mehr bitten."

Jaron saß mit gesenktem Blick.

"Willst du, dass ich schlafen geh?"

Sie schaute ihn an und zuckte mit den Schultern.

"Von mir aus hättest du schon vorhin gehen können."

"Gut", sagte er.

Er stand auf und ging auf die Reste seines Zeltes zu. Aber nach einigen Schritten wandte er den Kopf zurück:

"Sie haben gesagt, dass du ihn gebeten hast, dir zu zeigen, wie man ein Pferd anschirrt und reitet und pflügt."

"Na und? Ist's verboten?", rief sie ihm nach.

"Nein", sagte er langsam, "verboten ist's nicht. Aber... du solltest wissen, dass er gemein ist."

Er machte noch ein paar Schritte und hielt wieder an:

"Ich hab gestern mit ihm im Gemüsegarten gearbeitet, zusammen mit Itzko, der mit ihm im Zimmer wohnt. Da hat er mit dem Unterricht, den er dir gegeben hat, geprahlt."

"Was hat er gesagt? Mit was prahlt er? Sag schon!", rief sie.

Jaron antwortete nicht. Er kniete sich hin und kroch unter die zerrissene Decke seines zusammengefallenen Zeltes.

Tami schaute ihm nach und murrte:

"Ein Trottel..."

Sie schaute auf die Uhr, saß nahe dem Feuer und wiederholte in Gedanken das Gespräch mit Jaron. Die Flammen tanzten einen sonderbar attraktiven Tanz. Schon wieder dieses Wort! Sie fühlte, dass sie den Blick nicht vom Feuer wenden kann und auch die Gedanken nicht von den tanzenden Flammen lösen kann.

Sie zog ihre Augenbrauen hoch, schaute ins Feuer und murmelte:

"Wirklich ein Trottel!"

Mit einem Besen tanzen

Die anderen Aufgaben waren für Tami nicht besorgniserregend. Zum Beispiel – der Arbeitstag in der Hauswirtschaft: Da hat man nichts zu befürchten, denn wer sind die Schiedsrichter? Doch nur Papa und Mutti. Mutti musste in der Frühe wegfahren – sie wollte schon lange ihre Schwester in Haifa besuchen, und nun bot sich die Gelegenheit, um am Abend zu berichten, wie sie die Hauswirtschaft bei ihrer Rückkehr vorfand. Und Se'ew muss bezeugen, wie seine Mahlzeiten während des Tages waren. Beide lobten ihre Tochter uneingeschränkt: Alles war herrlich und außergewöhnlich. Und Tami lächelte bescheiden und dachte, sie haben nicht übertrieben: Zum Mittagessen gab es Faschiertes und Kartoffelpüree mit gerösteten Zwiebeln und Salat, Papas Lieblingsspeisen, und so viel von allem, dass es für zwei Tage reicht. Was gewaschen werden musste – Leintücher, Bettbezüge, Vorhänge – brachte sie zur Wäscherei, hängte alles zum Trocknen auf, legte es zusammen und bügelte – ja, alles war gebügelt! Und das ganze Haus war blitzblank wie vor Pessach, sogar der Garten war gejätet und gegossen. Was Ruth Jishar nicht erzählte, als er die Berichte einsammelte, dass sie, ehe sie in der Frühe wegfuhr, einen heftigen Streit mit Tami hatte, der fast alles verdorben hätte: Sie wollte Tami Ratschläge geben, ihr zeigen und erklären. Aber Tami wollte nichts hören, wurde sogar frech und rief:
"Also fahr doch schon endlich!"
Ruth hatte schon ihre Hand gehoben, aber hielt sich doch zurück.
Die nächste Aufgabe war – allein nach Naharia zu fahren, einen Scheck bei der Arbeiterbank einzulösen, ein Telegramm nach Hause zu schicken, von einem Straßen-Telefon aus mit einem Lebensmittelgrossisten zu telefonieren, um Konserven für den Konsum von Ejn-Bdolach zu bestellen und dann das Mittagessen in einem kleinen Res-

taurant einzunehmen und nicht vergessen, die Quittung mitzubringen. Niemand versuchte, sie zu beschwindeln, sie verirrte sich nicht, niemand ging ihr nach, niemand versuchte sie anzusprechen. Sie berichtete Jishar, alles war in Ordnung. Schade.

Schon zwei Wochen vorher begann sie mit der Aufgabe, die Geschenke für die Eltern und die Kindergenossenschaft vorzubereiten. Was kann man schon machen? Die Jungen arbeiteten alle in der Schreinerei an hölzernen Wandlampen, die Mädchen stickten Tischtücher. Tami beschloss, in die Schreinerei zu gehen, wenn die Jungen nicht dort waren, damit niemand ihr Geheimnis entdecke: ein Nähkästchen! Sie hatte eines, das ihr besonders gefiel, in einem Geschäft in Naharia lange angeschaut, als ob sie es kaufen wollte, und schärfte sich alles im Gedächtnis ein: sechs Fächer, oder richtiger, sechs kleine Schachteln aus Sperrholz, eine schräg über der anderen, drei auf jeder Seite, mit doppelten diagonalen Scharnieren zusammengehalten... Es hört sich verwirrend an und schaute auch so aus, weil man mit einem schrägen Zug alle öffnen konnte... Natürlich könnte man einwenden, dass dieses Geschenk nur für Mutti sei, aber die Knöpfe, die Mutti annäht und alles, was sie stopfen, nähen und flicken wird – für wen ist das alles, meine Herren? Für die ganze Familie! Und, bei der ersten Gelegenheit, bekommt Papa ein Zigarettenetui aus Leder, und wenn er bis dahin zu rauchen aufhört, wird es zu einem Füllfederetui verkleinert. Es gibt nämlich in Naharia ein Geschäft für Handarbeiten und Basteleien. Dort gibt es dünnes Leder, sogar eine schöne Briefmappe könnte man nähen und kleben, wenn Papa und Mutti jemals einen Brief schreiben würden!

Und was soll sie der Kindergenossenschaft schenken? Die Jungen hatten es leicht – die beschlossen, ein gemeinsames Geschenk zu machen: eine Sprunggrube aus Sand auf dem Sportplatz. Gilat, Michal und Ja'ara tuschelten viel miteinander und wollten niemandem erzählen, was sie vorbereiten. Bis Alisa die Nachricht brachte, die sie bei Aja gehört hatte: ein gesticktes Tischtuch fürs Klubhaus! Die Armen! Wenn sie sich mit ihr, Tami, beraten hätten... Sie hätte ihnen gesagt, dass es besser wäre, Vorhänge fürs Klubhaus zu nähen. Wegen dieser Geheimnistuerei wird sie ihre Idee, für ein herrliches gemeinsames Geschenk nicht verraten: Zum letzten Geburtstag hatte Gilat ein Spiel bekommen, das "Monopol" hieß: Jeder Spieler würfelt und zieht auf dem Spielbrett, und wenn er auf ein Feld kommt – das "Baugrund" heißt –, kann er es kaufen, wenn er aber aus Geldmangel darauf verzichtet, wird das Grundstück versteigert, und jemand kann es spottbillig erwerben, und wenn du nächstes Mal hinkommst, musst du schon Abgaben zahlen. Sogar Ernst war von dem Spiel hingerissen, und obwohl er sagte, dass es kapitalistisch sei, sah man ihm an, wie glücklich es ihn machte, wenn er immer reicher wurde und andere dadurch Bankrott gingen. Dieses Spiel wollte Tami dem Leben in Ejn-Bdolach anpassen: Jeder Teilnehmer bekommt eine monatliche Zuteilung, von der er Essen und Kleidung bestreiten muss, und wenn er Glück hat, kann er sparen – was natürlich vom Würfel abhängt, aber auch von seinem Überlegungsvermögen: zum Beispiel, ob er einen Staubsauger kauft, was die Teppiche besser säubert, aber sein Bargeld auffrisst, was ihn dazu zwingen könnte, den Staubsauger mitsamt den Teppichen zum halben Preis versteigern zu lassen. Außerdem soll es angenehme Überraschungen geben ("du bekommst Wiedergutmachung!") und unangenehme ("wegen der anhaltenden Dürre muss die Farm die monatliche Zuteilung auf die Hälfte reduzieren"), man kann Dienstalter sammeln, und wenn jemand dreimal aufs gleiche Feld kommt, bekommt er das Wohnrecht und kann sich Möbel und einen Kühlschrank kaufen, wenn er sich aber in Schulden verstrickt, muss er seinen Besitz versteigern, und wenn er bankrott macht, muss er die Farm verlassen. Dieses Detail passte zwar nicht zur Lebensweise des kollektiven Dorfes, aber der Gedanke war reizvoll. Auf alle Fälle gewinnt, wer Wohnrecht bekommt, Dienstalter sammelt, Wiedergutmachung erhält, die besten Möbel kauft (wobei sich natürlich lohnt abzuwarten, bis die anderen Geldschwierigkeiten haben und ihren Besitz zum halben Preis versteigern müssen), und dadurch den höchsten Lebensstandard erreicht.

Tami war begeistert: Alle werden beeindruckt sein! Viele Stunden saß sie über dieser Arbeit: Das Spielbrett hatte auf allen Feldern aufgeklebte Bilder des Konsumladens, der Wäscherei und des Schwimmbassins. Sie dachte an die Möglichkeit, auch die Nachalgruppe einzubeziehen. Das Geld druckte sie mit einem Kartoffelstempel, die Spielsteine schnitzte sie aus Holz, nur den Würfel nahm sie von einem anderen Spiel. Ach, was für ein überraschtes Gesicht werden alle machen, wenn sie bei der Spende an das Klubhaus die Spielregeln erklärt!!

Die zwölfte Aufgabe war die Tanzprobe. Eines Abends versammelte Jishar alle Kandidaten im Klub und brachte seine Mundharmonika mit. Zuerst spielte er eine Hora, und alle tanzten zusammen im Kreis. Dann kamen die Paartänze an die Reihe. Jishar schlug vor, "Zum Nussgarten..." oder "Mit mir vom Libanon, oh Braut..." zu tanzen, aber alle wählten Krakowiak.

"Also", sagte Jishar, "dann spiel' ich euch Krakowiak. Stellt euch bitte zu Paaren auf!"

Gleich, wie zu erwarten war, stellte sich Jigal neben Gilat, Ja'ara lief auf Gil zu, und Michal nahm Etans Hand. Nur Tami und Jaron blieben abseits stehen. Alle schauten sie an und grinsten, diese Gemeinen. Jishar fragte sie, ob sie einverstanden seien, zusammen zu tanzen. Tami senkte ihren Kopf und antwortete, dass ihr egal ist, mit wem sie tanzt. Und Jaron senkte auch seinen Kopf: Er könne überhaupt keinen Paar-Tanz.

"Hattest du keine Zeit einen zu lernen?"

"Ich fand niemanden, der es mir zeigt. Da hab ich meine Mutter gebeten, und sie hat mir einen Tanz gezeigt, aber keinen Volkstanz, der hier getanzt wird..."

Jishar redete nicht weiter auf ihn ein und begann, die Krakowiakmelodie zu spielen.

Die Paare tanzten. Und Jishar notierte die Punkte.

"Und wer erklärt sich bereit, jetzt mit Tami zu tanzen?"

Ein drückendes Schweigen setzte ein. Da sagte Etan:

"Ich, wenn's sein muss."

Tami, den Tränen nahe, rief:

"Ich tanz nicht allein, um vor allen eine Show zu geben. Und Etan braucht mir keinen Gefallen zu tun. Alle wissen, dass ich tanzen kann, und du, Jishar, hast es selbst gesehen, wie ich bei der letzten Feier Krakowiak getanzt habe."

"...mit allen Burschen vom Nachal", ergänzte Gil.

Jigal lief auf den Korridor hinaus und brachte ihr den Besen:

"Vielleicht tanzt du mit ihm? Einen Partner, der besser zu dir passt, findest du nicht!"

Ein schallendes Gelächter brach ringsherum aus.

Jishar bat alle, die Tische auf ihren vorigen Platz zurückzuschieben, aber Jigal und Gil protestierten – Jaron hätte doch noch keinen Paar-Tanz getanzt!

"Wir wollen sehen, was seine Mama ihm beigebracht hat!"

"Also, Jaron, die Regel lautet, jeder muss einen Paar-Tanz können. Wenn du einen gelernt hast – sag uns welchen. Und wenn nicht – geben wir dir eine Woche Aufschub."

"Ja, ich kann tanzen. Nur weiß ich nicht, ob das als Volkstanz zählt. Es handelt sich um einen Tanz, der heißt... Walzer", sagte Jaron.

"'Ein Tanz, der Walzer heißt'!", schrie Gilat auf, Jaron nachahmend,

"Walzer ist doch der bekannteste Tanz!"

"Jaron tanzt für uns solo, Jaron tanzt für uns solo", sang Jigal und klatschte in die Hände. "Vielleicht willst du den Besen?"

Auch Michal und Ja'ara unterstützten Gilat, nur Etan erhob den Einwand, dass ein Walzer ein städtischer Tanz sei. Jishar erklärte, ein Walzer sei durchaus gültig.

"Also, wer tanzt mit Jaron?"

Jaron lächelte und ohne die leiseste Verwirrung verbeugte er sich vor dem Besen: "Es gereicht mir zur Ehre und zum Vergnügen, mit Ihnen zu tanzen, meine Dame."

"Nun, Jishar, spiel doch schon, wir wollen das schönste Paar des Abends sehen!", schrie Jigal und begann zu singen:

"Oh warum, so sag mir doch, / Verfolgst du mich mit deinem Blick? / Und welch ein grausam Liebesjoch / Verhängnisvoll lenkt mein Geschick?"

"Idiot, das ist doch ein Tango!", kreischten Gilat und Michal.

"Ach was, Tango Schmango, ist doch egal, wenn's nur romantisch ist", rechtfertigte sich Jigal.

Gilat und Michal tuschelten und begannen dann "Der Granatapfel gab seinen Duft" zu singen.

Jaron nahm den Besen und tanzte mit ihm einen halben Kreis, dann lehnte er ihn an die Wand und verbeugte sich wieder:

"Es war mir höchst angenehm, meine Dame. Sie waren bezaubernd!"

Tami wurde rot und wusste nicht warum. Aber niemand bemerkte es. Alle schauten noch auf Jaron und den Besen. Die Jungen klatschten in die Hände und riefen:

"Noch ein-mal, noch ein-mal!"

Plötzlich sprang Gilat auf und rief:

"Spiel, Jishar, ich bin bereit, mit ihm zu tanzen!"

Jishar nahm seine Harmonika in den Mund und spielte eine unbekannte Walzermelodie. Und sie tanzten. Tami gab gut auf ihre Schritte Acht, aber beide tanzten ganz sicher und ohne sich zu schämen. Nach einem halben Kreis, als sie den Besen erreichten, führte Jaron seine Partnerin neben ihn, verbeugte sich und sagte:

"Auch mit Ihnen, meine Dame, war es mir ein Vergnügen."

Alle lachten und klatschten, und Gil rief:

"Aber sag die Wahrheit, mit der ersten war's besser, nicht wahr? Viel schlanker, geschmeidiger und blonder, stimmt's?"

Jishar kündigte an, dass diese Aufgabe des Tanzens symbolisch der Hoffnung Ausdruck gäbe, dass ihr Leben freudvoll verlaufen soll, dass sie an Volksfesten Gefallen finden und die Volkskultur achten mögen. Dann schwieg er einen Moment und erinnerte sie, daran, dass die Tische und Stühle zurück geschoben werden müssen. Und Gil schrie, dass auch Tische und Stühle etwas Symbolisches bedeuten müssten, denn ohne dass sie symbolisch sind, will er sie gar nicht anrühren. Und Gilat schlug vor, sie noch nicht zurückzustellen, sondern noch ein bisschen zu tanzen. Michal und Ja'ara stimmten ihr zu. Die Jungen waren nicht begeistert. Aber die Mädchen hatten schon begonnen, den Walzer "Susanna, Susanna, Susanna" zu singen, und Gilat bot Jaron an, mit ihr zu tanzen. Aber Jaron dann sagte, es täte ihm leid, er müsse nach Hause. Michal und Ja'ara tanzten ein paar Schritte miteinander, aber als sie plötzlich bemerkten, dass die Jungen sich alle zum Weggehen anschickten, schrien sie, sie sollten es aber nicht wagen, sich zu drücken, bevor nicht alles in Ordnung gebracht sei.

Am selben Abend fragte Alisa Tami:

"Sag mal, wie ist dieser Jaron, der neu in eurer Klasse ist?"

"Wieso fragst du?"

"Weil Gilat schrecklich von ihm geschwärmt hat, als sie von dieser Tanzprüfung, die ihr gehabt habt, zurückgekommen ist. Sie hat erzählt, dass er so ein Schalk ist, mit viel Humor, und sich gar nicht schämt, dass er mit einem Besen getanzt hat und das hätte sie nett gefunden und dass er intelligent ist und ein guter Schüler und überhaupt..."

Tami schwieg. Und als sie sah, dass ihre Schwester auf Antwort wartet, sagte sie leichthin:

"Ach, gleich nachdem sie gehört hat, dass er Walzer tanzen kann, ist sie gesprungen und hat geschrien, dass sie mit ihm tanzen will. Die ist ja erpicht darauf, vor den anderen anzugeben..."

Alisa schaute auf das verärgerte Gesicht ihrer Schwester und lachte.

"Was grinst du?", kochte Tami.

"Und wenn? Ist's verboten?"

"Wer sagt etwas von verboten? Wenn du glaubst, dass du was zum Lachen hast, dann lach eben."

Und Tami nahm Buch und Heft aus ihrer Schultasche, legte sich aufs Bett und drehte Alisa den Rücken zu.

Bauchweh

Die erste Chanukka-Kerze flackert, bemerkte Jishar, was ganz überflüssig war, diese nervensägenden Hinweise, dachte Tami. Jeden Nachmittag gab es Proben für die Szenenfolge "Die Gebote" und die Tänze, Chor-Lieder und Sprech-Chor, alles Teile des Programms der Feier. Die Einladungen an Onkel und Tanten, an Vettern und Cousinen wurden abgeschickt, und die Bar-Mizwa-Kandidaten bereiteten sich für die letzte und schwerste Aufgabe vor: den Vortrag.

Jishar machte Tami den Vorschlag, das Thema "Die Aufnahme der neuen Einwanderer in unserem Distrikt" zu wählen. Tami weigerte sich hartnäckig, brach fast in Tränen aus und gab aber am Ende ihre

Zustimmung. "Die Kämpfe des Befreiungskrieges in unserer Region" war das Thema, das ihr wirklich gefallen hätte. Aber Jigal hatte schon vor ihr darauf Anspruch erhoben. Und Etan hatte die Bewässerungsprobleme gewählt und Gil etwas über Sport, Tami hatte vergessen, was, auf jeden Fall war es ein gutes, aber schon vergebenes Thema. Gilat hatte das Kulturleben in Westgaliläa gewählt und Michal... also gut, egal. Man will ihr die Probleme der Neueinwanderer anhängen? Sollen sie.

Nun musste sie einen Arbeitsplan anlegen – wo sind die Quellen für die relevanten Informationen? Wohin wird sie fahren, wen interviewen und welche Fragen stellen.

Se'ew riet ihr, um ein Interview mit dem Bürgermeister von Naharia zu bitten und ihn zu fragen, wie viele Einwanderer in den letzten Jahren in der Stadt und Umgebung angesiedelt wurden, aus welchen Ländern sie kamen, wie viel Geld dafür ausgegeben wurde und wofür, woher das Geld kam, welcher Prozentsatz der neuen Bürger schon in festen Wohnungen lebt, und wie viele noch in Übergangslagern. Ü-ber-gangs-la-gern, murmelte Tami, als sie alles brav im Heft schrieb. Welches Glück, dass ihr Vater so gescheit und hilfsbereit ist. Sie hätte allein nie eine Frage zusammengebracht, nicht eine halbe noch eine viertel.

Se'ew ging mit ihr zum Telefon, das in der Kanzlei der Siedlung war, weil Tami sich schämte, er sprach mit der Sekretärin des Bürgermeisters und dann mit dem Bürgermeister selbst. Wann die Tochter kommen könne. Und welche Fragen sie besonders interessierten. Ja. Wie viel. In Übergangslagern. Diesmal diktierte es der Bürgermeister seiner Sekretärin. Am zweiten Schreibtisch war noch ein Telefo und Tami hörte mit. Er freue sich sehr, sagte der Bürgermeister, sein Scherflein zu dem guten pädagogisch-didaktischen Plan beizutragen.

Damit nicht zu viele Unterbrechungen des Unterrichts notwendig würden, beschloss man, dass alle acht Bar-Mizwa-Kandidaten am gleichen Tag das Material für ihre Vorträge sammeln sollen. Am Tag vorher nahm Tami in der Kanzlei Autobusfahrkarten nach Naharia, bügelte den grünen Rock, putzte die... Schuhe oder Sandalen, Mutti? Dann schrieb sie die ganze Liste der Fragen ins reine und am Ende öffnete sie die "Jugendsparkasse" der Arbeiterbank, die man nicht öffnen kann, ohne sie zu zerbrechen und spendierte sich eine halbe Lira "für Vergnügungen". Jishar würde die hohe Summe sicher nicht gefallen, aber Gilat und Michal verkündeten, dass jede von ihnen eine halbe Lira nähme und nachdem sie das Kulturleben und Erziehungswesen der Stadt genug erforscht haben, "werden wir beide uns in wilde Vergnügungen stürzen". Das kleine und ganz nebenbei gesagte Wörtchen "beide" gab Tami einen Stich. Sollte sie leichthin bemerken, dass sie eine ganze Lira nehme für superwilde Vergnügungen? Sie sagte nichts.

Sie verabredeten, Punkt fünf nach sieben am Konsum, wo der Autobus hält.

Einige von ihnen würden früher aussteigen, um im Kibbuz Elon oder Chanita die Wasser-, Kultur- oder Erziehungsprobleme zu untersuchen, und Jigal mit seinen Befreiungskriegskämpfen fuhr weiter bis nach Akko, um dort zu forschen.

Am Abend vor der Fahrt aß Tami kein Nachtmahl. Etwas drückte ihr im Magen. Dass sie nur nicht krank wird. Ihre Mutter streichelte ihr das Haar: "Du bist ganz aufgeregt, meine Tochter, das ist alles."

"Und vor Aufregung bekommt man Bauchweh, Mama?", fragte Alisa, dieses Aas.

"Jeder regt sich anders auf: einer wird rot, der andere – blass, einer kriegt Herzklopfen und einer – schwache Knie. Manchen kommt es so vor, als ob etwas im Magen oder Bauch drückt."

Tami ärgerte sich ein wenig über die Worte "kommt es so vor", aber ihre Mutter hatte die Worte ja nicht gesagt, um sie damit zu sticheln. "Wann wird jemand rot oder blass?", fragte sie. Am besten haben es die, die Herzklopfen bekommen, denen sieht man's nicht an.

"Das wählt sich der Körper, oder Körper und Seele gemeinsam. Bei einem ziehen sie es vor, rot zu werden, bei einem anderen lassen sie ihn erblassen."

"Bei mir ziehen sie alles zusammen vor", sagte Tami. "Nur mit den Knien bin ich nicht sicher: Wie spürt man diese Schwäche? Tut das weh wie eine Verrenkung?"

"Wir haben ein Mädchen in der Klasse, das immer Durchfall kriegt, vor einer Englisch-Prüfung, da muss sie jeden Moment raus laufen. Die Lehrerin nennt das 'englischen Durchfall', 'English diarrhoea'", erzählte Alisa.

Ruth sagte: "Tami, Ich erlaube nicht, dass du nichts isst. Ein weiches Ei und Weißbrot kannst du essen, mit oder ohne Aufregung."

"Gleich wird Mama dir erklären, dass die Hauptsache die Gesundheit ist", sagte Alisa.

"Stimmt", sagte Ruth, "gewöhnlich ist das die Hauptsache, aber für dich ist wichtiger, dass du lernst, ein bisschen mehr den Mund zu halten."

❖

Als der Wecker läutete, sprang Tami aus dem Bett. Auch Alisa wachte auf und wickelte sich gleich fest in die Decke, drehte sich zur Wand und wollte – wie jeden Morgen – sich noch zehn Minuten verwöhnen.

Tami stand auf. Als sie einen Blick auf das Bett warf, fühlte sie eine sonderbare Schwäche in den Knien, als ob sie eine welke Pflanze seien, die ganz schlaff ist, erklärte sie sich selbst später, als sie sich zu erinnern versuchte, was schwache Knie seien. Dein Körper hat also wirklich alles zusammen vorgezogen. Wärme in den Wangen und Kälte in den Fingerspitzen, Druck im Bauch und Herzklopfen.

Rasch setzte sie sich wieder, zog die Decke über sich und flüsterte: "Alisa, Aliska!"

Alisa wandte sich ihr zu und schaute sie an: "Was ist los?"

"Alisa – ich habs bekommen!"

"Was hast du bekommen? Und warum flüsterst du so herum?"

"Sch...Still! Ich habs bekommen! Du weißt schon, was."

Alisa setzte sich im Bett auf.

"Ja, wirklich? Wann?"

"Sicher in der Nacht. Wie ich aufgewacht bin – hab ich's gesehen. Aliska – ich freu mich schrecklich!"

"Was gibt's da zum Freuen?"

"Was weiß ich? Die ganze Zeit hab ich ein bisschen Angst davor gehabt... Und jetzt weiß ich, dass ich wirklich schon erwachsen bin. Wenn ich, sagen wir, eine Inderin wäre, könnt ich heiraten und Kinder bekommen."

"Oi, du bist doch so dumm, Tami! Du wirst schon sehen, wie sehr dir das noch lästig wird."

"Schsch... Aliska, sprich nicht so laut! Hörst du, Aliska, du musst mir helfen. Du musst es Mutti erzählen, aber so, dass es Papa nicht hört."

"Aber sie wird's ihm sowieso sagen."

"Nein. Wenn sie es mir schwört, dann erzählt sie's nicht."

"Papa geht zur Arbeit, dann kannst du's ihr selbst sagen."

"Nein, ich schäm mich. Geh du und erzähl es. Aliska, bitte!"

"Gut, schon gut", murrte Alisa. Sie stand auf, lugte vorsichtig in die Küche und ins Badezimmer, kehrte nach einer kurzen Weile zurück und meldete:

"Papa ist weg. Ich habs Mutti gesagt. Sie kommt gleich."

Nach einer Viertelstunde klopfte es an der Tür. Tami war schon angezogen und trank Tee. Sie war noch sehr aufgeregt und wollte nichts essen. Ruth öffnete. Am Eingang standen Michal und Ja'ara.

"Wo ist Tami? Wenn sie nicht gleich kommt..."

Ruth antwortete, dass Tami sich nicht wohl fühle.

Und die Mädchen gingen wieder.

Aber nach ein paar Minuten klopfte es noch einmal. Tami lief zum Fenster und flüsterte:

"Mutti, das ist Jishar! Dass du's ihm auf keinen Fall erzählst, du erinnerst dich, dass du's mir geschworen hast?"

"Schon gut, schon gut", murrte Ruth und ging zu Jishar hinaus auf den kleinen Korridor. Dort sprach sie halblaut mit ihm.

Tami versuchte zu lauschen. Es wäre sehr schade, sagte er, wenn Tami heute nicht fahren würde, weil alle fahren und weil dann die Zeit sehr knapp wird und es Grund zur Befürchtung gebe, dass der Vortrag bis zur Feier nicht vorbereitet wäre. Wenn sie jedoch ernstlich krank sei..."

Mutti schloss die Tür und antwortete etwas, das man nicht deutlich hören konnte. Als sie wieder in die Küche trat, wandte sie noch einmal den Kopf um und sagte über die Schulter: "Vielleicht fährt sie später mit dem Milchauto. Schließlich..." Sie beendete den Satz nicht. Oder vielleicht machte sie eine Handbewegung, die Jishar "Geste" nennt, oder sagte noch etwas, das Tami nicht mehr hörte. "Schließlich..." – was? Tami lief ins Zimmer, warf sich aufs Bett und drückte die Hände an die Brust. Hoffentlich hört ihr Körper bald auf, Herzklopfen vorzuziehen! Soll er sich doch mit Bauchweh begnügen!

Ein Bürgermeister und Tränen

Der Bürgermeister schaute wie ein gewöhnlicher Mensch aus, er sprach und rauchte und lächelte und war ausgesprochen nett. Zugegeben, er hatte eine Krawatte an und einen... war das vielleicht ein

"Frack", von dem immer in den Büchern steht, oder nur ein "Anzug"? Aber wenn er Arbeitskleider angehabt hätte, wie man sie in Ejn-Bdolach trägt, und man ihn als Genossen irgendeiner Farm vorstellen würde... Und er sagte, dass "Tami" ein sehr schöner Name wäre und auch "Tamar" nach der Feier würde sogar noch schöner sein, aber vorläufig dürfe er sie doch noch Tami nennen, nicht wahr? Und wie laufen die Vorbereitungen?

Und diesen netten Mann musste sie anlügen, obwohl sie auf der Fahrt beschlossen hatte, vielleicht schon heute wirklich zu beginnen... Immer passiert ihr das so! Und nicht nur eine einzelne Lüge, nein, ein ganzes Bündel.

Warum sie gerade dieses Thema gewählt hätte, fragte der Bürgermeister. Tami schwieg. Aber sie hat es doch sicher selbst gewählt, nicht wahr, oder hat man es ihr vorgeschrieben, ha-ha? Man sah, dass er sich über diesen unmöglichen Witz amüsierte, während er Tami mit seinem um Antwort heischenden Blick von jenseits des riesigen Schreibtisches fixierte.

Aber nein, gar nicht, wieso denn, leugnete sie und wurde rot. Natürlich hat sie... weil sie...

Doch sicher, weil sie die Wichtigkeit dieses Themas für die Zukunft des zionistischen Werkes erkannte und weil sie verstand, dass das die moralische Rechtfertigung für die Gründung des Staates Israel sei?

Ja, ja, klar, pardon, sicher, nickte sie und versuchte begeistert auszuschauen. Genau wegen dieser Wichtigkeit und dieser Rechtfertigung.

Der Bürgermeister freute sich ungemein. Es wäre sehr ermutigend, dass unsere Jugend endlich beginnt, die Notwendigkeit einer aktiven Aufnahme der neuen Einwanderer anzuerkennen und bereit sei, ihr Scherflein beizutragen und sich am historischen Werk zu beteiligen, sagte er, wenn sie versteht, was er mit "aktiver Aufnahme" meine, sie weiß doch sicher, was "aktiv" bedeutet, ha-ha... Und man sah, wie sehr er sich über seinem Witz amüsierte.

Tami konnte keinen Laut hervorbringen und nickte nur energisch.

Der Bürgermeister sagte, er sei sicher, auch andere hätten sich um dieses wichtige Thema bemüht, nicht wahr?

Tami bestätigte auch das mit entschlossenem Kopfnicken.

Da lehnte sich der Bürgermeister in seinem Lederarmstuhl zurück und blies eine Rauchwolke vor sich hin:

"Genug! Ich sehe, dass ich dich ermüdet habe. Bring jetzt deine Fragen vor!"

Tami wusste alle Fragen auswendig, aber jetzt stotterte sie und musste das Blatt herausnehmen und das Geschriebene vorlesen wie eine Dumme. Sie schrieb seine Antworten in Zahlen und Prozenten mit übertriebenem Fleiß nieder und manchmal wiederholte sie halblaut das letzte Wort. In Ü-ber-gangs-la-gern, um zu zeigen, dass sie ihm wirklich zuhöre.

Als sie fertig war, schlug er ihr vor, zum nächsten Übergangslager zu gehen, er würde ihr einen kurzen Brief an eine dortige Familie mitgeben, zu der er schon einige Journalisten geschickt hätte. Und vielleicht will sie noch ein Glas Tee? Und schon hatte er auf einen Knopf gedrückt, bestellt, und das Glas war da, und Tami trank es aus, obwohl sie schon das erste nicht mochte. Wer weiß, was unhöflicher und provinzieller ist, etwas schon Bestelltes nicht zu trinken oder etwas zu trinken, obwohl man es nicht mag?

Unterdessen erzählte ihr der Bürgermeister, dass er eine Tochter in ihrem Alter habe und dass er wirklich bedaure, dass sie keine Gelegenheit hätte, solche pädagogisch-didaktischen Aufgaben zu erfüllen, er wünsche jedem Kind in Israel so eine schöne und gute Erziehung. Und die schönen und tiefsinnigen Fragen, die sie da zusammengestellt hat, hätten ihm sehr gefallen, sagte er, und sie bezeugten eine seelische und intellektuelle Anteilnahme. Es täte ihm ungemein leid, dass er dieses äußerst angenehme und ermutigende Gespräch schon beenden müsse, weil er so beschäftigt sei. Und er stand – hinter dem riesigen Schreibtisch – auf und reichte ihr die Hand.

Tami wollte sich bedanken, wirklich, aber es gelang ihr nicht mehr als ein gestottertes "Dankeschön".

Wenn sie nächstes Mal nach Naharia kommt, müsse sie seine Tochter besuchen, sagte er, er lade sie in ihrem Namen ein. Sie hätte ein Fahrrad und sogar ein zweites für Freundinnen und es werde ihr sicher Freude machen, ihr Naharia zu zeigen. Seine Adresse brauche sie nicht aufzuschreiben, weil sie auf jeden Fall vorher anrufen soll. Wenn sie die Telefonnummer verliert, macht das nichts, weil sie sie leicht im Telefonbuch finden kann, sie wisse doch schließlich, wie er heißt, ha-ha?

Tami nickte energisch.

Und der Bürgermeister lächelte:

"Ja, also, wie heiße ich?"

Tami senkte den Kopf und fühlte das bekannte Kitzeln auf den Wangen: Dort kollern die großen, gemeinen Tränen.

"Ich weiß nicht", schluchzte sie, "und das Thema hab ich auch nicht gewählt, keiner wollte es, und dieses Wort, das Sie vorhin gefragt haben, das hab ich nicht verstanden, und ich wollte keinen Tee, und die Fragen hab nicht ich erfunden, sondern mein Vater, und bei uns interessiert sich kein Mensch für die Aufnahme der Neueinwanderer. Nur manchmal, am Unabhängigkeitstag, spricht man darüber ein bisschen, aber wenn man uns Neueinwanderer schickt, sind alle ungehalten und sagen, dass es sich viel mehr lohnt, Leute aufzunehmen, die einen Kibbuz verlassen haben und die schon lange im Land sind, und am besten – echte Sabres. So. Damit Sie es wissen."

Der Bürgermeister lachte und streichelte ihr Haar und sagte, dass die

Sache nicht so einfach sei und dass es ihm Leid tue, nun in eine Sitzung eilen zu müssen. Und er gab ihr zum Abschied die Hand. Tami ging auf die Straße hinaus und kaufte sich eine Doppelportion Eis. Was wird er seiner Tochter erzählen? Was bei mir heute für ein komisches Mädchen aus irgendeinem Dorf war, so eine kleine Lügnerin, stell dir vor. Ich muss wirklich gelegentlich ihrem Sekretär oder diesem Lehrer schreiben, dass sie gar nicht pädagogisch und didaktisch war und viele Wörter nicht versteht... Und über diese Aufgabe muss sie jetzt in der Kulturhalle allen Bericht erstatten! Was für ein Glück, dass dieses Unglück noch vor Ende der Feier stattfindet, so dass man noch ein bisschen lügen darf, und das wird die allerletzte Lüge sein und eigentlich keine ganze Lüge, du wirst ja nichts Falsches erzählen, du wirst nur vergessen zu erwähnen, dass dieser gute und dumme Mann dich gefragt hat, wie er heißt.

Da sah sie ihr Spiegelbild in einem Schaufenster, eine düstere Figur, die energisch an ihrem Eis leckte, und sie streckte sich die Zunge heraus. Bis zur Feier darf sie das noch!

Fahrt mit Vater

Als Tami von Naharia zurückkam, duschte sie, und während sie sich kämmte, versuchte sie, über ihren Vortrag nachzudenken. Aber... Und wann wird sie beginnen, ein Tagebuch zu führen? Ich hab heute mit meinem Freund darüber gesprochen, wird sie Alisa so nebenbei sagen. Mit deinem Freund? Seit wann hast du denn einen Freund? Seit dem Abend der Feier. Während alle tanzten, ging ich raus, und da hab ich mich zum ersten Mal mit ihm unterhalten. Über meinen Beschluss, mir selbst gleich nach der Feier dreizehn weitere Aufgaben zu stellen. Und als ich eben all das mit ihm besprach und ihn streichelte, da...

Was?? Alisa sitzt mit offenem Mund, die Arme. Gleich beim ersten Gespräch hast du ihn gestreichelt? Klar, pardon, sicher, und sogar schon ehe ich den Dialog mit ihm begann, schon als ich ihn öffnete...

Wie du ihn – was?? Ich streichelte seinen schwarzen Umschlag, was schaust du mich so komisch an, er ist schwarz eingebunden. Den habe ich in Naharia gekauft. Statt der wilden Vergnügungen mit Michal und...

Plötzlich fühlte sie, dass sie mit dem Kamm an etwas hängen geblieben war. Sie tastete die Stelle ab und spürte an den Haarwurzeln etwas Raues, wie eine winzige verkrustete Wunde. Vielleicht hatte sie sich gekratzt? Sie nahm einen kleinen Taschenspiegel und kehrte zum großen Wandspiegel zurück. Ihr Haar war dicht, üppig und lang, vielleicht eine Spur zu dunkel. Wenn sie sich vor ihrer Geburt die genaue Haarfarbe hätte bestellen können... Ein bisschen wärmeres Braun, bitte, so Kastanien-rötlich, wenn's nichts ausmacht! Man sagt, kastanienbraunes Haar ist viel mehr...

Am nächsten Tag, im Klassenzimmer, tastete sie einige Male mit dem Finger an die Narbe, wenn es eine Narbe war, und kratzte geistesabwesend mit dem Fingernagel, bis in der Pause auf dem Korridor Joaw sie plötzlich fragte:

"Sag, Tami, hast du Läuse oder Flöhe?"

"Warum?"

"Weil du dich immer auf dem Kopf kratzt."

Alle lachten, weil Joaw seine Augen zukniff, das Gesicht wie ein Äffchen runzelte, mit allen Fingern sein Haar durchwühlte, bis er zwischen Daumen und Zeigefinger etwas gefangen zu haben schien, was er zerquetschte, zerbiss, verschluckte und vor Vergnügen schnurrte.

"Ich wusste nicht, dass dich meine Haar interessieren", sagte Tami.

"Deine Haare nicht, nur die Läuse. Sie sind nicht reinrassig."

"Idiot!", sagte Tami und wandte sich von ihm ab. "So ein Trottel!"

Trotz all ihrer Erfolge bei den Aufgaben blieb ihr gesellschaftliches Prestige, von dem Jishar einmal gesagt hatte, dass es steigen oder sinken könne, ziemlich am Boden. Tami bemühte sich mit allen erdenklichen Mitteln, es zu verbessern: Sie flüsterte nicht im Unterricht, schickte keine Zettel, bereitete sich gewissenhaft auf jede Prüfung vor, in Bibel bekam sie "Sehr gut" und in Mathematik "Fast sehr gut", wegen eines kleinen Irrtums, sie hatte nicht gesehen, dass... Und gerade diesen dummen Fehler hatte Ja'ara von ihr abgeschrieben, und dazu noch eine halbe Seite, sagte nicht einmal "Danke!", diese Gemeine, und beschwerte sich dann noch: "Wegen Tami habe ich einen Fehler!" Und schon begann sie, Jaron zu schmeicheln, damit er sie bei sich abschreiben lasse, weil er der beste Schüler in Algebra, Geometrie und Physik ist und auch in Chemie. Zuerst bat sie ihn, ihr etwas zu erklären, dann hörte sie nicht zu und macht ihm schöne Augen. Ekelhaft.

Die Stelle am Kopf kitzelte und juckte. Tami tastete sie ab – kein Zweifel, sie war gewachsen. Als sie mit dem kleinen Taschenspiegel vor dem großen Spiegel stand, kam Ruth ins Zimmer.

"Was machst du, Tami?"

"Ach, gar nichts. Mich juckt da etwas ein bisschen, da wollt ich nachschauen..."

"Zeig mal..." Die Mutter untersucht die Stelle. "Das schaut wie ein Ekzem aus. Am besten wird es sein, wenn wir damit zur Krankenschwester oder zum Arzt gehen."

Am nächsten Nachmittag ging sie mit Tami in die Klinik. Im Wartezimmer saßen zwei Nachalburschen, ein älterer Genosse, drei Mütter mit ihren Kindern, ein paar junge Frauen... Die Frauen strickten, die

Kinder tollten herum. In der Ecke saßen Michal und Ja'ara und blätterten zusammen in einer der Illustrierten, die dort auf einem Tischchen lagen. Als Tami hereinkam, schauten sie sie neugierig an, und Ja'ara fragte:

"Was hast du, Tami?"

"Ah, gar nichts, eine kleine Wunde."

Ja'ara maß sie von Kopf bis Fuß:

"Eine Wunde? Wo denn?"

"Es ist ja gar nichts, ein kleiner Kratzer am Kopf."

"Zeig!"

Wie blöd, dass du nicht vorher geschaut hast, wer da im Wartezimmer sitzt! Tami seufzte und zeigte die Stelle. Die Mädchen untersuchten sie genau.

"Das ist kein Kratzer, sondern die Krätze. Unser Hund hatte einmal so was. Pass auf, dass sie dir nicht das Haar abrasieren. Ich hab eine Cousine in Tel Aviv, der haben die Jungen Kaugummi an den Kopf geworfen, da musste man ihr die ganzen Haare wegrasieren, und sie hatte zwei prächtige Zöpfe."

"Oi, erinnert ihr euch, an den letzten Film, wie hieß er doch, da hat dieses Mädchen ihrem Freund erzählt, was für langes schwarzes Haar sie gehabt hat, als sie sechzehn war?"

"Na und?"

"Aber als sie's ihm erzählte, war sie ganz blond!"

"Und was ist da dabei?", fragte Michal. "Weißt du nicht, dass in Hollywood alle ihre Haare farben, je nach Mode.

Es gibt sogar grüne und lila Strähnen."

"Ich würde mir meine Haare nie färben lassen", sagte Tami. "Das kommt mir ekelhaft vor."

"Ach, das sagst du nur so", sagte Michal. "Wenn du irgendwo wärst, wo alle es färben, hättest du's auch gefärbt."

"Nein, eben nicht!"

"Und ob! Auch hier machst du das, was alle tun: Niemand färbt, also auch du nicht."

"Wer sagt dir, dass ich tue, was alle tun?", blieb Tami hartnäckig.

"'S ist doch 'ne Tatsache. Was machst du anders als alle?"

"Ich sag' nicht, dass ich alles anders mache. Aber die Haare würde ich mir nicht färben. Im Gegenteil. Es wäre viel schöner und interessanter, wenn alle sie färben würden, nur ich nicht. Dann würden mich alle beachten."

"Ah, du willst beachtet werden!", stellte Ja'ara fest.

"Das hab ich nicht gesagt."

"Im Gegenteil, genau das hast du gesagt."

"Du verstehst immer alles so, wie du willst!"

"Na und?"

Da öffnete sich die Tür, die Krankenschwester rief den Nächsten herein, und Michal und Ja'ara eilten. Tami blieb sitzen und starrte geistesabwesend auf die Illustrierten.

Bin ich wirklich wie alle? Ohne besonderes Etwas? Und wirst eine Hausfrau wie Mama und Trude oder wie Berta und Lotte, jeden Tag wirst du kochen und das Haus aufräumen, wirst die Kinder schelten, weil sie alles schmutzig machen und dir nie helfen, weil sie das Geschirr im Spülbecken lassen und nicht die Sandalen putzen, und wenn dein Mann von der Arbeit kommt, wirst du mit ihm streiten, weil er die Zeitung beim Essen liest, und jeden Freitag wirst du einen Kuchen backen und Kaffee kaufen, um dann zwei Tage darüber zu reden, wie der Kuchen gelungen ist und wie viel der Kaffee kostet, und lädst die Nachbarn zum Karten spielen ein und tratschst mit Trude über das geschmacklose Kleid der Berta und nächste Woche mit Berta über den armseligen Kuchen, den Trude gebacken hat, und mit Trude und Berta zusammen wird Lotte vorgenommen. Und wirst zwei Töchter haben, die Tami und Alisa heißen oder Gilat und Aja oder Ja'ara und Michal, und die werden sich denken, dass du eine schlechte Mutter bist, die den ganzen Tag kocht und aufräumt und murrt und Karten spielt und tratscht, und jede von ihnen wird etwas Besonderes sein wollen, unverwechselbar, nicht wie alle anderen, und am Ende werden sie genauso... Ihr Blick fällt auf Brigitte Bardot, auf die Fotos aus ihren letzten Filmen. Lange schaute sie die Fotos in der Illustrierten an und seufzte.

Als sie an die Reihe kommt, untersucht die Schwester die juckende Stelle und runzelt die Stirnn: "Das gefällt mir nicht. Damit gehen wir zum Doktor rein."

Dr. Himmelskind kam zweimal in der Woche aus Naharia, um Patienten zu behandeln. Während er Tamis Kopf kritisch betrachtete, wiederholte die Schwester, dass es ihr nicht gefalle. Der Arzt fragte, wie lange Tami schon das Jucken spüre, und tadelte sie, weil sie nicht sofort gekommen war. Sie muss unbedingt nach Naharia, zum Hautarzt.

Nächste Woche, nach der Feier?

Kommt nicht in Frage. Morgen. Er wird ihr einen Brief mitgeben.

Als sie das Zimmer des Arztes verließen, fragte Tami die Krankenschwester, ob das etwas Ernstes wäre, das sich ausbreiten kann. Die Schwester runzelte die Stirn: "Weißt du, vorsichtig sein schadet nie." Dann sagte sie, dass sie den Brief an den Hautarzt am Abend ihrer Mutter geben würde.

Zu Hause hatten die Eltern eine kurze Auseinandersetzung, wer mit der Tochter fährt. Ruth wollte dabei gleich einige Sachen einkaufen. Auch Se'ew wollte etwas kaufen und einige Angelegenheiten erledigen, die Obstpflanzungen betreffend. Wenn's für die Pflanzungen ist, argumentierte Ruth, könne er während der Arbeitszeit fahren. Das war, wie meistens bei Auseinandersetzungen der Eltern, logischer.

Se'ew schwieg dazu.

Am Abend stellte sich heraus, Se'ew wird mit Tami fahren: Einer Nachbarin fiel gerade jetzt ein, krank zu werden, und die Arbeitseinteilerin der Frauen benachrichtigte Ruth, dass sie ihr helfen muss. Was für ein Glück!

Jetzt blieb nur zu hoffen, dass sie nicht mit dem Autobus fahren werden: Da fahren Alisa und Aja zur Schule und immer einige Genossen, von denen sich einer neben Se'ew setzen wird und mit ihm den ganzen Weg über Farm-Angelegenheiten spricht.

"Was machen wir dort um halb acht?", jammerte sie. "Nehmen wir das Milchauto, da kommen wir um neun an und sparen uns noch dazu die Fahrkarten!"

Se'ew behauptete, es sei besser, früher zu kommen, um eine Wartenummer zu ziehen, aber Tami entgegnete, dass sicher noch jemand fahren wird, den man bitten kann, dass er für uns eine Nummer mitzieht, außerdem, was schadet es, wenn wir warten müssen? Du gehst unterdessen deine Angelegenheiten erledigen und ich werde lesen."

Sie fuhren schließlich mit dem Milchauto, das den Konsum bedient. Glücklicherweise nahm der Fahrer noch jemanden mit, dem er schon den Platz neben sich versprochen hatte. Also kletterten Se'ew und Tami hinten hinauf und saßen zusammen auf einer leeren Kiste.

"Bist du besorgt, wenn du an die Feier denkst?", fragte Se'ew.

"Bis jetzt nur ein bisschen", sagte Tami. "Aber während meines Vortrags werde ich sicher schrecklich aufgeregt sein."

"Dürft ihr vom Blatt ablesen?"

"Das ist verboten. Wenn es erlaubt wäre, wär's ja leicht. Aber Jishar ist damit nicht einverstanden. Man muss frei sprechen, sagt er. Aber man kann nicht verbieten, es auswendig zu lernen. Also lern ich's auswendig."

"Vielleicht magst du es mir ein-zweimal vortragen, Tochter?"

"Vielleicht."

"Aber wie geht das? Wenn jedes Kind einen Vortrag hält, wird das sehr lange dauern."

"Auf der Feier hat jeder fünf Minuten, um sein Thema kurz zusammenzufassen, und den ganzen Vortrag hält man vor der Klasse. Ich hab noch drei Tage."

"Drei Tage – das ist nicht viel, Tochter."

"Oi, Papa, was weißt du davon? Drei Tage sind eine halbe Ewigkeit. Weißt du, was in drei Tagen alles geschehen kann?"

Se'ew lachte.

"Das ist kein Maßstab. An einem Tag kann viel geschehen und sogar in einer Stunde. Trotzdem sind drei Tage wenig Zeit, auch drei Monate, und sogar drei Jahre."

"Am Ende sagst du noch, sogar dreißig Jahre."

"Schon von Anfang an kann ich das sagen. Vor dreißig Jahren war ich zehn Jahre alt und fuhr mit meinem Vater zu einem Zirkus. Es ist mir, als wäre es gestern gewesen."

"Und ich fuhr mit dir zum Tiergarten vor drei Jahren, und manchmal kommt mir vor, als wäre es gestern gewesen, aber andererseits scheint es mir, es sind schon dreihundert Jahre vergangen, soviel ist inzwischen geschehen."

"Ja", sagte Se'ew und seufzte, "So ist's im Leben."

Sie schwiegen und schauten die vorrüberziehende Landschaft an.

"Sag, Papa", unterbrach Tami die Stille.

Se'ew wandte ihr sein Gesicht zu.

"Ja?"

"Ich will dich etwas fragen."

"Nur zu, Tochter."

"Wirst du nicht lachen?"

"Ich? Lachen? Warum sollte ich?"

"Weil es dir vielleicht komisch erscheint. Vielleicht sagst du, dass es lächerlich ist, das zu fragen."

Se'ew glättete ihre Haare bis in den Nacken, hielt es dort und schüttelte leicht ihren Kopf. Tami liebte diese Bewegung, gerade weil der Vater es selten machte, es kam ihr vor, als streichle er sie so nur, wenn sie etwas sagte, das ihm ans Herz ging.

"Wie kannst du so denken, Tami? Dass ich über dich lache?"

"Gut, schon gut", sagte sie ungeduldig. "Ich weiß. In Ordnung. Also sag, Vati, als du jung warst, hast du da manchmal beschlossen, dass auf einmal alles anders sein soll?"

Se'ew betrachtete sie nachdenklich.

"Ich versteh dich nicht, Tochter. Was sollte auf einmal anders sein?"

"Nun, alles, alles! Dass auf einmal alles anders sein soll. Was gibt's da nicht zu verstehen? Hast du nie beschlossen, dass du plötzlich anders werden willst und dich anders benimmst, und wolltest du nicht, dass sich alles auf einmal verändern soll. Das ganze Leben. Von morgen an. Und überhaupt. Ganz und gar."

Se'ew schwieg.

"Oder dass du beschlossen hast, dass du von morgen an nicht mehr lügst, nie und unter keinen Umständen, oder dass du jemanden liebst oder aufhörst ihn zu lieben und ihn hasst oder dass du dich anders benimmst, wie ein Kind, das am Finger lutscht und in der Nase bohrt und die Nägel kaut und das auf einmal beschließt, ab morgen ganz damit aufzuhören?"

Ein dünnes Lächeln erschien in Se'ews Mundwinkeln.

"Ich glaube ja, weil mir scheint, dass jedes Kind..."

"Ah, du glaubst, du glaubst!", rief Tami in einer Welle von Ärger. "Erinnerst du dich wirklich und genau?"

"Einmal hab ich beschlossen, aufzuhören zu rauchen. Ich war damals..."

"Oi, Vati", unterbrach sie ihn, "ich meine doch nicht solche Sachen. Ich meine Sachen, die wirklich wichtig sind."

"Was für Sachen sind das zum Beispiel?"

"Sagen wir... Gut, ich sag's dir: Lügen. Hast du einmal beschlossen, von morgen an überhaupt nicht mehr zu lügen?"

"Und das hast du beschlossen?", fragte Se'ew mit weicher Stimme.

"Ja, beschlossen hab ich's, aber es gelingt mir nicht. Immer verwickle ich mich in etwas..." Tami kamen die Tränen und sie schämte sich. "Und ich hab Angst, dass es mir auch nach der Bar-Mizwa Feier nicht gelingt, und dann ist alles verpfuscht."

"Du übertreibst, Tami. Du bist doch keine Lügnerin."

"Das stimmt nicht, Papa. Du kennst mich einfach nicht."

Da brach Se'ew in ein kurzes Gelächter aus.

Tami sprang auf, stampfte mit dem Fuß auf und wandte ihm den Rücken zu:

"Siehst du? Jetzt spreche ich mit dir nie wieder über solche Sachen!"

"Aber Tami! Ich hab doch nicht über dich gelacht, sondern über mich, weil ich auch immer gedacht hab, dass meine Eltern mich nicht kennen und nicht verstehen."

"Gut, lassen wir's dabei", sagte sie streng. "Aber du kennst mich wirklich nicht. Ich bin nämlich eine schreckliche Lügnerin. Heute früh, zum Beispiel, hab ich dir gesagt, dass ich keine Lust hab so früh aufzustehen, und dass es sich nicht lohnt, nur so in Naharia herumzugehen, und ich hab sogar beschlossen, dass, wenn du doch mit dem Autobus fahren willst, ich irgendwas tue, damit wir ihn versäumen. Und die Wahrheit war, dass ich nicht mit Alisa und mit allen möglichen Genossen fahren wollte, weil wir dann nicht miteinander sprechen können. Ich meine, wirklich sprechen."

"Und zu Hause kannst du nicht mit mir sprechen, Tochter?"

"Nein. Weil du immer beschäftigt und müde bist, oder Mutti ist dabei oder Alisa drängt sich dazwischen, und nie hast du Zeit, mit mir zu sein, ohne etwas Besonderes zu tun, so dass man ein Gespräch beginnen könnte."

Se'ew schwieg. Schließlich sagte er:

"Du hast recht, Tochter. Aber von jetzt an wird sich das ändern. Ich werde mir von Zeit zu Zeit freinehmen. Wir könnten manchmal am Sabbat zusammen spazieren zu gehen – zum See oder in die Felder, oder du begleitest mich in die Obstpflanzungen hinunter, wenn ich am Abend die Sprinkler öffnen oder schließen muss. Dann können wir immer sprechen."

Tami hatte Tränen in den Augen, aber ihr Gesicht lächelte:

"Versprichst du's, Vati?"

"Ich verspreche es, Tami."

"Und noch etwas, Vati."

"Ja?"

"Ich möchte, dass du mich ab dieser Feier am Freitag nicht mehr 'Tami' nennst, sondern nur 'Tamar'."

"Gut, Tamar. Sogar von diesem Moment an werde ich dich nur Tamar nennen."

"Nein", sagte sie bestimmt, " jetzt noch nicht. Erst nach der Feier."

"Gut. In Ordnung." Wieder schwiegen sie.

"Und was unser voriges Thema betrifft", sagte Se'ew vorsichtig, "darfst du nicht so streng mit dir sein. Das gilt nicht als Lüge."

"Warum gilt es nicht? Alisa hat mich in der Frühe gefragt: 'Tami, warum nimmst du nicht den Autobus? Willst du nicht mit mir zusammen fahren?' Da hab ich geantwortet: 'Im Gegenteil. Ich würde gern mit dir fahren, aber ich hab keine Kraft, so früh aufzustehen, wenn ich nicht muss.' War das vielleicht keine Lüge?"

Se'ew seufzte und betrachtete sie mit traurigen Lächeln:

"Nein, ich glaube, dass das keine ist. Oder, richtiger, dass man solche

Lügen benutzen darf. Im Gegenteil, ich sag sogar, dass man im Leben oft so lügen muss. Da wohnt in Naharia Einer, der ein Genosse von Ejn-Bdolach war. Sooft er mich trifft, lädt er mich ein, ihn zu besuchen. Aber ich kann ihn nicht leiden. Also soll ich ihm sagen, dass ich ihn nicht besuchen will? Nein, ich verspreche ihm, dass ich vielleicht bei der nächsten Gelegenheit komme, jetzt aber, bedauerlicherweise, keine Zeit hätte. So ist's im Leben. Da muss man manchmal lügen und sich mit allen möglichen Sachen, die einem nicht gefallen, abfinden. Und viele Kompromisse machen, weil es anders nicht geht."

"Da hast du nicht Recht, Vati", sagte sie entschlossen, und nach einem Moment des Nachdenkens fügte sie hinzu: "Aber manchmal glaube ich, hast du Recht."

Dann runzelte sie die Stirn und rief:

"Vati, jetzt werde ich immer, sooft du mit mir sprichst, denken müssen, dass du lügst!"

Se'ew lächelte. "Dich belüge ich nie."

"Wie kann ich sicher sein? Vielleicht ist auch das eine Lüge?"

"Wer einen Sinn dafür hat, kann immer die Wahrheit fühlen."

Tami seufzte.

"Alles auf der Welt ist so kompliziert, Papa", sagte sie, näherte sich ihm, setzte sich wieder auf die Kiste an seiner Seite und streichelte seinen Handrücken: "Aber es ist schön, sich mit dir zu unterhalten."

Se'ew küsste sie auf die Stirn.

Bedingte Verfügung

Die Klinik war nicht so dunkel und düster wie die Krankenhäuser in einigen Erzählungen, die Tami gelesen hatte. Das Gebäude war neu, einstöckig, breit angelegt – weiße Wände, rotes Ziegeldach, von Rasen und Bäumen umgeben. Aber drinnen... wie viele Leute! Tami und Se'ew gingen einen Korridor entlang, auf dem Greise und Greisinnen, Frauen mit Säuglingen, sonderbare Männer warteten. Sie saßen auf Bänken, die an den Wänden entlang standen, zwischen mysteriösen Türen, die mit kleinen Schildern und Nummern beschriftet waren. Da hustete ein nachlässiger Alter heftig und spuckte wie wütend in den Spucknapf. Die neben ihm Sitzenden beachteten ihn kaum, trotz seines sonderbaren Aussehens. Auf der Bank in der Ecke hat eine Frau ihre Bluse aufgeknöpft und eine längliche braune Brust hervorgeholt und stillt ein kleines Etwas, dessen Stirn voller Falten ist, und das mit den winzigen Händen gestikuliert, als ob es mit jeder Hand ein anderes Orchester dirigieren würde. Und neben ihr sitzt noch eine Frau mit einem Säugling. Sie hält ihn auf ihren großen Bauch gestützt, ihr Gesicht ist mager und verhärmt, und den Bauch hat sie, weil sie wieder schwanger ist. An sie drängen sich noch zwei Kleine, ein Bub und ein Mädel, die an den Fingern lutschen und sich an ihrem Kleid festhalten. Die beiden Frauen unterhalten sich in einer unverständlichen Sprache, und den Kleinen rinnt ein gelblicher Schleim aus der Nase zum Mund. Die Leute, die neben ihnen sitzen, beachten sie nicht, nicht die Frauen und nicht die Kinder. Ein energischer Herr, weißes Haar an den Schläfen, eindrucksvolle Erscheinung, geht hin und her, so rasch und zielbewusst, als ginge er auf einen bestimmten Punkt zu. Alle paar Schritte schaut er auf seine Armbanduhr, dreht sich um und geht wieder zurück. Am Ende des Korridors hängt eine große Wanduhr. Da, schon wieder hat er sich umgedreht, macht ein paar energische Schritte, schaut auf die Uhr und wendet sich wieder um! Und niemand schaut ihn an, als ob er gar nichts Besonderes wäre! Und da steht einer und raucht und schaut gedankenvoll dem Rauch nach – gerade unter dem Schild an der Wand: "Bitte nicht rauchen!"

Se'ew bat Tami, einen Moment zu warten, er gehe den Schalter suchen, an dem die Nummern verteilt werden. Hoffentlich gibt's keine lange Wartereihe! Tami begleitete ihn mit ihrem Blick, wie er rasch und besorgt den Korridor entlang schreitet, der arme Papa, was kann es ihm schon ausmachen, ein bisschen zu warten!

Nach einer Weile kam er mit einem Zettel in der Hand zurück.

"Wir haben Glück! Wir müssen nicht warten, wir können direkt hineingehen. Siehst du dort die vielen Leute? Die warten alle auf den Augenarzt."

"Warum? Brauchen plötzlich alle Brillen?", fragte Tami und lachte.

"Früher war Naharia ein kleines Städtchen, in dem nur Einwanderer aus Deutschland gewohnt haben", erklärte er ihr, "aber jetzt hat man einige Wohnviertel für neue Einwanderer hinzugebaut, und von denen haben viele Augenentzündungen. Besonders die Kinder. Sie bringen sie mit oder stecken sich hier an. Das sind nämlich ansteckende Krankheiten, und sie beachten die Hygiene-Vorschriften nicht."

"Und was ist mit den Hautkrankheiten? Sind die nicht ansteckend? Ich sehe, dass heute kein Mensch eine Hautkrankheit hat!", lachte sie wieder.

"Es gibt viele Hautkrankheiten, Krätze, Ausschlag, Aussatz, Ekzeme, Flechten und Pilze. Die sind alle besonders ansteckend. Deswegen hab ich gesagt, dass wir Glück haben, weil zufällig alles frei ist. Gewöhnlich ist das Gedränge hier noch größer, als vor jener Tür dort, beim Augenarzt."

"Du vergisst, Papa, ich bin schon ein bisschen Expertin, was diese Neueinwanderer und ihre Krankheiten betrifft."

"Stimmt! Und da erkläre ich dir Sachen, die du schon weißt!"

"Aber du erklärst alles so nett, deswegen hab ich gefragt."

Se'ew streichelte ihren Kopf.

"Vati, schau auf diesen Mann dort, der die ganze Zeit hustet und spuckt. Kann es sein, dass er echte Tuberkulose hat? Ich hab gelesen, dass, wenn man das hat, man immer hustet und spuckt."

"Ich weiß nicht, Tochter. Vielleicht. Er ist nämlich so mager. Aber vielleicht hat er zuviel geraucht und hat jetzt eine Halsentzündung."

"Vati, schau, diese Frau dort mit den Kindern. Die hat den großen Bauch, weil sie wieder schwanger ist, nicht wahr?"

"Stimmt, Tamar", lächelte er, "aber zeig bitte nicht mit dem Finger auf sie, und wenn du über jemanden sprichst, schau nicht hin, das ist nicht höflich."

"Schon gut, Papa, ich weiß. Das ist provinziell. Aber ich hab ja noch drei Tage, in denen ich provinziell sein darf. Und deswegen, nenn mich bitte noch nicht Tamar. Beginn damit erst nach der Feier. Und jetzt sag mir, und überzeug dich selbst, dass ich nicht hinschaue, warum ist sie wieder schwanger, wenn sie schon drei kleine Kinder hat? Wie wird sie die alle versorgen können?"

"Du hast recht, Tami, aber so ist's eben bei den Orientalen: Die bekommen alle ein, zwei Jahre ein Kind. Und viele von ihnen haben keinen Beruf und sind arbeitslos oder werden für sehr armseligen Lohn beschäftigt. Da ist's kein Wunder, wenn es bei ihnen so viele Krankheiten gibt."

"Sag, Papa..."

"Ja?"

"Ich hab vergessen, was ich fragen wollte", sagte sie und wurde ein bisschen rot. Er hat doch selber gesagt, dass so was nicht als Lüge gilt. Sie hat beschlossen, das lassen wir lieber für die Fragestunde am Freitag, jetzt schämt sie sich.

"Komm, Tochter. Ich glaube, das ist dort, bei jener Tür. Doktor Sonnenfleck."

Tami lachte. So ein komischer Name!

"Weißt du, Papa, von allen Ärzten habe ich nur vorm Zahnarzt Angst. Und ein bisschen – vor Injektionen, obwohl ich weiß, dass das nicht so weh tut. Gut, dass die Hautärzte einem nicht die Haut abziehen, um sie zu kurieren!"

"Ich sehe, Tochter, dass du heute gut gelaunt bist."

"Stimmt, Papa, prächtig gelaunt. Versprich mir, dass wir uns nachher ein Eis leisten."

Se'ew lachte.

"Gut, Tochter. Ich kaufe dann meinem kleinen Mädchen ein großes Eis."

"Aber das kleine Mädchen besteht darauf, dass auch du eines isst. Und kein gewöhnliches Eis in einer Tüte, wir setzen uns und bestellen Eis im Glas. Mit allen Zutaten. Und ich bestimme wo."

"Hast du denn einen besonderen Platz?"

"Klar. Da ist so ein Kiosk, der von vorne ganz armselig ausschaut, aber er hat einen kleinen Hinterhof mit einer Laubhütte, so klein, dass nur ein Tisch dort Platz hat. Sooft ich nach Naharia komme, guck ich dort hin und wette mit mir selbst, ob er frei sein wird oder nicht. Aber heute bin ich sicher, dass er frei ist. Weil wir heute Glück haben. Also dorthin möchte ich."

Wieder glättete er ihr Haar bis zum Nacken, fasste es dort, und schüttelte sie ein wenig.

"In Ordnung, meine Tochter."

Als sie schon vor der Tür des Arztes standen, bekam sie auf einmal wieder Lust zum Lachen.

"Was für ein komischer Name – Sonnenfleck! Warum ändert er ihn nicht? Stell dir vor, wenn ein Lehrer so einen Namen hätte, wie die Kinder sich über ihn lustig machen würden! Und da steht auf dem Schild 'Haut- und Geschlechtskrankheiten' – was bedeutet das? Das sind sicher Hautkrankheiten, die schlecht sind!"

Se'ew klopfte an die Tür, öffnete sie, schob Tami leicht vor sich her und sagte leise:

"Genug geschwätzt, Tochter, die Zeit ist gekommen, geh hinein!"
Das passiert oft so bei ihm, dass er auf einmal ein feierliches Wort be-
nützt, welches gar nicht zur Gelegenheit passt. Die Zeit ist gekommen.

Sonnenfleck saß vor einem schweren Schreibtisch, mit Papieren beladen, stapelweise geordnet. Er nahm den Zettel, den Se'ew ihm ent-
gegenstreckte, und spießte ihn auf einen langen, glänzenden, nagel-
ähnlichen Stab, der einen runden, schwarzen Fußsockel hatte.

"Ja, bitte, mit welchen Beschwerden kommen Sie?"

Dabei hob er den Blick vom Schreibtisch, heftete ihn auf Se'ew und
rief auf Deutsch:

"Sie, Sie kenne ich ja, Sie sind doch von Ejn-Bdolach, net wahr?"

Tami verstand ein wenig Deutsch, wie die meisten Kinder in Ejn-
Bdolach, und lächelte. Sonnenfleck war dick und schaute aus wie ein
Onkel, der gerne Witze macht. Und was er sagte, war wirklich komisch, obwohl Tami nicht hätte erklären können, warum. Er schaute
aufgeregt oder ärgerlich aus.

Se'ew nickte und holte Atem, wie immer wenn er sich anschickte,
etwas zu sagen, aber Sonnenfleck rief:

"Sie sind ja der Mann mit der Brandwunde am Fuß! I hab Sie ja noch
ganz gut in Erinnerung! Man hat damals einen brennenden Sack auf
Sie gschmissn, aber, Menschenskind, Sie hattn ebn Glück!"

Tami kannte natürlich die Geschichte: Vor einigen Jahren. Bei diesem
Brand im alten Konsum. Man löschte mit Säcken. Ein Sack begann zu
brennen. Und jemand sah eine große Blechkanne und glaubte, drin
sei Wasser. Es war aber Petroleum. Und der Sack loderte auf, wie ein
Lag-ba-Omer-Feuer, und jemand spießte ihn auf einen Stecken und
schleuderte ihn hinaus. Gerade als Se'ew hereinkam, um beim Lö-
schen zu helfen, der Sack wand sich ihm um den Fuß. Man sagte
damals, es sei die Pechsträhne eines Unglücksraben gewesen.

Sonnenfleck erinnerte Se'ew daran, dass es der linke Fuß war, und fragte, wie es der Narbe gehe, dann erzählte er, heute waren wenig Leute da, nur einige "*schwarze Chajes*", alles leichte Fälle, die man rasch mit ein paar Salben abtun konnte, so dass man endlich mal gemütlich arbeiten und a bisserl plauschen kann. Dann wandte er sich an Tami und sagte auf Hebräisch, mit schwerem, deutschem Akzent: "Und die kleine *Gweret* da – das ist die Tochter?"

"Die *Alma*", verbesserte ihn Se'ew.

"Alma?", rief Sonnenfleck und runzelte die Stirne. "Herrgott im Himmel, Sie ham Recht: 'Gweret' is ja a Gnädige Frau, und i wollt ja Fräulein sagn. Also das is das Fräulein Alma?"

"Nein", lächelte Se'ew geduldig, "'Alma' bedeutet auf hebräisch 'Fräulein'. Das ist Alma Tami."

Sonnenfleck äußerte seine Meinung über die hebräische Sprache, aber dann wollte er den Brief sehen, den ihnen der Herr Kollege Himmelskind mitgegeben hatte, murmelte etwas, nahm Tami an der Hand, führte sie zum Fenster und dort, am Licht, untersuchte er die Stelle, brummte etwas, ging zum Schreibtisch, nahm eine große Lupe, schüttelte langsam den Kopf, als ob er einem ihm zu Füßen liegenden Hund sagen würde, "Nein, Rexi, heute kriegst nix!". Dann öffnete er eine Seitentür – Tami hatte nicht bemerkt, dass sich dort eine Tür befindet – und rief etwas auf deutsch ins zweite Zimmer. Es erschien eine ältliche Krankenschwester in weißem Kittel mit weißer Haube.

"Mir machen halt rasch der kleinen Alma an...", sagte Sonnenfleck auf Deutsch. Aber das letzte Wort entging Tami.

Die Schwester verschwand und erschien wieder und reichte dem Arzt ein dünnes Glasplättchen und ein kleines Messer, aus glänzendem Metall, mit einem langen Griff und einer kleinen Klinge. Tami erschrak sehr, aber der Arzt sagte mit gütiger Onkelstimme, dass es der kleinen Alma gar net weh-weh tun wird, das heißt, fast gar net, mir müssen sie da halt a bisserl kitzln oder richtiger gsagt kratzn, um mal zu sehn, was sie da eigentlich aufm Schädl hat. Da, auf diesen Sessel soll sie sich setzn. Und schon stand die Schwester hinter ihr und hielt ihr den Kopf mit knochigen Händen. Tami schloss die Augen und biss die Zähne zusammen. Gleich wird's schrecklich wehtun. Jetzt.

"Sie wollen eine Gewebe-Probe unter dem Mikroskop untersuchen", sagte Se'ew und streichelte ihr Haar. "Hat's sehr wehgetan?"

"Leidlich", sagte Tami großzügig und machte die Augen wieder auf. Sonnenfleck und die Schwester befanden sich schon im nächsten Zimmer.

"Was können sie denn dort sehen?" Und dann lachte sie leichthin: Als sie vorhin das komische kleine Messer sah, dachte sie einen Moment, dass man vielleicht doch ein bisschen Haut abziehen wird.

Unterdessen kam Sonnenfleck zurück und fragte Se'ew, ob die kleine Alma Deutsch verstehe. Se'ew nickte bejahend.

"Da ka ma nix machn", sagte Sonnenfleck, "da müssn mir halt das kleine Fräulein Alma auf a Momenterl rausschicken, net wahr?"

Tami schaute ihrem Vater ins Gesicht. Er nickte und sagte:

"Bitte, Tami, warte einen Moment draußen."

Tami senkte den Kopf, schluckte und ging hinaus, ohne etwas zu sagen.

Auf dem Korridor saß sie auf der Bank, neben der Tür und versuchte zu lauschen. Die zwei Frauen auf der Bank gegenüber, vor der Tür des Augenarztes, diskutierten noch in ihrer Sprache, der Alte hustete und spuckte noch immer, der energische Herr schritt auf und ab und schaute auf die Uhr, der Raucher rauchte wieder unter dem Nicht-Raucher-Schild.

Tami heftete ihren Blick auf die Wanduhr. Jetzt werden wir sehen, wie lange ein Moment dauert. Wie rasch sich der Sekundenzeiger bewegt! logisch: Je größer die Uhr, desto schneller muss der Arme laufen,

234

obwohl es um genau dieselbe Zeit geht. Und wenn es eine Uhr groß wie die ganze Welt gäbe... Dabei könnte man behaupten, die ganze Welt sei wirklich so eine Art... In diesem Moment bemerkte sie, dass der Minutenzeiger einen Punkt nach vorne sprang. Das geschah jedoch nicht, als der Sekundenzeiger genau auf zwölf stand. Aber wo war er? Immer wenn man auf etwas schaut, das sich rasch bewegt, ist es jeden Moment etwas anderes. Wie die Gedanken. Aber jetzt schauen wir ihm genau zu, wie er noch mal springt. Tami schaute und schaute. Der Sekundenzeiger läuft zwar, aber wenn man ihn mit dem Blick verfolgt, dauert es trotzdem ziemlich lange, bis... Aber gerade als sie einen Moment nicht auf den Minutenzeiger schaute, machte er seinen kleinen Sprung. Jetzt musst du wieder eine Ewigkeit warten, bis er nochmals springt!

Kann man das in der Fragestunde fragen? Alle werden doch sagen, das ist dumm: Warum vergeht die Zeit so schnell, wenn man den Sekundenzeiger verfolgt, während sie sich in die Länge zieht, wenn man sich auf den Minutenzeiger konzentriert? Und jede Sekunde und jede Minute ist doch gleich, ihr Leben vergeht mit ihr, ein Sekundenleben und ein Minutenleben, das nie wiederkehrt, oder vielleicht doch wiederkehrt, nach einer großen Runde der Weltuhr? Und dein Herz, das da klopft...

Da hast du jetzt endlich die Gelegenheit, deinen Puls zu zählen! Tami fühlte mit den Fingern am Handgelenk, aber sie fand die Stelle nicht. Sagen wir, es schlägt siebzigmal in der Minute. Nein, sagen wir sechzig, damit es leichter zu rechnen ist mit den Sekunden, ach was rechnen, das ist egal. Auf jeden Fall, der "Moment", von dem Papa gesprochen hat, ist längst vorbei. Wenn er herauskommt, wird sie ihn gar nicht fragen, was der Arzt gesagt hat, und auch an sein Versprechen, Eis in der Laubhütte hinter dem Kiosk zu essen, wird sie ihn nicht erinnern. Natürlich wird er's vergessen. Gerade gut! Soll er!

Nichts über den Arzt wird er sagen, an das Eis wird er sich nicht erinnern, er wird gleich laufen, um seine Angelegenheiten zu erledigen, und dann fahren sie nach Hause. Aber von dem Tag an wird sie traurig sein, spricht nicht, isst nicht. "Warum isst du nichts, Tami?", fragt Mutti. "Ach", sagst du, "ich hab keinen Appetit." – "Hörst du, Walter", sagt Mutti, "mit dem Mädel ist etwas nicht in Ordnung. Schon zwei Tage rührt sie kein Essen an. Und kommt mir auch so niedergedrückt vor." Und es vergehen noch ein paar Tage. Jeden Tag wirst du magerer und blasser. Und da kommt Papa zu dir und sagt: "Tami, warum erzählst du mir nicht, was dich bedrückt? Ich weiß, dass du nicht krank bist. Du bist traurig. Was ist los?" Und du antwortest nicht. "Ach, richtig, entschuldige, ich hab's vergessen und hab dich Tami genannt. Also bitte, Tamar, erzähl mir, was los ist." Und du lächelst nur traurig und antwortest nicht. Und Papa bittet und fleht. Bis du am Ende sagst: "Vati, das ist nicht das einzige, das du vergessen hast." Und er erschrickt: "Was hab ich noch vergessen?" Und du: "Versuch dich zu erinnern – seit wann bin ich traurig?" Und er runzelt die Stirn: "Ich glaube, seit wir von Naharia zurückgekommen sind. Einen Moment! Als wir in Naharia waren, hast du noch gute Laune gehabt, du hast gelacht, als wir zum Arzt hineingegangen sind. Ja, jetzt erinnere ich mich: Du hast begonnen, traurig zu sein, als wir von dort weggingen." Dann schweigt er einen Moment, runzelt wieder die Stirne und ruft: "Oi, richtig, ich hab dir damals versprochen, dass wir in diesem Kiosk Eis essen. Warum hast du mich nicht daran erinnert, Tami?" Und du antwortest: "Ich hab dich nicht erinnert, weil..."
Da öffnete sich die Tür, und Se'ew kam heraus. Einen Moment stand er vor ihr, starrte auf den Boden, dann sagte er:
"Komm, Tochter, gehen wir."
Tami ging ihm nach und wartete. Sie durchschritten den Korridor, traten in den Garten hinaus, waren schon auf der Straße, und noch

immer hatte Se'ew nichts gesagt. Sehr gut! Genau wie du's erwartet hast!

Als sie zur ersten Kreuzung kamen, hustete Tami betont wie in Filmen, wenn jemand etwas sagen will, und fragte nachdrücklich:

"Einen Moment! Wohin gehen wir jetzt?"

Vati schaute sie mit seinem zerstreuten Blick an, mit dem er schaut und nichts sieht, und sagte:

"Wir haben doch beschlossen, in deinem Kiosk Eis zu essen."

Und er ging weiter die Straße hinunter.

"Warum fragst du mich dann nicht, wo es ist? Du gehst genau in die falsche Richtung!", lachte sie.

Se'ew tappte sich auf die Stirne:

"Richtig!"

Er drehte sich um und schritt die Straße hinauf. Tami rührte sich nicht vom Fleck. Nach einigen Schritten blieb er stehen, wartete und wandte sich ihr schließlich zu.

"Oi, Papa", lachte sie und hüpfte, "du bist komisch! Schon wieder fragst du nicht und gehst falsch. Das ist auf der anderen Seite. Warte. Jetzt werde ich dich führen! Vielleicht willst du mir die Hand geben und die Augen schließen?"

Se'ew schüttelte den Kopf. Natürlich. Weil er das besorgte Gesicht hat, das mit dem zerstreuten Blick zusammentrifft. Wegen der Angelegenheiten, die er erledigen muss, die schon warten, wie vor der Tür des Augenarztes, und nie ein Ende nehmen, wie der Griesbreitopf des armen Mädchens...

Eine Weile gingen sie nebeneinander.

"Vati, was ist eine 'Bedingte Verfügung'?"

"Wie kommst du darauf?"

"Was kümmert es dich, wie. Du erzählst mir auch nicht, warum du auf einmal so zerstreut bist."

"Ich bin nicht zerstreut, Tochter, wir müssen uns nur ein bisschen beeilen."

Tami blieb sofort stehen und streckte schmollend die Unterlippe hervor. Nach allen Regeln der Zeremonie sollte Se'ew jetzt lächeln.

"Wenn du es eilig hast, dann gehen wir lieber nicht hin."

"Nein, Tami, natürlich gehen wir. Ich habs dir doch versprochen."

"Ich verzichte aufs Versprechen. Wenn du dich beeilst, bist du frei."

"In Ordnung, Tochter. Ich bereue es und bitte um Verzeihung", sagte er und lächelte, zwar ein bisschen verspätet, "gehen wir langsam und sitzen solange du willst."

"Solange wir wollen", korrigierte sie ihn. "Und du wirst nicht die ganze Zeit an alle deine wichtigen Angelegenheiten denken?"

"Nein."

"Merk es dir, Papa! Du weißt nicht, wie gut ich dich kenne. Ich durchschau alles, was du denkst. Ich find' es gleich heraus."

Se'ew lächelte sein müdes Lächeln und hob die Hand, um ihr das Haar zu streicheln. Tami erwartete schon das leichte Schütteln im Nacken. Aber diesmal legte er die Hand auf ihre Schulter und drückte sie ein wenig.

"In Ordnung, Tochter."

Wieder gingen sie schweigend.

"Und wegen noch etwas musst du mich um Verzeihung bitten, Papa."

"Wegen was?"

"Zuerst bitte, dann sag ich's."

"Gut, Tochter, ich bitte also um Verzeihung."

"In Ordnung, Papa, ich habe dir verziehen. Ich meine, weil ich dich etwas frage, und du antwortest mir nicht, als ob ich gar nicht gefragt hätte. Ich sage nicht, dass das provinziell ist, aber es ist nicht höflich!"

"Was hast du mich gefragt, das ich nicht beantwortet habe?"

"Was eine 'Bedingte Verfügung' ist. Erinnerst du dich?"

"Ja. Natürlich. Also, das ist eine Verordnung des Obersten Gerichtshofes, welche eine öffentliche Instanz verpflichtet, vor ihm zu erscheinen und zu begründen, warum in einem gewissen Fall nicht gehandelt wurde, wie zu erwarten war, zum Beispiel..."

"Schon gut, ich versteh. Also, jetzt erlasse ich eine solche Verfügung gegen dich, die dich verpflichtet, mir zu erzählen, was der Doktor dir da drinnen gesagt hat."

"Ich hab mir gedacht, dass wir später darüber reden, wenn wir sitzen und Eis essen."

"Hast du wirklich so gedacht? Schwör es! Schau mir gerade in die Augen, und schwör!"

"Wirklich, Tami. Ich schwöre."

Er schaute ihr ernst in die Augen und sie schaute in seine, blinzelte ein wenig und lachte. Auch Se'ew lächelte ein wenig.

"Und jetzt, Papa, bitte zum dritten Mal um Verzeihung, und ich sag dir wieder nicht, warum. Gut. Jetzt sag ich's: Weil du mich beleidigt hast. Vorhin, als du einverstanden warst, dass der Arzt mich hinausgeschickt hat. Da hast du mich behandelt wie ein kleines Kind, dass nicht hören darf, was die Erwachsenen reden."

"Aber Tami, du hast doch selbst gesehen, dass der Arzt..."

"Der Arzt! Der kennt mich nicht. Aber du – warum warst du einverstanden damit? Warum hast du mit dem Kopf genickt? Warum hast du nicht gesagt: 'Das macht nichts, Doktor, sie kann ruhig hier bleiben, wir haben keine Geheimnisse vor ihr'?"

Se'ew schwieg.

Etwas in seinem Gesicht bewegte sich. Schließlich sagte er leise:

"Du hast Recht."

"Gut, Papa", sagte sie streng, "diesmal verzeih ich dir. Aber nächstes Mal – wehe dir!"

Sie lachte, unterbrach sich aber mitten drin:

"Du hast mich belogen, Papa! Du denkst die ganze Zeit an deine Angelegenheiten, die du zu erledigen hast, ich weiß! Sonst hättest du mit
mir gelacht."

Se'ew nahm sie an der Hand und sagte mit weicher Stimme:

"Tamik, ich habe nicht an meine Angelegenheiten gedacht, sondern
an deine und meine zusammen."

"Gut, Papa, da sind wir am Kiosk angelangt. Jetzt wirst du mir Bericht
erstatten müssen, wie unsere gemeinsamen Angelegenheiten stehen,
sonst erlasse ich gegen dich eine neue Bedingte Verfügung."

Die vierzehnte Aufgabe

Der grüne Klapptisch in der Laubhütte war wirklich frei. Tami faltete
zwei grüne Klappstühle auseinander, setzte sich, und Se'ew wandte
sich zum Ladentisch des Kiosks. Zweimal Eis, bitte. Welches? Also,
eine große Portion. Große, wiederholte der Verkäufer, aber... Da
sprang Tami auf und lief zum Ladentisch. Früchte – was für Früchte
gibt's? Erdbeeren, Aprikosen, Rumfrüchte und Zitrone. Mit Schlagsahne? Und Himbeersaft? Und Nüssen? Und Waffeln? Der Verkäufer
platzierte seine Versuchungen vor Tami und ihren Vater. Tami schaute fragend auf Se'ew. Se'ew nickte.

"Fein", rief Tami, "also geben Sie mir alles, was Sie gesagt haben,
Waffeln, Nüsse, Schlagsahne, ah, und Himbeersaft auch. Und früher
hatten sie Schokoladensirup oder etwas so ähliches, nicht wahr?"

Der Verkäufer erklärte, dass man zwischen Himbeersaft und Schokoladensirup wählen müsse: entweder das eine oder das andere.

"Schauen Sie", bettelte Tami, "ich hab meinen Vater durch halb
Naharia geschleppt, um ihm Ihr Eis zu zeigen, und hab mit ihm gewet-

tet, dass der grüne Tisch in der Laubhütte frei sein wird, und ich wuss-te, dass ich die Wette gewinnen werde, weil heute mein Glückstag ist. Und er wird auch Ihnen Glück bringen."

Der Verkäufer lachte und goss Schokoladensirup neben den Him-beersaft, und nach kurzem Zögern gab er noch Mokka-Eis dazu und zwei Waffeln. Und Tami lehrte ihn, wie man "Waffeln" auf Hebräisch sagt: Afifit! Se'ew bestellte eine kleine Portion, nur Kaffee und Vanille-eis. Und fragte gleich, wie viel es kostet, zahlte sofort und hatte wieder sein besorgtes Gesicht. Macht nichts. Er wird sowieso von meiner Portion kosten wollen.

Als sie am Tisch saßen, überlegte Tami, womit sie beginnen solle. Die Farben waren so entzückend: Das rote Himbeereis, das weiße Zitro-neneis, das braune Rumfrüchte-Eis... Das Problem war, dass das schmackhafteste, nämlich das Aprikoseneis, das Tami bis zum Schluss aufheben wollte, ganz oben lag. Deswegen schürfte sie vor-sichtig von beiden Seiten, damit Himbeersaft und Schokoladensirup sich nicht vermischen.

"Als er mich vorhin gefragt hat, ob ich Himbeersirup oder Schokolade möchte, hat mich das an jene Stelle in Winnie-Pu erinnert, wo der Hase ihn fragt, ob er Brot mit Sahne oder Brot mit Honig möchte? Du weißt, was Pu geantwortet hat: 'Ein bisschen von beiden, aber bemüh dich bitte nicht wegen des Brotes'. "

Dann bemerkte Tami, dass Se'ew mit dem Teelöffel im Eis herum-stocherte, aber es nicht leckte. Sie lehnte sich im Sessel zurück und fragte: "Also, Vati, ich sehe, dass du etwas sagen willst?"

Se'ew schaute das Eis an und sagte langsam:

"Ich muss dir etwas Ernstes und Trauriges sagen, Tochter. Und du musst tapfer sein. Du hattest dreizehn Aufgaben, die nicht leicht wa-ren. Und hast alle gut bestanden. Jetzt stehst du vor der vierzehnten, nämlich eine schwere Enttäuschung zu ertragen und das Problem, das sich dir und uns allen stellt, zu bewältigen. Wir werden deine Bat-Mizwa-Feier nicht abhalten können."

"Warum?", fragte Tami fast tonlos. Und da Se'ew schwieg, räusperte sie sich und fragte nochmals, mit lauter und rauer Stimme:

"Warum?"

"Die Untersuchung bei Doktor Sonnenfleck hat ergeben, dass du Scherpilzflechte hast."

"Scherpilzflechte? Was ist das? Ist das gefährlich?"

"Nein, Tochter, gefährlich ist's nicht. Das ist so eine Hautkrankheit am Kopf. Und sie ist sehr ansteckend. Und um sie zu heilen, muss man sofort das ganze Haar scheren."

"Und kann man damit nicht bis Sonntag warten?"

"Nein. Auch heute ist es schon sehr spät. Man darf keine Zeit verlieren. Mit jedem Tag breitet es sich weiter aus und erschwert die Heilung."

"Werd ich im Krankenhaus liegen müssen, Papa?"

"Nein, das natürlich nicht, du kannst zu Hause sein, aber du darfst nicht in die Schule gehen und keine anderen Kinder treffen, und man muss dir das ganze Haar abrasieren."

"Vorhin hast du nur von 'scheren' gesprochen."

"Zuerst scheren, dann abrasieren."

Sie schwiegen eine Weile.

"Und was geschieht mit allen Onkel und Tanten, die ihr eingeladen habt? Und mit allen Freundinnen, die ich gebeten habe zu kommen?"

"Wir werden ihnen sofort Telegramme schicken."

"Warum keine Briefe?"

"Weil heute schon Dienstag ist, Tochter. Wenn wir schreiben, gehen die Briefe erst morgen ab, und dann kommen sie vielleicht nicht rechtzeitig an."

"Sag, Papa... Wirst du allen erzählen, dass ich dieses Dingsda hab?"

"Natürlich nicht. Im Telegramm sagen wir nur, dass die Feier verschoben wurde. Dann haben wir Zeit, zu überlegen, was wir schreiben."

"Warum nicht die Wahrheit sagen? Dieses... Dingsda... muss man sich damit schämen?"

"Nein, natürlich nicht, Tamik."

"Du lügst, Papa. Siehst du, es war ein Irrtum, als du mir vorhin gesagt hast, dass man lügen darf. Du schämst dich deswegen, und die ganze Familie wird sich schämen, weil das so eine Krankheit von Neueinwanderern ist, von den Orientalen und allen Armen und Schmutzigen und Vernachlässigten und den Schwarzen. Siehst du? Ich hab dir doch gesagt, dass ich dich kenne! Und du selbst hast gesagt, dass man solche Sachen fühlt, wenn man einen Sinn dafür hat."

Se'ew schwieg. Dann sagte er leise:

"Gut, ich gebe zu, dass manche Leute so denken und sich geschämt hätten. Aber du, die du die Sache so gut verstehst, wirst doch sicher anders denken, nicht wahr?"

"Nein, gar nicht wahr, überhaupt nicht wahr!", rief sie. Große Tränen rannen ihr die Wangen hinab. "Warum soll ich anders denken? Ich werde mich am meisten schämen. Weil es hässlich ist und ich nicht hässlich sein will. Keinen Monat und keine Woche. Wenn ich mir eine Hand oder einen Fuß gebrochen hätte und man hätte mir einen Gips gemacht, hätte es mich nicht gekümmert, weil das keine Schande ist. Aber das ist eine Krankheit der Armen. Es ist hässlich und eine Schande sie zu kriegen."

"Aber Tami, wie kannst du nur so was sagen? Wer schämt sich denn, arm zu sein? Schmutzig und vernachlässigt sein – das ist vielleicht eine Schande. Aber arm sein? Und außerdem bist du gar nicht arm."

"Das alles ist Geschwätz, Papa, man redet so, glaubt aber nicht daran. Du selbst glaubst doch nicht an das, was du da sagst. Wenn jemandem eine Maus ins Haus kommt oder wenn er eine giftige Schlange im Garten entdeckt, das macht nichts, das erzählt er ruhig den Nachbarn. Aber erinnerst du dich, wie wir einmal auf Urlaub waren und Ernst und Trude bei uns ihre Gäste logieren ließen und wie Mutti dann ein paar Wanzen gefunden hat? Wie sie das vor allen Nachbarinnen geheim hielt und ich und Alisa nicht darüber sprechen durften? Schwör mir, dass du niemandem davon erzählst, kein Wort, nicht in der Schule und nirgends."

"Aber man wird sehen, dass du nicht in die Schule kommst."

"Wir sagen, dass ich Fieber hab. Du hast doch gesagt, dass man lügen darf."

"Und wie erklären wir das geschorene Haar?"

Tami senkte den Kopf.

"Gut. Mir ist's egal. Sollen es alle wissen. Soll's sogar als Anzeige am Schwarzen Brett beim Konsum hängen. Soll's im Bulletin der Farm gedruckt sein. Unlängst haben wir in der Bibelstunde über Aussatz gelernt. Bald wirst du sehen, wie mich alle 'die Aussätzige' nennen werden. Mir ist's egal."

Sie senkte den Kopf noch tiefer und schluchzte.

"Tamik, nimm dich zusammen, Tochter! Ich hab dir doch gesagt, dass du tapfer sein musst."

"Sein musst! Warum muss ich? Ich will nicht tapfer sein", sagte sie mit zusammengepressten Zähnen zwischen zwei Schluchzern. "Sollen die anderen tapfer sein! Warum muss das gerade mir passieren? Warum hat Gilat nicht diese... dreckige verdammte Scherpilzflechte auf ihrem Kopf bekommen? Warum nicht Gil? Oder Jigal? Warum müssen die sich nie schämen, sondern gerade ich?"

"Tamik, so beruhige dich doch! Du redest Unsinn, und unterdessen zerrinnt dein ganzes Eis mit allen Zutaten. Jetzt verstehst du, dass wir uns wirklich ein bisschen beeilen müssen."

"Ich darf doch wenigstens... Unsinn reden", schluchzte sie.

Sie hob den Kopf und begann weinend das Eis zu verschlingen. Se'ew schaute ihr schweigend zu. Nachdem sie ihre Portion mit allen Zutaten und allen Waffeln vertilgt hatte, schob er ihr seine Portion zu. Mit Heißhunger verzehrte Tami auch sie.

Auf einmal brach sie in Gelächter aus.

"Was hast du, Tamik?", fragte Se'ew erschrocken.

"Wenn ich will, kann ich alle anstecken! Du hast doch gesagt, dass das sehr ansteckend ist. Also wenn sie mich zuviel sticheln oder sich zu sehr freuen, reib ich mir ganz einfach die Hände am Kopf, da, siehst du, so-o, und dann überfall ich sie und schmier es ihnen auf die Schädel, aufn ganzen Schädel, allen! Ach, was für ein Jux!"

"Tami!", rief Se'ew erschüttert. "Wie kannst du nur..."

"Warum denn nicht? Es geschieht ihnen doch recht! Diese schönen Extra-Export-Kinder erster Wahl, die immer in Paaren mit der Nase hoch stolzieren und über den Abfall zweiter Wahl spotten. Sollen sie doch alle diese verdammte Scherpilzflechte kriegen! Auch mich hat ja jemand angesteckt. So ein kleiner Scheiß*frenk* ist vor mir im Autobus gefahren, hat sich seinen aussätzigen Schädel gekratzt und den Eiter auf die Kopflehne geschmiert. Und ich hab mich dann hingesetzt, um den Vortrag über die Aufnahme der Neueinwanderer in unserer Gegend vorzubereiten, dieses tiefsinnige Thema, das Jishar mir aufgezwungen hat, mit den so klugen Fragen, die du mir formuliert hast, nach dem herzlichen Gespräch mit dem Bürgermeister, der mir von seiner Tochter mit den zwei Fahrrädern erzählt hat und so begeistert war von der schönen Erziehung, die ich da genieße. Und mit diesen schönen Gedanken hab ich meinen Kopf auf die dreckige verdammte Kopflehne gelehnt und mich sicher noch ein bisschen gekämmt, um noch ein wenig schöner und reiner zu sein, und schon war's passiert. Und Friede über Israel, wie man so schön sagt."

Se'ew stand auf und sagte mit zitternder Stimme:

"Wir gehen."

Auf der Straße gingen sie eine Weile schweigend nebeneinander.
Schließlich fragte Tami leise:

"Papa?"

"Ja?"

"Sag, Papa, hast du mich lieb?"

"Sicher, Tamik."

"Und Mutti – hast du sie lieb?"

Se'ew blieb stehen und schaute sie an. Dann fragte er mit gepresster
Stimme: "Warum... warum fragst du?"

Tami zog die Lippen zwischen die Zähne und hob die Augenbrauen.
Sie hatte diese Mimik einmal in einem Film gesehen.

"Nur so", antwortete sie.

In diesem Moment erinnerte sie sich, dass die Filmschauspielerin
damals eine Zigarette in der hohlen Hand hielt und die Asche mit dem
kleinen Finger mit demonstrativer Geringschätzung abstäubte. Wie
von selbst machte sie eine ähnliche Bewegung.

"So. Nur so. Also?"

"Ja... Natürlich."

"Glaubst du, dass du ein guter Mensch bist, Papa?"

Wieder schaute er sie an. Es schien ihr, dass er erschrocken war.
Sehr gut!

"Ich... bemühe mich."

"Ach so, du bemühst dich! Und glaubst du, dass es gut ist, gut zu
sein? Sag schon, rede!"

Se'ew machte eine Bewegung, als ob er sie an der Hand fassen wollte, sich aber dann zurückhielt:

"Was ist los mit dir, Tami? Du bist so... sonderbar."

"Nein, aber sag mir doch, Papa, sag: Du behauptest, dass du uns lieb
hast; glaubst du, dass du weißt, wie man lieb hat?"

"Und du... glaubst du, dass ich nicht...?"

Sein Mund blieb ein wenig offen und seine Unterlippe zitterte.

"Nein. Ich glaube, dass du nicht. Warum hast du mir vorhin keine heruntergehauen? Warum langst du Alisa nie eine?"

Se'ew schwieg.

Tami ging an seiner Seite, große Tränen rannen ihr über die Wangen zu den Mundwinkeln und von der Nase zur Oberlippe und Tami schluckte sie und wischte sie mit dem Ärmel ab und murmelte:

"Ich bin ja so dumm und du schüttelst mich nie. Warum lässt du mich mitten auf der Straße winseln wie eine idiotische Heulsuse, dass alle Leute auf mich schauen, als ob ich meschugge wäre?"

Jetzt nahm er sie bei der Hand und sagte halblaut:

"Komm dorthin, zu diesen Bänken. Dort sind keine Leute. Setzen wir uns, bis du dich beruhigt hast. Du musst dich zusammennehmen, Tamik! Es ist schon sehr spät, und ich hab Doktor Sonnenfleck versprochen, dass wir binnen einer halben Stunde zurück sind. Wenn jemand vorbeikommt, beachte ihn nicht. Das kommt vor, dass ein Mädchen auf der Straße weint, sogar ein großes, wie du. Da, setzen wir uns hierher. Lass mich dir ein wenig das Gesicht abwischen."

Eine Weile saßen sie schweigend.

Dann hob sie den Blick und schaute ihm in die Augen. "Papa?"

"Ja, Tamik?"

"Sag mir die Wahrheit, Papa, aber wirklich die Wahrheit: Was hast du vorhin über mich gedacht?"

"Ich... also... hab mich gewundert, dass... du solche... Gedanken hast."

Tami nickte und zuckte mit den Schultern.

Dann stand sie auf einmal auf:

"Komm, Papa, gehen wir zu diesem Sonnenfleck. Ich will ja meine vierzehnte Aufgabe bestehen... oder hab ich sie schon verpfuscht?"

Wie nimmt man das auf?

Nachdem sie ein Kopftuch gekauft hatten – Tami wollte eine ruhige Farbe, ungefähr im Ton ihres Haares –, gingen sie zu einem Frisiersalon, dessen Adresse Se'ew vom Doktor erhalten hatte. Der Friseur führte sie in einen schmalen, hinter dem Haus versteckten Schuppen, dort schor er Tamis Haar mit einer elektrischen Schafschere, brachte Schaumspray und rasierte ihr den Kopf, aber nicht mit einem langen Rasiermesser, wie es Tami einmal in einem Film gesehen hatte, sondern mit einem kleinen Kunststoffrasierapparat, wie man ihn in jedem Supermarkt kaufen kann. Tami bat um einen Spiegel. Aber Se'ew sprang auf. Später, nicht jetzt. Und der Friseur nickte. Da nahm Se'ew das Kopftuch heraus, und der Friseur band es um Tamis Kopf. Wie schau ich jetzt aus. Wie einmal, zu *Purim*, als ich mich als orthodoxe Jüdin verkleidet habe und *Scherele* getanzt habe.

Als sie, bald darauf, durch den Frisiersalon hinausgingen und Se'ew halblaut mit dem Friseur sprach – sicher um nach dem Preis zu fragen und zu zahlen –, schaute Tami in den großen Spiegel gegenüber und schaute und schau...te – dort stand eine junge Frau, kein Mädchen, eine Frau, ganz fremd, aber doch irgendwie bekannt. Sonderbar, aber nicht furchterregend oder lächerlich. Vielleicht nicht gerade attraktiv, aber sicher interessant. Eine kleine Frau mit Kopftuch. Werden sie lachen? Sollen sie!

Als sie wieder zu Sonnenflecks Tür kamen, warteten dort schon viele Leute, als ob er jetzt der Augenarzt wäre. Die Schwester mit der Haube führte sie in ihr Zimmer, schloss die Tür, nahm Tami das Kopftuch ab und setzte ihr eine dunkle Brille mit einem Gummiband auf, die sich rund ums Auge ans Gesicht schmiegt, wie Taucherbrillen. Das macht man wegen der Bestrahlung, tut gar nicht weh, spürt man nicht einmal, das ist, als ob man sich von der Sonne bräunen lässt. Tami sah nichts. Aber dann leuchtete es grell dunkelgrün auf, und man hörte ein schnurrendes, surrendes Summen, das knisterte, als ob jemand auf dünnem gläsernem Stroh hüpfen würde.

Tami sah unklar, dass die Schwester neben ihr auch mit dunkler Taucherbrille da stand. Dann zog die Schwester Gummihandschuhe an, und Tami fühlte am Kopf etwas Kühles, das den scharfen bekannten Geruch von Alkohol und Jod hatte. Sonnenfleck kam und lobte die kleine Alma, Pardon entschuldigen Sie, da hab i mi wieder verwickelt, das Alma, weil ja Alma a Fräulein is, was i a gmeint hab, das so ruhig und tapfer is. Dann verband man ihr den Kopf mit einem weißen Kopftuch, und darüber kam das braune. Und sie sprachen noch über dies und jenes. Und gingen wieder auf die Straße.

Se'ew suchte einen Bekannten auf, um Geld zu borgen. Die Banken waren schon geschlossen. Die Zeit dehnte sich und gähnte. Sie aßen etwas. Und saßen auf einer Bank im Park. Und fanden das Postamt. Machten eine Liste. Erinnerten sich an Adressen. Formulierten. Schrieben und strichen. Keine Anrede, keine Namen, kein Schalom und kein "Teure(r)...". Feier verschoben. Ja? Nein. Wird doch nicht. Also, Tami feiert nicht? Falsch. Was ist falsch? Ich meine, wird nicht feiern. Das "wird" brauchen wir nicht, man zahlt doch für jedes Wort. Tami feiert diesmal nicht. Brief folgt. Sechs Worte mal zwölf Telegramme – schade ums Geld. Außerdem wirds nicht genügen. Also doch, Feier verschoben, und wer neugierig ist, soll anrufen. Und wenn sie wirklich anrufen? Sollen sie. Viele Sachen im Leben werden verschoben.

Aber was man nicht verschieben kann, ist die Fahrt nach Hause. Schade.

Se'ew stieg als erster in den Autobus und blieb neben dem Fahrer stehen. Zwei Karten nach Ejn-Bdolach, bitte. Tami stand hinter ihm, halb versteckt, überschaute die Lage. Der Autobus war halb leer: Die meisten Genossen, deren Farmen entlang der Nordstraße liegen – Chanita, Mazuba, Elon und alle anderen – nahmen lieber den letzten Bus am späten Nachmittag. Trotzdem – da sitzt Andreas. Und Inge. Und Fritz-Perez. Tami fühlte, dass sie Herzklopfen bekam, holte tief Atem, umging Se'ew, der eben das Wechselgeld vom Fahrer bekam, und schritt den Gang hinab, an den drei Farmgenossen vorbei, mit Kopfnicken und leichtem Lächeln, spürte, wie die neugierigen Blicke sich ans Kopftuch hefteten – die Mädchen von Ejn-Bdolach gingen doch nie mit einem Kopftuch –, sollen sie schauen, bis sie vor Neugierde platzen. Und jetzt kommt das Schwerste. Auf der letzten Bank sitzen Alisa, Niwa und Aja, die von der Schule kommen. Nichts zu machen. Musst neben ihnen sitzen.

"Hallo, Tami", schrie Alisa, "komm doch her! Was ist los, ist heute Purim?" Dieses Aas. Oder ist sie nur total verblödet. Tami setzte sich zwei Bänke weiter vor, wandte das halbe Gesicht, lachte leichthin und ziemlich natürlich, als ob sie ein bisschen angeben wollte:

"Ich war beim Arzt. Man hat mir das Haar geschoren. Deswegen trag ich das Tuch da."

"Wirklich? Zeig her! Nimm es 'n Momentchen runter!", rief Aja.

Und du lächelst, lächelst und antwortest nichts.

Auch Alisa fragte wie und was. So eine Haarkrankheit, bei der man lieber das Haar schert, damit es nicht ausfällt. Ah, das ist alles? Klar, natürlich alles.

"Man wird glauben, dass du eine koschere Jüdin bist", sagte Niwa.

"Hörst du, da war ich todsicher, dass er mich erwischt hat", erzählte Aja und berührte Alisas Ärmel. "Erinnerst du dich, dass er auf einmal gebrüllt hat: 'Was ist dort los, da hinten? Sind wir da in einer Schulstunde oder auf dem Fischmarkt?' Da hab ich geglaubt, mich trifft vor Schreck der Schlag. Aber dann schau ich hin und sehe, dass er die Schoschi anguckt. Da hab ich erleichtert aufgeatmet. Ich hab doch schon zwei Verweise, da fehlt mir jetzt ein dritter wie Kopfweh."

In Ejn-Bdolach angekommen, fanden sie den Farmhof leer. Die Männer waren noch bei der Arbeit, die Frauen bei der Hausarbeit. Als sie sich dem Haus näherten, blieb Se'ew stehen und hielt Tami zurück: "Vielleicht wär's besser, wenn du ein bisschen draußen wartest, Tamik, ich geh voraus, um Mutti vorzubereiten."

Er lächelte schuldbewusst. Alisa schaute ihn und Tami mit großen Augen an, sagte aber nichts.

Eine Weile stand Tami am Wasserhahn und gab vor, sich die Hände zu waschen. Sie bückte sich zum Trinken, obwohl sie gar nicht durstig war, dann stampfte sie mit dem Fuß auf und wandte sich mit energischen Schritten dem kleinen Korridor zu, der vor dem Eingang lag. In diesem Augenblick kam Ruth heraus. Als sie Tami erblickte, blieb sie stehen.

"Ach, du Arme! Wie hast du dir das geholt, mein Kind? Wie hast du das erwischt?"

"Oi, hör auf, Mutti", sagte Tami.

"Hoffentlich hast… Ich meine, haben wir uns nicht angesteckt. Ich bin sicher, dass das nur durch Unvorsichtigkeit kommt. Nach jeder Fahrt im Autobus muss man sich unbedingt die Hände waschen!"

Dann ging sie ins Haus zurück und sagte:

"Und ich hab heute zu backen begonnen, dass mir die ganze Plackerei nicht für den letzten Tag bleibt. Wie sagen wir's all den anderen Familien?"

Alisa stand hinter ihr und fragte:

"Was ist los? Wird Tamis Bar-Mizwa verschoben?"

Tami antwortete nicht. Niemand antwortete.

Tami wusch sich die Hände, setzte sich zu Tisch, sprach nicht, schaute niemanden an, danach legte sie sich aufs Bett, mit dem Gesicht zur Wand. Alisa trat ins Zimmer und fragte halblaut:

"Tami, schläfst du, oder bist du wach?"

Tami antwortete nicht. Und Alisa stand einen Moment so, und Tami rechnete schon damit, zu hören:

"Stell dich nicht schlafend, ich weiß doch, dass du wach bist!"

Und hatte sogar schon mit zusammengepressten Zähnen beschlossen, nicht zu antworten, soll's eben eine Lüge sein, egal. Aber Alisa ging gleich wieder in die Küche hinaus. Und Tami hörte, wie Se'ew von der Untersuchung bei Sonnenfleck erzählte.

"Es handelt sich da um einen winzigen Wurm, der die Haarwurzeln angreift", erklärte er. "Jetzt, nachdem das Haar abrasiert ist, ist die Ansteckungsgefahr gleich null. Doktor Sonnenfleck sagt, dass die Inkubationszeit zwischen einem Tag und einer Woche schwankt. Nun wird sie alle zwei, drei Tage nach Naharia fahren müssen. Es gibt nämlich alle möglichen Heilmethoden. Zuerst versucht man's mit Jodtinktur. Dann mit Salizyl-Salbe, welche die Haut schält und verbrennt oder man verordnet Bestrahlungen. Wenn all das nicht hilft, reißt man jedes einzelne Haar mit einer Pinzette aus,.."

"Was für Bestrahlungen sind das?", fragte Ruth, besorgt.

"Röntgenstrahlen, aber Doktor Sonnenfleck befürwortet das nicht, weil manchmal Kopfschmerzen zurückbleiben. Und man kann schwer die erforderliche Dosis genau abschätzen, und wenn man zuviel bestrahlt, erneuert sich später der Haarwuchs nicht. Bei den Orientalen wird so ein Kind von seiner Familie getrennt, man schickt es in ein besonderes Krankenhaus, und dort wird ihm für einige Wochen der ganze Kopf eingegipst."

"Warum eingegipst?", fragte Alisa erschrocken.

"Vielleicht, damit das Haar nicht wächst oder vielleicht damit es gerade in den Gips hineinwächst und man es dann mit einem Ruck ausreißen kann."

"O weh", rief Alisa.

"Also werden wir erst in einer Woche wissen, ob sie uns angesteckt hat und auch wir bald mit Kopftuch und Jodgeruch herumlaufen werden und einen Gipshelm und Bestrahlungen kriegen, die ewiges Kopfweh hinterlassen, welch schöne Aussicht!"

Alisa. Hat Angst. Sehr gut. Hoffentlich bekommt sie alles!

"Aber Doktor Sonnenfleck sagt, dass wir's gleich im Anfangsstadium erfasst haben, bevor es Haarausfall gab."

"Und wie steckt man sich an? Wenn man aus demselben Teller isst? Muss man alles desinfizieren?"

Nicht einmal, zehnmal soll sie's kriegen!

"Nein, das geht nur von Haar zu Haar. Wenn ein krankes Haar ausfällt und auf deines zu liegen kommt. Aber Doktor Sonnenfleck hat doch gesagt, dass..."

"Gesagt, gesagt!", rief Ruth. "Weißt du nicht, dass Ärzte immer was sagen."

Dann herrschte Stille.

"So ein Pech", rief Ruth, "So ein furchtbares Pech! Und gerade, nachdem wir schon alle Einladungen weggeschickt haben und begonnen haben zu backen..."

Und wieder schwiegen sie.

"Und wie lange dauert dieser Alptraum?"

"Das... kann schon einige Zeit dauern", sagte Se'ew.

"Und nach allen diesen Prozeduren, wenn's ausheilt, bleiben ihr dann überhaupt noch Haare auf dem Kopf?"

Das war Alisa. Passt zu ihr.

"Doktor Sonnenfleck ist da sehr optimistisch. Er behauptet, dass sie dann neues Haar bekommt, viel schöner als das frühere."

"Hoffentlich, obwohl sie auch bis jetzt schöne Haare hatte."

"Dankeschön!", rief Alisa.

Wieder trat Stille ein.

"Und wie hat sie es...?", fragte Ruth.

"Sicher durch einen unglücklichen Zufall."

"Nein, wie sie die Nachricht aufgenommen hat, die Arme... Ich meine, wie sie reagiert hat."

Einen Moment war es still. Tami hob den Kopf und lauschte.

"Sie... ist ein viel reiferes Mädchen, als wir dachten", sagte Se'ew schließlich, der Süße!

Wer kommt?

Tami erwachte am späten Nachmittag, lag auf dem Rücken mit Blick zur Decke. Was war's? Und wie? Papa liegt auf dem Boden und schläft. Und du und Gilat, ihr sitzt bei seinem Kopfende und spielt mit seiner Mähne, die lang und dunkelgelb wie eine Weizengarbe ist. Ihr flechtet ihm Zöpfe, und du sagst begeistert:

"Was für eine Strähne! Oder sind's einige?"

Und Gilat sagte:

"Wenn es vierzehn sind, dann darf man abschneiden."

An Papas Fußende, mitten im Zimmer, ein Wasserhahn mit einem Gummischlauch, der zu einem Gartensprinkler führt. Jaron zieht an dem Schlauch und weint: "Ich, ich, ich!"

Und du verstehst sofort, dass er gießen will, und rufst:

"Bitte nicht bei uns! Wir brauchen kein Heu! Geh und tanz im Pferdestall!"

Ins Zimmer tritt Jishar und trägt eine Schüssel mit weißem Brei, und du kapierst gleich, dass das flüssiger Gips ist, er muss sich also beeilen, sonst wird er fest. Weil er aber die Schüssel zu hoch hält, taucht sein Bart in den Gips, er wird ihn nicht herausziehen können, der Arme, man wird ihm den Bart ausreißen müssen, wie ihm das weh tun wird, bluten wird er.

Und Mutti läuft ihm mit einem Glas Himbeersaft nach, um es auf den Brei zu gießen, übergibt es dir und ruft:

"Gib es ihm!"

Du nimmst das Glas zögernd, die Hände zittern dir, es ist sonderbar, jemandem Brei zu geben, der kein Brei ist... Da – schon ist dir das Glas aus der Hand geglitten und zerbrochen. Nun sind alle mit Himbeersaft bespritzt: Papa, der ruhig liegt und schläft, Gilat, Jaron, der weiße Gips und Jishars Bart... Alle schauen dich mit großen Augen an, und du lachst:

"Steht euch gut! Heute ist Purim! Ich bin eine koschere Jüdin! Ihr glaubt mir nicht? Da zeige ich euch gleich noch jemanden, der verkleidet ist!"

Und läufst hinaus. Draußen aber brennt es, und du läufst durchs Feuer und spürst keine Hitze. Und erklärst dir selbst, ah, das ist kaltes Feuer. Mitten im Feuer, auf einem Scheideweg, triffst du den Jakob mit zwei Hörnern auf dem Kopf, und die Hände hat man ihm amputiert, man sieht das gleich, weil die Ärmel ihm so um die Schultern flattern, wie bei einer Vogelscheuche. Da packst du ihn an einem Ärmel, um ihn ins Haus zu ziehen, und Alisa, am anderen Ärmel, zieht in die Gegenrichtung, und du weißt, und sagst es sogar, dass du da nicht nachgeben darfst, weil das zwei Röntgenstrahlen sind. Und bist stolz auf den relfen Gedanken. Und ziehst mit aller Kraft. Und bist aufgewacht.

Was für ein Traum! Nicht süß, nein, das sicher nicht, auch nicht furchterregend aber ein bisschen feierlich, weil du da Worte wie "Strähne" gesagt hast. Und es war auch etwas Unangenehmes, Irritierendes: Man will sich genau erinnern, um Ordnung zu machen in diesem Chaos. Es müssen vierzehn sein, hat Gilat gesagt. Das hängt mit den

Aufgaben zusammen. Und Papa hat eine vierzehnte erwähnt – welche nur?

In dieser Sekunde war alles wieder da, als hätte ihr jemand einen Stoß versetzt. Sie tastete den Kopf ab. Das Kopftuch. Natürlich. Hast dir gedacht, dass du aufwachst und alles nur ein Traum war und du eine gelbe Mähne mit vielen Strähnen bis an die Hüfte hast, die du flattern lässt?

Sie sprang auf. Wie spät ist es? Wenn du doch schon die neue Uhr hättest! Niemand war in der Küche. Auch nicht im Elternzimmer. Tami schaute zum Fenster hinaus. Es dunkelt schon. Sie ging ins Badezimmer und sperrte die Tür zu. Licht machen? Nein, besser im Dämmerlicht. Sie stellte sich vor den Spiegel, der der in der Schranktür hängt. Da ist sie, von Kopf bis Fuß, eine fremde junge Frau, mit einem Gesicht, das ihr ein bisschen bekannt vorkommt, die koschere Jüdin.

Zuerst nahm sie das braune Kopftuch ab, dann das weiße.

Und ein kahler Schädel starrte sie an, ein lila-brauner runder Kessel mit zwei weit abstehenden Henkeln, ein Ungeheuer, ein Scheusal, ekelhaft, lächerlich, furchterregend und hässlich, hässlich. Tami kehrte ins Zimmer zurück, legte sich aufs Bett und weinte. Nach einer Weile hörte sie Schritte. Da stand sie rasch auf, schloss die Tür, legte sich wieder, mit dem Gesicht zur Wand, zog sich die Decke über den Kopf, und versuchte, weiter zu weinen mit diesen in der Kehle süßen Tränen, so anschmiegsam und voller Erbarmen, wie vorhin. Aber es ging nicht mehr.

Am Abend erzählte ihr Alisa, dass man schon auf der ganzen Farm davon spräche und alle schon davon wüssten, obwohl sie, Alisa, mit niemandem darüber gesprochen hätte. Und als man sie gefragt hat, was das wäre, hätte sie gesagt, dass das nur so was im Haar ist, das dann vergeht. Sicher hat's Gabriela verbreitet, du weißt doch, was für ein dreckiges Mundwerk die hat.

"Hat's ihr Vater erzählt?"

"Was weiß ich? Sicher hat er's ihr erzählt, oder Mutter, wegen der Behandlungen die du brauchst."

Alisa saß am Bettende, und das Bett war verschoben, weiter weg, in die Ecke. Das heißt, dass vorhin, als du einen Moment hinausgegangen bist...

"Sag, Tami... tut's weh? Wie spürt man, ob's beginnt? Auf einmal juckt es einen?"

Dann bat sie Tami einige Male, doch das Kopftuch einen Moment abzunehmen, nur einen Moment, sie muss doch mal von weitem sehen, wie's ausschaut.

Tami wehrte müde ab. Dieses gemeine Aas ist nur eine blöde Idiotin. Außerdem hätte ich gern gewusst, was du gefragt hättest, wenn sie das Dingsda an deiner statt gehabt hätte.

Den ganzen Abend wartete sie, dass man sie besuchen komme. Nicht die Jungs, natürlich, aber die Mädchen hätten kommen sollen – immer kamen sie, wenn eine von ihnen krank war, sogar wenn sie ganz schrecklich beschäftigt und unter Druck waren, wenigstens eine Minute schauten sie herein, fragten und erzählten, was los ist, was es in der Schule gegeben hat, was für Hausaufgaben "verhängt" wurden, ob's was Neues in der Nachalgruppe gibt, und dann fragten sie, ob man was ausrichten oder bringen solle, von der Bibliothek vielleicht. Aber sie kamen nicht, diese Kanaillen. Keine von ihnen.

Der nächste Tag – welche Öde! Wie langsam sich die Zeit zieht!

"Vielleicht kann ich dir beim Kochen helfen, Mutti?"

"Weißt du, mir wär lieber, wenn du nicht in die Küche kämst."

Tami seufzte. Natürlich.

So saß sie also auf dem Bett und blätterte ihre Sammlung von Fotos durch. Zum vorletzten Geburtstag hatte sie ein umfangreiches Album bekommen, hatte jedoch bis jetzt nicht die Zeit und Geduld aufgebracht, die Bilder einzukleben. Sehr gut. Jetzt können wir sie ordnen – den Jahren nach, natürlich. Da gibt's sogar eines, wo sie auf dem Topf sitzt, wo steckt es? Ah, da haben wir's schon. Was für eine Fratze du damals gehabt hast, und was für Locken! Schade, dass es nicht farbig ist. Und das da, da fährt man dich im Wagerl, und da ist eins, da warst du noch kleiner und liegst auf dem Rücken, splitternackt. Wenn du mal einen Freund hast, zeigst du's ihm? Ihm sicher, aber so, anderen Jungen – um keinen Preis! Was machen wir also? Kleben wir's ein oder nicht? Natürlich kann man alles auch anders ordnen, nach Themen: Sommerferien, Ausflüge, Purim-Verkleidungen. Da, zum Beispiel, warst du die gute Fee, die zwölfte, und Gilat war Dornröschen. Und hat eine Goldkrone, wie sie Prinzessinnen tragen, mit ihrem langen Haar, und du hast eine kleine Silberkrone auf deinem kurzen Haar, das damals noch ein wenig gelockt war. Man wollte dir damals einen Stern auf die Stirne kleben und erklärte dir, dass Feen immer Sterne auf der Stirn hätten, aber du wolltest nur eine Krone. Und da stehst du auf dem Damm beim Stausee, lachst mit dem ganzen Gesicht, hattest damals wahrscheinlich was zu lachen, mit dem neuen Badeanzug, damals war er neu und nicht zu klein und verblichen wie jetzt. Man sieht sogar, dass du gerade aus dem Wasser gestiegen bist, deine Haare sehen ganz nass aus, so nass, als ob es tropfen würde. Und im Hintergrund sitzen die Mädchen im Boot und kugeln sich vor Lachen. Sicher hat ihnen jemand etwas Komisches zugerufen. Wer hat damals die Aufnahme gemacht? Wieso erinnerst du dich nicht? Wahrscheinlich war es Kurt. Sicher Kurt, wer denn sonst? Und das ist wieder eine Purimaufnahme, da warst du eine Zigeunerin. Wolltest dir Zöpfe wachsen lassen, und da, auf dem Bild, trägst du das Haar offen, und es reicht dir fast bis zur Schulter. Aber nur fast. Erinnerst du dich, wie du allen versichert hast, dass Zigeunerinnen genau solches Haar tragen: Nicht zu lang und nicht ganz glatt.

Am Nachmittag wurde ihr plötzlich heiß und eng, fast zum Ersticken.

"Was sagst du, Mutti, ich hätte Lust, ein bisschen spazierenzugehen. Ich meine, außerhalb der Farm. Sagen wir, ich geh zum Teich oder zum Friedhof. Ich muss mich ein wenig bewegen."

Ruth zögerte.

"J...ja", sagte sie unsicher. "Eigentlich, warum nicht? Wenn man fragt, sagen wir, dass es der Doktor empfohlen hat."

Aber am Ende ging sie doch nicht aus. Sie hörte Radio und saß am Fenster hinter der Gardine. Man kann mich von der Straße nicht sehen, das ist sicher, weil's im Zimmer dunkel ist. Ich hab es einmal ausprobiert und Alisa gebeten, hinter dem Vorhang zu sitzen und bin auf die Straße gelaufen, um zu schauen, ob man sie sieht. Die Männer kommen jetzt von der Arbeit. Die Frauen gehen Brot holen und schauen, was es Neues am Schwarzen Brett gibt.

Als es dunkel wurde, gingen Jael und Hadas vorbei, und Tami schob den Vorhang ein wenig zur Seite. Und beide schauten zum Fenster, und es war klar, dass Tami sie bemerkt hatte. Also näherten sie sich, langsam, standen im Garten am Granatapfelbaum, sieben, acht Schritte vor dem Fenster.

"Nun, wie geht's?"

"Gut."

"Wann... eh... darfst du aufstehen?"

"Ich brauch überhaupt nicht zu liegen."

"Ah."

"Was gab's heute in der Schule?"

"Wie immer. Heimatkunde, Mathematik, Bibel, Naturkunde."

"Hat er Hausaufgaben aufgegeben?"

"Nein, wegen der Proben und Vorbereitungen."

"Ah."

Und gleich machten sie sich aus dem Staub. Behaupteten, sich schon zu irgendeiner Probe verspätet zu haben, diese verlogenen Kanaillen. Haben aber genau das gesagt, was du gesagt hättest, wenn sie, an deiner Stelle... Dass sie es nur auch kriegen, Gott gebe es, Amen!

Einen Moment lächelte sie. Erinnerte sich an das, was sie damals Gott versprochen hatte, als der elektrische Topf verbrannte.

Nach dem Nachtmahl kam Alisa ins Zimmer, um sich umzuziehen. Nahm den neuen schwarzen Rock, und die hellblaue Bluse. Es war wie eine alte, halbvergessene Melodie.

"Gehst du zu Aja? Gibt's einen Schallplattenabend bei der Nachal-Gruppe?"

"Hast du vergessen, heute ist doch Filmabend."

"Richtig! Wo zeigt man ihn?"

Das war die entscheidende Frage: Wenn man ihn draußen zeigt, auf dem großen Rasen, hinter der Kulturhalle, wie im Sommer, kannst du warten, bis der Film beginnt, und dann, im Dunkeln, zwischen den Sträuchern...

"In der Kulturhalle natürlich. Wo denn sonst?"

"Bist du sicher, dass es drinnen ist?"

"Na klar. Hast du schon einmal gehört, dass man ein paar Tage vor Chanukka draußen sitzt?"

Tami seufzte. Natürlich.

"Was gibt's heute?"

"Rebels without a cause."

Tami nickte nur und schluckte.

Natürlich. Der Film, den die Mädchen schon seit ein paar Monaten erwarteten, nach allem, was in der "Filmwelt" über James Dean stand, dass in Amerika alle Mädchen ganz verrückt nach ihm sind, lichterloh brennen, vergehen... weil er eben so... so ganz... und auch im Leben soll er ja genauso...

"Ich werde nicht gehen können", sagte sie mit schwacher Stimme.

Mach bitte, lieber Gott, dass Alisa jetzt sagt, dass...

"Na klar."

Dieses gemeine Aas. Kümmert sie nicht im Mindesten.

Und wenn du draußen stehst und durch ein Fenster guckst? Du kannst dir ja vielleicht eine Kiste holen und dich darauf stellen... Aber dann siehst du höchstens einen verwischten Flecken. Unlängst hat Michal über ihren Vetter erzählt, der in Amerika war. Da hat jeder einen Fernsehapparat in jedem Zimmer, kann Filme sehen, soviel er will und pfeift auf alle Kulturhallen. Andererseits, wenn jeder allein vor seinem Film sitzt, ist's auch irgendwie traurig, obwohl es praktisch und bequem ist.

Bevor Ruth ging, bat Tami sie, ihr Wolle und Stricknadeln zu geben. Vielleicht wird sie etwas stricken wollen.

Ruth zog die Brauen zusammen:

"Was willst du stricken?"

"Ich weiß noch nicht. Ist ja auch egal. Das entscheide ich nach der Farbe der Wolle. Sagen wir, Strümpfe."

"Du brauchst keine Strümpfe."

"Dann strick ich sie für Papa. Der braucht immer welche."

Ruth schaute vom Schrank zum Fenster.

"Ich glaube, wir haben keine Wolle mehr."

"Dann schau nach, ob noch was da ist oder nicht. Etwas muss ich doch tun."

"Gut", sagte Ruth auf einmal, "ich gebe dir Wolle, und du kannst was stricken, nur lass es später bitte auf deinem Bett liegen. Es tut mir Leid, dass du den Film nicht sehen kannst."

Und sie ging.

Es war so still im Haus und still in den Nachbarhäusern. Und vielleicht hört sie Schritte. Und Papa kommt herein. Die Sitzung wurde verschoben. Wegen des Films. Und zum Film zu gehen, hat er keine Lust, und er setzt sich auf dein Bett und raucht, und ihr hört zusammen Radio und spielt Dame und plaudert, und wenn du Glück hast und man heute Abend "Die Arche Noah" gibt...

Se'ew war der erste, der ging. Er müsse noch rasch zur Arbeitseinteilung laufen.

Tami saß auf ihrem Bett und nahm das Strickzeug zur Hand. Die Wolle war weinrot. Viel dunkler als der Himbeersaft im Traum. Warum lag er auf dem Boden? Man sagt, wenn jemand stirbt, legt man ihn vom Bett auf den Boden. Warum? War er barfuss? Auf alle Fälle, du strickst ihm warme Strümpfe für den Winter, und wenn sein Geburtstag kommt... Wann hat er eigentlich? Jedes Jahr feiert ihr deinen und Alisas und sogar Muttis. Wenn auch nicht mit einer richtigen Feier, Papa bringt Blumen und erinnert dich und Alisa, Mutti zu gratulieren. Wann ist seiner? Es hat dir nie gefehlt, dass du es nicht weißt. Und wie alt ist er eigentlich? Er hat einmal erwähnt, dass er vier Jahre älter als Mutti ist. Das heißt, zweiundvierzig. Neunundzwanzig war er, als du zur Welt kamst. Wenn du dreißig bist, wird er fast sechzig sein. Und er wird dreißig Jahre vor dir sterben. Wenn er aber, sagen wir, neunzig wird und du bereit wärst, mit sechzig zu sterben... Wenn's von dir abhinge... Jetzt schmollst du, dass er nicht bei dir blieb, sondern in den Film ging? Wann aber bist du bei ihm geblieben? Letzten Winter, als er Grippe gehabt hat, gab's zwei Filme, und nie ist dir in den Sinn gekommen, dass du bei ihm bleiben solltest. Aber er ist schon erwachsen, da fühlt er sich sicher nicht so traurig und verlassen wie du. Aber vielleicht hat er sich gedacht: Sie ist ja noch klein, da fühlt sie sich sicher nicht so traurig und verlassen wie ich. Da gebührt es ihm, dass man ihm einmal im Jahr Blumen bringt und ihn küsst und ihm sagt, dass man ihn lieb hat. Das gebührt eigentlich jedem auf der Welt. Einmal im Jahr. Blumen. Ein Kuss. Wie so wenig so viel sein kann!

Tami schmiegte sich an den Gedanken, streichelte ihn, versuchte, ihn nochmals zu denken und auszuschmücken. Alle sitzen jetzt in der Kulturhalle, schauen wie blöde den trotzigen, aufgeblasenen James Dean an, und keiner, hörst du, kein einziger hat so einen Einfall wie du. Du nimmst ein kleines Büchlein, wie für die englischen Vokabeln, oder – noch besser – einen kleinen Kalender, wo jeder Tag eine Viertelseite hat, und notierst alle Geburtstage: Alisas, Muttis, Gilats, und die aller anderen Mädchen, sogar die der Jungen. In der Kartothek, die in der Kanzlei steht, sind alle Geburtsdaten vermerkt. Sag dem Sekretär, du bereitest einen Vortrag vor und machst eine Statistik, mit Durchschnittsalter, Altersgruppen. Das ist nicht lügen, höchstens ein bisschen bluffen. Außerdem heiligt der Zweck die Mittel. Auf alle Fälle versteckst du den Taschenkalender, und wenn ein Datum kommt, dann sagst du so nebenbei: "Schalom, Gil! Man kann dir ja heute gratulieren. Warum? Darum. Denk mal nach. Warum, von allen Tagen des Jahres, gerade heute – streng dich an, dann findest du's, bist ja ein intelligenter Junge!" Und eine Woche später: "Schalom, Etan! Gut, dass ich dich zufällig treffe. Heute gebührt dir ein 'Masal Tov'." Nach einigen Tagen hörst du zufällig, dass man sich auch für dich interessiert: Eigentlich, wann hat sie Geburtstag? Und das ist ein klares Zeichen ihres Bereuens, sich früher so verhalten zu haben. Ja, das ist der richtige Ausdruck: Verhalten! Man muss nicht jeden lieb haben. Aber man muss doch wenigstens irgendwie eine Einstellung oder Beziehung zu jedem haben.

Und Jakob?

Tami zögerte. Wenn es jedem gebührt... Wenigstens einen Tag im Jahr und eine Minute an diesem Tag... dann... Und wenn der daran denkt, wie schön es im Leben ist, wenn jeder weiß, dass man ihn lieb hat, nein, das ist nicht genug, sondern, wenn jeder das fühlt. Das könnte ihn ändern, dass er kein so gemeiner Kerl wäre. Dieser Schuft, knutscht einen und prahlt damit. Ach, wenn du nur Jiu-Jitsu gekonnt hättest oder Karate. Wie damals im Film, als dieser dumme Lümmel dachte, er habe eine wunderschöne, aber erzdumme Blondine vor sich. Wäre ihm nicht im Traum eingefallen, was eine gut trainierte Geheimdienst-Agentin alles kann. Ach, was für ein Kinnhaken, ein richtiger Knock-out Schwinger, dann noch ein Streich und ein Hieb, und aus war's mit ihm! Und als er noch ganz benommen war, hat sie schon ihren kleinen Revolver gezogen, ihm eine Kugel verabreicht, vernichtet war er, und dann schob sie ihn einfach mit dem Fuß beiseite. Natürlich hat's ihm gebührt. Trotzdem, es ist eigentlich nicht schön, jemanden so nachlässig mit dem Fuß aus dem Weg zu schaffen... So wie es jedem gebührt, dass man ihn ein bisschen lieb hat, während er lebt, gebührt es ihm, dass man ein bisschen traurig ist, wenn er stirbt. Auch dann, wenn man ihn vernichtet hat. Und dass er's weiß. Nein, dass er's fühlt, ich meine, bevor man ihn... weil später, wenn er allein im Grab liegt... Und schon sah sie sich in einem kleinen Grab liegen, kalt war's drin und feucht und dunkel und ganz weit weg von der Farm, mutterseelenallein in der Finsternis, in Regen und Wind, weit weg von zu Hause, mutterseelenallein, sag ich, entfernt von Papa, von allen. Jetzt, endlich, kamen ihr die erwarteten Tränen. Eines Tages wird auch Papa so liegen, auch Mutti und Alisa und Gilat, jeder an einem anderen Tag, in einem anderen Grab, mutterseelenallein in Nacht und Regen... Nehmen wir an, Vati oder Mutti wären heute doch bei dir geblieben, dass du Glück gehabt hättest und man hätte die idiotische "Arche Noah" nicht gegeben, sondern eine stille Musik, so dass man reden kann, dann hättest du ihm die Hand gestreichelt und zögernd und leise gesagt:

"Vati, sei doch nicht immer müde und beschäftigt! Lass mich dich noch rasch lieb haben und hab auch du mich lieb, stark und fest, damit ich nicht an den Tod denken muss."

Es klopfte. Tami sprang auf, hielt ihren Atem an und lauschte.

Es klopfte nochmals.

Und was, wenn du die Tür öffnest, und im Korridor steht jemand im schwarzen Talar, Sense in der Hand, wie im Film, der Talar ist ein bisschen geöffnet, und man sieht das Skelett, und er – oder es – sagt... oder es sagt nichts, sondern steht schweigend.

Als es zum dritten Mal klopfte, rief sie mit schwacher Stimme:

"Ja? Herein, bitte!" Und machte Licht in der Küche. Die Tür ging auf und Jaron kam herein.

Tami öffnete den Mund, als ob sie sich zu sagen anschickte, "Ah, du bist es!" Sagte aber nichts.

"Schalom, Tami", sagte er mit heiserer Stimme.

"Schalom", wollte sie sagen. Ihre Lippen formten das Wort, aber kein Laut kam heraus. Sie räusperte sich und sagte rauer und lauter als beabsichtigt: "Schalom."

"Ich hab gehört, du bist krank, ich wollte schauen, wie's dir geht."

Sie standen beide an der Tür, kalter Wind wehte herein.

"Gut."

Im Moment in dem sie's sagte, erschien ihr die Antwort dumm, aber trotzdem wiederholte sie: "Gut." Dann folgte ein langes Schweigen.

"Ich dachte, du musst im Bett liegen?"

"Nein, ich darf herumgehen."

"Und hast du Fieber?"

"Nein, Fieber hab ich keins."

"Tut dir was weh?"

"Nein, gar nichts."

"Ah, so."

Nach nochmaligem langen Schweigen sagte Jaron:

"Vielleicht gehen wir hinein?"

Tami fühlte, wie ihr die bekannte Wärme in die Wangen steigt.

Also wird sie rot. Schon wieder. Na schön.

"Ja, wir können hineingehen."

Sie ging in die Küche und legte ein paar Kekse und Waffeln auf einen Teller. Dann setzte sie sich auf ihr Bett und deutete auf das Bett von Alisa:

"Du kannst dort sitzen, wenn du willst. Und da gibt's was zum Knabbern."

"Danke."

Wieder schwiegen sie.

"Also, wie geht es dir?"

"Gut."

"Wirst du lange liegen müssen?"

"Ich hab dir doch gesagt, dass ich nicht liegen muss."

"Warum bist du dann nicht in den Film gekommen?"

"So. Hatte keine Lust. Außerdem, ich soll lieber nicht ausgehen."

"Und... wirst du lange nicht in die Schule gehen?"

"Weiß ich nicht. Vielleicht ziemlich lange."

"Kommen die Mädchen dich besuchen?"

"Ja."

"Und hat man dir schon gesagt, was heute unterrichtet wurde?"

"Ja."

"Ich hab mir gedacht, dass ich dir, wenn du einverstanden bist, jedes Mal erkläre, was los war, damit du nicht so viel Stoff versäumst."

"Danke."

"Heißt das 'ja, danke' oder 'nein, danke'?"

Tami zuckte mit den Achseln:

"Was weiß ich?"

"Das heißt also 'nein, danke'?"

Tami schwieg und blickte auf den Bettvorleger.

"Und am Freitagabend kommst du zur Feier?"

"Glaube nicht."

"Und ist dir nicht langweilig zu Hause?"

"Was weiß ich?"

Diesmal dauerte die Stille besonders lange.

"Gut, also... werd rasch gesund."

"Danke."

"Schalom."

"Schalom-Schalom."

Er ging hinaus und schloss leise die Tür.

Von draußen hörte man Windstöße und seine sich entfernenden Schritte.

Wie ein transparenter Vorhang hing die Stille im Haus. Tami lauschte. Einen Augenblick meinte sie, die ferne Musik des Films von der Kulturhalle her zu hören. Aber es war nur der Wind.

Tami machte das Licht aus, drehte das Radio im Schlafzimmer der Eltern an und schaltete den Lautsprecher neben ihrem Bett ein.

Sie lag in der Dunkelheit und wartete, dass die guten, süßen Tränen zu ihr zurück kommen würden.

Falscher Alarm

Am nächsten Tag, Donnerstag, fuhr sie wieder nach Nahaia zum Hautarzt, diesmal mit Ruth. Da is ja die kleine Alma, rief Sonnenfleck, nicht die kleine Gweret, er hat sich's doch gemerkt! Und jetzt packen wir das kleine Fräulein Alma aus, braucht sich aber net fürchtn, wird net weh-weh tun. Und er zog Tami zum Fenster und nahm ihr beide Kopftücher ab, das braune und das weiße. Und Tami fühlte sich nackt in einem Zirkus vorgeführt. Jetzt sieht er, was du im Badezimmer im

Spiegel angestarrt hast: Das lila-braune Scheusal mit glattrundem Kesselkopf und zwei weit abstehenden Ohrhenkeln! Unterdessen hatte Sonnenfleck schon die dicke Lupe mit metallenem Rahmen und Griff genommen, Tami untersucht und langsam mit dem Kopf gewackelt, "Nein, Rexi, heute kriegst du keinen Keks!" Dann wieder ein plötzlicher Entschluss, der energische Schritt zur Seitentür, und die ältliche Schwester im weißen Kittel und weißer Haube reicht ihm wieder das dünne Glasplättchen.

"Mir machn dem Fräulein Alma noch an kleinen Kratzer."

Und schon blitzte das komische Messer mit dem langem Griff und der kurzen Klinge. Tami erschrak wieder ein bisschen, und Sonnenfleck, mit Onkelstimme, sagte etwas über halt a bisserl kitzln oder richtiger gsagt kratzn, um mal zu sehn, was da neues aufm Schädl los is. Da, auf diesm Sessl da soll sie sich setzn... Und schon hielt ihr die Schwester mit knochigen Händen den Kopf. Tami schloss die Augen und biss die Zähne zusammen. Auch wenn's nicht schrecklich weh-weh tut, sicher ist sicher. So.

"Hat's weh getan, mein Armes?", fragte Ruth.

"Leidlich", sagte Tami und öffnete die Augen. Der Arzt und die Schwester schauen jetzt im Nebenzimmer ins Mikroskop: Alles ist schon einmal gewesen, in einer anderen Form, so ferne, so lange her, als ob der Jahreszeiger einer Riesenuhr ganz langsam eine lange Strecke vorgerückt wäre. Sonderbar.

"Was ist sonderbar?", fragte Ruth.

"Was, hab ich 'sonderbar' gesagt? Ich hab gedacht, wie manchmal die Zeit rasch und langsam zugleich vergeht."

"Ah ja, dieses Gefühl kenn ich, mit demselben Gedanken." Es schien sie zu freuen.

Sonnenfleck kam zurück und unterhielt sich mit Ruth auf Deutsch. Tami durfte im Zimmer bleiben, sie verstand das meiste.

"Also, während der letzten zwei Tage is eine sehr interessante Veränderung eingetretn. Die lichtn Fleckn san praktisch ganz verschwundn. Und auch das Mikroskop sagt uns o.b., das heißt, ohne Befund." Die beiden letzten Worte sagte er auf Hebräisch, es war, als ob eine unsichtbare Hand sie an die Wand geschrieben hätte: OHNE BEFUND.

"Und ma kann jetzt mit Sicherheit konstatiern, dass mir Erfolg hattn und dass es sich eigentlich gar net um diese Scherpilzflechte gehandelt hat." Und den Namen der Krankheit sagte er wieder auf Hebräisch und schon sah Tami an der Wand die Schrift in Blockbuchstaben: SCHERPILZFLECHTE. "Diese Krankheit", fuhr Sonnenfleck fort, "auf lateinisch '*Tinea Capitis*' genannt, zieht sich über ein paar Monate hin. Ergo, wenn sie sich net hinzieht, is ebn keine Tinea Capitis, ha-ha, net wahr?

"Wenn die Situation so ist, dann ist es sehr schade, dass wir dem Kind das Haar geschoren haben und ihre Feier abgesagt und die Einladungen...", begann Ruth auf Deutsch.

Aber Sonnenfleck konnte dem gar net beistimmen. Nein, Gweret, sagte er ganz entschieden (und GWERET erschien vor Tamis Augen an der Wand), dem könne er net beistimmen. Es warn Indikatorn fürn Haarausfoi, und es gab helle Fleckn, und das Mikroskop gab ein Bild, das, wenn's a net ganz einwandfrei war, so gab's doch Grund genug für das, was ihr da 'Alarm' nennt (ALARM wieder erschien das Wort auf der Wand). Da schlagn wir Alarm. Und hattn wie gesagt Erfoig. Jetzt besteht keine Infektionsgefahr, und die kleine Alma kann ruhig in die Schule gehn und bekommt jetzt viel schöneres Haar als früher. Und in zwei Wochen bitt ich sie noch mal zur Kontrolle zu erscheinen, weil dieser Fall ebn so interessant is.

Dann versuchte er, Tami Ähnliches auf Hebräisch zu sagn und betonte, dass alle Freundinnen sie beneidn wern, wegen dem schönen Haar, das sie jetzt kriegt. Ob sie weiß, was a "Patientin" is?

"Natürlich", antwortete Ruth, an ihrer Stelle.

"Das is nämlich a lateinisches Wort, 'patientia', das is Geduld und kommt von 'pati', duldn, also, a Patientin is eine, die mit Geduld duldet, was aber die meisten net tun wolln, ha-ha. Aber du warst a echte Patientin, a geduldige Dulderin."

Zuletzt bat er, sie solle einen Gruß an ihren sehr geehrten Herrn Papa ausrichten.

Sie gingen auf die Straße hinaus und in die Geschäfte, in denen Ruth ihre Einkäufe machen wollte.

"Nun, Tami, freust du dich nicht, dass alles so gut ausgegangen ist?", fragte Ruth.

Tami antwortete, sie freue sich.

Ob sie nicht Eis wolle, den Vorfall zu feiern?

Nein, sie hatte keine Lust auf Eis.

Gleich im ersten Geschäft trafen sie Berta, die auch beim Einkaufen war und mit dem Mittagsbus nach Hause fahren wollte.

Von da an gingen sie zusammen.

"Zuallererst muss ich dir von unserem Erfolg erzählen", begann Ruth und berichtete von Tamis Heilung. "So dumm, dass es ihr gerade jetzt passieren musste und dass wir gleich alle Einladungen abgesagt haben und man das jetzt nicht mehr widerrufen kann. Aber immerhin, besser so. Schließlich, die Hauptsache ist ja die Gesundheit."

Und weil ihnen noch Zeit bis zur Abfahrt des Busses blieb, setzten sie sich in einen Kiosk zum Kaffeetrinken und sprachen über die Familien, die morgen feiern werden, erwähnten die Geschenke, die sie gekauft hatten, und wie viele Gäste man erwartet. Ruth fragte Tami nochmals, ob sie nicht doch ein kleines Eis oder einen Kuchen essen mag. Diesmal war Tami einverstanden. Ein kleines Eis, bitte. Und einen Kuchen, warum nicht.

Ruth und Berta gingen zum Deutschen über, aber Tami verstand das meiste. Ich sage dir, dass er immer ein Sonderling war, und es war ziemlich schwer, ihn auszuhalten, wenn du mich fragst, aber das mit dem Inspektor, das war der Gipfel, was, davon hast du nicht gehört? Die ganze Farm spricht doch darüber. Elieser hat auch einen Brief vom Erziehungsministerium bekommen. Man erwägt, ob man ihn ablösen soll, sogar mitten im Schuljahr, und gerade jetzt hat man uns den Vorschlag gemacht, eine neue Familie aufzunehmen, beide sind Lehrer, aus einem Kibbuz im Jordantal, der Mann könnte die Klasse sofort übernehmen. Nach dem, was wir über ihn gehört haben, soll er sehr gut sein. Wenn man ihm eine Abfindung zahlen muss, ist das das Problem des Erziehungsministeriums. Auch in diese Sache mit der russischen Familie, den Dworkins, hat er sich eingemischt. Was, weißt du das nicht? Ernst sprach im Namen des Erziehungskomitees mit dem Vater, er solle den Sohn beschneiden lassen. Schließlich sind wir hier nicht in Russland, und es besteht kein Grund, warum der Junge ein Goi bleiben soll. Man hat ihm angedeutet, dass er für ein Probejahr aufgenommen wurde, und dass sein Verhalten einen schlechten Eindruck auf die Genossen machen könnte. Auch Emil und Fritz haben mit ihm gesprochen. Man erzählt, er hätte sie hinausgeworfen und gesagt, sie sollen ihre Nase nicht in fremde Angelegenheiten stecken, und seine Kinder wird er erziehen, wie es ihm richtig scheint, und dass er nicht will, dass sie in einer provinziellen und klerikalen Atmosphäre aufwachsen. Ja, genau so, wie ich's sage, hat er's gesagt. Wahrscheinlich war er einmal Kommunist. Und in diesem Gespräch hat sich zufällig herausgestellt, dass Jishar mit ihm schon vorher gesprochen hatte und ihn gewarnt hatte, und ihm geraten hat, nicht nachzugeben, verstehst du? Ich sag dir, dass Leute mit so einer Einstellung bei uns keinen Fuß fassen werden und sich nicht absorbieren lassen. Man hat uns angeboten, eine Gruppe Angelsachsen zu schicken. Ja, das ist ganz anderes Material. Man muss natürlich den

Versuch machen, diese Neueinwanderer aus Russland aufzunehmen, aber man muss von Anfang an den Misserfolg beachten. Außerdem haben sie keine positive Einstellung zur Landwirtschaft. Ja, das ist das Problem mit ihnen.

Mittags, als sie aus dem Autobus ausstiegen, trafen sie Jishar. Als er sie sah, stieg er von seinem Fahrrad und fragte, wie es Tami gehe. Ruth erzählte ihm, dass sie wieder in die Schule dürfe, sogar schon morgen. Ihre Bat-Mizwa würde sie am Ende des Jahres feiern, mit der zweiten Gruppe, aber die Hauptsache sei, dass sie keinen Unterricht versäume, und überhaupt, man sieht wieder, die Gesundheit ist die Hauptsache.

Jishar reichte Tami die Hand und beglückwünschte sie. Tami fühlte Wärme in ihren Wangen. Immer wird sie rot, wenn es eigentlich keinen Grund dafür gibt. Wann wird das endlich aufhören?

Unterdessen sagte Jishar, er freue sich, dass sie gesund sei, obwohl er nicht ganz sicher sei, dass die Gesundheit immer die Hauptsache ist. Was die Feier anbelangt, solle sie sich nicht zu Herzen nehmen, dass sie morgen nicht feiert. Die Geschenke werde sie ja bekommen, und das genaue Datum der Feier sei doch ziemlich belanglos.

Tami senkte ihre Augen.

Er spottet über mich und meine Mutter und die spürt es nicht einmal.

Natürlich werde sie die Geschenke bekommen, bestätigte Ruth, aber trotzdem sei es jammerschade, dass das Kind morgen nicht feiern könne, wo es sich schon so gefreut habe, und man dürfe nicht vergessen, dass so was ein wichtiger Meilenstein im Leben ist, und sie hätten schon so viele Einladungen verschickt, und sogar die Kuchen hätte sie...

Ja, das sei schade, sagte Jishar. Obwohl die wirklich großen Ereignisse nicht mit Pauken und Trompeten kommen, mit Einladungen und Kuchen, sondern sich in Stille kundtun.

Jishar wandte sich um und ging, ohne Ruths Antwort abzuwarten. Und Ruth schüttelte missbilligend den Kopf.

Alisa kam erst mit dem letzten Autobus – einmal in der Woche war nachmittags Handarbeit.

Als sie die gute Botschaft hörte, verzog sie ein wenig den Mund und bemerkte:

"Hab mir gleich gedacht, dass sich herausstellen wird, dass es ein falscher Alarm war. Aber auf alle Fälle gut, dass es vorüber ist."

Diese Gemeine. Das wirst du ihr nicht vergessen.

Aber dann zuckte sie die Achseln. Und was hättest du gesagt oder gedacht, wenn ihr das passiert wäre?

Se'ew drückte ihr die Hand und zog sie an seine Seite, küsste sie auf die Stirn und sagte nichts. Tami antwortete mit leichtem Händedruck und eilte in ihr Zimmer. Sie stand am Fenster, als ob sie etwas im Bücherregal suchen würde, bis Ruth sie zur Jause rief.

Während sie den Kaffee tranken, klopfte es: Gabriela, die Krankenschwester.

Nein, danke, sagte sie und runzelte ihre Nase, sie wolle keinen Kaffee, sie käme nur eine Sekunde herein, auf dem Weg zur Klinik. Ja, sie hätte es schon gehört. Und freue sich natürlich sehr, dass das Kind nicht dieses... diese Krankheit hat. Aber es müsse klar sein, dass sie noch nicht in die Schule gehen kann. Warum? Weil es eine Verantwortung den anderen Eltern und Kindern gegenüber gibt. Und es wären bei ihr schon einige Eltern gewesen, nicht wichtig wer, und hätten gebeten, sie solle da vorstellig werden.

Ruth wandte mit schwacher Stimme ein, dass der Arzt...

Der Arzt! Was, kenne sie keine Ärzte? Nein, nein, man kann sich da nicht auf einen Außenstehenden verlassen. Tami, geh bitte ein Momentchen hinaus.

Tami ging wieder in ihr Zimmer.

Nach einer Weile schaute Se'ew herein: er gehe jetzt zur Arbeitseinteilung – ob Tami mitkommen möchte?

Ruth schaute ihn vorwurfsvoll an, deutete auf Tamis Kopftuch und
sagte, vielleicht heute noch nicht, weil es kalt sei und nach Regen
ausschaue. Und berichtete auf Deutsch, was Gabriela gesagt habe,
bis Se'ew sie daran erinnerte, dass er das Gespräch gehört habe, weil
er dabei gesessen habe.

"Ja, stimmt, stimmt", sagte Ruth, "ich bin so zerstreut. Und diese Eltern, die gleich zu ihr gelaufen sind, um sich zu beschweren – weißt
du, wer das ist? Ich bin nämlich sicher." Und sie flüsterte ihm etwas
ins Ohr.

Tami schaute zur Wand und versuchte, nicht zu horchen.

"Das waren sicher die", fügte Ruth laut hinzu. "Es passt zu ihrem Cha-
rakter. Wieso ich das weiß? Verlass dich auf mich. In solchen Angelegenheiten haben wir Frauen einen sechsten Sinn."

Am Abend klopfte es, und Jishar trat ein.

"Guten Abend, Ruth, einen angenehmen Abend, Se'ew, guten Appetit,
Mädchen."

Se'ew wünschte auch ihm einen guten Abend und lud ihn dann ein,
mit ihnen ein Glas tee zu trinken. Jishar lehnte das dankend ab.

"Ich komme wegen Tamis Schulbesuch morgen", sagte er. "Es kam
mir zu Ohren, dass Gabriela bei euch war und Tami verboten hat, zur
Schule zu kommen. Also, stellen wir bitte klar, Tami ist verpflichtet zu
kommen. Die einzig entscheidende Instanz in diesem Fall ist der be-
handelnde Arzt. Und da dieser Arzt – nach Ruths Aussage – bestätigt
hat, dass das Mädchen in die Schule gehen darf, seid ihr nach der allgemeinen Schulordnung auch dazu verpflichtet, sie zur Schule zu
schicken, die Krankenschwester hat keine Autorität, das zu verbieten.
Punktum."

"Ja, aber...", begann Ruth.

"Gabriela hat es nicht für nötig befunden, sich in dieser Angelegenheit mit mir zu beraten. Da sich aber einige Eltern an mich gewandt haben, habe ich meine Meinung gesagt und ihnen das Gesetz erklärt und Gabriela meinen Standpunkt wissen lassen. Ich nehme mir das Recht, in dieser Angelegenheit zu entscheiden und übernehme die volle Verantwortung dafür. Eure Tochter wird morgen zur Schule gehen. Schalom. Guten und angenehmen Abend."

Nachdem er das Zimmer verlassen hatte, herrschte in der Küche eine tiefe Stille, so dass man das Summen der Neonlampe hören konnte. Dann begannen alle – Alisa, Ruth und Se'ew – zugleich zu sprechen.

"Ich würde raten...", sagte Se'ew.

"Klar, dass sie gehen muss", entschied Alisa und lachte.

"Ich hab dir gleich gesagt, dass Trude dahinter steckt. Sie war's, die die ganze Suppe eingebrockt hat. Sie ist zu Gabriela und Jishar gelaufen, sie war's, die alle Eltern aufgehetzt hat. Verlass dich drauf!"

Se'ew schlug vor, dass das Kind nicht gehen solle. Für alle Fälle, nicht gleich morgen. Am Abend sollte man noch mal mit Gabriela und dem Erziehungskomitee sprechen. Das Mädchen soll nicht unter dem Streit der Erwachsenen leiden.

"Und ich hätte sie gerade geschickt, damit sie platzen", sagte Alisa, diese Gemeine. Da spielt sie wieder einmal die Mutige, wie immer.

"Du schweig, was verstehst denn du davon", befahl Ruth, bohrte ihren Blick in das Tischtuch und murmelte: "Wie kann ein Mensch so falsch sein? Als wir die neuen Vorhänge gekauft haben, ist sie gekommen, um mich zu beglückwünschen. Wie schön das ist, und wie es zum Zimmer passt. Erinnerst du dich, ich hab dir schon damals gesagt, dass sie fast platzt."

"Aber Gabriela und Jishar haben beide erwähnt, dass einige Eltern bei ihnen waren", versuchte Se'ew sie zu beschwichtigen.

"Natürlich, und wer hat sie dazu aufgehetzt? Ich weiß, was ich sage."

"Aber wieso bist du so sicher? Vielleicht irrst du dich? Es gibt doch..."

"'Doch... doch...' Du hast immer ein 'doch' bereit. Verlass dich auf mich."

Sie diskutierten noch einige Zeit miteinander, aber Tami hörte schon nicht mehr zu.

Dann sagte Se'ew, dass er zu Gabriela gehe, und Ruth sagte, sie werde mit Berta und Liesel reden, auch mit Lotte und Gretl, aber besonders mit Dora, weil die im Erziehungskomitee ist.

Alisa zog sich um und ging, ohne zu sagen, wohin.

Tami wanderte von einem Zimmer ins andere. Ah, das Geschirr vom Nachtmahl steht noch im Spülbecken. Tami spülte ab und räumte auf. Was weiter. Vielleicht hat sie Glück, und heute Abend gibt es "Die Arche Noah"? Tami schaute in die Zeitung. Natürlich, "Die Arche Noah" war gestern. Heute gibt's "Ausgewählte liturgische Gesänge" und "Die Klassiker der Literatur". Tami stellte das Radio so energisch ab, dass sie schon fürchtete, etwas zerbrochen zu haben. Wo ist ihr Strickzeug? Ruth hat es sicher irgendwo versteckt – Tami suchte es in allen Schränken und Fächern –, dieses verdammte Strickzeug muss doch irgendwo in diesem verfluchten Haus sein – im ganzen gibt's da zwei vermaledeite Schränken, die... die... warum lernt man in dieser dreckigen Schule nicht ein paar ordentliche Flüche, zum Teufel?

Am Ende fand sich die Strickerei unter ihrem Bett. Die Wolle hatte sich verheddert. Tami versuchte, sie zu entwirren und verhudelte alles nur noch mehr. Sie warf das ganz durcheinander geratene Zeug wieder unters Bett und stampfte mit ihrem verfluchten, verdammten Fuß, dass er zum Teufel in die Hölle... dass...

Es war schon spät. Aber wie spät? Wenn sie die neue Armbanduhr hätte... Heute wird niemand mehr kommen, obwohl sicher alle gehört haben, dass du nicht mehr... Den ganzen Abend hatte in ihrem Zimmer das Licht gebrannt – wenn sie dich besuchen wollten, wären sie längst gekommen. Und du an ihrer Stelle, hättest du dich besucht?

Tami löschte das Licht aus, zog einen warmen Sweater an und öffnete weit das Fenster. Was für ein wilder Wind! Wie die Wolken so dunkel einherjagen, ohne Mond, wir stehen doch am Ende des *Mondmonats*, weil ja die Naturvölker... was für "Naturvölker"? Früher, im Altertum, gab's Naturvölker, wie es damals auch Gott oder Götter gab. Weil man an Ihn glaubte, war Er da. Aber jetzt? Ach, lieber Gott, man kann ja nicht wissen, ob Du existierst oder nicht. Wahrscheinlich nicht. Und wenn, dann sicher nicht so, wie man denkt. Ich muss Dir sagen, dass das schrecklich schade ist. Es wäre ja so schön, wenn's Dich geben würde. Aber wenn's Dich trotzdem gibt, muss ich Dir sagen, dass Du Dich zu sehr versteckst. Wenn Du wirklich willst, dass man an Dich glaubt, wie man sagt, dass Du es willst, was mir schrecklich provinziell erscheint, denn warum soll jemand, so groß und erhaben wie Du, sich um eine kleine und elende Tami kümmern, aber wenn, sage ich, Du aus irgendeinem Grund das trotzdem willst, musst Du von Zeit zu Zeit ein Zeichen, und sei es das kleinste, das winzigste, geben, dass Du existierst und alles siehst und alles lenkst. Denn wenn Du zum Beispiel mich lenkst, muss ich Dir sagen, dass Du das nicht sehr gescheit machst. Schau, wie Du mich erschaffen hast – eine ekelhafte, elende Kreatur, die nicht weiß, was sie mit sich anfangen soll, und die so schrecklich provinziell ist, dass sie sich vor sich selbst ekelt. Weil sie nur so existiert, hörst Du, nur so. Und daher scheinen ihr alle Leute armselig und langweilig und kleinlich, weil sie selbst so ist, eine Kreatur, die keine Existenzberechtigung hat. Hat sich auch Marilyn Monroe einmal so elend gefühlt? Und Brigitte Bardot? Und Mutti? Und Alisa? Jishar ist zornig und Gabriela ärgert sich, und Mutti ist böse und Papa ist traurig. Weiß denn Jaron nicht, wie elend ich mich fühle? Warum lässt er mich nicht in Ruhe – das macht doch auch ihn lächerlich, wenn er imstande ist, eine so armselige Kreatur wie mich lieb zu haben. Also wozu, wozu das Ganze?

Tami stand auf, nahm einen kleinen Spiegel und sah forschend ihr Gesicht an, das ihr im schwachen Licht einer entfernten Straßenlaterne, entgegensah. Fräulein Tamar Awiwi, Sie spielen Theater. Sie sprechen zu sich, als ob jemand davon beeindruckt wäre. Auch, dass du dir das selbst sagst, ist ein Teil der Komödie. Genug!

Sie zog sich aus, legte sich ins Bett und warf sich lange von einer Seite auf die andere. Schließlich nahm sie eine Schlaftablette aus dem Erste-Hilfe-Kästchen im Badezimmer, mit einer dicken Schicht Streichschokolade, die Ruth zum Schmücken der Kuchen für die Gäste vorbereitet hatte, umgab sie die Pille und schluckte sie.

Ich gehe

Am nächsten Morgen hatte sie einen schweren Kopf. Sie war allein im Haus. Auf dem Stuhl, neben ihrem Bett fand sie einen Zettel ihrer Mutter: "Du hast so tief geschlafen, dass ich dich nicht wecken konnte, und ich muss zur Arbeit. Wir haben beschlossen, dass du heute noch nicht in die Schule gehst. Sonntag sehen wir weiter. Mach dir Frühstück. Ich bin in drei Stunden zurück.

Auf Wiedersehen. Mutti"

Tami schaute auf die Wanduhr in der Küche: halb zehn. Rasch zog sie sich an, rückte vor dem Spiegel ihr Kopftuch zurecht, nahm einen Bleistift und fügte hinzu:

"Und ich hab beschlossen, dass ich gehe. Tami"

Dann nahm sie ihre Schultasche und ging hinaus.

Es war ein bewölkter und heller Wintertag. Ein kalter, lustiger Wind blies. Unter den Bäumen, auf beiden Seiten der Straße, lugten viele Keime hervor, die nach dem *ersten und zweiten Regen* – vor drei Wochen und vorige Woche – herauskamen. Auf einmal sah Tami vor einem Haus die roten Blüten einer Löwenmaul-Staude, die sich im Kalender geirrt hatte.

Tami bog von ihrem Weg ab und pflückte einen Blütenbecher mit seinem Stängel, steckte ihn ins Knopfloch ihrer Bluse und fühlte sich leicht und tatkräftig. Der Weg zur Schule war heute länger und schöner als je, die kahlen Bäume begannen zu sprießen, die Erde war brauner. Was für ein Gesicht Mutti machen wird, wenn sie von der Arbeit kommt und den Zettel liest – Und ich hab beschlossen, dass ich gehe. Sicher murmelt sie dann: Schaut sie mal an, unsere Kleine, sie beginnt schon zu beschließen!

Tami lachte und beschleunigte ihre Schritte.

Als sie sich der Schule näherte, spürte sie Herzklopfen. Wie spät kann es sein? Wenn sie schon die neue... Natürlich wird sie nicht mitten in den Unterricht platzen, sondern auf die große Pause warten.

So stand sie an der Tür des Klassenzimmers. Dann sah sie eine leere Kiste, draußen, am Wasserhahn, stellte sie neben die Klassenzimmertür, setzte sich und legte die Schultasche auf den Boden.

Aus dem Klassenzimmer klang Jigals Stimme:

"Jishar hat das Wort. Lesen wir die vierte Frage!"

Ah, sie halten also die Diskussionsstunde früher ab, weil heute, wegen der Vorbereitungen zur Feier der Unterricht früher endet. Tami schob die Kiste näher zur Tür und horchte. Vielleicht hat sie Glück, und man hat ihren Zettel noch nicht gelesen?

"Auf diesem Zettel", hörte man Jishars Stimme, "wird nach der Bedeutung von drei Wörtern gefragt: 'Abbate', 'Barden' und 'Cachucha'."

Es entstand Unruhe. Sicher flüstern alle und kichern.

"Ja, bitte?" In seiner Stimme spielte ein spöttischer Unterton mit, den

Tami so gut kannte. "Wer von Euch will sich zu dieser Frage äußern und diese interessanten Wörter erklären?"

"Ja, bitte", ahmte Jigal seine Stimme nach, "wer will das Wort ergreifen, wir warten."

"Ich nehme an, dass ihr auf diese Wörter nicht bei der Lektüre gestoßen seid, sondern sie im Wörterbuch oder Lexikon ausgesucht habt und daher ihre Bedeutung besser wisst als ich. Um aber der Bitte und Sitte zu entsprechen, werde ich mein Glück versuchen: 'Abbate' ist ein italienisches Wort, ein Titel für Geistliche, deren genauer Platz in der religiösen Rangordnung mir allerdings nicht bekannt ist; die 'Barden' waren nordische Dichter und Sänger des Altertums. Was aber 'Cachucha' bedeutet, weiß ich nicht. Das Wort hat einen spanischen Klang und wird wahrscheinlich 'Katschutscha' ausgesprochen, das ist vielleicht eine spanische Speise oder ein Kleidungsstück oder ein Volkslied?"

Man hörte Lachen. Dann rief Gil:

"Cachucha ist nach dem Wörterbuch so ein... einen Moment" – da änderte sich der Ton seiner Stimme – "ein spanischer Solovolkstanz."

Wieder Lachen.

"Also", rief Jishar, "wie spät ist's, Jigal? Wir haben noch ungefähr zehn Minuten, nicht wahr? Nehmen wir doch den nächsten Zettel."

Nun war es wieder einen Moment still.

"Hier haben wir drei Fragen, die eigentlich eine sind: 'Was bedeutet 'provinziell sein', wie kann jemand, der provinziell ist, damit Fertigwerden, und kann es sein, dass Gott provinziell ist?"

Tami konnte fast nicht atmen. Deine Frage!

Sie presste ihr Ohr an das Schlüsselloch.

"Das ist eine interessante Frage", hörte sie Jishar sagen, "und ich hoffe, dass ich in der kurzen uns verbliebenen Zeitspanne wenigstens den ersten Teil..."

In dem Moment trat Stille ein, die von einer Art Raunen durchdrungen war. Schade, dass sie nicht drinnen ist und sehen kann, was vorgeht!
"Warum fragst du nicht, wer sich dazu äußern will?"
"Weil ich dachte... aber Etan hat recht. Also, bitte, wer will zu dieser Frage Stellung nehmen?"
"Wir wollen, das heißt, ich und noch einige" – das war Gils Stimme – "wollen dazu bemerken, dass wir jetzt diese herumphilosophierende Frage nicht diskutieren wollen. Wenn du glaubst, dass du nicht genug Zeit hast, lass das für die nächste Fragestunde. Es ist ja nur noch ein Zettel übrig geblieben, lies bitte ihn zuerst, weil vielleicht darauf etwas Dringenderes ist, als Gott."
Gelächter.
"Aber wir haben doch beschlossen, dass man die Zettel der zufälligen Ordnung nach, in der sie..." – Das war Ronit. Und diesmal ist's in Ordnung, dass sie immer "in Ordnung" sein will.
"Ach, hör doch auf mit deinem ewigen 'haben doch beschlossen'! Stimmen wir ab! Jishar! Du hast einmal gesagt, dass jeder das Recht hat, einen Antrag zur Tagesordnung zu stellen. Da hat Gil den Antrag zur Tagesordnung gestellt, dass wir Gott und dieses Wort da fürs nächste Mal lassen. Und wenn Ronit dagegen ist..."
"Ich hab gar nicht gesagt, dass ich dagegen bin. Ich hab nur bemerkt..."
"Genug. Sie ist nicht dagegen. Ist's jemand anderer? Nein. Fein! Gils Antrag zur Tagesordnung ist angenommen. Jishar, nimm bitte den nächsten Zettel! Wir haben nur noch fünf Minuten!"
Wieder herrschte Stille. Dann Jishars Stimme:
"Diesen Zettel brauchen wir nicht zu lesen, weil ich ihn sowieso nicht beantworten werde, da..."
"Das ist gegen das Gesetz, Jishar!"
"Jishar, du selbst hast uns den Unterschied zwischen einer Frage und

einer, wie hieß das noch - Interpellation ganz ausführlich erklärt!"

"Stimmt. Wenn du nicht antworten willst, antworte eben nicht. Aber du bist verpflichtet, den Zettel als Interpellation zu lesen."

"Braucht er nicht! Wir wissen doch alle, was draufsteht."

"Halt's Maul, du. Er soll lesen. Auch bei Interpellationen weiß man, was drin ist, und fordert doch, sie zu lesen."

"Du hast gesagt, dass Interpellationen zur Demokratie gehören."

"Genug, schweigt doch, sonst sagt er noch, dass er wegen der Störungen..."

"Stimmt. Ruhe!"

Und auf einmal war es ganz still.

"Gut. Da ihr anscheinend alle wisst, was auf diesem Zettel steht, kann ich ihn, eurer Forderung gemäß, vorlesen. Also:

Vorige Woche sind alle Bar-Mizwa-Kandidaten weggefahren, um Material für ihre Vorträge zu sammeln; nur Tami hat nicht mitgemacht. Zuerst hat sie behauptet, dass sie krank sei und nicht mitfahren könne, und dann ist sie auf einmal allein gefahren. Warum hast du ihr diese Manipulationen erlaubt?"

Tami hörte, dass man im Klassenzimmer kicherte und flüsterte. Ihre Wangen brannten. Sie stand auf und lief weg. Aber am Ende des Korridors hielt sie an und kehrte um, drückte ihre Hand an die Brust, fühlte wie ihr Puls im Hals pochte, wie etwas irgendwo in der Wirbelsäule stach, wie sie kaum atmen konnte.

Wieder stand sie an der Tür und horchte.

"Die auf diesem Zettel erwähnten Tatsachen stimmen im Grunde. Zuerst fuhr Tami nicht mit den anderen, später jedoch fuhr sie allein. Ihre Mutter erklärte mir die Sache und beriet sich mit mir. Ich sehe keinen Grund, private und intime Angelegenheiten öffentlich zu diskutieren. Ich bilde mir darüber mein Urteil allein. Mich wundert eure plötzliche Fürsorge."

Noch bevor er seine Antwort beendete, war ein Raunen vernehmbar, das dann zu einem Stimmenwirrwarr anschwoll, aus dem Tami einzelne Sätze unterscheiden konnte:

"Warum nicht? Wir haben das Recht zu fragen!"

"Braucht er ja nicht zu erzählen. Wir wissen es sowieso."

"Das ist das, was Gilat erzählt hat."

"Gabriela hat gesagt, dass sie nicht zurück in die Klasse darf."

"Klar! Wir wollen keinen Aussatz bei uns!"

"Habt ihr gehört, was Jaeli und Hadasi erzählt haben? Dass sie schrecklich am Kopf stinkt. Das ist der Aussatz."

"Du Dummkopf, das kommt von der Salbe, die man ihr dort hinschmiert."

"Soll man ihr schmieren, was man will und wo man will, warum sollen wir das aushalten?"

"Stimmt. Salbe hin Salbe her, sie stinkt. Wir werden nicht dulden, dass sie uns die Klasse verstänkert, nur weil sie bei ihm Protektion hat!"

Plötzlich, mitten im Lärm, ertönte Jishars Stimme:

"Joaw, steh auf!"

Und sofort war es wieder still.

"Ich? Warum?"

"Ja, du. Steh auf, und wiederhole laut und deutlich, was du gesagt hast, und gib Rechenschaft darüber. Also, los, steh auf, hab ich gesagt!"

"Es tut mir leid, aber du hast nicht das Wort, Jishar", rief Jigal.

"Habe ich nicht und brauche ich nicht. Die Diskussionsstunde ist vorbei. Joaw, wiederhole, was du vorhin gesagt hast!"

Nun trat eine große Stille ein. Dann rief Joaw:

"Das ist nicht fair, Jishar! Wenn es dir passt, darf man fragen, und wenn's dir nicht passt, darf man nicht. Und weil Aussatz bei dir Protektion hat, gibt's auf einmal keine Demokratie mehr."

"Joaw, hinaus, verlasse die Klasse!"

"Fein, ich verlass sie gern. Die Stunde ist eh aus. Du selbst hast uns doch von Militärregimes und Notstandsgesetzen erzählt, nach denen despotische Regierungen ihre Bürger unterdrücken. Du bist auch so ein Despot. Ich hab gesagt, dass du Aussatz protegierst, da willst du mich rauswerfen, ich bin aber kein Araber, und ich werde..."

"Hinaus, aber schnell!"

"Gut, gut, ich geh schon. Aber nicht, weil du mich rausschmeißt, sondern weil die Stunde zu Ende ist, aber wer sagt, dass man zur Pause hinausrennen muss?"

Aus dem Klassenzimmer hörte man Gelächter, das jedoch mit einem Mal verstummte. Die Tür wurde aufgerissen und Joaw, von Jishar am Kragen gehalten, flog mit einem starken Fußtritt hinaus und hielt sich am Geländer des Korridors, gegenüber der Tür, fest.

Tami entfloh und hörte hinter sich Joaws Geschrei:

"Ich hab Aussatz gesehen! Sie hat sich da versteckt und gehorcht!"

Diesem Geschrei antwortete ein Gebrüll, aber Tami lief, was sie konnte und hörte es nicht mehr.

Wer feiert?

Die Feier hätte um halb neun beginnen sollen, aber die Eröffnung verschob sich um eine halbe Stunde, weil so viele Gäste gekommen waren. Im letzten Augenblick stellte sich heraus, dass es nicht genug Sitzplätze gab. Daher schickte man die Kinder ins Klubhaus, um von dort Stühle und Bänke zu holen. Die Kulturhalle war mit grünen Zweigen geschmückt. Damit das Ereignis nicht an eine Theatervorstellung erinnere, hatte man die Bänke nicht in Reihen gestellt, wie immer, wenn es einen Film gab, sondern in einen Halbkreis. An seiner offenen Seite, unten im Saal und nicht auf der Bühne, stand ein einfacher Tisch mit besticktem Tischtuch, einer Vase mit Blumen und einer Tischlampe. Daneben standen zwei Leuchter für die Sabbat- und Chanukka-Kerzen. Alle Genossen und Kinder trugen weiße Hemden oder Blusen, und einige Mädchen hatten eine rote Blume in das Knopfloch ihrer Bluse gesteckt.

Ein paar Minuten nach neun begann das Publikum "Wie gut, wenn Brüder zusammen sitzen" zu singen. Dann trat Gidi, ein Schüler der ersten Klasse, der Jüngste der Kindergemeinde, zum Tisch und zündete die "Diener-Kerze" und mit ihr die erste Chanukka-Kerze an, und alle sangen "Oh Fels meines Heils", "Wer erzählt die Heldentaten" und "Wir tragen Fackeln". Danach zündete Nurit – eine Schülerin aus der dritten Klasse – die Sabbatkerzen an und las ein paar Bibelverse aus dem Wochenabschnitt der Thora. Elieser, der Direktor der Schule, hielt die erste Rede und sprach im Namen der Schule die Glückwünsche aus. Nach ihm Ernst, im Namen des Erziehungskomitees, dann Andreas, im Namen des Farmkomitees, und Trude als Repräsentantin der Eltern.

Nun kam der Hauptteil des Programms, die "Szenenfolge der Gebote", die von einer ähnlichen Zeremonie in einem Nachbarkibbuz entlehnt war, mit Sprechchor, Gesang, Tanz, Deklamationen und Lese-Abschnitten.

Schon vor dem Nachtmahl hatten Ruth und Se'ew halblaut diskutiert, ob sie Tami ausdrücklich sagen sollten, sie solle lieber nicht zur Feier gehen, wie Ruth vorschlug, oder – wie Se'ew meinte – ob sich das für sie von selbst verstehen würde. Tami hörte alles, weil die Tür ihres Zimmers ein wenig offen stand. Besser, sie sagen gar nichts.

Das Nachtmahl schien endlos. Ruth fragte Se'ew, ob man noch eine Orangenplantage plane und ob es etwas Neues gebe, was diese Lehrerfamilie aus jenem Kibbuz im Jordantal betrifft. Se'ew antwortete ausführlich, und Tami sah mit Schadenfreude, dass ihre Mutter den Mund verzogen hatte und eigentlich nicht zuhörte.

Nach dem Essen zog sich Tami wieder auf ihr Zimmer zurück. Se'ew ging ihr nach und fragte leise:

"Was machen wir heute Abend, Tamik?"

Gut, dass er das richtige Wort gefunden hat. Wenn er weggegangen wäre, ohne etwas zu sagen... Sie antwortete nicht gleich, sondern wandte ihm den Rücken zu, ging zum Bücherregal und suchte etwas. Nach einer Weile sagte sie beiläufig, mit einer Stimme, die nur ein bisschen schwankte:

"Ihr geht natürlich zu dieser Feier, damit man nicht wer weiß was redet, und ich werde Radio hören, oder ich geh schlafen."

"Du brauchst dir das nicht zu Herzen zu nehmen, Tamik", sagte er und streichelte das Kopftuch. "Nächste Woche, während eurer Chanukka-Ferien, fahren wir nach Tel-Aviv, schauen uns einen Zirkus an, besuchen den Tiergarten, gehen ins Kino, wenn's nicht zu kalt ist, rudern wir auf dem Jarkon, bestellen uns Eis mit Waffeln, Schlagsahne und Schokoladensirup und werden uns ganz wild vergnügen, wie ihr das nennt, ja?"

"Ja, natürlich", sagte sie und entzog sich seinem Streicheln.

Se'ew sagte dann in der Küche, dass er noch schnell zur Arbeitseinteilung müsse, und Ruth und Alisa zogen sich an, als ob die Feier ihnen zu Ehren stattfände. Bevor sie gingen, bemerkte Alisa noch:

"Eigentlich, wenn alle schon drinnen sind, kannst du doch kommen und von draußen durch ein Fenster hineingucken, nicht wahr?"

Da hat sie noch was zu sagen, diese...

"Ich würde davon abraten", sagte Ruth und deutete Alisa mit einer vorwurfsvollen Kopfbewegung an, sie solle schweigen, "weil... ich meine... man sieht wahrscheinlich von drinnen, wenn jemand von draußen hereinguckt und es gibt immer Leute, die sich verspäten oder in der Mitte hinausgehen und es wäre unangenehm, denke ich. Aber wenn du trotzdem... eh... ausgehen willst, vergiss nicht, dir den warmen Sweater und den Mantel zu nehmen, es ist kalt geworden und ein starker Wind weht. Im Radio wurde Regen angekündigt."

"Schon gut", sagte Tami.

Eine halbe Stunde später ging auch Tami, in Sweater und Mantel.

Die Nacht war dunkel, aber man konnte die schweren Wolken fühlen und manchmal, mit dem fahlen Flackern des fernen Wetterleuchtens am nord-westlichen Horizont, sah man auch, wie sie sich ballten, getrieben von den feuchten Windstößen, die sie nach Osten drängten.

Von der Kulturhalle angekommen, hörte Tami den Gesang: "*Wir vertreiben Finsternis*".

Sie ging allein mitten auf der leeren Straße zur Kulturhalle.. Die Laternen schaukelten und die Baumkronen wogten im Winde.

Als sie an der Schule vorbeikam, sah sie die Kiste, auf der sie in der Frühe gesessen hatte: Jemand hatte sie neben den Abfallbehälter geworfen. Sie nahm sie mit und näherte sich der Kulturhalle von der Rückseite, wo der große Rasen liegt. Nahe der Wand standen einige dichte Sträucher. Tami wählte einen, der bis zu einem Fenster reichte, stellte die Kiste zwischen die Zweige, lehnte sich an die Wand und lugte durchs Fenster. Auf der Bühne stand der Sprech-Chor, zusammengestellt von Kindern der sechsten Klasse, und deklamierte einen Abschnitt der "Szenenfolge der Gebote":

"Denn das Gebot, das ich dir heute vorschreibe, ist nicht zu wunderlich für dich und nicht zu fern. Es ist nicht im Himmel, um zu sagen: Wer steigt für uns in den Himmel und nimmt es für uns und verkündet es uns, damit wir's befolgen? Und es ist nicht jenseits des Meeres, um zu sagen: Wer geht für uns übers Meer und nimmt es für uns und verkündet es uns, damit wir's befolgen? Weil das Wort dir nahe steht.

Du kannst es mit Mund und Herzen erfüllen."

In der ersten Reihe, auf einer besonderen Bank, saßen die Kandidaten der Feier: Zuerst Jigal, Etan und Gil, dann ein leerer Platz, und dann die Mädchen. Die Paare hatten sich also getrennt, dachte Tami und zog ihre Mundwinkel herunter. Und wo ist Jaron? Sie überschaute langsam das ganze Publikum, eine Reihe nach der anderen. Nein, er war nicht da. Sie fühlte, dass ihr Herz stärker schlug: Warum sitzt er nicht dort auf der Bank, mit allen anderen?

Gleich darauf aber entdeckte sie ihn draußen: Er ging auf der Straße, weg von der Kulturhalle. Rasch stieg sie von der Kiste und folgte ihm in großen Abstand. Natürlich, er will zu dir! Und umsonst. Der Arme. Was für ein Glück, dass du beschlossen hast, auszugehen!

Man sah ganz deutlich seine Konturen und deren schwankenden Schatten, wie er so ganz allein mitten auf der leeren Straße ging, ein bisschen gebückt wegen des Windes, beleuchtet von den schaukelnden Laternen.

Tami sah, wie er die Straße verließ und den Betonplattenweg einbog, den Se'ew von der Straße bis zur Haustür gelegt hatte. Nun stand er am Eingang. Er klopft, sicher. Und wartet. Und klopft wieder. Und was macht er jetzt? Ah, geht ums Haus herum, zum Fenster deines Zimmers. Pocht wahrscheinlich an die Fensterscheibe. Ruft vielleicht sogar deinen Namen. Und jetzt? Hat es endlich aufgegeben. geht zur Kulturhalle zurück. Sie eilte, um ihm zuvor zu kommen, kletterte wieder auf ihre Kiste, im Dickicht des Busches versteckt. Von hier aus kann sie auch den Teil der Straße sehen, der vor der Kulturhalle liegt und den Weg, der zu deren Eingang führt. Alles war menschenleer, alles hell beleuchtet mit schwankendem Licht. Als Jaron diesen Weg erreichte, bog er nicht zur Kulturhalle ab, sondern ging weiter, zu den Baracken der Neueinwanderer, und verschwand aus Tamis Blickfeld zwischen den Bäumen der Allee.

Drinnen aber stand jetzt Etan an dem Tisch mit der Blumenvase, bei dem die Reden gehalten wurden, knipste die Tischlampe neben den Kerzen an und breitete seine Notizblätter aus. Tami konnte nicht hören, was er vorlas, aber sie sah, dass die meisten der im Saal Sitzenden die ganze Zeit miteinander flüsterten. Nach ein paar langen Minuten ging er auf seinen Platz zurück, und statt seiner stand jetzt Ja'ara am Tisch mit ihren Notizen. Die Burschen der Nachalgruppe, die bis jetzt am Eingang gestanden hatten, verließen den Saal und wandten sich zum Klubhaus.

"Sagt dem Izko, er soll die Mundharmonika bringen, he, hörst du, Izko?", rief jemand.

Und jemand anderer schrie zurück: "Halt das Maul, du dort, merkst du nicht, was für'n Lärm du machst?"

Auf einmal hörte Tami Alisas Stimme:

"Ach, wie langweilig! Gut, dass wir raus gegangen sind. Es war schon zum Ersticken, und da ist's wenigstens kühl. Für heute Nacht ist Regen angekündigt."

Und Jakobs Stimme antwortete ihr:

"Regen hin Regen her, ich geh zum Wasserhahn, ich hab Durst."

"Warte, ich komme auch", rief Alisa.

Beide kamen auf Tamis Busch zu.

Ein paar Schritte davon entfernt war der Wasserhahn.

"Ich trink zuerst!", rief Alisa. Tami hörte das Rascheln ihrer Schritte.

"Aber ich trinke zuerst!", rief Jakob.

Sie erreichten ihn zusammen, begannen zu ringen und lachten.

"Hör auf, mich zu kitzeln, du Idiot, ich war schneller."

"Schneller hin, schneller her, wer's zuerst gepackt hat, der hat's."

"Dann hab ich's zuerst gepackt."

"Gleich werden wir sehen, wer was packt."

"Aber ich lass dich nicht, bis du schön drum bittest, hörst du?"

"Gleich werden wir sehen, was du mich schön lässt."

"Nein, ich lass dich nicht!"

"Gleich werden wir sehen, wer was lässt."

"Hör doch auf zu kitzeln, oder ich schreie!"

Sie rangen miteinander und girrten mit ersticktem Gelächter. Dann riss Alisa einen kleinen glänzenden Gegenstand aus der Tasche des Burschen und rannte weg.

"Aliska, gib mir die Harmonika zurück!"

"Bitte schön darum, dann kriegst du sie vielleicht."

"Gleich fang ich dich, dann sehen wir, wer was kriegt."

Sie jagten einander über den Rasen, bis sie zwischen den Sträuchern verschwanden.

Drinnen aber sang unterdessen der Chor:

> Lasst zum Bund die Hand uns reichen,
>
> Neid und Hass lasst uns verscheuchen
>
> Schreiten wir in Reih' und Glied
>
> Brüder, unser harrt der Morgen,
>
> Und zusammen unsre Sorgen
>
> Wird bezwingen unser Lied.

Danach ertönte die Stimme des Vorlesers:

> Liebe deinen Nächsten, er ist wie du. Schließe dich nicht ab! Reiche deine Hand jedem Juden, jedem Arbeiter, jedem Menschen, und zusammen werdet ihr einen großen und starken Bund gründen.

Unterdessen hatten sich die Wolken noch dichter zusammengeballt, und nur im fernen Osten sah man einzelne Sterne. Die Windstöße hatten sich verstärkt und schwere Tropfen fielen.

Fräulein Tamar Awiwi, schämen Sie sich! Da stehen sie auf einer Kiste in einem Strauch wie ein dummes provinzielles Ding und gucken in eine fremde Feier. Es soll feiern, wer was zum Feiern hat. Du hast bis jetzt noch nichts dergleichen. Mit ihren Aufgaben bist du zwar fertig, aber mit deinen eigenen hast du nicht einmal begonnen. Also finde oder erfinde dir welche, und versuch schon endlich, wie du gesagt hast, damit fertig zu werden!

Und Tami sprang von ihrer Kiste und ging nach Hause.

E N D E

Anmerkungen

Achot ktanah – kleine Schwester.

Anat – kanaanitische Göttin, ein typischer moderner israelischer Name.

Budke – kleine Hütte, Bude. Das Wort stammt aus dem Jiddischen.

Chanukka – jüdisches Fest zum Gedenken an die Wiedereinweihung des 2. Tempels in Jerusalem.

"Ejn Bdolach" bedeutet auf Hebräisch "Kristallquelle".

erster und zweiter Regen – Die Regenzeit beginnt Mitte November.

Frenk – hier: abwertende Bezeichnung für Nicht-Europäer.

Goj, gojim – Bezeichnung für einen Nichtjuden.

haMessimah ha-14 schel Tami – Tamis vierzehnte Aufgabe.

Jaron Dwir – typischer moderner israelischer Name.

Jekes – Bezeichnung für Juden aus Deutschland.

Lag-baOmer-Feuer – jüdisches Fest – Nacht der Lagerfeuer.

"Lahaw" – bedeutet auf Hebräisch "Flamme".

Makabi – hier lokaler Fußballverein.

Masal Tov – Glückwunsch.

Mesusa – eine Schriftkapsel am Türpfosten, sie kennzeichnet ein jüdisches Haus.

Mikwe – religiöses rituales Bad, nachdem Frauen für "rein" erklärt sind. Da in Israel religiöse Heiratsgesetze herschen, muss jede Frau die offiziell verheiratet sein will, eine Bestätigung zeigen, dass sie in einem *Mikwe* war.

Mondmonat – Zeitabschnitt gemessen im Verhältnis zur Bewegung des Mondes. Im jüdischen Kalender sind die Monate an den Mondphasen ausgerichtet.

Mutter nicht als Jüdin registriert – nach der orthodoxen Auslegung des jüdischen Gesetzes, ist jüdisch, wer eine jüdische Mutter hat.

Nachal – Abkürzung vom hebräischen *Noar chaluzi lochem*, kämpfende Pionierjugend – gemeint ist ein mit landwirtschaftlicher Arbeit verbundener Militärdienst für Gruppen, die eine gemeinsame landwirtschaftliche Zukunft planen.

Orientalische oder *Schwarze* – Gemeint sind die, deren: Familien aus arabischen Ländern stammen.

Sabre – ein in Israel Geborener.

Sarafan – Russisches bäuerliches Kleid.

'Schwarze Chajes' – schwarze Tiere, der Arzt meint hier, die seiner Ansicht nach, wilden orientalischen Einwanderer.

Soll sie gesund sein! – höfliche Art jemanden zum Teufel zu schicken.

Wir vertreiben Finsternis – Chanukka Lied.

Inhalt